22,50 €
11-22

El gran viaje

ADOLFO GARCÍA ORTEGA

El gran viaje

Galaxia Gutenberg

Publicado por
Galaxia Gutenberg, S.L.
Av. Diagonal, 361, 2.º 1.ª
08037-Barcelona
info@galaxiagutenberg.com
www.galaxiagutenberg.com

Primera edición: noviembre de 2022

Preimpresión: Fotocomposición gama, sl
Impresión y encuadernación: Romanyà-Valls
Pl. Verdaguer, 1 Capellades-Barcelona
Depósito legal: B 12708-2022
ISBN: 978-84-19075-55-0

A la memoria de Umberto Eco,
gran maestro y sabio enredador

Solo nos conmueve lo invisible.

THÉODORE JOUFFROY

Era una vida desmedulada de presente.

ANTONIO MUÑOZ MOLINA

I

La mañana de Año Nuevo del nuevo siglo me encontraba en
Madeira y conocí a Oliver Griffin, español pese a su nombre,
quien me abordó en el mirador marino del hotel Carlton con
la suavidad de un amabilísimo narrador que me hubiera elegido para charlar un largo rato despreocupada pero confidencialmente. Dibujaba islas, las inventaba, y esta era la práctica
que hasta entonces más le había interesado en la vida, según
me dijo Griffin cuando empezó a hablarme sin preámbulos de
él mismo como si fuésemos dos viejos conocidos, y aunque no
lo éramos, claro, hoy reconozco que lo habría parecido a ojos
de un tercero y yo lo sentía así, pues la calidez de Griffin me
atrapó enseguida como si desplegase la oculta arquitectura de
una seducción ascendente.

Práctica esa de dibujar islas –matizó al punto mientras mo-
dulaba sus frases con rapidez, pero sin prescindir de una cierta
monotonía serena– de la que difícilmente había podido hacer
una profesión sin ser confundido con un insensato. Por esa razón se había ganado la vida dando clases de Historia, añadió,
pero había terminado por abandonar su dedicación académica
cuando una inesperada herencia desde San Francisco le vino a
resolver los problemas económicos, igual, me dijo, que al Bouvard de Flaubert.

Había dibujado la isla de su obsesión, pues así la definió
desde el principio, cientos de veces en estos años. Era un ejercicio para no olvidarla, me dijo, pese a haber sido su inventor,
en cierto modo, y formar esa isla parte de él más que de nadie,

por muy real que fuese en algún lugar de este mundo. En los últimos años, sus cuarenta y siete fiordos, sus nueve canales, sus cincuenta y seis cabos, sus ocho golfos, sus veintitrés playas salían una y otra vez de la pluma de Oliver Griffin garabateados en el papel, en cualquier papel, y esto lo hacía también en cualquier lugar, hoteles, bares, trenes, aeropuertos, casas de amigos, salas de espera en consultas médicas, porque era solo eso, un ejercicio para recordar, una práctica mnemotécnica algo extremada, en verdad, que desplazaba rápidamente otros pensamientos.

–Muchos hacen crucigramas, yo dibujo islas, o una isla solamente, por mejor decir.

Llegó a tal pericia, me dijo, que incluso hasta podía dibujarla con los ojos cerrados: alargada, escabrosa, con un relieve como esa suerte de picos y valles de los gráficos de Bolsa o de los sismógrafos alterados, puesta en una posición oblicua, inclinada hacia el oeste, como una torre de Pisa en sentido contrario. Y sobre el dibujo, Griffin situaba de memoria –imaginariamente, me decía, ya que, por mucho que recordara haberla visto en uno de los libros que había consultado en la Biblioteca Nacional, no había conseguido retener las ubicaciones exactas, pese a haber estado allí– los nombres de lugares fundamentales de la isla: el Cabo Deseado, el Cabo Pilar, el Puerto de la Misericordia, la Bahía Beaufort, el Cabo Cortado, el Puerto Churruca, la Caleta Mataura, la Bahía Barrister... Nombres que alimentaban un deseo, que impulsaban un extraño y profundo encuentro consigo mismo al que estaba llamado desde el día en que nació, me dijo, y que aún habría de descifrar en su interior como quien descubre una carta dirigida a él pero escrita en un idioma desconocido.

2

La isla:

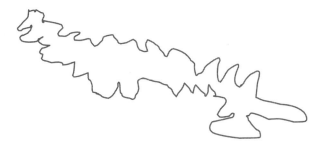

3

Desde niño, Griffin se había sorprendido siempre dibujando islas inconscientemente. Sabía que esas líneas de perímetro irregular que sus dedos cerraban con extraordinaria lentitud, como si supieran de antemano la dirección que habían de seguir, eran islas y no absurdos círculos fallidos porque determinaba sin titubeos que a su alrededor apareciesen pequeñas rayitas, delgadas franjas horizontales, que daban al contorno la idea del mar, y ese mar, desconocido para Griffin, ajeno en realidad a su experiencia por provenir él, al igual que yo, como le confesé, de una ciudad de tierra adentro, era un mar amenazante e imaginado, envolvente y secreto. Luego, caminando el tiempo, le interesaron los islarios antiguos, coloreados e ingenuos, hasta el punto de buscarlos, comprarlos a elevados precios, admirarlos, estudiarlos, coleccionarlos como si un destino ineluctable le condujese a ellos.

Los islarios le fascinaban, me dijo, porque poseían un inequívoco tono de irrealidad en descripciones y colores. «Y lo tienen todavía, lo sé bien», añadió Griffin, quien, como yo, creía que en esas descripciones existe la misma materia ficticia que en las novelas. Para él los islarios, al igual que los mapas, son textos que leía en su adolescencia con mayor entusiasmo o ensimismamiento que los libros, porque se figuraba que abrían un telón a la imaginación igual que escenas de una película, y lo hacían fantasmagóricamente mientras el dedo recorría los lugares, los perfiles, los trazados fabricando historias o espejismos, y dejando en él, de todo ello, una sensación que se detenía en su cabeza y me sumergía en un trance satisfactorio y evasivo. Seguro que aquellos islarios correspondían a islas de verdad, pero para Oliver Griffin eso empezó a ser enseguida indiferente; podrían ser islas falsas, inventadas, le daba igual. Las islas, además, según había leído –continuó relatándome–, permanecen a veces invisibles o pueden llegar a serlo. Es lo que les sucede a algunas de ellas, sea esto un mito o no, que quedan perdidas en la geografía de los lugares remotos, bien por un error de cálculo en sus coordenadas, bien porque fueron olvidadas al decaer el escaso tránsito marítimo que tuvieron, y solo existen en la mente calenturienta de marinos enloquecidos, islas que no aparecen en los mapas, de las que nadie ha sobrevivido para relatar los grados y minutos de su longitud y latitud, islas inaccesibles, enfundadas en brumas fantásticas o preservadas por extrañas tormentas en cuyo epicentro, inalterable, permanecen con una vida que crece y se desarrolla al margen del tiempo. Islas imposibles hasta para la historia, como la que describe Cervantes en el *Persiles*, o como la del monstruo King Kong, e incluso como la de Robinson Crusoe: islas invisibles, en fin.

–Esto de la invisibilidad –prosiguió Griffin–, tan importante en mi vida y en mi nombre, ocurrió con mi isla: primero fue ficticia, luego fue real, y luego fue ficticia otra vez. Como mi nombre –insistió en hacerme observar.

Entonces Oliver Griffin se levantó de su silla en el mirador soleado del hotel Carlton en que ambos estábamos frente a un mar azul, y como si se tratase de un hombre extraído de cualquier siglo anterior, pese a no tener más de cincuenta y cinco o sesenta años, se me presentó ceremoniosamente a la manera de Melville, como bien dijo, parodiando el «Llamadme Ismael» de *Moby Dick* con un «Llámeme Oliver», seguido de una afable sonrisa y una mano estrechada tras una ligera y desfasada inclinación de cabeza. No tardó en añadir que, al igual que las islas que dibujaba, él era un hombre invisible o proclive a ello, y no porque fuese poco sociable, ya que era evidente su amabilidad, sino porque se sentía emparentado con una literaturización de todo en su vida, una cierta marca familiar hereditaria.

–O mejor dicho –dijo él, atajando toda perplejidad en mí–, soy metafóricamente invisible, ya que me llamo igual que el protagonista de *El hombre invisible*, la novela de H. G. Wells: Griffin. Usted lo recordará.

No lo recordaba. Lo que por mi parte, en cambio, recordé en ese momento, por una inevitable asociación de ideas, y así se lo dije a mi interlocutor, fue que Georges Perec, un escritor de mi gusto, quiso rescatarlo para una historia de cine titulada *Vous souvenez-vous de Griffin?*

Oliver, tras admitir que conocía a Perec pero no hasta ese punto, me dijo que, en realidad, su nombre completo era Oliver Ernesto Griffin Aguiar. Su padre, llamado Sean, era un ingeniero irlandés de San Francisco y su madre, Matilde Aguiar, fue la locutora de radio de Madrid más famosa de su tiempo; ambos estaban vivos aún, pero divorciados, y cada cual, desde donde estuviere, pese a su avanzada edad, felicitaba a su hijo las pascuas navideñas, Sean por la mañana y Matilde por la noche.

4

La isla que obsesionaba a Griffin desde hacía años y que llamaba suya era la Isla Desolación, y toda la historia que me contó en Madeira durante aquellos tibios días de enero con que empezaba el siglo en el Atlántico partía, a su vez, del único rastro existente de la vida de otro hombre, real o ficticio, pero sin duda alguna ya invisible, porque de él solo perduraba el nombre, John Talbot, o quizá, me dijo Griffin, solo perduraba su muerte, acaecida muchos años antes, pues eso era lo único que realmente se sabía de él, o al menos lo único de lo que Herman Melville quiso dejar constancia en el capítulo VII de

Moby Dick. Allí pone en boca del narrador, Ismael, lo que estaba escrito en una de las lápidas de mármol con bordes negros incrustadas en la pared, a ambos lados del púlpito, en la capilla de New Bedford, la Seamen's Bethel, que aún hoy existe en la Bethel Street de Nantucket:

CONSAGRADA
A LA MEMORIA
DE
JOHN TALBOT
Que, a la edad de dieciocho años,
se perdió en el mar,
cerca de la Isla Desolación,
a la altura de Patagonia,
el 1 de noviembre de 1836.
SU HERMANA
Dedica a su memoria
ESTA LÁPIDA

«En la misma New Bedford se yergue una capilla de los Balleneros, y pocos son los malhumorados pescadores, con rumbo al océano Índico o al Pacífico, que dejan de hacer una visita dominical a ese lugar», citó Griffin a Melville como en trance, porque como en trance –reconoció– había entrado tiempo atrás después de leer aquella página de su novela preferida (y releída), porque las palabras que componían aquel nombre, Isla Desolación, dieron sentido a toda la vida anterior y habrían de dársela a su vida posterior, como bien me iba a relatar aquellos días.

Me contó que había buscado esa Isla Desolación en mapas, islarios, bibliotecas enteras, pero ¿cuál de las tres islas de la Desolación que hay en el mundo era la de ese Talbot? Empezó a inventársela, aunque Melville especifica que existe en la Patagonia; bien podría ser la Isla de Tristán da Cunha, también llamada de la Desolación, frente a las costas patagonas. La suya, la que después ubicaría en la salida occidental del Estrecho de Magallanes, apareció de improviso, por error, sin querer referirse a ella. Mas esa isla, quién se lo iba a decir, tenía ya de por sí extrañas vinculaciones con su vida, y sencillamente, el que se detuviera en la lectura, al encontrarla en *Moby Dick*, no era más que un afloramiento, una epifanía natural dentro del orden de su existencia, que tarde o temprano iría a llegar.

5

La casualidad o el destino quisieron que esa isla que Griffin leyó, invisible para él, que se sentía también un hombre invisible, fuera la misma isla «de su abuelo», así llamada legendariamente durante años en su familia. Se trataba de la misma Isla Desolación en la que apareció un extraño y fantástico monstruo inerte desde hacía quinientos años. Así lo recogían los titulares de la prensa de la época en que fue hallado, con la que se hizo el abuelo Arnaldo entonces y que aún su nieto Oliver conservaba. En los artículos tildaban de monstruo, así, sin reparos, a aquel ser inaudito. En realidad, aquel cuerpo o cosa surgida de la nada era un objeto metálico con forma pretendida de muñeco humanoide, que se había encontrado cerca de Cabo Cortado, en la citada Isla Desolación, en 1919, y que Graciela Pavić, su descubridora y cuidadora del Museo Salesiano de Punta Arenas, estuvo recomponiendo y limpiando durante años hasta dejarlo en el estado presentable que aparece en la foto que se hicieron los abuelos de Griffin, Arnaldo e Irene, en su visita a ese Museo cuando llegaron allí, en su luna de miel por el Estrecho de Magallanes. Un viaje que habría de llevarlos hasta Valparaíso, destino también del barco que muchos años después de aquel viaje de novios le llevó al propio Griffin, como luego me contó. Pero antes, hizo una larga pausa que a otro que no fuera yo podría parecer de silencio despectivo.

Me pasó entonces la foto en la que los abuelos maternos de Griffin, resplandecientes, sonríen a la cámara abrazando por uno y otro extremo, como a un amigo, a esa especie de autómata de metal con apariencia de guerrero desfigurado, rostro inquietante y mirada fija. Estuve largo rato contemplando absorto a aquellos seres extraños que no significaban nada para mí.

Era una foto que había acompañado a Griffin toda la vida, según me dijo regresando de su silencio. Una foto que había estado esperando el momento justo de exponer por fin toda su profundidad para contar su historia. Parecía que siempre hubiera permanecido estática en ese punto de incitación al viaje del que habla Baudelaire, y que, cuando leyó Griffin aquella lápida en la novela de Melville, había llegado su ocasión. Esa foto había sido para Griffin la puerta de algo extraño que se había cerrado alguna vez, muchos años atrás, cercenado, confinado en una orfandad inexplicable, durmiendo entre mazos de fotos de primos, hermanos, hijos, parientes, bodas, viajes, monumentos, y había llegado a la vida de Griffin por azar, no recordaba bien cómo, tal vez porque se cayese al suelo al ir a sacar una caja de un armario, pero el caso era que había llegado a sus manos y la había retenido como si la hubiera esperado siempre, porque le pareció una foto callada, sutilmente adecuada para inducir al misterio y al deseo, llevándolo enseguida a imaginar de manera constante un lugar mítico, un lugar inexistente y ficticio hasta hacía poco menos de un año, cuando decidió reproducir el viaje de sus abuelos. Un lugar ese que le atraía sobremanera y del que, hasta entonces, le había faltado la llamada oportuna, la excusa final para dar sentido a lo que estaba escrito en el reverso de la foto y que en su juventud fue motivo de un extravagante y sinfónico exotismo, como dicen los versos de aquel poeta marino, Brauquier: «para nosotros que no hemos visto nada, hay en el mapa del mundo nombres de ciudades que flotan en los labios como olores exóticos». Entonces Griffin me mostró el revés de la foto y pude leer lo que tal vez escribió su abuelo o quizá su abuela: «Punta Arenas, 1923. Museo Salesiano Regional. Muñeco de la isla Desolación, abandonado durante quinientos años. Da miedo».

–Cuando llegó esa foto a mi poder –dijo Griffin–, yo ya amaba las islas y las dibujaba en mi juego de inventor de lugares. Hasta que también la foto acabó por ser invisible. La invisibilidad se convirtió en un factor que, al igual que la foto, sobrevolaba mi infancia y mi vida toda: llamarse como el Hombre Invisible es una carga pesada y una herencia que no sabía adónde conduciría.

6

Griffin, resuelto a no dejar caminos sin recorrer en su relato e indiferente al estruendo de la vida diaria de Funchal en que nos zambullíamos mientras conversábamos, me contó que su abuelo Arnaldo, con el tiempo, averiguó algo más de aquella Graciela Pavić. Aunque sus abuelos no volvieron a Punta Arenas, se cartearon con aquella mujer de vez en cuando, ya que debieron trabar una cierta amistad durante los días que permanecieron en el Estrecho de Magallanes mientras hacía escala su barco, el *Santander*. Supieron por la propia Graciela que todos los días bajaba al puerto y se dirigía hasta un lugar de la ciudad desde donde se divisaba toda la Bahía Catalina, en cuyo seno habían perecido su marido y sus dos hijos dentro de una chalupa de pesca. Aquello había ocurrido un día de verano de 1918. El hombre, Arturo Bagnoli, había zarpado con sus dos pequeños, de siete y nueve años, para arrancar moluscos de las rocas accesibles en la costa norte, como hacían muchas veces muy arrimados a tierra y sin peligro, pero ese maldito día de mar rizada las corrientes arrastraron la chalupa hasta el centro de la bahía y estalló una tormenta que hizo volcar enseguida la frágil embarcación. Encontraron los escasos restos de la barca por el sur, en un cabo al inicio de Bahía Inútil, pero los cuerpos no aparecieron nunca. El dolor de perderlo todo aquella mañana de verano tormentosa se abatió sobre Graciela, quien emprendió durante los años siguientes un largo peregrinaje discontinuo por islas, calas, bahías, puertos, grutas, rebuscando en toda la difícil costa del Estrecho los cuerpos de su marido y de sus hijos. Lo único que halló fue aquel autómata, a cuyo cuidado se entregó como si fuese un ser querido que había salvado de la pena de muerte, de la descomposición y los gusanos.

Mansa y melancólica, Graciela Pavić escribía a los abuelos de Griffin largas cartas en las que fue detallando la desesperación a que se vio abocada cuando comprendió que, por mucha obstinación que pusiera en sus andanzas y por mucha fe que tuviera cada mañana al mirar las fotos de su marido y de sus pequeños, jamás los encontraría; habían muerto y con ellos ella misma, pues cada día que le quedase entonces de vida solo sería un día vivido hacia atrás, en la carrera más desesperada que se puede imaginar para reconstruir en el recuerdo todos y cada uno de los momentos del pasado compartido.

Oliver pensó siempre en Graciela Pavić, o más bien se la inventaba al pensar en ella, pues era obvio que no la había conocido, y la convertía en el símbolo de la desolación, la real, ya que, tal como me dijo, etimológicamente desolación era ausencia de consuelo, del *solacium* latino, o ausencia de placer, si nos basábamos en el derivado del occitano antiguo, aquel *solatz* que todos los trovadores habían cantado desde el primero de ellos. El vacío es la desolación, añadió Griffin ensimismado, porque es el lugar desierto, donde la agresiva devastación, como se llama agresiva a una enfermedad, lo llena todo y desnutre la vida y reseca los brotes más pequeños de esperanza. Así sería el alma de Graciela Pavić mientras iba cala por cala, isla por isla, rincón por rincón, buscando a sus hijos muertos, sin nada dentro de sí misma salvo la soledad imitada de aquel paisaje en el que, de pronto, un brillo apagado, roñoso, triunfó entre las olas, y no fue sino el destello del cuerpo de un muerto metálico que siempre fue construido como muerto para dar miedo a cormoranes, gaviotas, indios ingenuos y marinos miopes en mitad de aquellos acantilados.

7

En Funchal solía yo quedar con Griffin en un café de la Avenida Zarco, nombre del fundador de la ciudad, frente al palacio del Gobierno Regional. Luego, si no nos desalentaba la lluvia, andábamos hasta la Fortaleza do Pico, y de camino, pese al resuello a causa de lo empinado de la subida, Griffin no dejaba de hablar y de contar historias que no siempre eran su historia. Se maravillaba de Madeira, y sabía cosas de la isla que nadie o casi nadie conocía.

–Aquí –dijo Griffin al pasar por delante de una de las casas bajas de piedra adosadas a una iglesia, la de Santa Clara–, estuvo retenido y amenazado por sus hombres el gran marino, por no decir pirata, Carteret.

Refirió que Carteret pertenecía a la expedición de otro pirata y también marino llamado Wallis, cuando llegó a Madeira con la intención de reparar su barco, el *Swallow*. Pero por razones desconocidas, tal vez la falta de oro, Carteret decidió interrumpir los arreglos y zarpar tal como estuviera el buque. Nueve hombres se sublevaron y lo llevaron a punta de espada hasta esa casa, desde la que vigilaban la bahía, pero Carteret los convenció de que depusieran las armas, rodeados como estaban por los fieles de su tripulación, y juró, según dicen, clemencia con los rebeldes. Al final, todo fue un engaño y a los nueve hombres los colgaron del palo mayor después de descoyuntarles todos los huesos.

Esta historia de Carteret y Wallis impresionó a Arthur Conan Doyle, según Griffin, cuando estuvo por Madeira en el invierno de 1881, aunque seguramente ya la conocía antes de venir a la isla. Sin embargo lo que realmente sorprendió a Conan Doyle fue ver el extraño fenómeno de un arcoíris lunar en la bahía, algo que Griffin vio una noche, al contemplar, desde el extremo del malecón, toda la ciudad encendida, casa por casa, a lo largo de la ladera de la montaña en la que está ubicada Funchal.

8

En lo alto del castillo, el famoso Pico, solíamos detenernos Griffin y yo largo rato mirando desde sus murallas toda la ciudad abajo, la playa hasta la Barreirinha, el puerto de la Marina, para yates y balandros, y el fondeadero de grandes barcos cerrado por el largo y atestado muelle de Pontinha. Griffin, en una de esas excursiones que solían acabar en un comedor de pescadores de la Rua da India o en los restaurantes para turistas que copaban el Cais Novo, me empezó a contar su propio viaje, o en realidad abrió un torrente de historias y de seres que se encadenaban y que parecían ir contra el tiempo, pues lo desbordaban y siempre transcurría extraordinariamente rápido para mí al lado de aquel hombre singular, inventor de lugares, como se definía, y de vidas enteras para esos lugares.

Una mañana en que llevábamos bebidos dos cafés con hielo en el bar de los Ingleses, cerca de la catedral, sin decidirnos a emprender la marcha hacia algún lugar de los habituales, Griffin me contó que, hacía unos cinco años se hallaba allí mismo, en Funchal, en el hotel Calcamar de la Rua dos Murças, esperando a Afonso Branco, el capitán de un mercante que se llamaba *Minerva Janela*. Su problema era que había pactado la travesía con Branco, mediante correspondencia con su compañía naviera, para iniciarla desde Lisboa, pero se retrasó y el *Minerva Janela* partió sin Griffin. Le sugirieron en el puerto que, ya que había pagado por adelantado el viaje, tomara un avión hasta la siguiente escala del barco y allí lo esperase.

–Eso hice –dijo Griffin–, pero llegué cuatro días antes de que atracase el barco en la isla.

En ese tiempo se enamoró de Madeira y de esta ciudad, Funchal, con este nombre tan hermoso y sonoro, cuya procedencia, como leyó en alguna obra del botánico Casimiro Ortega, es el nombre de una variante del hinojo llamada *Foeniculum vulgare*, que crecía en las riberas de la isla en 1707, cuando por lo visto otro botánico, Hans Sloan, lo encontró en estas tierras. Deambuló por las escolleras de bloques de granito que bordean casi toda la cara de la ciudad que da al mar, mientras la otra es una ciudad prácticamente vertical, pendientes y calles que son auténticas rampas. Muchas horas había pasado en ese malecón, sentado en el extremo del muelle rematado por una baliza rayada de cilindro blanquirrojo, viendo zarpar los barcos, de todo tipo, los mercantes, los portacontenedores, los cruceros rusos, los balleneros japoneses, los basureros de las islas.

–Y de aquellos días –dijo Griffin– podía decir, como Paul Morand, que en verdad los puertos no tienen poesía, o en todo caso es algo que inventaron los sedentarios, pues el puerto de por sí es sucio y plagado de inmundicias, sin más belleza que la que aporta el viajero que desea vivir en ellos situaciones de ida o de llegada, sueños en definitiva, porque la única realidad de los puertos son los barcos, y hoy creo que el puerto de verdad es aquel que puede concebirse desde el mar y no desde la tierra.

Hizo un breve silencio. Luego prosiguió su relato. Recordaba otro buque en el que estuvo a punto de embarcarse, ya que iba también a Valparaíso, el mismo destino del *Minerva Janela*. Se llamaba *Soliman*, un mercante arenero negro y oxidado por todas partes, pero le desalentó que previeran una navegación bastante más larga que la del *Minerva Janela*; además el capitán, un filipino, no le inspiró ninguna confianza.

–Le parecerá curioso –me dijo–, pero era todo un personaje de las novelas de Salgari, tuerto y desdentado.

Cuando por fin llegó el *Minerva Janela*, Griffin estaba, como cada día, en el puerto. Llevaba en su vientre una gran bodega, troncos enteros de árboles de África, maderas de Nigeria, Senegal, Sierra Leona, y por todas partes, alzándose varios pisos, columnas de contenedores, altas como edificios y amarradas por cadenas y maromas.

De pronto, Oliver Griffin interrumpió su conversación y se despidió de mí en la confianza de que al día siguiente pudiéramos volver a vernos. Aturdido aún por lo abrupto de aquella interrupción, apenas si asentí, quedándome en el sitio un buen rato aún, casi paralizado y con todo el día por delante irremisiblemente vacío sin la plática envolvente de aquel individuo.

9

Un día más tarde volví a encontrarlo en el mismo sitio donde lo dejé, el bar de los Ingleses, y su conversación, sin que nada más que un breve saludo mediara entre nosotros, se inició con idéntica locuacidad.

–Sin duda –dijo Griffin, iniciando su ya para mí familiar abstracción–, de quien más aprendí acerca de Funchal fue de John Byron.

Se refería al abuelo del famoso poeta. En su expedición, tal como Griffin leyó en el libro que el marino escribió posteriormente, Byron avistó Madeira el 14 de julio de 1764 y nada más tomar tierra le agradó la tibieza primaveral de su clima y los vivos vientos que la barrían a determinadas horas, pero a renglón seguido, cuando habla de las virtudes de la isla, lo que más celebra Byron son las conservas de naranja y las mermeladas de sidra, y el aroma de violetas azucaradas que le invadió al poco de dejar atrás el nauseabundo olor del puerto. Como Griffin había visto que sucede a los más duchos marinos, cuando estos están en tierra se sienten sonámbulos que zarandea la salvaje naturaleza, y así Byron por todas partes se maravillaba de los frondosos árboles de Madeira, en especial de los laureles de color rojo, como el famoso vino de la isla, y curioso como era de natural, y dado además que su mayor afición científica era la botánica, de moda en el siglo XVIII, dejó el barco en manos del segundo oficial y, acompañado ni más ni menos que por una monja que tenía, según Byron, libertad de hablar con extranjeros, dedicó varios días a estudiar la hoja lisa de aquellos *Laurus magnoliifolia maderiensis*, cuyo nombre era débito de Lamarck, su amigo y experto botánico en Kew, o también la carnosidad fibrosa de la *Caladium*, planta con dos colores en sus hojas, carmesí en el interior y verde botella en los bordes, que incita a ser mordida y que al punto produce una sensación de absoluta sequedad abrasiva en la boca, como describió el propio Byron, dijo Griffin.

10

Por mi parte, ante aquellas derivas tan absorbentes por las que Oliver se adentraba de pronto, fabuloso y salvaje, traté algunas veces de volver a lo que yo creía que era el relato principal, el viaje del propio Griffin al Estrecho de Magallanes. Mas nada se debilitaba en él; al contrario, como al otoño sigue el invierno y a este la primavera, en cada fragmento de su historia renacía a continuación un brote nuevo de una historia nueva.

Así fue como supe que el *Minerva Janela* –según me ilustró Griffin cuando le vino en gana, pero ya caminando hacia el bar del hotel Sheraton por el Jardín del Casino– era un mercante de 480 toneladas y ciento veinte metros de eslora. Durante algunos meses fue su hogar, o mejor dicho su mundo, y desde entonces, desde que dejó aquel barco y regresó a la vida tal cual era antes de su largo viaje, lo invadía una extraña melancolía y el recuerdo insistente y cálido de todos los que fueron sus compañeros en la travesía hasta llegar a la Isla Desolación.

–El barco es algo vivo –dijo de pronto Griffin en el bar del Sheraton–, por eso puede llegar a tener un cárdeno aire triste, como de foto ennegrecida a propósito, y cataclísmico cuando se le ve desde tierra, y en cambio exhalar una vibrante vitalidad desde el mar, como el sudor de un deportista.

Me confesó que era imposible ya para él olvidar la mañana del día de hacía cinco años en que vio al *Minerva Janela* amarrado a los bolardos del espigón de Pontinha. Era la imagen de algo indomable que le ocultaba perezosamente su totalidad, igual que una persona con la que se acaba de entablar un conocimiento en verdad nuevo. «Veinte metros y medio de manga, seis de calado, dieciocho nudos de velocidad cuando iba a toda máquina», recitó Griffin indicándome con la cabeza la dirección del puerto donde se podían ver barcos similares. «Su velocidad puede crecer todavía si el viento lo empuja.»

Aquella mañana, pues, el *Minerva Janela* parecía dormir, en espera de una palabra, de una orden, de un aviso. Respiraba, si esto puede decirse de un barco en un puerto, aunque Griffin estaba seguro de que eso es justamente lo que hacen los barcos en los muelles, respirar como cuando nosotros soñamos. Su casco tenía regatos de óxido por todas partes, pero no aparentaba abandono sino tan solo uso, sobre todo por el escobén del ancla, y no era hermoso, más bien le producía a Griffin impresiones desagradables o a lo sumo asimétricas con su ánimo, de imprevista vulnerabilidad, aunque enseguida las superó al ver el moderno caparazón plastificado del Sat Nav para la conexión por satélite, que llamaba la atención por su pulcro gris claro y su forma aerodinámica. Los contenedores apilados ocupaban, por su tamaño, buena parte de la visión del barco, cada uno de un turbio color anaranjado, roñosos en general, pero todos desgastados y con abolladuras. Un perro le ladró desde cubierta, dándole la bienvenida o quizá por el contrario tratando de amenazarlo, Griffin aún no lo sabía.

II

Cuando volví a ver a Griffin, unos días más tarde, en el restaurante Os Combatentes, de la Rua Ivens, me abordó inmediatamente, como si no nos hubiéramos separado ni un minuto, para contarme una experiencia de su infancia.

–Fue en 1955. Tenía tan solo siete u ocho años. Nunca olvidaré ese día –dijo Griffin, achicando la voz antes de una pausa–. Llegaba tarde a clase y los pasillos largos y las galerías vacías del colegio me producían una angustiosa sensación en la que se mezclaban la culpa y el desamparo, sentimientos que siempre, cuando los analicé años más tarde, he atribuido a aquellos retrasos, frecuentes en esa época y supongo que debidos a la ineficiencia de mi madre al despertarme y darme el desayuno, la poderosa sensación de estar segregado, separado del resto de mis iguales, de mis compañeros, de los demás seres humanos en general, pues además mi nombre reafirmaba la diferencia, cuando no el rechazo, y no me refiero al hecho de que se me emparentase con el Griffin de Wells, esa invisibilidad que me literaturizaba, porque aún ni yo, ni nadie de mi entorno supongo, habían leído o sabido nada del escritor inglés, sino que aludo al hecho de que mi apellido era extranjero, y en aquellos pasillos silentes se agudizaba para mí una despreciable sensación de extrañeza, cercana a la pesadilla si no fuera porque la certeza de estar muy despierto me acompañaba en todo momento mientras llegaba a la clase.

Recordaba Griffin que llamó a la puerta y alguien, a quien no vio, abrió. A la vez que la hoja de la puerta desaparecía, entraba en su campo de visión algo inaudito, pues ya no tenía delante de él las habituales hileras de pupitres con sus compañeros de clase sentados y atentos, sino un orden nuevo en el que se habían alterado esas filas y encima de los pupitres se había dispuesto todo tipo de animales disecados. Allí había varios lagartos y serpientes de todos los tamaños, dos cocodrilos enormes sostenidos en el aire por varas de hierro, aves bajas como pollos, aves de colores como faisanes, aves regordetas, aves zancudas, una especie de cordero con dos cabezas, tortugas de las Galápagos y otras minúsculas como uñas, frascos con batracios, decenas de cajas llenas de mariposas, otras con *cocullos* o insectos de la luz, otras con los venenosos alacranes de la Tierra del Fuego, y en su puesto vacío le esperaba la pieza que el profesor le había asignado, el pájaro niño de la Patagonia o perdiz de Chile, «hallado en la ribera norte del Estrecho de Magallanes», como rezaba un pequeño rótulo encolado a la base de madera con letras escritas en esmerada caligrafía con tinta china marrón. De este pájaro disecado escuálido, deslucido y de plumaje áspero, se acordaría luego cuando vio la foto de sus abuelos con el autómata de la Isla Desolación, y luego muchas veces había pensado en el cúmulo de coincidencias que le arrojaba a aquel remoto lugar del mundo y cómo una de ellas, sin duda, era ese pájaro niño de la Patagonia disecado que le aguardaba como inequívoca muestra de que el destino tiende sus redes y termina cobrando su presa, ya para bien, ya para mal, dijo Griffin.

12

Esas piezas provenían del Museo de Ciencias Naturales de la ciudad, continuó, prestadas al instituto con rango de acontecimiento y excepción festiva para que pasaran de clase en clase por esas fechas, y pertenecieron a la famosa Comisión Científica del Pacífico, de Almagro y Jiménez de la Espada, personaje este último notable como pocos, la cual, después de una gran exposición en la estufa del Botánico, allá por el mayo de 1866, decidió repartir la colección de fauna sudamericana por varias ciudades españolas, yendo a parar así a Sevilla, Valencia, Barcelona, Valladolid y Madrid, desde donde, casi cien años más tarde, irrumpieron en la vida escolar de Griffin.

–No puedo por menos que reconocer que aquella mañana de 1955 volvió a conformarse en mí la idea de la foraneidad, es decir, la idea punzante de viajar, de salir a recorrer mundo, de ser otro, y que formaba parte –dijo Griffin–, del aliciente nacido en las novelas que leía en ese tiempo, lector sin duda precoz.

Con los años acabó por incubar aún más esa idea, y las lecturas crecieron hasta extremos insospechados, hasta el punto de pasar a formar parte del tejido de coincidencias que ha venido presidiendo su vida. Así, en 1978 volvió a encontrar piezas disecadas de la Comisión Científica del Pacífico donde menos podía imaginar, pero a donde había ido por razones literarias, es decir, por su larga fascinación por Gustave Flaubert, su favorito. Encontró una pareja de aves de la Patagonia disecadas, muy parecidas al pájaro niño hallado en su pupitre escolar en 1955, en el Museo de Historia Natural de Ruán, donde se hallaba en busca, por puro fetichismo, de un loro del Amazonas que hubo alquilado Flaubert por un tiempo como modelo para su Loulou, en *Un coeur simple*. El loro, junto con otras aves americanas disecadas, estaba en lo alto de una estantería en un estrecho desván del Museo, y precisamente allí, a la altura de su propia mirada, entre los muchos pájaros que había, se topó con esas aves patagonas que llevaban una etiqueta atada a una pata con un cordel en la que alcanzó a leer «Comisión Española del Pacífico, 1862-1866».

–Parece increíble, pero es absolutamente cierto –afirmó tajantemente Griffin antes de continuar con Flaubert, refiriéndose de pronto al viaje a Oriente que este hizo con su amigo de juventud Maxime Du Camp.

No se me ocurría ninguna relación evidente que aquel viaje de Flaubert tuviera con la historia central de Griffin, si es que existía una historia central en él, aficionado como era a las divagaciones y los excursos, mas la aparición de las palabras Cabo-de-Hornos en medio de su charla restableció formalmente la coherencia en Griffin. Explicó entonces que Flaubert y Du Camp tomaron un barco en Marsella con destino a Alejandría, un barco que se llamaba *Nilo*, al que subieron la mañana del domingo 4 de noviembre de 1849. El capitán se apellidaba Rey, extraño individuo poco hablador y distante –matizó Griffin haber leído al respecto– y su segundo de a bordo era el teniente Roux, con quien Flaubert enseguida entabló buenas relaciones, mejores que con el propio Du Camp, tan fatuo y vanidoso, como se sabe, puntualizó Griffin.

El joven Roux, para entretener a algunos pasajeros, solía relatar viajes por mar y aventuras peligrosas que tenían por escenario el Cabo de Hornos. Sin embargo, a Gustave lo que más le impresionó fue el relato de un hecho trágico protagonizado por un ave, un albatros, tal vez pariente de alguno de los muchos albatros que había en aquel desván del Museo de Historia Natural de Ruán, junto a los loros del Amazonas que el escritor alquiló y junto a los pájaros niños de la Patagonia. Al parecer, Roux contó que en una de las travesías en bergantín por la Tierra del Fuego en que él estuvo de marino, un hombre cayó al mar, un cirujano de Limoges con el que acababa de jugar a las cartas, y antes de que pudieran hacer nada por él, arrojándole desde la borda un salvavidas, se abatió sobre su cabeza un enorme albatros que a golpes de ala y picotazos lo hundió hasta ahogarlo, y quizá lo hizo –y esta era la razón que al objeto de aliviar el dramatismo de su relato aducía Roux, según dijo Griffin– para vengarse de la muerte del albatros cantada cincuenta años antes por Coleridge en su *Rime of the Ancient Mariner*. Tal vez por eso, temiendo que algún día se lanzase sobre él el fantasma de ese o de cualquier otro albatros abatido, aquel viaje de Flaubert fue el único en barco que el escritor hizo en toda su vida, y lo describió brevemente, para conjurarlo, en *L'Éducation sentimentale*, cuando a su *alter ego* Frédéric Moreau lo lleva meramente a «viajar» y a «regresar», sin que entre ambos hechos existiese nada más que un breve párrafo de tres líneas para dejar constancia sintética de la melancolía de los paquebotes, el frío del amanecer, el vértigo de los paisajes y los efímeros amores interrumpidos.

–Solo escribió eso –dijo Griffin, lamentando la tacañería literaria de Flaubert–: «Viajó. Regresó». ¡Con lo enorme y poblado de minucias de por sí que es, en todo viaje, el tiempo transcurrido entre el hecho de ir y el de volver! Pues, como ya escribió Kafka en 1913 a su amada Felice, en los viajes por mar no paran de suceder cosas, y yo, que viajé por mar, lo corroboro.

14

Fue después de comer y tras iniciado un buen trecho del paseo por la playa, cuando Griffin volvió a hablar, pero tampoco esta vez lo hizo expresamente de su historia. Dijo Griffin que antes, al referirse al albatros, había recordado de pronto un poema de Baudelaire, a quien leía con frecuencia con la vana intención de aprenderse de memoria todos sus versos. El poema estaba dedicado a esa gran ave de mar «que habita la tormenta y se ríe del arquero». Entonces Griffin me dijo que también Funchal vio en sus calles a Baudelaire, y me propuso a continuación acompañarlo a la casa de Filipe Pereirinha, un anticuario cuya máxima obsesión había sido convertir su negocio, con el tiempo, en un museo local. Y lo había conseguido apenas hacía cinco años, cuando Griffin emprendió el viaje en el *Minerva Janela*, precisamente al poco tiempo de visitar ese tal Museo Pereirinha, en realidad la propia casa del anticuario, devastada, como pude comprobar, por el amontonamiento de decenas de vitrinas con incalculables objetos, miles sin duda, viejos más que antiguos diría yo, grandes y pequeños, absurdos o lógicos, cartas, fotos, cuadros y maquetas de barcos, grandes fauces óseas de cetáceo colgadas de las paredes aquí y allá, banderas, monedas, medallas, libros, cromos, relojes, armas y decenas de clasificaciones más. Allí, para asombro de Griffin, había una nota manuscrita por Charles Baudelaire, fechada en Madeira en noviembre de 1841, dirigida al Patrón de la Cofradía de Pescadores, entonces influyente en la política portuaria de la isla, en la que suplica encarecidamente que le dejen embarcarse para Europa, carta quizá comprada en una subasta por el propio Filipe Pereirinha o por su hijo António, quien emigró y se enriqueció en la misma Europa a la que aspiraba a regresar con tanta ansiedad el poeta Baudelaire.

Todo había empezado unos meses antes de ese mismo año 1841, en concreto el 19 de abril –me relató Griffin en aquel museo local–, cuando el padrastro de Baudelaire, el general Jacques Aupick, le dijo al hermano mayor del poeta, Alphonse, que urgía «arrancar a nuestro Charles del pavimento resbaladizo de París», eufemismo relativo a las perniciosas compañías que frecuentaba, es decir putas y artistas drogadictos. Entonces, a iniciativa de los miembros del Consejo de Familia que regulaba la vida de Charles, se decidió enviarlo lejos, que hiciera un largo viaje por mar, un viaje que se considerase de placer, pero también de castigo, y podía ser a las islas de la Martinica, en el Caribe, o a las ciudades costeras del Índico, tal vez Conchinchina. Se optó luego por llegar hasta Calcuta, en la India, y por una duración, entre viajes y estancias por la zona, de un año y medio. El precio fue elevado, 5.500 francos, casi el doble que cualquier otro viaje a Asia, pero Aupick y el resto de los miembros del Consejo lo consideraron un dinero bien invertido, para lo cual, no obstante, hubo que solicitar un préstamo bancario a tres años. El indómito Charles se embarcó en Burdeos, en el *Paquebot-des-Mers-du-Sud*, que levó anclas el 9 de junio, un navío de 3 palos con toldilla, de 450 toneladas, no de pasaje sino de mercancías, «forrado, claveteado y enclavijado con cobre», como especificaban los folletos publicitarios de la época, dijo Griffin.

Charles había sido admitido por ser el capitán, Pierre Saliz, amigo de Pierre Zédé, amigo a su vez del severo general Aupick. Como único divertimento para el viaje, Charles se llevó las obras completas de Balzac, que ya había empezado a devorar cuando el 8 de agosto doblaron el Cabo de Buena Esperanza. Entonces ese día, y durante las veinticuatro horas siguientes, una tormenta inexplicable, como si solo estuviese focalizada encima del barco, feroz y violenta por la altura de sus olas, dos veces la del buque, zarandeó la nave hasta llevarla al riesgo de hacerla zozobrar. Baudelaire, según testigos, ayudó a la marinería en las faenas de emergencia como uno más, incluso asumió ante el peligro acciones que eran propias de duchos gavieros. Los graves desperfectos en mástiles y velamen obligaron después a Saliz a permanecer más días de los previstos en las islas Mauricio y Borbón, en las Mascareñas, y fue en el puerto de Saint-Denis de Borbón donde finalmente Baudelaire se quedó en tierra.

15

Saliz partió para Ceilán días más tarde sin lograr convencer al joven Charles de que lo acompañara. La vehemente negativa del poeta resultó insoportable para la paciencia del viejo capitán, quien no obstante advirtió en Charles, dijo Griffin, las señales de un agudo ataque de melancolía que, temía Saliz, acabase en suicidio. Por esa razón convino con el capitán del *Alcide*, Jude de Beauséjour, un pasaje de regreso para su joven protegido. Mas el *Alcide*, necesitado también de reparaciones, tardaría en zarpar todavía dos o tres semanas. En ese tiempo, Baudelaire frecuentó al hacendado Gustave Adolphe Autard de Bragard, a quien fue presentado por uno de los oficiales del *Paquebot-des-Mers-du-Sud* en un paseo por la isla. Autard de Bragard, licenciado en derecho, era un hombre cultivado que enseguida acogió a Charles en su casa hasta que emprendiera su viaje de vuelta, pero a la aquiescencia de Baudelaire a la gentil invitación contribuyó de manera decisiva la belleza de Mme. Autard, Emmeline de Carcenac, esposa del hacendado y amante enardecida de la poesía de Gautier, al igual que Charles, y a quien este escribió un soneto en el que la describe como «dama criolla de encantos ignorados», augurando en él que, si alguna vez va a París, todos los poetas serán sus esclavos. La esbelta Emmeline, joven y romántica, se prendó del poema y del poeta –explicó Griffin–, pero, aunque vivió aquellas semanas sacudida por una excitante seducción, quizá la mayor pasión de su vida en medio de la rutina tediosa de la plantación de su marido y del aburrimiento de la grisura colonial, no volvería a verlo nunca más después de que el poeta partiera en el *Alcide* con la marea del 4 de noviembre, ni llegaría a pisar París ni tratar a sus poetas, esclavos en potencia de su encanto, porque Emmeline fallecería en alta mar dieciséis años más tarde, el 22 de junio de 1857, a punto de cumplir los cuarenta y ya menos bella, sin duda, en el barco que la llevaba por fin a la metrópoli, unos días antes de que el editor Poulet-Malassis pusiera a la venta *Las flores del mal* donde está el poema en ella inspirado y que ya jamás leería.

Cuando el *Alcide* arribó a Madeira –prosiguió Griffin–, su capitán decidió cambiar inesperadamente el rumbo de su viaje y dirigirse a Nueva York, cosa que alteró los ya enervados planes de Baudelaire, y, sacado de quicio por la imperiosa necesidad de regresar a toda costa a Francia, deambuló por la ciudad, pues no salió de Funchal, buscando un barco para el que comprar un pasaje o endeudarse en ello. Fue en esos días de angustia y neurosis cuando debió de escribir la carta para solicitar la ayuda de la Cofradía de Pescadores con vistas a que le autorizasen a embarcarse en un bricbarca genovés procedente de Bahía, el *Mima*, la misma carta que yo vi con Griffin en una vitrina baja, en forma de mesa, del Museo Pereirinha.

–Lo curioso de toda esta historia –dijo Griffin–, es que, después de ir taberna por taberna implorando histriónicamente y tratando de entenderse con los hombres del lugar para suplicarles información sobre los barcos con destino a Europa que había atracados en el puerto, incluso después de estar a punto de subir al *Mima* hasta de polizón, y si no lo hizo fue sencillamente porque el final del viaje no era Francia sino la rada de Génova, Baudelaire, pasados unos días desde que llegó, termi-

33

nó por regresar al *Alcide*, pues su capitán recibió la contraorden de zarpar con el rumbo previsto inicialmente.

Así, el 16 de febrero de 1842 desembarcaba Baudelaire en el puerto del Garona, en Burdeos, asqueado para siempre de todo viaje posible posterior, algo que nunca más hizo. No había acabado de leer, supuso Griffin, las obras completas de Balzac, incluso atestiguan que perdió algún tomo en el viaje.

16

La tripulación del *Minerva Janela*, empezando por su capitán, Afonso Branco, apenas si salió del buque mientras estuvo en Funchal, en los días en que Griffin se incorporó a su dotación como pasajero, el único que iría en la travesía. Se componía de dieciocho hombres de varias nacionalidades y navegaba bajo bandera portuguesa. Branco, según Griffin, era un hombre de mediana edad, bajo y robusto, de cabeza bien formada, pelo canoso muy corto, taciturno y poco hablador, acostumbrado a dar órdenes con naturalidad y a no repetirlas, con quien Griffin mantuvo siempre una cordial relación de respeto, pero también de distancia, y a quien el silencio dotaba de un equilibrio entre confusión y ferocidad.

Griffin me contó que había un primer oficial, muy amigo de Branco desde su juventud, Luiz Pereira, muy moreno, con el pelo ensortijado, mucho más cálido y cómplice en el trato, y un segundo, Fernando Grande, totalmente extrovertido y hasta risueño, bromista sin perder la firmeza en los momentos importantes; los otros dos oficiales eran: un contramaestre gallego, Rodo Amaro, mayor que Branco y con formas rudas, de capataz, y un sobrecargo francés, de la misma Burdeos de la que zarpó y a la que regresó Baudelaire, Olivier Sagna, mezquino muchas veces, pero leal y escrupuloso en su trabajo. Luego estaban los dos electricistas, Paulinho Costa y Tonet Segarra, los mecánicos Pedro Ramos y José Amuntado, el jefe de máquinas, un macedonio llamado Pavel Pavka, quien contaba con un ayudante galés como segundo maquinista, Charly

Greene, cuyo cuerpo estaba prolíficamente tatuado, más la marinería de seis hombres, entre los que Griffin no olvidará al negro Mbuyi Kowanana, costamarfileño, y, en su lista punteada de memoria, dejó aparte al cocinero, Michel Bergeron, a quien sus compañeros apodaban «Sebo» pese a ser muy delgado, marinero también de Burdeos como Sagna, el sobrecargo.

–Con todos –dijo Griffin–, hice amistad en el viaje, aunque pasar varios meses metidos dieciocho hombres juntos en un barco en el que el espacio escasea como un bien precioso, no es la mejor opción para la convivencia sin tensiones, y las personalidades de cada cual afloran como si se desenrollase, inevitable y paulatinamente, un ovillo de alambre de espino. Además, allí el carácter varía por muchas razones lógicas, como el clima, el aislamiento que produce el mar o la dificultad para evitar encontrarse con las mismas caras a todas horas, aunque al final el ambiente de libertad se impone para lo bueno y para lo malo. El único principio invariable e inviolable es el de la autoridad y la disciplina; estas siguen siendo la base de toda tripulación bien gobernada. Sin esta jerarquía absolutamente respetada por todos la vida a bordo sería, en ocasiones, insostenible –concluyó Griffin en un bar nocturno de la Rua do Seminário que ya cerraban pero donde nos dieron una última copa.

17

La noche antes de zarpar, después de que Griffin se hubiera presentado ante Branco en el puente y hubiera aclarado el motivo por el que no había podido embarcarse en Lisboa, como estaba previsto, debido a un retraso ajeno a su voluntad, Luiz Pereira, el primer oficial, lo acompañó al camarote que en adelante compartirían ambos, donde le cedió la litera superior, muy estrecha, junto a cuya almohada había un estante empotrado con calendarios de mujeres desnudas y, mezclados con novelas de Philip K. Dick, seis o siete libros de Julio Verne –especificó Griffin–, de los que recuerdo *Los hijos del Capitán Grant*, cuya acción precisamente parece que arrancase en la Isla Desolación misma, en el Estrecho magallánico, *Veinte mil leguas de viaje submarino*, *La esfinge de los hielos* y *Los náufragos del Jonathan*, libros por los que siempre Griffin se había sentido fascinado cuando era niño hasta extremos absolutos.

Quizá aumentaba la fascinación por el viaje que se disponía a hacer en ese camarote la circunstancia de que, cincuenta años después, volvía a tener en sus manos los libros que le habían ilustrado lo que era la acción en la vida. En ese momento, en el camarote que Pereira acababa de dejar para hacer su trabajo con los prácticos del puerto en las órdenes de la salida, volvió a revivir las sensaciones que le había producido, apenas adolescente aún, la lectura de aquellos libros que lo transportaban a un mundo distinto, imaginado y deseado como quien atesora momentos felices, y en ese camarote creyó entender que toda su vida había sido una larga preparación para llegar a ese instante, una enorme elipse para afrontar el gran viaje que había soñado, pero dado por imposible, en las lecturas de Verne, y que en ese momento, allí mismo, bamboleado en el vientre del barco, comenzaba.

Los idiomas que había aprendido, añadió ensimismado Griffin, los libros de Historia que había estudiado durante toda su larga carrera profesional, los pequeños viajes cortos que había hecho en barcos no menos pequeños, las asociaciones geográficas de las que se había hecho miembro por el placer de enunciar los carnés que expedían, los mapas que había comprado por todas las ciudades que había visitado, las islas que había inventado y dibujado hasta la saciedad –y entre ellas y por encima de todas ellas *su* isla, aquella Desolación que nortaba su vida inconsciente pero decididamente–, en fin, todos los minúsculos pasos no eran, dijo Griffin, sino eslabones de una cadena que en aquel camarote había llegado a cerrarse y ser fin y principio a la vez. Por eso, en el reducido espacio que sería su casa en los próximos meses, nunca fue más real el aire espeso con olor a aceite de máquinas y a humedad mohosa como en aquel instante en que se sintió inmerso en la maravillosa realidad de las ficciones literarias de sus recuerdos.

Encendió el pequeño ventilador eléctrico que le había dejado Pereira antes de irse y la sensación de olor acre se diseminó por el angosto cubículo, abriendo a su capricho el aroma de los sueños. Como dijo Raymond Rousel –comentó Griffin–, también él admiraba infinitamente al hombre de inconmensurable genio que fue Julio Verne, pero, claro está, a Griffin no le cupo la dicha que a Rousel de que el maestro lo recibiera en Amiens, donde vivió Verne desde 1871, ni pudo nunca, obviamente, estrechar su mano, pero suscribía aquel elogio final de Rousel como la oración ritual de una religión a cuyo culto se había entregado: «Bendito sea este incomparable maestro por las horas sublimes que he pasado a lo largo de toda mi vida leyéndolo y releyéndolo sin cesar».

–Bendito Pereira, que en el *Minerva Janela* llevaba aquellos libros, como Baudelaire llevaba los de Balzac, para leerlos una y otra vez y «así saber de las cosas del mundo» –dijo Griffin, citando a Pereira con devoción.

Salimos del bar de la Rua do Seminário, cuyo barman había sido benévolo con nosotros al dejarnos beber a los dos solos una última copa a puerta cerrada, mientras él barría y se afanaba en volcar las sillas sobre las mesas, y en la puerta misma Griffin se despidió no sin antes desearme la mejor de las noches.

18

Griffin y yo reanudamos la conversación, su monólogo en realidad, días más tarde, desayunando en el hotel Carlton, y como la jornada había amanecido con una fuerte lluvia, dispersa y esponjosa, Griffin se creyó en la obligación de hablarme del tiempo que hacía el día de su partida, cinco años antes.

–El barómetro estaba muy bajo –dijo Griffin–, llovía más que hoy porque había borrasca, pero el viento era de componente noroeste y Branco dio la indicación con la mano a Pereira, quien a su vez avisó por radio al remolcador. Las siguientes órdenes las ejecutó ya Fernando Grande, pero el práctico se acercó al buque y pidió subir a bordo para hablar con Branco.

La borrasca no iba a amainar hasta mediodía y él aconsejaba partir por la tarde, por lo que el capitán fijó la partida para las 20.00 horas.

Nadie bajó a tierra ni nadie, durante esas horas, por temor a rezagarse, abandonó su puesto asignado para la maniobra, y Griffin miraba desde el ojo de buey de su camarote las playas de la Avenida do Mar y los yates zarandeados en la Marina, al otro lado de la bahía, todo barrido por un viento fuerte que arrastraba sábanas de lluvia sobre un mar picado, imaginándose fantasiosamente que allí al fondo, en realidad, eran los turistas quienes naufragaban en los comercios y las terrazas donde convivían fotos de Michael Jackson y Madonna con imágenes de vírgenes y vistas añejas de los pueblos de la isla, como Cámara de Lobos, Machico o Caniçal. El barco se movía mucho pero él no sentía ningún síntoma de mareo. Era el 10 de octubre, día de su cumpleaños, algo que curiosamente había olvidado hasta entonces, pero recordó, en cambio, aquello que escribió Chateaubriand cuando en octubre veía a las aves migratorias y sentía que octubre era un mes en que, por dentro, una inquietud sin nombre lo obligaba a cambiar de clima y querría tener alas o ser una de esas nubes que pasan veloces para poder llevar a cabo sus irresistibles ganas de huir. Huir a toda costa, ser, de alguna manera, invisible en tierra, como le sucedía al Ismael de Melville, y sin duda, ahora lo sé claro, le sucedía a Griffin en su búsqueda de la Isla Desolación.

Zarpó el Minerva Janela a la hora prevista. Las lanchas motoras, veloces, cruzaban la bahía abriendo a su paso el vuelo de las aves que, a centenares, estaban posadas sobre el mar, ondulando sobre las olas que las mecían, gaviotas la mayoría de ellas, y en medio de una luz rosácea y anaranjada, brillante, que ese 10 de octubre, como pocas veces había visto Griffin en su vida, formaba una extraña sensación de bóveda artificial, como en un escenario iluminado.

Dos o tres veces atronó la bocina del barco en el puerto. Los pocos turistas de la Marina levantaron la cabeza. Ya no llovía –dijo Griffin– y al cabo de unas horas empezó a dejarse subyugar por la monotonía de las olas, los sutiles cambios que se veían en las corrientes, sobre el plateado de la superficie. De pronto, cuando quiso darse cuenta, las nubes ocultaron la luna y la oscuridad fue absoluta en el mar, no existían más luces que las del barco. Entonces subió a la cubierta y se asomó a la barandilla de babor. Comenzó a discernir el ruido constante del *Minerva Janela*, el tracatrá-tracatrá-tracatrá que ya sería la música de sus próximos meses y que se metía en la cabeza hasta formar parte de los pensamientos. Luego vio la noche en alta mar, recompensa fatal e impúdica para el espíritu como un luto severo. Dejada definitivamente atrás la bella Madeira, perdido el resplandor último del faro de Punta da Cruz, ante Griffin se expandían las tinieblas, las sombras inquietantes de las olas encrespadas, y se sentía más invisible que nunca, en medio de un lugar en que todo era tan invisible como él, incluida la estela que se abría, más intuida que vista, ensanchándose inane tras el barco hasta convertirse en una especie de laguna dentro del mar.

19

El abuelo de Griffin, Arnaldo Aguiar, era ilusionista, uno de esos prestidigitadores que hacían desaparecer cuerpos o los partían en dos después de serrar la caja en la que los habían metido. Actuaba con el nombre artístico de Samini y nada de lo que hizo o poseyó existe ya, según dijo Griffin cuando lo encontré unos días después de narrarme su partida de Funchal a bordo del *Minerva Janela* y tras desaparecer, como buen invisible, de la vida de la isla, sin salir de la habitación de su hotel seguramente.

Cuando en 1923 –continuó Griffin con naturalidad como si no hubiera pasado el tiempo desde la última vez que nos vimos– su abuelo Arnaldo emprendió aquel viaje con su abuela, recién casados, hasta Valparaíso, aún no era «el gran Samini», ni siquiera «el famoso Samini», sino Samini a secas y eso solo en los muy pocos teatros donde había actuado. Siempre había creído su nieto que la idea de su mejor número, curiosamente uno en que hacía que su *partenaire* se volviese invisible y demostrase su invisibilidad con pruebas a las que él la sometía, le surgió a la vista del autómata que le enseñó Graciela Pavić en Punta Arenas. Con el tiempo, elaboró mucho ese número, consistente en hacer que su ayudante entrase en una especie de máquina con ambigua forma humanoide, primero como un sarcófago egipcio y más tarde como un robot o cápsula con cabeza y tronco, de la que luego abría la portezuela y el público podía comprobar que no había nadie dentro, o sí había, ya que estaba la misma persona pero en una dimensión de, entre comillas, «alteración molecular», como él decía –explicó Griffin–, una alteración que le otorgaba el privilegio de ver sin ser visto, de actuar sin que nadie supiera qué tipo de acto iba a cometer, de anticiparse, de espiar o de acechar, y de este modo, ante el estupor del público en la sala, a una orden de su abuelo, la persona invisible se chocaba contra una mesa corriéndola unos centímetros, movía las tazas de café o las pertenencias de los asistentes, sacaba una cartera del bolsillo interior de uno, quitaba las gafas de otro o le abría el collar a cierta dama que lanzaba gritos de admiración y miedo. Y todo eso se producía si la actuación era en un cabaret o en una sala de fiestas, porque si era en un teatro invitaba a subir a algunas personas del público al escenario, desde donde asistían, en todo caso, al punto culminante, al momento en que hacía que el invisible se vistiera poco a poco, por partes, lentamente, y primero veían, en su ilusión hipnótica, un pantalón sin pies que andaba solo, o una camisa que agitaba las mangas sin cuerpo en su interior, y luego aquello se convertía en un ser vestido por entero, calzado incluido, pero totalmente vacío, hueco, evaporado, sin cabeza.

–Aquel ser era, en realidad, el verdadero Griffin ficticio de la novela de Wells, ya lo creo, el Griffin invisible que tenía que ir con vendas para cobrar volumen, de cuya existencia como personaje literario tal vez mi abuelo no tuviera ni idea, o a lo sumo habría visto la famosa película de Whale con Claude Rains de actor principal. Por supuesto, en la época en que mi abuelo inventó este número, no imaginaba todavía que su hija, mi madre, se acabaría casando con un Griffin de verdad, visible e irlandés de carne y hueso.

Nadie supo nunca cómo era el truco de su abuelo, pero ese truco le dio el rango de Gran Samini en todo el mundo del espectáculo. A veces, la máquina que convertía a los seres en invisibles tenía la forma de un autómata con apariencia humana en cuyo interior, misteriosamente, se producía la transformación. Al cabo del tiempo, la fisonomía del muñeco empleado por Samini, por muchas fotos que Griffin había visto, fue adquiriendo un enorme parecido con los rasgos del autómata del Estrecho de Magallanes, tanto le obsesionó a su abuelo aquel muñeco perdido. «Pero de todo eso no hay ya nada, que yo sepa», dijo Griffin de pronto melancólico sin apartar la mirada de la tarde lluviosa de Funchal.

20

Inesperadamente para mí, Griffin se adentró por un monólogo de lamentaciones en voz cada vez más baja, y entonces me sentí un extraño a su lado, aunque solo alcancé a entenderle una reflexión demasiado privada, demasiado honda y sin duda que repetida para sí mismo muchas veces, acerca del paso del tiempo y de cómo, con el tiempo –y Griffin elevó el tono al repetir la palabra tiempo–, va desapareciendo todo un mundo de intensidades y de personas. Se preguntaba, ensimismado, qué habría sido de los amigos que tuvieron sus abuelos y sus padres, y de sus inquietudes, y de las angustias que pasaron, y de lo que era importante y de lo que no lo era, de cada objeto que compraron, de cada objeto que perdieron o rompieron, de cada denuedo por conseguir salir adelante, de cada minuto de trabajo, de las conquistas y de los fracasos, y qué fue de cada instante de felicidad, de cada día de alegría, de todos los placeres y emociones.

–Todo desaparece –dijo Griffin–, no queda nada. Hay gente que hereda posesiones, negocios, empresas, casas. No es mi caso, nada ha quedado ni nada va a quedar, ni siquiera hijos, y si quedan los hijos, si quedamos los hijos, acabamos deshaciéndonos del pasado, bien porque lo destruimos, lo hacemos desaparecer, lo hacemos invisible incluso ante nuestros propios ojos, bien porque sencillamente lo olvidamos. La vida corre hacia su reducción en el olvido, hasta el punto cero donde se disuelve, con el tiempo, en la nada.

Cuando terminó de decir esto, me pareció que Griffin lloraba mientras sus ojos se empequeñecían mirando las nubes grises que venían del sudeste, justo por donde se abría la ruta por la que él había partido cinco años antes a bordo del *Minerva Janela*.

21

Sus abuelos llegaron a Punta Arenas un día del verano austral de 1923 –relató Griffin recuperándose como quien ha sacudido malos presagios de su mente–. No sabía cuánto tiempo permanecieron allí, ni tampoco sabía si llegó a actuar de prestidigitador en el teatro local o no, pero algo debió de hacer como ilusionista porque, no siendo famoso entonces, fue contratado para una actuación privada, una tan solo, en la Estancia Mercedes, cerca de la ciudad de Porvenir, en Tierra del Fuego, por iniciativa de la propia Graciela Pavić, quien había pasado allí su infancia. Puede que antes, pero también puede que después, fue cuando se hicieron la foto con el autómata en el Museo Salesiano de Punta Arenas, Griffin no lo sabía.

Lo que sí llegó a escribir el abuelo Arnaldo en una carta, según la abuela Irene, fue que en la Estancia Mercedes, cuya mansión principal, al final de una larga planicie terminada en playa, daba a las aguas del Estrecho en un lugar llamado Paso de los Boquerones, el día de su actuación con pañuelos y trucos de cartas y algún pequeño escarceo con la telepatía, amerizó un hidroavión, un Breguet XVI, y aquello lo impresionó mucho porque era un español quien lo pilotaba, aunque pertenecía a la Aeroposta Argentina, la línea aérea de correo que unía Europa con Sudamérica. Como era un fanático de la aviación, el abuelo Arnaldo quiso saber detalles del vuelo y del aparato, pero el piloto, que había amerizado de emergencia, no estaba de humor para hablar de nada, así que arregló el Breguet y despegó de nuevo. Sin embargo, para satisfacer la frustración de Arnaldo, el dueño de la Estancia, don Esteban Ravel, amigo de Graciela Pavić y no menos fanático que Arnaldo en materia de aeroplanos, se comprometió a llevarlos a todos, incluida Graciela, de regreso a Punta Arenas en su propio avión, un Latécoère 26, el único de toda la comarca, pilotado por el mismo don Esteban.

Fue para los abuelos de Griffin una experiencia única sobrevolar el Estrecho de Magallanes en un paseo aéreo de casi una hora, bajo la luz suave del largo crepúsculo de las tardes de enero, en pleno verano, que los llevó hacia el sur, hacia la Isla Dawson, para luego ascender por la costa de la Península de Brunswick, en cuya parte delgada apareció, bajo aquella tardía luz vespertina, el mosaico de tejados de las casas de Punta Arenas, compuesto de colores azules, amarillos, rojos y verdes, como una gran manta de cuadros irregulares recosidos.

22

La cabina del puente de mando del *Minerva Janela*, me dijo Griffin cambiando de tema y regresando al relato de su viaje en el mercante, ocupaba todo el cuarto piso del castillo de popa y tenía doce ventanales que decrecían de tamaño en los extremos, siendo el mayor el central; allí, en el puente, estaban siempre el hierático capitán Branco, el primer oficial Pereira, y al timón el piloto, Jordão Navares, un caboverdiano austero, callado y serio en extremo, con la cara cruzada de cicatrices por lo que Fernando Grande, el segundo, y Paulinho Costa y los demás marineros le habían puesto por mote «Acab». A veces se colaba hasta allí *Rata*, el feo perro de Tonet Segarra, para husmearlo todo y echarse sobre una manta doblaba que le había puesto Branco. «Aquel perro y yo –dijo Griffin– no nos llevábamos bien y siempre que me veía me ladraba enseñándome los dientes, gesto que yo le devolvía igualmente.» Una especie de visera o alero protegía los ventanales de la cabina, sobre la que estaban todas las antenas de radio y radar y los receptores de satélite, así como los pararrayos, pero los ventanales siempre estaban mojados por el agua que traía el viento. La cabina solía mantenerse oscurecida incluso de día, con cristales verdes antisolares, para que la pantalla del radar pudiera verse constante y rápidamente. Jordão Navares, alias *Acab*, tenía, por lo habitual, poco trabajo, aunque se pasaba todo el tiempo con un ojo puesto en la palanca del telégrafo de máquinas, para transmitir las órdenes de Branco, y otro en el radar. En realidad, el barco lo conducía el piloto automático y mientras nada indicase que allí delante, a unas pocas millas, hubiera algo extraño, cetáceos o tal vez alguna flotilla de pesqueros, no se pasaba a pilotaje manual más que ante la cercanía inminente del barco a tierra.

Griffin solía deambular por todas partes sin problemas ni restricciones, pero había sitios que no frecuentaba casi nunca. Pocas veces se dejaba ver por la cubierta de carga donde trabajaba el negro Kowanana, aunque desde su posición siempre lo veía en traje de baño, tumbado al sol con los *walkman* puestos escuchando a U-2, o a Cranberries, o a George Michael. Apenas llegó a bajar una o dos veces a la plataforma de maniobras, lo más hondo y asqueroso del buque, donde el macedonio Pavka campaba a sus anchas, también con cascos en los oídos, mientras estudiaba a gritos tiempos verbales y frases en portugués. En cambio, se pasaba largo tiempo apoyado en el pasamanos de la borda de la segunda cubierta, su lugar preferido, rodeado de escaleras húmedas, cables, mangueras, luces de carga, aparejos de poleas, torniquetes, maromas, mirando la inmanente grisura del vivísimo Atlántico que dejaban a los lados. Tal vez ahí se sentía integrado en la respiración del barco, le hacía la ilusión de pertenecer ya a él.

Una vez aprendida la ecología de la vida a bordo y las reglas de sus rutinas, los pensamientos de Griffin empezaban a crecer por su cuenta, y se abstraía imaginando la vida de su abuelo, o los detalles del viaje que hizo, o recordaba los cientos de libros leídos y las historias, verdaderas o falsas, me daba igual, que rodeaban al autómata de Punta Arenas, y recreaba las historias y aventuras de tantos viajes y marinos que durante quinientos años pasaron hacia el Estrecho de Magallanes, como si fuese el embudo del mundo, por la misma ruta por la que iba él en ese preciso momento, menos poético, me dijo, de lo que nadie podría imaginar, inclemente de clima y con un movimiento de vaivén incesante en todas direcciones.

También, claro, dibujaba islas, *la* Isla, *su* Isla Desolación que nunca lo abandonaba, y la dibujaba solo mentalmente, si cabe, frente al oleaje monótono. En otras ocasiones, a media mañana antes de comer, después de tomar algunas notas o de leer alguna revista, pues aún el capitán Branco no había decidido a qué faenas destinarlo, como era su intención para no sentirse demasiado ocioso en los meses que habría de durar el viaje, subía a la cabina para charlar un rato con Branco y oía sus órdenes extrañamente enérgicas: «Avante toda» o «Avante un cuarto». Si estaba ocupado, Griffin se entretenía entonces observando cómo Fernando Grande, el segundo oficial, calculaba las distancias sobre los grandes mapas en el cuarto de derrota, bajo una espectral luz roja que los hacía a los dos pálidos, casi translúcidos y, qué curioso, invisibles también.

–Dentro de tres días, cuatro a lo sumo si el temporal que anuncian es mayor –le explicaba Grande a Griffin–, veremos Santo Antão, a 16° norte y 24° oeste, la primera isla de Cabo Verde. Mira tú mismo.

Y Grande hacía girar dos o tres veces un compás de puntas abierto en los grados convenientes para que un extremo cayera justamente sobre el punto del mapa que ponía Mindelo, en la isla de San Vicente, el primer puerto al que llegarían.

–Tres días más –confirmó Grande–. Arribaremos por la tarde, si Branco no manda acelerar.

Luego sacó a Griffin del cuarto de derrota y lo condujo a la zona de recreo en la que «Sebo», el camarero del barco, había abierto unas latas de atún y unas cervezas, y le enseñó fotos de sus hijos y de su mujer.

–Es solo una de ellas –dijo Grande, para añadir al punto que todo marino que se precie no puede tener tan solo una mujer–. Claro que hay que estar casado con una para que sea la viuda oficial –bromeó sonriendo–, pero hay que tener otras para que consuelen a la viuda.

Después de reírse de su propia gracia, llamó a «Sebo» y le dijo que se guardara el atún para los marineros y que sacara el caviar de contrabando, que ellos eran oficiales. Luego se sumó Pereira, casi siempre con un libro de Philip K. Dick bajo el brazo. Muchas mañanas o tardes las pasaba Griffin en unión de los dos primeros oficiales, charlando de lo divino y de lo humano, evitando el aburrimiento o aburriéndose todos juntos.

24

Llegados a este punto de su relato, Griffin prefirió cambiar de paisaje para continuar su perorata, ya que la conversación con él, dilatada siempre durante horas en cualquier lugar de Funchal, hacía que el tiempo pasara sin que ninguno de los dos nos percatásemos de la hora que era. Ciertamente, como me hizo ver, se hacía tarde y, por un atisbo de agitación que me pareció columbrar en su mirada huidiza, me puse a esperar una de sus frecuentes despedidas abruptas, pero no solo esta no se produjo sino que, por el contrario, insinuó que tal vez podríamos continuar en otra parte. Asentí con sumo gusto y convenimos dirigirnos en un taxi pagado a medias hasta Cámara de Lobos, a unos pocos kilómetros de Funchal.

–Podemos cenar allí y de paso le hablaré de una interesante coincidencia, una más de las muchas que urde el destino –me dijo Griffin un tanto misterioso–: le hablaré de Brunswick y de

46

la relación de este nombre con la existencia del autómata de Punta Arenas. Entonces recordé que lo había citado en otro momento del día, cuando se refería al paseo de su abuelo en el avión que lo devolvió de la Estancia Mercedes. Brunswick. La Península de Brunswick. Griffin pronunció varias veces estas palabras en el taxi, sin volver su cara hacia mí, tal vez tratando de crear un efecto de tensión provocada. «Está el Duque de Brunswick», dijo Griffin como si estuviera solo, para luego guardar un largo silencio en todo el trayecto que se interrumpió por fin cuando estuvimos sentados en la terraza de un restaurante veraniego, entre turistas alemanes, frente a un pequeño malecón sucio parcelado por ruedas de neumático rajadas.

–Creo que en otra ocasión –dijo Griffin tras ojear brevemente el menú de la carta–, le hablé de la Península de Brunswick, en Magallanes, donde está Punta Arenas. Al citar el nombre de ese lugar, nunca he podido evitar pensar también en el tercer Duque de Brunswick, alguien quien en sí mismo no es relevante, pero en cambio sí lo es algo que encargó o mandó fabricar. Brunswick tenía su castillo en la actual Eslovaquia, a finales del xvi, el castillo de Dolna Krupa, y era un apasionado de los artilugios mecánicos y de todo tipo de máquinas, relojes o construcciones con autómatas, pero era asimismo, y no en grado menor, un gran intrigante y le gustaba estar en la política con algún papel principal, no como mera comparsa. La afición por los autómatas hizo furor en aquella época en las cortes de los Emperadores Rodolfo II de Habsburgo, en Praga, y de su tío Felipe II en España. Ambos eran, además, protectores de Juanelo Turriano, el gran ingeniero de ese tipo de aparatos desde los tiempos de Carlos V y cuyos fabulosos inventos suponían la admiración de Occidente.

25

Al mismo tiempo, en época de Rodolfo II, se pusieron muy de moda los gabinetes de las maravillas, con pequeños y grandes muñecos mecánicos que imitaban cualquier movimiento de la naturaleza o del arte: aves que desplegaban sus alas y abrían sus picos, tritones que entraban y salían del agua en las fuentes como delfines, músicos que tocaban sus instrumentos e incluso los hacían sonar, guerreros que entrechocaban sus espadas o forjadores de fragua en acción machacando sobre un yunque. Todo aquel juego de engranajes, ruedas dentadas, contrapesos y ruido metálico fascinaba al Duque, coleccionista de relojes enfermizo hasta el extremo de integrarlos en su panoplia de armas y enseñas ducales y de ofrecer auténticas fortunas por piezas de exquisita precisión.

Se caracterizaba también por su codicia y su envidia en extremo –matizó Griffin–, y con mayor o menor discreción acababa consiguiendo que los grandes maestros le fabricasen siempre una réplica o un duplicado de cada pieza singular que construían para otros más poderosos que él, por muy costosa e inimitable que fuese. De este modo, las piezas más valiosas de su colección del castillo de Dolna Krupa eran relativamente valiosas, pues su valor, en cierto modo, consistía en ser únicamente meras copias, pero ante las dudas sobre su autenticidad, el Duque replicaba que por qué habrían de ser las suyas las copias y no las de los otros, que pasaban oficialmente por originales, ya que, en realidad, de cada autómata o reloj que el renombrado ingeniero hacía, había dos, y ninguno de los dos poseía menor valor en su factura y ejecución, ni en ingenio, ni mucho menos en materiales preciosos, por tanto, según argumentaba el Duque, unas piezas –las suyas– eran reflejo de las otras –las originariamente encargadas–, y como sucede en los espejos, es muy difícil, por no decir imposible, adivinar cuál es lo verdadero y cuál lo falso, pues ambos, reflejo y reflejado, son idénticos.

Por esta razón, en Dolna Krupa podía verse desde la conocida Escena de Navidad, la llamada *Weinachtskrippe*, encargada en 1585 a Hans Schlottheim por Christian I, Elector de Sajonia, o *La Torre de Babel* que en 1601 hizo Schlottheim para Rodolfo II, o *La Nave con Fanfarrias*, también para el mismo Emperador, que luego, dicen, regaló al Sultán de Estambul; entre las máquinas duplicadas que tenía el Duque estaba el *Carro Triunfal* de Langenbucher y el famosísimo *Gabinete de Pomerania*, obra de Hainhofer, que pasaba por ser la compleja suma en miniatura de todas las ciencias, matemáticas, óptica, física, astronomía y geometría, eso sin contar todos los pequeños recovecos con cámaras secretas y trampas que albergaba el artilugio. Así, llevado por su afán malsano por poseer una copia exacta de cualquier original encargado en esta materia, el Duque acabó por solicitarle a Melvicio de Praga, bajo juramento, una copia de todo lo que fabricase.

26

Entonces pregunté a Griffin quién era Melvicio de Praga, de quien yo lo desconocía todo. Oliver me explicó que Melvicio fue un genio de edad indefinida, conocido desde los tiempos del Emperador Maximiliano, tal vez judío con más de cien años cuando murió –si es que murió, especuló Griffin–, maestro de los Turriano, los Acquaroni y los Schlottheim, maestro en fin de ingenieros que llenaron con su fama casi dos siglos. Su renombre secreto procede de un encargo inaudito que le hizo Felipe II. El emperador le llegó a pedir, muy confidencialmente, bajo pena de muerte, que fabricase un ejército entero de *homunculus* autómatas para fortificar el Estrecho de Magallanes. Un ejército de 111 autómatas exactamente, ni uno más ni uno menos.

–Aquello fue algo –se apresuró Griffin en aclarar– que obviamente no llegó a cumplirse de ninguna manera, ni por Sarmiento de Gamboa, el creador de las dos primeras poblaciones del Estrecho y responsable de llevar allí los 111 autómatas previstos para erigirlos por las islas con ingenua pretensión amenazadora, ni por el propio Melvicio, quien en cambio, por amor propio o por desafío personal, se propuso fabricar uno solo de esos autómatas, el mejor y más completo, y tal vez más terrible, androide autómata de su tiempo.

Enterado el Duque de este plan por sus espías, prosiguió Griffin, exigió, compró, chantajeó y hasta torturó al viejo Melvicio para que cumpliese con su promesa de darle copia de todo lo que saliera de su casa, y de este modo fabricase, también en secreto, un segundo autómata. La existencia de este segundo autómata permaneció oculta hasta muchos años después de la muerte de todos los protagonistas de los hechos.

Sarmiento en cambio sabía que existía ese segundo autómata. En su viaje al Estrecho, llegó a llevar, no ya los 111 ideados por Felipe II, sino el único, por así decir, fabricado por Melvicio, o al menos uno de los dos, pero esto es materia de otra historia y de otro día, dijo Griffin, que empezaba a dar algunas muestras de cansancio, tal vez por el vino que llevábamos ya bebido en aquel restaurante de Cámara de Lobos a punto de anochecer.

–Averiguar cuál de los dos autómatas sería el que hoy existe en Punta Arenas, el original o el duplicado, fue uno de los motivos de mi viaje –dijo Griffin–, y si quiere saber si lo conseguí, solo le diré por ahora que en parte sí y en parte no. Pero en realidad, me pregunto todavía, si habrían de ser el original o el duplicado, tanto daba, ¿no cree?

Sea como fuere, para Griffin no dejaba de ser una curiosa coincidencia que el marco geográfico donde hoy descansa ese autómata lleve el mismo nombre, aunque no sabía decir si en honor de la misma persona, que el del Duque que lo encargó a espaldas de todos y de manera tan acuciante, Brunswick, pero esto se supo muchos siglos después y ahora ya es del dominio público de un puñado de historiadores, si bien Griffin se temía que fueran tan secretos como el mismo Melvicio, y tan desconocidos para la gente corriente como la historia de aquel autómata.

27

Se preguntaba qué le iba a deparar el viaje, y no solo el viaje, sino su destino final, se sinceró Griffin de regreso a Funchal, ya noche avanzada. En realidad, él era un extraño en aquel barco. Muchos hombres de la tripulación conocían bien aquellos lugares porque ya habían estado allí, en el Estrecho, en otras ocasiones, incluso alguno, como el barbudo y vagamente canoso contramaestre Rodo Amaro, había trabajado en la refinería petrolífera de Terminal San Gregorio, bastante arriba de Punta Arenas, según Griffin, y Charly Greene, el rubio maquinista, pasó un invierno en la cruda isla de Lennox, al sur de Navarino, donde solo había hielo y nieve, porque se enamoró de una bióloga escocesa amante de los pingüinos que hizo allí su campamento de investigación. Pereira, por su parte, era el único que había doblado de verdad el Cabo de Hornos.

–Fue en un portacontenedores de la Mobil –le contó Pereira a Griffin–, y puedo decir que, como sucedió cinco siglos antes y como sucedería inevitablemente diez años después, los vientos del oeste son un muro que hace temblar y aullar y encabritarse a los motores más potentes, y a veces hasta se tiene la sensación de estar directamente en vertical, como ante una pared, de tan alto como las olas empujan para arriba las quillas de los barcos. Desde mi camarote veía –relataba Pereira–, batida con estrépito por todos los vientos gélidos y lluvias interminables, la yerma isla y el robusto cabo, el verdadero extremo del mundo, y solo podía pensar en Julio Verne y en Richard Dana y en los balleneros del XIX, y me decía a mí mismo que aquello único en el mundo en aquel único momento me estaba pasando a mí, y que la vida es vivible si uno se puede decir atónito eso de: «Me está pasando a mí».

Estas fueron las palabras del primer oficial, tal como las recordaba Griffin. Después, en el habitual café de la Avenida Zarco, Griffin empezó a hablarme de Punta Arenas.

–Es una ciudad extraña –dijo mientras llamaba al camarero y le pedía la consumición de los dos–, con espléndidos hoteles y edificios que parecen el de la Lubianka del KGB en Moscú, seguro que administrativos, pero siniestros, y con múltiples calles y casas de una extraordinaria vitalidad y colorido. Hay atardeceres prolongados, rojos y bellos como nunca he visto, y zonas tan vulgares como en Madrid o Quebec, de esas que llaman impersonales, con McDonald's y tiendas de fotos Fuji o Kodak. También le puedo dar datos de un par de hoteles y de restaurantes tan magníficos y caros como en París.

No eran esos los sitios que le recomendaba gente como José Amuntado, Paulinho Costa –de quien Griffin se hizo amigo durante el poco tiempo que conviví con él– o el propio y muy responsable Rodo Amaro, quizá el más honrado y católico de la tripulación del *Minerva Janela*; ellos le hablaban de sitios de la Zona Franca o del Barrio Hortícola, sitios en los que por supuesto estuvo, de mala muerte pero llenos de un encanto entre sórdido y melancólico, como algunas músicas y canciones, sitios como el Colmado Ribeiro, entre las calles Briceño y España, uno de esos bares con lámparas verdes sobre la cabeza del cliente, cristales de colores oscuros en las puertas y luces ambarinas que daban intimidad al mobiliario de madera renegrida, un remedo de barra americana donde la gran dueña rubia, una alemana más avejentada de lo que decía su verdadera edad, ahora con una pierna de madera y muchos años encima, mostraba con la mano los carteles con que estaba forrado el Colmado, carteles de un circo o similar, en los que se veía a una *troupe* de acróbatas, de la que ella, la enorme rubia coja, decía ser la mujer que en esos carteles estaba subida en el trapecio, y recordó Griffin aquello que escribió Cortázar en su libro sobre John Keats cuando se refirió a que conoció a una acróbata quemada por la luna en Punta Arenas, y, lógicamente, le preguntó a la gran rubia del trapecio, ahora al otro lado de la barra y tal vez al otro lado de la vida, como todos los que allí estaban al otro lado del mundo, en la ciudad más austral, en la verdadera frontera que fundara Sarmiento de Gamboa, el genial marino, el genial mago, dijo Griffin sin abandonar el largo decurso de sus narraciones, pero aquella mujer no conocía a ningún Cortázar, ni jamás, que ella supiera, la luna le había quemado otra cosa que el corazón, si es que la luna tenía los ojos tan negros como un chileno que la engañó, pero sí había oído hablar, alguna vez, del número invisible del Gran Samini, pero Griffin no se atrevió a decirle que era su abuelo cuando le preguntó si había oído hablar de él.

28

–Punta Arenas es una ciudad extraña –volvió a repetir Griffin–, una ciudad invisible para casi todo el mundo, alejada de todo y solo existente para quien quiere ir de verdad allí, porque no te la encuentras de paso a ningún sitio, salvo a *mi* Isla, salvo a la Desolación, tan invisible ciudad como el viaje a ella que iba a hacer y no hizo Antoine de Saint-Exupéry.

Se refería al famoso *raid* truncado de 1938 desde Newark, Nueva York, a Punta Arenas, 14.000 kilómetros en avión por toda América. A Griffin se lo contó un individuo en el mismo Colmado Ribeiro de la vieja acróbata alemana, un hombre que bebía pisco, ese licor espeso y amarillo, a sorbos lentos y secándose a cada poco el sudor. El viaje de Saint-Exupéry sería una proeza absoluta para Francia y el escritor, as de la aviación de reconocida fama mundial, lo inició el 14 de febrero de 1938 desde Montreal. Dos días más tarde, al sobrevolar la ciudad de Guatemala, el Simoun que pilotaba se estrelló, quedando totalmente destrozado. Saint-Exupéry se salvó milagrosamente, aunque tardó mucho tiempo en recuperarse de las fracturas en piernas, brazos y costillas, aparte de las infecciones que contrajo.

El *raid* se truncó allí, la mayor de las frustraciones se abatió sobre miles de personas, y se convirtió en un mito, en una especie de hazaña invisible –fue el término que empleó el hombre del pisco amarillo, dijo Griffin recalcando «invisible»–, porque en Punta Arenas toda la ciudad se había preparado para recibir con todos los honores y festejos al piloto francés, y además lo esperaba un amigo suyo, cuyo nombre tal vez él hubiera olvidado, un chileno de Antofagasta que había trabajado con Saint-Exupéry en la Aeroposta Argentina al comienzo de los años treinta. Aquel chileno era el padre del hombre del pisco amarillo que contaba esta historia. El día en que Saint-Exupéry, el héroe invisible, no apareció en el cielo, su padre perdió cuanto tenía y le cambió la vida y el buen humor por habérselo apostado todo a que su viejo compañero de vuelos postales aterrizaría el 18 de febrero a las 16.00 horas, ni un minuto más ni un minuto menos, exactamente cinco días después de despegar del Canadá, una proeza, de haberlo logrado.

El individuo del pisco amarillo, cuyo nombre jamás le dijo a Griffin, le enseñó luego el lugar donde estuvo previsto el aterrizaje, una pista de aeródromo en Miraflores improvisada entonces, invisible también, y hoy convertida en unas cuantas pistas de hielo para patinadores, cerca precisamente de una pequeña playa de rocas, más bien un pedregal impracticable, donde, según aquel hombre, aparecieron partes de los cuerpos de algunas personas arrojadas vivas a las aguas del Estrecho en la época de Pinochet, y eso para todos también se había hecho invisible, puntualizó Griffin. El lugar exacto era el varadero de Asmar, donde quedan hoy otros cadáveres muy distintos, los de ciertos barcos que fueron famosos en su día, como el *Hipparchus* o el *Falstaff* o el del velero escocés *County of Peebles*, pero ya desmantelados, que sirven ahora de escollera.

–Allí, en ese rompeolas –dijo Griffin–, en una zona algo escorada, está la llamada «Playa de los Pilotos» porque arrojaban a aquellos desgraciados desde aviones o helicópteros de las fuerzas armadas, y al cabo del tiempo, al menos en dos momentos, según aquel hombre del pisco amarillo, uno en 1974 y otro en 1976, sus restos empezaron a ser traídos a ese lugar por las mareas y corrientes, restos que ya no eran más que calaveras y huesos, a lo sumo tan vacíos como el autómata de los Salesianos –y Griffin me hizo notar que aquel hombre se refirió inesperada y casualmente al autómata de su foto–, para llevarlos finalmente, y desaparecer del todo, a la Base Naval que hay en la ciudad.

29

El *Minerva Janela* pertenecía a la Texaco, pero su matrícula era de Lisboa, cosa que Griffin no supo hasta bastante tiempo después de estar a bordo. A veces se cruzaban en alta mar con otros barcos mercantes o petroleros de compañías tan importantes como esa. En una ocasión se cruzaron con otro de similares características, el *City of Liverpool*, inglés; Branco trataba al capitán del carguero con gran familiaridad por radio; Olivier Sagna explicó que eran amigos entre ellos y que el barco, además, era «gemelo» del *Minerva Janela*, ambos propiedad de los mismos dueños, la todopoderosa Texaco & Co. En esos días, antes y después de su breve estancia en Cabo Verde, vieron un increíble tráfico marino; las bocinas atronaban con barcos de compañías navales como la Evergreen, la Exxon, la Amoco, la Mobil o la Chevron.

—Recuerdo ahora muy bien el día en que nos cruzamos con aquel *City of Liverpool*, un mal día para mí —dijo Griffin.

Me contó que estaba con Sagna y Amaro quitándole a los bolardos de amarre de los botes salvavidas el óxido con fuertes decapantes, cuyo olor, unido al del alquitrán podrido y al del humo apestoso habituales, le estaba mareando. Sagna, que le vio del color de la cera blanca, le obligó a ponerse una mascarilla porque aquel humo, que a veces ascendía por los pasillos desde la parte baja del barco, era causado por el motor diésel. En más de una ocasión habían tenido que apagar fuegos en los aledaños a las calderas producidos por la mala combustión de esos motores. De ahí venían las cicatrices de quemaduras que Griffin había visto en los brazos de Pavel, o las marcas en los guantes que llevaba siempre puestos Charly, guantes de serrar metales.

Con todo, a pesar de la mascarilla Griffin se puso malo por fin, el temible mareo llegó, y acabó en su camarote, incapaz de abrir los ojos y de evitar que sintiera dentro de su cabeza un sinfín de giros vertiginosos cada vez que se movía, pasando como pudo los dos días que duró la tormenta de la que le había prevenido Fernando Grande en el cuarto de derrota.

—El mareo es algo muy serio —dijo Griffin—, es el síntoma final del pánico, de la neurosis causada por una incontrolable ansiedad ante la idea insoslayable de estar en el mar, en medio del mar, en el *interior* del mar, abandonado y solo en el centro de la inmensidad más insegura y engullente, y esta experiencia me sobrecogía.

Todo se caía y volaba de un lado para otro, todo saltaba por los aires, como los libros de Pereira, las fotos de su familia, los objetos de los estantes, los recipientes de zinc y de plástico, todo, absolutamente todo, y aquello fue el caos durante dos días enteros, durante los cuales Griffin yació postrado en un lamentable estado agónico, vomitando las entrañas mismas y en medio de unas inevitables ayunas. Por fin, sin noción clara del tiempo transcurrido, cuando se recuperó, el temporal había amainado y las voces alegres de la tripulación que le llegaban de los pasillos y cubiertas eran debidas a que, al clarear el día, se había avistado Cabo Verde.

30

Si Oliver Griffin no fuese en realidad un personaje trágico, o más bien dramático, con su búsqueda de la isla que dibujaba una y otra vez, incluso en su cabeza tan solo, o con su sentido tan agudo de la invisibilidad a la que, absurdamente, lo condenaba su curioso apellido, o con su necesidad compulsiva de contarme a mí, un perfecto extraño para él, todo su viaje con tal proliferación de detalles, tan abrumadora erudición y tan monumental memoria, cada vez más apreciada por mí, ya que jamás había conocido a un hombre de la naturaleza de Griffin, si no fuese por todo esto, digo, Griffin sería a todas luces, aunque tal vez solo para iniciados, una especie de auténtico Bouvard flaubertiano (como bien ya se había definido a sí mismo en otra ocasión), lo que me relegaba a mí al papel del Pécuchet de la famosa novela en la que esos dos hombres, Bouvard y Pécuchet, ricos y solos, se dedican a explorar el saber humano y su consustancial estupidez, cosa a la que me resistía en mi interior por ser ambos personajes sendos trasuntos cómicos de la inocencia, y ni Griffin ni yo éramos ni cómicos ni inocentes. Pese a todo, pese a ser prácticamente imposible mantener una conversación con Oliver debido a que en cuanto abría la boca sus palabras pasaban a ser una variante de la lectura, el monólogo de alguien que está leyendo en su cerebro un texto escrito en vez de improvisar un discurso, quise saber más acerca de él, de su vida, de su personalidad, de sus seres queridos, de su pasado, de sus padres, y confiaba en que en algún momento aquello surgiese del propio Griffin de modo natural, pero poco a poco tuve que reconocer que en realidad su vida era también invisible. De los muchos días que pasamos juntos en aquella época, viéndonos casi a diario, nada o casi nada de lo más íntimo se había manifestado y colegí que la invisibilidad que lo acechaba había llegado a invadir su memoria personal hasta el punto de evitar contar su vida, sencillamente porque no la tenía delante en sus recuerdos; no es que no existiera, es que era transparente hasta para él mismo, así de simple. Para mí, en cambio, Griffin se estaba convirtiendo en una necesidad que no lograba definir del todo. Necesitaba escuchar la continuación de su relato y conocer los pormenores de su viaje en pos de aquel autómata, quimera, isla, identidad o locura, llámese como se llame, cual un Quijote marino del que yo empezaba a ser un Sancho Panza mudo como una sombra y testigo de la procreación de historias dentro de historias que a su vez viven dentro de historias. Lo necesitaba tanto, que los días que no encontraba a Griffin o faltaba a la cita tácitamente pactada la vez anterior, deambulaba yo por Funchal con una imperiosa sensación de fastidio y vacío que me repugnaba, y terminaban por ser días perdidos y en blanco.

31

Cierto día, pero varios después de que me hubiese contado el amargo trance del mareo en la tormenta, volví a hallar a Oliver en el puerto. Sin mediar palabra, salvo un breve saludo, caminamos como siempre, bajo los palmerales de la Avenida do Mar. No tardó Griffin en hablar como si no hubieran pasado esos días, hasta el punto de que parecía que adoptaba la postura de quien está dictando unas singulares memorias.

–El tiempo en los barcos –dijo– es una dura prueba para no enloquecer o tirarte a estrangular a tu compañero de litera. Sí, el tiempo en los barcos es una dura prueba, ya que muchas veces es lo único que tienes, tiempo, tiempo, mucho tiempo, cantidades ingentes de tiempo, masas de tiempo para consumir y para repartir, para pensar y para perder, para faenar y para aburrirte, para dejar volar la imaginación hasta ver fantasmas o recuerdos escenificados ante ti como alucinaciones.

No era, pues, de extrañar –prosiguió–, que en los viajes de antaño vieran seres horribles que solo eran figuraciones de los pasajeros y de la tripulación: monstruos viscosos, desconocidas criaturas que en realidad habitaban en las pesadillas, seres que seguramente Freud habría sacado del fondo de sus mentes por estar alimentados por el subconsciente y los más oscuros mitos, tan oscuros como el mismo color negro del mar de donde se suponía procedían esos monstruos, tinieblas que rodeaban al barco y que inspiraban los más increíbles espantos. «Por eso es básico para la cordura medir el tiempo en los barcos y saber llenarlo para no sentirte devorado por él», concluyó Oliver.

Y recordó que, por ejemplo, en sus horas libres, Tonet Segarra tocaba un saxo tenor y que lo hacía con maestría porque estuvo con una orquesta de gira por Alemania, y que, por ejemplo, José Amuntado le hacía tatuajes a Pedro Ramos, su compañero en las máquinas, tatuajes sencillos, de paisajes con palmeras o mujeres desnudas, y que, también por ejemplo, Jordão Navares leía revistas sobre la caza menor y a veces, con el cocinero Bergeron alias *Sebo*, leían juntos cómics de Batman y de La Cosa, o que Kowanana, cuando no estaba con sus *walkman* para oír su música preferida, se ponía un chándal de Adidas y boxeaba contra un saco terrero.

Hubo una época en que, históricamente, en todo barco había una ampolleta o reloj de arena con capacidad equivalente a una media hora. Se llamaba clepsidra. La mayoría de esos relojes de arena se fabricaba en Venecia, en los hornos de la isla de Murano, y eran de una gran fragilidad, por lo que habían de guardarlos en lugares muy protegidos de una inestable intemperie. Con todo, en un barco bien pertrechado existían muchas clepsidras de recambio, porque se rompían con harta frecuencia, y ese era el trabajo, o uno de los trabajos, de los grumetes, que en turnos de cuatro horas medían la vida del barco, observando las ampollas de arena y dándoles la vuelta para comenzar de nuevo.

32

Antes de llegar a Lisboa, donde le estuvo esperando infructuosamente el *Minerva Janela* para hacerse a la mar, Griffin había recorrido varios museos navales por distintas ciudades, allí por donde iba. Se acabó convirtiendo en una pequeña manía a la que no podía sustraerse, y en sus horas libres, cuando lo contrataban para dar tal o cual conferencia o curso en algunas ciudades con puerto de mar, no perdía ocasión para dejarse caer por las salas vacías de los museos, y se detenía durante muchos minutos alimentando su fantasía con los objetos marinos.

Veía todo tipo de maquetas de barcos, de tamaños muy diversos, que iban desde los que cabían en la palma de la mano hasta los que escenificaban con maniquíes ejemplos de la vida en los galeones y veleros de hacía doscientos y trescientos años. Tenía presente, en concreto, uno de Rotterdam, en la Leuvehavenstraat, que le causó una extraña fascinación. Se necesitan más de tres horas para llegar al Maritiem Museum Prins Hendrik de Rotterdam desde la estación del tren, donde Griffin llegó cierta mañana de hacía seis años. Allí pudo ver íntegro el famoso buque *De Buffel*, uno de los primeros acorazados. Había en las vitrinas y salas del museo, desde luego, muchas piezas curiosas y dignas de atención, pero él se concentró, casi exclusivamente y durante largo rato, en la fabulosa recreación, como un *tableau vivant* del XVIII, de una sentina, la parte más baja y honda de los buques, y de sus consecuencias para la salud del pasaje y de la tripulación. Se escenificaba con figuras de cartón piedra, entre las que podía verse a un matrimonio del pasaje ataviado con ropas de la época llevándose un pañuelo a la nariz, ella pálida y él sujetándola por el torso, así como a varios marineros en acciones propias de su función en aquella cámara, como restregar los maderos con un largo cepillo, verter un cubo con inmundicias, o taponar con alquitrán grietas de la madera.

El realismo de la escena le impresionó y al comprobar en la leyenda adosada a la pared el origen de aquella reconstrucción, Griffin vio que había formado parte de una serie de «cuadros vivos» fabricados en 1910 que pretendían mostrar, a veces con actores de verdad, diversos momentos de la vida en un barco, reproduciendo exactamente el mobiliario y las estancias del *Boothmeier*, una goleta sueca de Göteborg que se exhibió completa en la Exposición Universal de Barcelona de 1929. Era notable la copia de los detalles para enseñar cómo desde aquel lugar repelente se irradiaban todas las pestilencias y enfermedades a puertos, ciudades y países.

–Los barcos han sido lugares malsanos, focos de podredumbre y de hediondez, habitáculo de colonias de ratas –dijo Griffin–, y lo son aún, de ahí el que la limpieza fuera algo escrupulosamente disciplinado en el *Minerva Janela*, y la obsesión paranoica de nuestro sobrecargo Olivier Sagna, siempre exigiendo que todos, incluidos los oficiales, arrimasen el hombro a la hora de pulir cubiertas, pasillos y limpiar máquinas y engranajes.

Y todo eso ascendía de las miasmas de la sentina, como pudo ver Griffin en la reconstrucción, hecha a modo de corte de sección, de aquel Museo de Rotterdam. De las sentinas de los barcos, lugar infecto, auténtico pudridero donde acababan todos los restos de despojos y de alimentos corrompidos, los excrementos que no caían al mar sino que caían directamente de las letrinas de popa, eso que llamaban eufemísticamente *el jardín*, y las filtraciones de agua por las juntas mal calafateadas, de allí, dijo Griffin, salían las infecciones que luego pasaban a ser epidemias cuando llegaban a los puertos. Por eso se decía, y se temía, que de los barcos procedía el mal, por eso de los barcos desciende Nosferatu, por eso en los barcos arriba la peste. Y se acordó Griffin de lo que escribió Eugenio de Salazar acerca del agua o sustancia que veía salir por las bombas de achique de una sentina: «Ni la lengua ni el paladar la querría gustar, ni las narices oler, ni aun los ojos ver, porque sale espumeando como infierno, y hediendo como el diablo».

En el *Minerva Janela* no había sentina propiamente dicha, no al menos como en los barcos de los siglos XVI y XVII, pero la zona de maniobras, en los últimos mamparos de doble casco de la bodega, donde solía trabajar Pavka, apestaba de una manera que Griffin no había vuelto a experimentar, y aún tenía el olor metido en la cabeza, de alguna vez que bajó por allá.

–Pavka, el macedonio –dijo Griffin–, lo definió como una sensación envolvente nauseabunda, rara, como si estuvieras en el vientre de un pez gigantesco que se pudre y tú te pudrieras en él. En los grandes mercantes no es fácil acostumbrarse a convivir con esa mezcla tan repugnante de olores si no conoces y aceptas su gramática. Aquella idea de Pavka me pareció una espléndida manera de concebirlo –determinó finalmente Griffin.

33

Nada en la vida se parece, y sin embargo todo se relaciona, e igual sucede con los trucos de los prestidigitadores, como los del abuelo Arnaldo, en los que todo se relaciona. El mundo lo llama coincidencias, azar o destino. Un pañuelo extraído de un bolso de señora se convierte en paloma en la chistera de un mago, la cartera de un señor pasa a ser un conejo en una caja de colores y una cuerda ardiendo se vuelve un bastón rígido y frío.

Si Griffin emprendió en el *Minerva Janela* aquel viaje que me estaba narrando, fue porque tenía un particular «horror al domicilio». Nunca hacía hogar, nunca hacía casa, siempre estaba de paso. De paso por las casas, se regodeó Griffin al hablar, en las que se supone que ha vivido como en domicilio fijo y que ya ni recuerda, de paso por las calles, por las ciudades, por las cosas, de paso por las personas, por las experiencias. Si experimentaba algo, lo guardaba mentalmente para recordarlo luego, al cabo de mucho tiempo, con fruición, pero lo experimentaba una sola vez, no lo repetía.

–He cumplido cincuenta y siete años –dijo Griffin– y no me ha abandonado jamás la sensación de que siempre he ido hacia delante, dejando atrás muchas puertas cerradas, cuando no todas.

Era un mal conservador de amistades, de hecho no tenía ningún amigo a quien acudir, a quien llamar, ningún familiar, ningún amor. Lo reconoció fríamente Griffin. A los amigos o conocidos, o a los amores que había tenido, de pronto un buen día dejó de llamarlos, se quedó como inmóvil frente a su recuerdo, cual si estuviera en un transbordador que lo llevase a otra isla mientras ellos permanecían en tierra. «Viven todavía, claro, o vivieron tras mi marcha de sus vidas, quiero decir que no han muerto, y seguro que deben de vivir felices o desgraciados allí donde estén, pero yo no los he vuelto a ver», decía. Iban quedando en la memoria, o directamente en el pasado, ese lugar invisible del tiempo. Siempre huyó, aunque la palabra no era huir, sino dejar atrás, recalcó Griffin, porque solo podía ir hacia delante.

De niño, estuvo diez años en un buen y reputado colegio, y desde el día que salió de allí no había vuelto nunca a poner los pies en él, no conservaba a ningún amigo de la infancia, a lo sumo los identificaba cuando se los encontraba por la vida, generalmente en lugares extraños, pero ellos no lo reconocían a él, o eso le parecía, lo que redoblaba su sentimiento de invisibilidad. Estuvo en la Universidad, dio clases muchos años, trabajó en diversos lugares y ciudades a lo largo de los años, y siempre, al término de cada etapa, había cerrado el libro de las cosas de la vida y no había mirado atrás ni había dejado rastro. Sus despachos siempre habían sido lugares ajenos a él, sin ninguna foto personal, sin ningún vínculo con su vida privada. Cada vez que salía de ellos, podía perfectamente no regresar y no pasaría nada, nada suyo permanecía allí y, con el tiempo, no extrañaría nada en absoluto de aquellos lugares.

Griffin había estado casado dos veces y no había vuelto a saber nada de sus exmujeres, ni ellas de él, o eso suponía.

–Vivo en un estado de presente continuo, por lo que se refiere a mis relaciones con seres y objetos –dijo Griffin–. Cuando por alguna razón, casi siempre imperiosa, he regresado al pasado, solo he sentido una mezcla no necesariamente dolorosa, pero tampoco placentera, de nostalgia y extrañeza. De este modo, he fabricado una suerte de vida invisible para todos, hasta para mí, en la que cada episodio puede ser inventado porque no sería menos cierto que la verdad misma, inalcanzable o borrada más bien.

34

Cuando se avistó Cabo Verde, Griffin estaba en su camarote. En el *Minerva Janela*, aunque no había derroche de espacio, no se podía quejar en absoluto, todos gozaban de sitio para poner sus cosas, por mucho que luego las tormentas y vaivenes de las olas lo echaran todo por tierra mezclando las pertenencias de cada miembro de la tripulación. Nunca nadie robó a nadie, me contó Griffin con vehemencia; no robar era una ley sagrada y tal vez la de peor condena, si se infringía, pues el marinero que robaba algo, por minucia que fuese, jamás volvía a encontrar luego barco, ya se encargaban los demás de correr la mala fama del ladrón por todas las Compañías.

–Mi camarote, que compartía con Luiz Pereira, era de oficial, y tenía dos taquillas para mi ropa, escritorio, lavabo y ducha, ya que lo normal para la marinería era que hubiese un baño para cada dos camarotes, y sin embargo era muy reducido, tal vez de tres metros por siete.

Griffin dormía en la litera superior, junto a la que había un ojo de buey que daba a una escalerilla de aluminio, en un toldado de la cubierta de camarotes, exactamente encima de una escotilla por la que a veces veía surgir la figura del negro Kowanana y le saludaba con un movimiento de cabeza y una sonrisa. Pero al llegar a Cabo Verde, en el momento en que miraba por el ojo de buey, no veía los blancos dientes del costamarfileño, sino que vislumbraba el bulto de basalto, lejano e imponente, que a contraluz era todavía más negro en medio del océano, de lo que sería Santo Antão, la primera de las islas de Barlovento, y eso significaba que estaban ya a pocas millas del archipiélago.

Descubierto en 1460 por el genovés Antonio da Noli y su segundo, el portugués Diogo Gomes, lo llamaron «de Cabo Verde» porque distaba unas 90 leguas del verdadero Cabo Verde, peñón ubicado en tierra firme, en lo que hoy es Senegal. Automáticamente, a Griffin le recordó los versos del «*Le bateau ivre*» de Rimbaud, aquellos que dicen: «He visto archipiélagos siderales e islas cuyos cielos delirantes se abren al marino». Y por esas extrañas asociaciones de ideas, a medida que se aproximaban a la isla para dejarla a babor, le vino a la cabeza que el Dr. Henry Moseley, pasajero en el *Challenger* en su travesía de 1872, escribió que, vista desde el mar, la costa de Santo Antão primero y la de San Vicente después, eran picos y playas yermos y desolados que le trajeron a la memoria la sequedad desértica de Adén, dijo Griffin. ¡Adén! ¿Por qué Adén precisamente, se preguntaba Griffin con ligera exaltación, por qué lo comparó, lo relacionó con el lugar donde por esos años recalaría Rimbaud, obsesionado por encontrar el vergel de Zanzíbar, una isla a la que por desgracia no llegó nunca y que anhelaba tan enfáticamente como él *su* Isla Desolación? ¡Qué curioso que hubiese recordado el poema de Rimbaud a la vez que el recuerdo de Moseley asociado a Rimbaud de manera indirecta, y que a Rimbaud y a Griffin los uniesen esos «archipiélagos siderales» por los que habían dejado absolutamente todo atrás! «Todo se relaciona, aunque nada se parezca», repitió de nuevo Griffin.

Y también recordó –continuó animado–, o mejor dicho vio con sus propios ojos esa neblina arenosa que durante muchas millas envuelve las aguas entre las islas y de la que dan razón muchos narradores que han pasado por ellas, una neblina que a veces provenía de la humareda del volcán de la isla de Fogo, en las islas de Sotavento del archipiélago, o tal vez de las corrientes de aire que contenían fina arena sahariana. Eran verdaderas nubes de arena sobre el mar, y algo de eso vio Griffin, porque el sol tenía una densidad distinta y el viento se había espesado tórridamente, formando un pequeño barrillo con la espuma de las olas que salpicaba de manchas toda la superficie del barco.

35

Luego, ya en la barandilla de babor, dada su extraordinaria afición a los islarios, Griffin recordó lo que dice Alonso de Santa Cruz en su *Islario general de todas las islas del mundo* de que en estas islas, en la que todos los barcos se pertrechaban de agua, algodón, sal y de carne de cabras (a condición de que les dejasen las pieles), Pomponio Mella, en la Antigüedad, puso sitio, aunque sin decir distancias ni geografías, a la casa de las Tres Gorgonas, las famosas Estevia, Curiale y Medusa, hijas de Forafórcidas, monstruos favoritos las tres de los antiguos poetas. Hasta el propio Santa Cruz reconoce –prosiguió Griffin– que la palabra gorgón en griego «suena terrible y veloz», como terrible y veloz acudió Perseo a esas islas, igual que él entonces, y se trajo la cabeza de Medusa, cuyos cabellos eran áspides y todo lo que miraba se convertía en piedra. ¿Qué objetos o seres o personas, buenas o malas, valiosas o ineptas, audaces o cobardes, serían todas esas rocas antes de pasar por la mirada de la gorgona y que ese día, Griffin, desde el *Minerva Janela*, junto a los marineros Sagna y Amaro, que fueron a fumar a su lado atraídos por el espectáculo de aquella costa negra, veían desoladas y carbonizadas?

Una vez, en Hamburgo, Griffin contempló la edición que hizo Friedrich Wüstenfeld de una de las cuatro copias existentes de la *Cosmografía* de Al-Qazwini, del siglo XIII. Allí aparecen las Islas Felices. Pueden ser las de Cabo Verde, pero también, y con mayor seguridad, tal vez se trate de las de Madeira, Azores o Canarias, islas en todo caso tolomeicas, y consideradas por Al-Qazwini, como ya hiciera Tolomeo antes, el extremo del mundo, su borde final, y por tanto un lugar enigmático, sin duda atractivo pero mortífero, en el que la felicidad a que alude su nombre provenía de la ociosidad de sus habitantes y de sus visitantes, caso de haber de estos últimos, y de la ausencia de esfuerzo para conseguir la supervivencia, pues todo venía dado por la naturaleza y nada obligaba a nada salvo a la dicha, mundo lleno de placeres y riquezas, donde la muerte, tras el deleite o la codicia, era segura. Una muerte, añadió Griffin, ocasionada ciertamente por la mirada caprichosa de Medusa.

El *Minerva Janela* arribó a Mindelo, la capital de San Vicente, llegando por el noroeste nueve días después de zarpar de Funchal. Según Griffin, aquel día era miércoles 19 de octubre. El contramaestre Rodo Amaro, como era su obligación, supervisó todos los trabajos de atraque junto con el piloto del puerto, Manuel de Novas se llamaba, un individuo que subió al buque vestido impecablemente con gorra de plato y sahariana de uniforme caqui amarillento, mezcla de marino y militar, aunque era famoso en las islas por ser uno de los compositores de las canciones de Cesaria Évora, la más universal de las caboverdianas. En la bahía se apreciaban los restos de muchos barcos varados hacía años, con sus cascos oxidados y convertidos, algunos, en entretenimiento de adolescentes vestidos con camisetas de fútbol del Oporto y del Boa Vista.

36

El puerto de Mindelo era muy grande y sucio, frecuentado por todo tipo de buques necesitados de carburante, oasis adonde llegaban como animales sedientos. El barco de Griffin atracó en el espigón lleno de residuos, de hoyos encharcados de agua aceitosa y de holgazanes nada halagüeños que miraban las faenas de unos pocos trabajadores sudorosos. El capitán Branco reunió a toda la tripulación para decirles con buen humor que tenían un día libre entero y que no quería saber nada de ellos hasta el día siguiente. Les recomendó dos cosas, abusivamente paternal, una era que usaran preservativos «hasta para pedir la hora», según su expresión, y la otra fue que durmiesen en un buen hotel barato, el Residencial Sodade, en la calle Franz Fanon, porque las habitaciones tenían cuarto de baño, televisión, agua caliente y, sobre todo, minibar. Luego, dirigiéndose a Griffin, añadió que las vistas sobre la bahía de Porto Grande eran espléndidas y cerca había un cine. De guardia se quedaron, además de Branco, el segundo oficial, Fernando Grande, y Greene, el segundo maquinista, los demás bajaron todos a tierra. Griffin se separó de ellos en un colonial y elegante burdel que conocía Jordão Navares en la Rua Angola, el Nicolau, singular sitio limpio y anacrónico pero desvencijado. Después irían a beber *grog* y cervezas en el bar Je t'aime hasta entrada la madrugada, «porque hay europeas», dijo Sagna.

Tras dejarlos, Griffin deambuló por las calles más transitables, aventurándose a veces por callejas desconcertantes con casas más eccematosas que el resto, ya que todas tenían desconchones en sus fachadas descuidadas. Se encaminó por la Avenida Amilcar Cabral, flanqueado a su derecha por la hermosa bahía con barcas en la arena y a su izquierda por puestos de vendedores de mango y mandioca, y llegó hasta el final de la ensenada, donde estaba el Mercado de Peces, especie de lonja habitada por los gatos y vacía de gente a esa hora, casi atardeciendo. Había mujeres muy hermosas por todas partes, recostadas entre los hierbajos de fin de playa. Pasó el resto del día en la terraza de la Casa dos Liquores escuchando una y otra vez *Miss Perfumado* en una radiogramola a la que pateaban al echar una moneda. Optó, ya de noche, por regresar al barco. Todo era muy pobre y deprimente, según Griffin, y cuando se cansó de oír a Cesaria Évora repetir «terra de felicidade» y de pensar en las Gorgonas, habitantes de estas Islas Felices, decidió compartir un taxi con Pedro Ramos, a quien se encontró en una tienda de discos llenando una mochila con compactos pirateados.

37

Al día siguiente, el *Minerva Janela* partió a media mañana hacia las islas de Sotavento, a la isla de Santiago, donde llegó por la tarde a avistar las playas negras de Tarrafal plantadas de sombrillas alemanas. Aún tenía que recorrer todo el litoral de la isla para llegar a Praia, la capital del archipiélago. Allí, en el puerto, como en una película muda, se descargaron dos contenedores haciendo una maniobra de una hora y media. Griffin se pegó a Amaro y a dos marineros para seguir las evoluciones de la grúa del puerto. El contramaestre hacía fotos de la carga para las compañías de seguros, en caso de incendio o siniestro. Esa noche, Branco ordenó que nadie durmiese fuera del barco porque quería partir al día siguiente en cuanto amaneciese. Griffin se entretuvo desde la cubierta mirando la luz rojiza que se posaba sobre Praia, en una hora maravillosa de calma de espíritu y ardiente de clima, en la que se sintió, como quería Baudelaire, fuera del mundo. Jiménez de la Espada, el de la expedición cuyos resultados, para asombro de Oliver, se expusieron en el colegio de su infancia aquella mañana de 1955, estuvo viviendo un momento similar, cuando llegó a la isla el 22 de agosto de 1862. Buscaba abastecerse de carbón en la única explotación que lo suministraba, perteneciente a una compañía inglesa. A decir verdad, todo allí, en esa época, era propiedad de los ingleses: el carbón, los pozos de agua potable, los pozos de agua salobre, las poquísimas tiendas, la tierra, las barcas, todo.

Mientras el *Minerva Janela* descargaba los grandes contenedores anaranjados, ante Griffin se desplegaba la aridez marrón de la ciudad, los pocos árboles que casi se podían contar con las dos manos, y las elevadas *torais*, plantas negruzcas que llegaban hasta la altura de un hombre. Si alzaba la vista, al fondo de Praia solo veía basalto, basalto negro por todas partes, peladas rocas de basalto.

En aquella negrura marrón, aunque ya en la zona baja, junto a la playa de Ribeira Grande, Jiménez de la Espada encontró una tumba, pero no tenía nombre, tan solo estaba perfectamente cuidada, con un pequeño rectángulo vallado en madera, al que se accedía por una verja de hierro, y en su interior, contrastando con el basalto de alrededor, un césped homogéneo y verdísimo crecía en torno a la lápida sobre la que habían grabado unas iniciales, E. B., y dibujado unos monigotes que intrigaron al español. De quién sería, se preguntó muchas veces Jiménez de la Espada, y así habría de preguntárselo por años, porque hubo de marcharse de allí sin saberlo. Pero he aquí –me contó Griffin– que, unos quince o veinte años más tarde, un primo suyo, Jonás Alberto Jonás, cuyo nombre se repetía meramente por capricho de su madre, lo visitó para convencerlo de que accediese a vender una propiedad familiar a un inglés que tenía la intención de instalarse en España, en el norte concretamente, donde la familia de Jiménez de la Espada tenía unas tierras baldías frente al Cantábrico.

El científico y explorador español no puso reparos a la venta, pero por curiosidad quiso conocer al nuevo comprador, quien le fue presentado cierto día y, después de un rato de amena conversación sobre pájaros, pues el inglés era ornitólogo, este confesó que adquiría aquella finca para poder enterrar en ella los restos de su madre, muerta en alta mar al poco de darle a luz a él. El inglés contó que sus padres iban a Ciudad del Cabo cuando Elisabeth Behevor, su madre, se puso de parto en medio de una tormenta a la altura de Cabo Verde, pero murió al día siguiente, ante la desesperación de su marido, Aloysius Behevor, que no pudo hacer nada por evitarlo. Decidieron enterrarla en un lugar cerca de Ribeira Grande, y el marido –según contó Griffin– destinó una renta para el cuidado de su sepultura, dejando encargado de ello al párroco de una de las iglesias de la zona, un español, que puso todo el empeño en aquella tarea. Ahora el cura había muerto y el joven quería traer la tumba de su madre a España por ser la patria del hombre que la había cuidado todos esos años con tanta atención. Jiménez de la Espada, emocionado por aquel golpe del azar, recordó que bien podía dar fe de aquellos cuidados, pues esa tumba era la misma que había visto en su viaje, y entendió que los monigotes pintados sobre la lápida eran una manera de expresar que allí había enterrada una mujer muerta de parto, según las costumbres de los *yolofs*, nación de la que descendían los nativos de aquellas islas, tal como le descubriría el joven inglés.

38

No estuvieron ni un día entero en la isla de Santiago. Al día siguiente partieron desde el puerto de Praia, frente al faro de María Pía, al otro lado del islote de Santa María, cuando aún no había nacido ningún rayo de luz y el faro todavía alumbraba intermitentemente. Hasta donde alcanzaba la vista, solo se veía mar –me dijo Griffin en Os Combatentes, de la Rua Ivens, donde habíamos quedado para comer, como de costumbre–. Mar por aquí, mar por allá, pero no un mar como el que en ese momento veíamos él y yo en Funchal, azul y apacible, sino un mar hosco, de un color que no existe más que en el mar, inexistente en el arcoíris, tal vez verde, tal vez rojo con verde, tal vez gris con amarillo, troceado de bancos de niebla inesperados, que aparecen de golpe a cualquier hora y en medio del sol más brillante. Entonces la luz, a pocos metros por delante, se solidifica en una gran pared de metal casi de blanco puro.

Al salir de Cabo Verde, los envolvió ese mar que llaman de malos augurios, oleaje que no dejaba de moverse intensamente en todos los sentidos y que parecía hablar un idioma de pesares y ausencias. Branco había dado las indicaciones precisas a Luiz Pereira y a Jordão Navares para tomar la dirección de Pará y la desembocadura del Amazonas, en Brasil, rumbo al ecuador. Pero entonces ocurrió algo terrible. Habían pasado solo unas horas desde que el sol lo llenaba todo de una luz cegadora, cuando se produjo el accidente que habría de marcar en buena parte aquella travesía. Apareció esa mar incierta, arbitraria, impávida y violenta de la que habla Conrad, y el electricista de a bordo, Paulinho Costa murió.

Nadie sabía qué había pasado, un suceso, una tragedia, el mal abrupto que viene por sorpresa, o tal vez fuese el desequilibrio, la inarmonía, el resbaladizo suelo de la vida, nadie sabía. Cuál sea la extraña razón por la que los seres humanos se embarcan es la eterna pregunta que, por los siglos de los siglos, todo hombre se hace en un barco alguna vez. Y, para Griffin, no se encuentra fácilmente una respuesta que lo explique. Es la pregunta que Defoe pone en labios de su Robinson Crusoe

(«¿Quién eres tú? ¿Y por qué razón quieres viajar por mar?», dijo Griffin alzando un dedo), y es la que Melville deja en la mente de Ismael a la vista del *Pequod*. Y cuando Griffin se la hizo, no supo hallar más que un irracional impulso similar al que motiva al suicida o concita los fantasmas de la autodestrucción. Esa idea negra y oblicua que nació en su mente, creció de modo angustioso con la muerte de Paulinho, y recordó el final de *Moby Dick*: «... y el gran sudario del mar siguió meciéndose como se mecía hace cinco mil años».

El accidente se había producido en el cuarto de máquinas, territorio pútrido del macedonio Pavka. Y, sin embargo, apenas una hora antes todo era diferente. Paulinho Costa y Griffin, desde la cubierta de popa, habían estado viendo cómo se perdían a lo lejos las tenues sombras de la isla de Santiago. El barómetro había subido un poco y el cielo estaba cubierto de nubes y claros. La temperatura empezaba a ser algo agobiante y Paulinho habló de huracanes en una latitud inferior, justo en la dirección a Pará, la suya.

Todos confiaban en que un viento favorable del oeste ahuyentaría las borrascas que en esa época del año se avecinaban por el este. Griffin acompañaba a Paulinho para reforzar los tornos de los pescantes de los botes salvavidas y así, si había mar gruesa, no los aflojasen los golpes de las olas a los costados del buque, ni las rociadas de las olas oxidasen su palanca de botadura. Mientras Paulinho hacía su tarea, Griffin se encargaba, por indicación directa del capitán Branco, de calzar cuanto objeto viese suelto en cualquiera de las cubiertas, a fin de evitar que chocaran en los vaivenes, un trabajo útil sin duda, pero de poca monta, con la finalidad de tenerlo entretenido.

A Griffin le caía bien el electricista de primera Paulinho Costa, el bromista y afable Paulinho Costa. Había nacido en Alcobaça, tierra adentro como él, y sobre eso y el embrujo absurdo que ejerce el mar en los de secano habían hablado muchas veces en su camarote o en los estrechos pasillos entre las columnas de contenedores. Y también de las películas de submarinos, las preferidas de ambos, tan claustrofóbicas y técnicas, y sobre todo idénticas unas a otras, como solía decir Costa. Pese a su juventud, ya que tal vez no hubiera cumplido aún los treinta años, tenía dos hijos de los que hablaba con cariño y entusiasmo, así como de su mujer, Ana, de cara triste y en los huesos, cuya foto le mostró a Griffin en varias ocasiones. Costa tenía un aire bondadoso que invitaba a confiarse a él y a quererlo.

39

La mañana del accidente, cuando los dos estaban en la popa, no había acabado de hacer las comprobaciones de rutina, dijo Griffin, cuando una distorsionada voz de interfono llamó a Costa para que acudiese a la sala de máquinas porque había un problema eléctrico en la conducción del fuel-oil. Griffin se quedó solo mirando un mar en cuyo horizonte ya no había rastro de tierra y sí en cambio esa fatídica bruma metálica.

Eran las diez de la mañana y a los pocos minutos se produjo una explosión atronadora proveniente del fondo del barco. Poco después, aún paralizado en su puesto, vio salir por una escotilla a Pavka, que se dirigió corriendo hasta las escalerillas de acceso al puente de mando. Iba totalmente ennegrecido y echando humo y se cruzó con Fernando Grande, Pedro Ramos y Kowanana, que habían acudido a ese punto para bajar hasta la sala de máquinas.

De pronto el barco se detuvo y empezó a sonar una ensordecedora sirena, como la voz de un altoparlante hueco que sonaba ridículo. Toda la tripulación estaba alerta y tenía que acudir a sofocar cualquier conato de fuego que se hubiese producido. Griffin se quedó quieto desde su lugar en la popa. No sabía qué hacer. Entonces vio pasar a José Amuntado muy nervioso y le agarró por el brazo para que le informara.

Con el rostro desencajado, le dijo que una chispa había hecho saltar por los aires un generador de la cámara de presión y que uno de los casquillos de vapor había reventado al sobrecalentarse un quemador. «*Brother* –dijo, casi hipando–, Costa, el chaval, tenía dentro la cara. Ha reventado. Directo en la puta sien, ahí le ha ido el jodido casquillo. ¡Pum! ¡Cómo una bala! Así ha sido, *brother*. ¡Una puta chispa y un puto tornillo! Y esa puta mala suerte, joder.»

Recordaba Griffin que en aquel momento, no supo por qué, tal vez para quitarse de encima el peso de la verdad contada por Amuntado, en vez de imaginarse a Paulinho Costa muerto allá abajo, pensó en cambio en algo idiota, en que Amuntado hablaba igual que la cajera de un supermercado que conoció una vez, y casi sonreía cuando Amuntado siguió su camino corriendo.

Al día siguiente Branco ordenó a Fernando Grande que hiciese los honores de la ceremonia fúnebre. Sería enterrado en alta mar, como a él le hubiese gustado, o eso presupuso toda la tripulación, a la que el contramaestre Rodo Amaro consultó con desgana en una rápida votación a mano alzada.

Es curioso cómo se forman los accidentes, dijo Griffin. Llegan, suceden, son un acontecimiento brusco, y se tarda en comprender qué ha sucedido en realidad, qué pequeña pero fundamental alteración del universo se ha producido. Son una incursión de la fatalidad, no es algo pedido sino dado, como en la infancia. Al abuelo de Griffin lo retiró de su carrera de mago un accidente. Tropezó y se le vino encima la caja de sables; se hizo varios cortes, nada irreparable, pero el público se burló de él, se reía del viejo y torpe ilusionista al que se le veían los trucos. Lo dejó todo unos días más tarde.

Un accidente destrozó la vida de Graciela Pavić. Su marido y sus hijos ahogados. Nunca los encontraron y ella siempre los buscó, no hubo ni un día en toda su vida que no lo hiciese por los recodos y calas del Estrecho. Un accidente sacó a la luz del mundo el autómata de la Isla Desolación. Los accidentes modifican, revelan, cambian, transforman y trastocan los devenires de las personas y de las cosas. Los accidentes son, en realidad, Dios.

40

Alguien, en el *Minerva Janela*, dijo que aquel accidente que truncó la vida de Paulinho Costa traería mala suerte y así ocurrió, según Griffin. Desde aquel momento la consternación y la pena se adueñaron de la travesía, a la vez que también apareció un extraño maleficio. Sin que ninguno lo pudiera evitar, un ambiente sombrío presidía las veladas de ocio en el comedor o en la sala de recreo, si bien cualquier zona del barco era buena para hablar de desgracias y accidentes en el mar, tema que desde la muerte de Costa pasó a ser el preferido de toda la tripulación, para espantar a los malos espíritus, según decían.

El capitán Branco, en otro barco de la misma Compañía, había conocido a otro electricista, portugués también, al que hubo que amputarle las dos piernas a la altura de las rodillas en un accidente similar al que se llevó a Paulinho. «Los casquillos, cuando revientan –explicaba Branco–, se incrustan a lo loco donde caen, además están ardiendo y eso facilita la penetración. Aquel tipo tuvo suerte, se salvó al final. Costa no.»

Fernando Grande contó que había sido testigo de cómo un contenedor situado en la zona alta se abrió y vació parte de su carga, falsas motocicletas Suzuki fabricadas en Shanghái, encima de la cabeza de tres marineros que quedaron allí literalmente enterrados. Sus cadáveres también fueron arrojados por la borda al día siguiente con honores marineros.

Pereira fue el único que descreía de la fatalidad y negaba haber visto accidentes en sus viajes en distintos barcos, incluso se permitió criticar a sus compañeros por exagerar. «Hoy son muy seguros los buques –decía Pereira–, y lo del desgraciado Paulinho Costa ocurre una vez de cada mil. Como lo de tirar su cuerpo al mar. Yo habría preferido que se hubiera llevado al primer puerto, o regresar a Cabo Verde. Su viuda tenía derecho a un entierro y a ponerle flores a su tumba cuando se le antoje.»

Branco adujo que eso era muy justo y que la Compañía tenía un seguro para esas extremas circunstancias, pero que entre marineros lo normal era votar entre todos si el infortuna-do debía o no reposar en el lugar donde moría, por muy terrible que fuera esa muerte. «Siempre se ha hecho así, desde la época de los grandes balleneros, como una especie de ley tácita. Es cosa del destino, si te elige en alta mar, has de que-dar en alta mar», dijo el capitán Branco. Pereira finalmente asintió con la cabeza antes de lanzar un exabrupto contra el mar mismo. «¡Nos devora hasta cuando estamos vivos!», ex-clamó Pereira dando un manotazo sobre la mesa de mapas, según dijo Griffin.

Pero lo de la mala suerte resultó ser cuanto menos preocu-pante: tres días después de la muerte del joven portugués, Kowanana perdió un dedo, el meñique, segado por un cabo de soga de acero suelto que no vio pasar por delante de sus nari-ces, y la misma noche en que ocurrió eso, el mar se rizó y un chubasco hizo cabecear al buque, provocando que un golpe súbito de agua se llevara fuera del barco al sobrecargo Olivier Sagna. A la voz de hombre-por-la-borda hubo entonces que parar las máquinas y botar la lancha salvavidas, con Pereira y dos marineros dentro de ella, mientras todos los demás perma-necían inclinados en las barandillas de babor y de estribor, con el cuerpo prácticamente suspendido en el aire y el alma en vilo, escrutando en la noche las aguas apenas silenciosas, solo chas-queadas por las olas contra el casco. Se tardó dos horas en rescatar del agua al sobrecargo en medio de una noche de esas llamadas de perros, dijo Griffin. Sagna aún estaba con vida pero tiritaba mucho y era presa de dolorosos calambres que lo agarrotaban.

Después de aquello, la tranquilidad volvió al *Minerva Jane-la* por varios días y una puesta de sol irisada de todos los colo-res reconcilió a Griffin con la intención de estar allí y no en otro lugar del mundo, la «pesadilla de los invisibles», como él la llamaba. Tal vez la muerte de Paulinho y el dedo de Kowa-nana y la agonía de Sagna, más que coincidencias, fueran el precio sacrificial que hubo que pagar a un colérico dios mari-no despertado de su sueño, como decía el segundo maquinista Charly Greene, galés experto en duendes, bares y leyendas.

Pero Paulinho Costa se quedó a vivir en el pensamiento de todos y ya nada en la travesía fue igual. Eran uno menos, a todos les podía pasar lo mismo.

41

Durante los días siguientes, para superar la sensación de tristeza y silencio que los embargaba a todos en el barco, Griffin pasaba el tiempo concentrado en su isla. Sentado en la cubierta de debajo del puente de mando, ajeno a lo que le rodeaba o justificando lo que le rodeaba, volvió a dibujarla, una, tres, cien veces. Primero en la cabeza, imaginando su contorno, tratando de sentir lo que habría de sentir al poner el pie allí. Luego, sobre el papel.

Hizo muchos dibujos.

–Este es uno de ellos –me dijo Griffin alargándome su brazo y dándome un trozo de papel.

Aquello que me tendía era la Isla Desolación dibujada, y no toscamente en verdad. Hacía tiempo que esperaba que me hablase de esa isla, pero no había necesitado preguntárselo, habría sido absurdo después de todo decirle «Hábleme de allá, de aquel lugar», porque esa pregunta equivalía a pedirle que hablase de su sueño, de su deseo, y eso llegaría solo cuando él quisiera, cuando en el extraño orden interno del relato de su viaje él hubiese decidido el momento oportuno. Además, toda su historia hasta entonces podía ser verdad o mentira, quizá sacada íntegramente de un montón de libros, qué más daba, al fin y al cabo.

Miré el dibujo pero apenas le pude echar un vistazo porque enseguida él se puso a hablar. Me explicó con voz resignada, como si refiriese algo que había contado muchas veces, que había otras dos Islas Desolación en el mundo, además de la del Estrecho de Magallanes. Una de ellas, en realidad, son varias, las Islas Kerguelen o archipiélago de las Islas de la Desolación. La otra es la de Tristán da Cunha, equidistante entre la Patagonia y el Cabo de Buena Esperanza. Las había estudiado, incluso había tratado de dibujarlas, de retenerlas en su cabeza, pero no pudo.

–En realidad no me interesaban –dijo–, a lo sumo las había visto ya en todo tipo de islarios antiguos y modernos y definitivamente no me causaron ninguna atracción. De las Kerguelen, me sugirió que leyera a Poe y su *Relato de Arthur Gordon Pym*. «Le bastará y sobrará», sentenció. Ahí cuenta Poe cuanto se requiere conocer de esas islas, su descubrimiento por el barón Kerguelen en 1772 y el bautismo como Islas de la Desolación que les hizo Cook unos años más tarde. También me dijo que leyera a Verne y vería cómo recrea o inventa el ambiente colorista y la geografía de esas islas del Índico en *La esfinge de los hielos*. Entonces el rostro de Griffin se iluminó y me señaló el papel que estaba en mi mano con *su* Desolación dibujada. Esta es la que le importaba realmente.

Varios siglos antes, John Narborough pasó por allá y puso el nombre a la isla, llamándola Desolación por sus rocas áridas, sus valles de hielo antiguo como el mundo, sus laderas azotadas por el viento y el espanto de aquella soledad llena de escarpadas aristas con bosques de los que Narborough dijo, según Griffin, que no se podría sacar ni madera para hachas.

–Fíjese bien –Y movió la cabeza hacia el dibujo–, la costa de la isla parece un peine o una raspa de pez, de tantos fiordos y rajas y bajíos que se abren en la tierra y de cuán largos son.

Y volviendo a señalar el dibujo que estaba sobre mis manos, Griffin indicó el Cabo Pilar o de los Pilares, imponente y feroz, en la salida del Estrecho, el extremo de la Desolación, el extremo de su sueño. Su nombre se debe a que es alto y vertical como una columna. El gran viajero Bougainville lo describe como una masa pétrea que se remata en dos rocas mayores con forma de torreones de castillo inclinados hacia el noroeste.

Aquel fue el lugar donde Graciela Pavić halló al autómata. Lo halló porque fue allí donde, casi a la desesperada, acudió en busca de los cuerpos de sus hijos y de su marido porque alguien, una india yámana o una alakalufe, le dijo que tal vez, en aquellos extremados fiordos, pudieran haber recalado sus restos llevados por las mareas y los deshielos, y también, seguramente, porque ya era el único lugar que le faltaba por mirar. Graciela Pavić estuvo a punto de morir en aquella ocasión, pues su barca, como la de su familia perdida, también volcó allí. Fue esa vez cuando, al llegar a la costa, en la base entre el Cabo Pilar y el cercano Cabo Deseado, la casualidad le llevó a atisbar, en un altozano próximo al Cabo Cortado, el raro reflejo del autómata oxidado.

42

A toda la tripulación, con el tiempo, Griffin acabó dándole un dibujo de la isla. Tenía decenas de ellos hechos en aquellos días, ya por hastío, ya por abatimiento. El único que le preguntó qué era eso y por qué lo hacía fue Pereira, mientras pescaba con caña en una de las cubiertas de estribor, el día en que, bajo un sol que caía a plomo, aparecieron los delfines sacando a la superficie, con sus saltos, todo tipo de peces. El capitán Branco lo había rebajado del servicio un tanto arbitrariamente por discrepancias en la velocidad y en la administración del buque, pero Pereira evitaba hablar de ello, ya que al fin y al cabo Branco era su amigo. Griffin había percibido un cambio en el humor del capitán a raíz de la muerte de Costa, si es que tenía algún humor, y ahora parecía siempre enojado, añadiendo a su severidad de carácter una desconcertante agresividad.

Eso se evidenció unos días antes, durante una fuerte discusión entre el capitán y el segundo oficial, Fernando Grande, a cuenta de una negligencia en la lectura de la derrota fijada, lo que había desviado el *Minerva Janela* muchas millas al sur con respecto a la travesía establecida. Cuando el capitán se percató de ello, llamó a gritos a Pereira y a Grande para que se personasen en el puente. Pereira entró y se sentó en una silla. Branco, delante del primer oficial, se encaró a Fernando Grande y estuvo insultándolo, colérico, sin importarle que lo oyera Navares, el piloto, quien, nerviosísimo por la violencia de la escena y delatando la vibración permanente del barco en sus mejillas, no dejó de mirar ni un instante hacia el mar que se abría a popa. Griffin estaba también allí, pero se sentía amparado por su frecuente sensación de invisibilidad, que en aquella ocasión le fue muy favorable, pues nadie reparó en él, ni siquiera Pereira, con quien habló del asunto más tarde. Hecho a la realidad de aquel mal cálculo, Branco quería recuperar cuanto antes esa distancia volviendo al punto de desvío, y Fernando Grande opinaba, por el contrario, que sería más práctico subir hacia el norte en línea recta hasta llegar a la latitud perdida, de la que se habían apartado.

Grande no consideró oportuna la observación del capitán Branco, ya que, para él, al hacerlo así, se corría un gran riesgo de colisionar con otros buques que navegasen por esas aguas y exigiría, además, lanzar un S.O.S. innecesario, tan solo como aviso de precaución, lo que supondría crear una alarma excesiva, eso sin contar el sinfín de comunicaciones que habría que entablar con cada barco para fijar su longitud y latitud y justificarse. En cambio, Branco opinaba que dando media vuelta y regresando al punto de desvío, como él decía, no tendrían que hacer nada de eso, pues en su hoja de navegación no figuraba ningún otro barco en su misma ruta, y bastaría con asumir un plazo mayor en el cómputo temporal del viaje, solo eso, ya que el error de Fernando Grande suponía un incremento de algunos días en la travesía total.

Branco tachó a Grande de incompetente «en toda circunstancia y lugar», y el segundo oficial se defendió diciendo que el capitán era injusto, pues esa era la primera vez que le sucedía algo así y que eran humanos y que si quería se cortaba las venas, pero lo hecho, hecho estaba. Branco: es un error de novato o de alcohólico, y así nunca llegará a nada. Grande: con el debido respeto, él no bebía, pero si insinuaba lo contrario, eso tendría que aclararlo en tierra y en privado. Branco: no sea bravucón y valoré esto en tiempo y dinero. Grande: el ahorro de ambas cosas sería subir al norte. Branco: no quiere más problemas, darán la vuelta. Grande: con el debido respeto, viajar por viajar no es lo que más le apetece, ni tampoco al resto de la tripulación. Branco: nadie viaja por viajar, todos están aquí para cumplir con su deber, que es el contrato, y por supuesto ganar dinero y cuanto antes mejor, esto es un mercante, no un crucero. Grande: no hace falta que le recuerde la diferencia, de sobra la conoce, y solo añadirá que insiste en que su error se ha debido a la tensión por la muerte del portugués. Branco: que se retire y comunique a todos la orden del cambio de rumbo por unos días. «Hoy es martes; el viernes o el sábado estaremos donde debíamos estar. Nada más.» Así acabó Branco la discusión, dijo Griffin.

Luego el capitán buscó el asentimiento de Luiz Pereira, pero este, que permanecía sentado con las piernas en alto y los talones sobre el panel de control de chigres, prefirió mantenerse neutral, incluso irónico, diciendo que sin duda nadie en aquel buque pensaba que estaban de crucero y que ambas opciones, la de retroceder unas millas o la de subir al norte, eran igual de válidas, y por tanto, en esa tesitura, habría de imponerse, como era natural, el criterio del capitán, pues en otro caso sería insubordinación. Fernando Grande entendió que había sido derrotado y salió del puente dando un portazo de impotencia. Cuando estuvieron a solas, Branco recriminó a Pereira que no lo hubiese apoyado con mayor entusiasmo, pero le agradeció que le hubiera recordado a Grande su lugar en el escalafón. El *Minerva Janela* se dispuso a dar la vuelta inmediatamente.

Entonces, por esos días, todos tuvieron una extraña sensación de regreso, volvían hacia atrás, y era como revivir el pasado: de nuevo pensaron en la muerte de Paulinho Costa, pero también de nuevo en su inevitable resurrección en el tiempo, y de nuevo en Cabo Verde y las putas de Mindelo, y de nuevo en Madeira, y así hasta un retroceso sin pausa, así hasta el momento en que Griffin abrió la puerta de la clase y vio los animales disecados de la Expedición de Jiménez de la Espada expuestos en su colegio.

43

–Poco después de dar la vuelta, para mayor irritación del capitán, ocurrió un incendio peligroso en las cocinas –dijo Griffin en la terraza del hotel Carlton, donde estábamos esa tarde. Bergeron, alias *Sebo*, el cocinero, ocupado en apuntar sus sueños con todo detalle cuando le llegaba la lucidez de recordarlos, cosa que como un obseso hacía diariamente pero a deshoras, no pudo apagar una inesperada columna de fuego salida de la gran sartén y que se propagó rápidamente a los cables de megafonía que había sobre la campana de humos. Serían las siete de la tarde y la mayoría de los tripulantes esperaba la cena. Ardieron varias cajas de galletas y botellas de aceite, lo que originó un humo negro denso que la campana no absorbía del todo, y ocupó toda la sección donde estaban algunos camarotes, la propia cocina y el comedor. Los extintores cercanos no fueron suficientes y varios marineros vinieron con los de otras cubiertas en ayuda de *Sebo*, verdaderamente asustado por la dimensión que había cobrado aquello. Lo más dramático para él, una vez que el fuego se hubo extinguido, fue la pérdida en el siniestro de su cuaderno de sueños, como él lo llamaba.

Días más tarde Griffin trató de consolarlo diciéndole que, como todo el mundo sabía y ya Freud se había encargado de pontificar, apuntar los sueños en el fondo era una práctica onanista que conducía a la paranoia, y que se había revelado que muchos famosos suicidas habían hecho eso con cierta frecuencia, por lo que el incendio tal vez tuviera a la larga algo de providencial liberación. Bergeron, alias *Sebo*, que había empezado otro cuaderno ese mismo día, le miró incrédulo porque desconocía a Freud y ni siquiera sabía de qué le estaba hablando. Entre lágrimas, Bergeron agradeció sus palabras, aunque Griffin no sabía si eran debidas a que todavía le duraba la irritación en los ojos provocada por el humo o a la pérdida de todos sus sueños archivados en el desaparecido cuaderno. En ese momento, impulsivamente, le dio uno de los dibujos de la isla, que *Sebo* observó con perplejidad interrogativa. En ese estado lo dejó sumido para irse con Pereira, a quien vio pasar en dirección a la segunda cubierta al grito, por todos esperado, de «¡Delfines a estribor!». Llevaba en la mano su caña de pescar. Fue cuando le preguntó por su isla.

44

Pereira le preguntó sin demasiado interés qué isla era la del dibujo, pero cuando Griffin le iba a decir el nombre, él volvió a lanzar el anzuelo de su caña y a hablarle de la mala suerte que había acarreado la muerte de Paulinho. Más que de mala suerte, Pereira lo calificaba de una pérdida de armonía, algo así como perder las riendas de la situación, tan fatal como podría haber sido la pérdida de dirección del barco o el incendio de las cocinas. Si cualquiera de los dos avatares hubiera avanzado, Branco se habría venido abajo anímicamente, Pereira lo conocía bien y sabía que su temple era una máscara, un disfraz. «Lo habría acabado pagando con la tripulación y todos nosotros estaríamos rogando a Dios que apareciese un barco en el horizonte para remolcarnos y salir de esta bañera a toda costa.»

Pereira se había pertrechado con una silla de tijera y vestía camiseta con una gran imagen de Mick Jagger y los Rolling Stones. «Estoy de vacaciones, hoy es mi día libre», dijo sonriendo irónicamente sin hacer alusión a sus desavenencias con el capitán. Más tarde, en el camarote que compartía con Griffin, habló ampliamente de ello frente a una partida de damas. Volvió a preguntarle qué isla era. «La de la Desolación, en Magallanes», le respondió Griffin, seguro de que sin duda había visto la cara sur de la Desolación, al igual que Melville pero cien años después, cuando Pereira dobló el Cabo de Hornos en dirección al Pacífico en aquel portacontenedores de la Mobil.

–No, no la vi –repuso Pereira–, nuestra derrota estaba en una latitud más baja, a bastante distancia de la costa. ¿Me perdí algo grande en aquella isla?

Griffin contestó que él solo la dibujaba tal como la había visto en algunos islarios y atlas de la zona.

–Me fascina esa isla –añadió– por algo que vi en una foto de mi abuelo. Es el lugar adonde me dirijo.

–Desde Punta Arenas, supongo –dijo Pereira lanzando de nuevo el anzuelo.

–Sí, desde Punta Arenas –dijo Griffin.

–No conozco esa isla, pero conozco otras tan abruptas como esa, y lejanas, y puede que hasta perdidas de verdad, desoladas hasta doler –comentó Pereira–, aunque quien sí ha estado allí es Rodo Amaro, creo. Se conoce todo el Estrecho, incluso vivió allí.

Eso ya lo sabía Griffin. El propio contramaestre se lo había dicho una mañana en que lo acompañó a revisar el grado de humedad de los mamparos de la segunda bodega de estribor, pero cuando luego habló con él de la isla, Amaro le confesó que no había puesto los pies en ella porque nunca pasó a la otra orilla del Estrecho. «Mi obsesión son los Ferrari, no las islas, me cago en todas ellas», le había dicho brutal y risueñamente Rodo Amaro aquella vez.

–¿Cuánto mide esa isla de la Desolación? –preguntó Pereira.

–No sé –contestó Griffin–, creo que no más de cien kilómetros en total. ¿Por qué?

–Por si la puedes comprar –sonrió Pereira.

Se le escapó una carcajada ante tamaña insensatez, era obvio que el primer oficial bromeaba. Luego hizo otra pregunta:

–¿Y por qué haces esos dibujos? –Pereira lo miró por primera vez desde que estaban hablando en aquella cubierta que olía a queroseno o gasolina, como todo el barco, y dejó de lado la ridícula caña. Griffin entonces le dijo que para él eran una especie de lenguaje, como un idioma propio que lo expresaba, o que expresaba en realidad sus deseos.

–Todos tenemos vidas invisibles que solo empiezan a aflorar si se encuentra el cauce para ello –dijo–, la mía es la llegada a esa isla como si fuese una posesión física, un acto sexual, una afirmación. Dibujo la isla para no olvidar el objeto de mi deseo, para ensoñarlo, por eso la dibujo como si la acariciase.

83

–Ya. Una variante del amor –replicó Pereira–. Hay gente que ama perros y otros aman islas. Tú eres de los segundos. Griffin le dijo que, aunque bromease, había acertado, de eso justamente se trataba, de amor, y a continuación Pereira y él rieron juntos, apoyados en la barandilla de estribor hasta que el sol empezó a quemarlos y Pereira exclamó: «¡Maldita sea, hoy no se pesca nada por aquí, el mar no está para regalos!».

45

La última vez que había estado con Griffin, este me había hablado de amor, aunque él solo se refería a su amor por la isla, manifestado en sus obsesivos dibujos. ¿Qué amor no es obsesivo?, había dicho al decirme adiós. Cuando volví a verlo de nuevo, caminaba yo por Funchal casualmente, como siempre, aunque ya las casualidades entre nosotros guardaban poca relación con el azar, pues en realidad nos buscábamos por la ciudad, él para prolongar su relato, yo por el placer de escucharlo. Recuerdo que en esa ocasión Griffin me habló de Graciela Pavić, pero no enseguida; antes habló otra vez del amor. Directamente. Sacó a colación el amor, o los amores, que tuvo.

Oliver Griffin se había casado dos veces, pero no le gustaba hablar de sus dos esposas, Roberta la primera, pelirroja y sensual, y Elsa la segunda, castaña y calculadora. Desaparecieron como de golpe y ahí acababa todo, no había más discurso, decía.

–Por mucho amor que hubiera habido alguna vez entre ellas y yo, me basta con pensar que su desaparición, sin acritudes ni desprecios, es una garantía de que la totalidad de los recuerdos agradables, incluso eróticos, entre nosotros no se irá por el desagüe de los sentimientos caducados. Siempre queda una sonrisa que buscar, siempre hay una caricia a la que poner nombre, siempre sobreviene un insignificante y borroso recuerdo que catalogar, tan borroso que sin duda es una invención para sobrevivir.

Sin embargo, el único que Griffin consideraba amor apasionado en su vida fue una relación que tuvo con una mujer francesa, Fabienne era su nombre, Fabienne Michelet, de edad ya mediada la treintena, a quien conoció en un hotel de Riva durante unas vacaciones en las que ambos aparecieron solos, guiados por el designio inequívoco de acabar encontrándose sin saberlo. Se enamoró inmediatamente.

De eso hacía demasiado tiempo, aunque ningún día había pasado sin que Griffin pensara en ella ni en los momentos que vivió a su lado. Su rostro, su cuerpo, su voz, su risa, sus palabras, sus gestos, el deseo frenético e irracional de estar junto a ella y no imaginar que pudiera existir otra circunstancia diferente en la que estuvieran separados, la excitación por buscarse, la ansiedad por no encontrarse, todo eso se dio una vez, intenso y concentrado en no más tiempo que el que duran unas vacaciones prolongadas por ambos hasta el límite. Luego, un par de citas precipitadas, apasionadas, en hoteles de aeropuerto, unas cartas prometiendo un encuentro siempre aplazado, primero una semana en París, más tarde tres días en Burdeos, donde ella tenía parientes, luego un fin de semana en Nantes, donde vivía con su marido, abogado, un encuentro este escrupulosamente calculado que tendría todo el sabor de lo furtivo y literario, un juego de peligro amoroso bastante provinciano, y finalmente en Madrid, a la aventura, con cualquier excusa, pero esa excusa no se planteó jamás, no se realizaron los viajes, pasaron seis meses, un año, y todavía la última carta, que Griffin conservó y llevaba siempre consigo hasta que la hizo añicos en el *Minerva Janela*, anunciaba una inminente llegada. «Te llamaré en cuanto vaya a partir. No puedo estar sin ti por más tiempo», le escribió Fabienne. Una mentira, dijo Griffin.

Él creyó de veras que ella lo amaba porque él la amaba. Pero nunca llamó, nunca volvió a escribir, ni él tampoco lo hizo. ¿Para qué? Sería una carta con reproches y eso no estaba en su estilo. Esperó y olvidó con cierta dosis de rencor. Solo al cabo de unos meses le entró la terrible duda de que tal vez Fabienne no hubiera podido cumplir su promesa porque algo involuntario, fuera de su control, se lo impidió. Pensó incluso que podía haber muerto. Entonces pasó unos días como loco, imaginando, en medio de una vaguísima esperanza, las más increíbles frustraciones y desatinos: un accidente en el taxi que la llevaba al aeropuerto o a la estación, un asalto en la calle, una violación, un robo en su casa, una parálisis de resultas de todo ello, una afasia por la parálisis, una prolongada amnesia, un estado de coma, uno de esos estados comatosos de personas sumidas en la inconsciencia, vivas aún, pero dormidas como vegetales y que despiertan al cabo de quince o veinte años, un pacto de matrimonio civilizado y formal con su marido, enterado de aquella relación adúltera, o tal vez algo peor, asesinada por él, arrebatadora o fríamente, o por alguien que él contrató, un profesional, y así la escala de posibilidades que se abría era infinita, absurda y torturante. Por último, ante la evidencia del vacío, Griffin prefirió convencerse (aunque no del todo, siempre había dejado una última lucecita vaga y agónica al final del pasillo de los deseos de la vida) de que Fabienne había muerto, seguro que por causas naturales, algo de corazón, una enfermedad súbita, un cáncer funesto y veloz, y nadie pudo avisarlo porque nadie sabía de su existencia. De nuevo la invisibilidad se adueñaba de una parcela de la vida de Griffin, de nuevo volvía a ser transparente ante el devenir de su pequeña y particular historia.

Visitó Nantes varios años después de su amor por Fabienne. El motivo de su viaje a la ciudad era fútil y no viene al caso, tal vez compromisos académicos, conferencias, congresos, no importa. ¿Pudo ser su debilidad fetichista por Verne? Quizá. Sea como fuere, el asunto es que no pudo resistirse a la tentación de averiguar el paradero de Fabienne, pero solo sabía su apellido (las cartas las enviaba a un apartado de correos) y desconocía si Michelet era el suyo de soltera o de casada. En la famosa *brasserie* La Cigale, de la Place Graslin, trató de sonsacar algo a los camareros sobre el apellido Michelet relacionado con cierto abogado, pero no pudieron darle ninguna información satisfactoria; no conocían a ningún abogado Michelet. Tampoco sacó gran cosa del listín telefónico ni del censo municipal. Entonces, guiado por el instinto, optó por ir al cementerio. Preguntó a la guardesa. Había varios mausoleos de diferentes genealogías Michelet, pero en los que llegó a ver, ninguna fecha podía coincidir con las de Fabienne, así que desistió de seguir buscando, ya que de todos modos se marcharía de la ciudad al día siguiente.

46

Regresó a la *brasserie* La Cigale; allí sentado, reparó entonces en que cerca estaba el Grand Hotel de France. Más tarde, en su interior, encontró algo que causó su sorpresa y que extrañamente le trajo a la memoria la figura de Graciela Pavić y del autómata de la Desolación. Se topó con la leyenda de Jacques Vaché, «el campeón del humor negro», el amigo de Tristan Tzara y de André Breton, que pasa por ser uno de los fundadores del surrealismo con menos obra surrealista, ya que apenas queda suyo un puñado de poemas y de cartas. Era natural de Nantes y murió joven, como quieren los dioses, de una sobredosis de opio, allí, en el Grand Hotel de France, en la misma Place Graslin, como recordaba un viejo informe policial firmado por el comisario Laroze el 7 de enero de 1919 enmarcado en una pared y que Griffin se entretuvo en leer.

Vaché tenía veintitrés años el día de su muerte; era guapo, alto, delgado, de una extraordinaria ambigüedad en su belleza y una elegancia evanescente; pertenecía a una destacada familia de la ciudad, de la que habría acabado heredando una fortuna. La guerra recién terminada había dejado en muchos jóvenes el regusto por el exceso y la saturación de hastío que daba el asco ante la injusticia y los patrioterismos, como en *Viaje al fin de la noche*, la novela de Céline que era pura dinamita. Vaché estaba alistado en el ejército como intérprete de las tropas norteamericanas en Francia, acantonadas al término de la Primera Guerra Mundial; nunca había combatido. Murió junto con el joven Paul Bonnet, de veintidós años, soldado raso igual que él, y a cuyo nombre estaba registrada la habitación 34 del segundo piso. Ambos estaban abrazados, en ropa interior, con los uniformes hechos un amasijo sobre uno de los sillones, y al escándalo de la muerte por opio se unía el escándalo sexual.

—La censura lo silenció; eran soldados de Francia —dijo Griffin.

Con ellos estaba el cabo de Intendencia norteamericano A.-K. Woynow, quien había suministrado la pipa de quemar opio. Woynow se salvó porque fumó mucho menos que sus compinches y despertó a tiempo para dar la voz de alarma a gritos por los pasillos del hotel. Un par de horas antes, todo entre ellos era alegría y provocación; en la oscura recepción del hotel, atestada de plantas, oyeron las grandes carcajadas que llegaban de arriba, donde acababan de pedir diez tazas de chocolate, una cantidad tragicómicamente exagerada, pues esa misma cifra en dosis de opio fue la que apostaron a que resistiría cada uno. Estaban medio desnudos, aunque eso no quería decir en modo alguno que hubieran decidido suicidarse por amor, como Woynow, aturdido aún, aclaró a la policía. «Sencillamente odiábamos el uniforme», dijo el norteamericano. Poincaré, el Presidente de la República, mandó un diploma a la familia una semana más tarde. En él se aseguraba que el soldado Vaché murió por la Patria.

—¿Qué tiene todo esto que ver con Graciela Pavić, se preguntará usted? Pues la fecha. Me sorprendí pensado en Graciela —dijo Griffin—, porque el mismo día de la muerte de aquel joven francés, el lunes 6 de enero de 1919, puede que a la misma hora en que Woynow gritaba por el corredor del hotel, Graciela Pavić encontró el autómata en la Isla de la Desolación. De esa coincidencia de accidentes, en día y hora, me acordé al ver aquel informe en la pared del vestíbulo del Grand Hotel de Nantes, y como siempre que pienso en Graciela, me dio un escalofrío.

47

Guardó silencio unos minutos. No le pregunté a Oliver por Fabienne. Comprendí que la historia de ese amor había acabado ahí, en aquel viaje a Nantes; viva o muerta, para él sencillamente tenía el rango de desaparecida, como sus dos exmujeres, una suma de recuerdos a voluntad. Quise saber más de Graciela Pavić, pero entonces Griffin, mientras caminábamos, me habló de los caiquenes.

Me contó que una noche, a punto ya de amanecer, oyó un ruido que provenía del mar. Miró por el ojo de buey de su camarote en el *Minerva Janela*. Delante de él, se veía la silueta de un gran caiquén moribundo que se distinguía perfectamente ante el reverbero de la luz azulada. Se había arrojado contra la cubierta del barco para matarse.

–Cuando era niño –prosiguió Griffin–, mi tía me llevó una tarde a un parque cercano a nuestra casa; pasé largo rato mirando cómo los pájaros que había en las copas de los árboles más altos se lanzaban vertiginosamente hacia la tierra para solo remontar el vuelo cuando estaban a pocos palmos del suelo. No sé qué especie de pájaros sería. Aquellas escenas de acrobacia volátil me impresionaban y excitaban, y las miraba hipnotizado, casi horrorizado. Esa imagen me vino a la mente al ver el gran pájaro pardo sobre la húmeda cubierta.

Era un suceso rarísimo de contemplar en zonas tan tropicales, según dijeron luego los marineros, pero en esa época pasaban sobre sus cabezas, a todas horas, bandadas de aves migratorias «emitiendo sonidos que parecían canciones», como apostilló Kowanana. Según dijo Griffin, los caiquenes suelen confundirse con gansos de la Patagonia, aunque también los hay en Tristán da Cunha y han llegado a verlos en Santa Helena, bastante más al norte. La leyenda dice que es un ave monógama, pese a volar siempre en grupo. Y si uno de los dos caiquenes de la pareja muere, el otro vuela hasta lo más alto que puede y desde allí se arroja en picado al vacío, sin desplegar las alas para no planear y así dejarse caer a plomo para morir. Es un suicidio.

El caiquén fue rematado a palos por Pedro Ramos con una barra de hierro. Su carne no valía para comer, había dicho *Sebo*, el cocinero. Luego lo arrojaron por la borda como al pobre Paulinho Costa, pero sin honores. Un minuto antes, a la

vista del caiquén moribundo, Griffin pensó en Graciela Pavić.
Para Griffin, el caiquén y Graciela Pavić estaban unidos, no
sabía por qué, tal vez porque la asociaba con el sufrimiento de
la pérdida, con la infinita tristeza de la desolación real que da
nombre a esa isla que él buscaba y rebuscaba. Y entonces Oliver, en esa ocasión, me contó parte de su historia.

48

Graciela Pavić era rubia y hermosa, de ojos claros y tez dorada. Los rizos de su pelo se abrían como una aureola en la que
alguien como Griffin podría perder la razón. O como su abuelo. El óvalo de su cara era anguloso, un tanto cuadrado, con
barbilla firme pero de pómulos redondeados y labios carnosos
que alargaban la sonrisa; sus cejas, pobladas y expresivas. Lo
deducía de una de las fotos que tenían sus abuelos, con las que
acabó quedándose tras su muerte al igual que con las cartas y
demás cosas vinculadas a la Desolación.

En la foto a la que Griffin se refería en ese momento, Graciela está sola, de cuerpo entero; sonríe levemente, su gesto no
es de total control de sí misma, parece querer que su alma huya
mientras su cuerpo permanece ahí, haciendo lo que el fotógra-
fo le pide, porque no posa mal, mira fijamente al objetivo con
calculada inclinación, sabe que será observada y alza imper-
ceptiblemente la barbilla en una cara perfectamente equilibra-
da; la foto es en blanco y negro y anterior a diciembre de 1923,
el año en que la conocieron. Tal vez el lugar sea su casa, o el
Museo, o el lugar que indica la etiquetita dorada pegada a la
vuelta:

> **Estudio**
> **Walter-Photo-Retratos,**
> **calle Nogueira 7,**
> **Punta Arenas**

Es una foto en la que Graciela Pavić se gusta. Fue un regalo que hizo a los abuelos de Griffin, enviado dos años después de que estos hubieran pasado por Punta Arenas. En el reverso hay una dedicatoria amistosa, sin formalismos: «Para mis Irene y Arnaldo, amigos en el corazón, dueños de mis ilusiones, magos. Su Graciela. Un día frío de agosto de 1925, siempre pensándolos».

–¿Le gustaba a Graciela la magia y los ilusionismos de frac y chistera, y de ahí la larga relación de años y correspondencia entre ella y mis abuelos sin volverse a ver nunca más? Ya en sí misma esa relación era un hecho mágico para mi abuelo Arnaldo –dijo Griffin.

Siempre había llevado consigo esa foto sin saber la razón. Hay otras fotos que se tomaron el mismo día que se tomó la del autómata, en el Museo. Era evidente que, pese a los años, su rostro seguía siendo bello y huidizo, y su pelo flameante y espiritual. El abuelo Arnaldo la conoció con cuarenta años recién cumplidos y alguna vez le dijo a su nieto que era la mujer más bella y singular que había conocido en todo el viaje hasta Valparaíso, excepción hecha de Irene, su mujer, con la que, visto ahora todo el pasado, guardaba un enfático parecido.

Griffin se la imaginaba alta, pero no demasiado, nublada de melancolía, pero tampoco demasiado, con la mirada de esas que por elección se truecan falsamente alegres o excesivamente alegres. Encubría así un esfuerzo por no dejar salir una pena encerrada, por disimularla, y en su caso era una pena enorme.

Cuando supo que Arnaldo era mago, surgió en ella un vínculo de simpatía entusiasta y sincera; rescataba de muy dentro de sí un aroma de infancia, algo muy perdido, de cuando siendo niña esporádicos circos ambulantes llegaban raramente a Punta Arenas en uno de los vapores-correo chilenos que unían Santiago con Buenos Aires; traían espectáculos cautivadores que se prolongaban en teatros, cafés y plazas de la ciudad. Quizá, con lo que Arnaldo le contaba sobre magos y teatros del mundo, Graciela llegó a recuperar aquella lejana excitación infantil que le hacía no dormir en toda la noche.

49

Graciela descendía de dálmatas de Dubrovnik, en Croacia, entonces parte del Imperio austrohúngaro. Su padre, Miro Pavić, era un pequeño delincuente que había emigrado a Tierra del Fuego en 1890 con su mujer, Veronika Jergović, y el hijo mayor, Ivo, de un año. Se decía que se había encontrado oro en aquellas soledades australes. Miro Pavić había estado en la cárcel de Zagreb por ratero y sabía que su porvenir, tarde o temprano, sería el cadalso si no iniciaba una aventura en otra parte del mundo. Qué más daba la distancia, pensaba sentado en la cocina de su casa, allá en el puerto de Dubrovnik, donde los barcos triestinos hacían su primera escala antes de dirigirse a Palermo, Génova o Marsella y, desde allí, a las Repúblicas de la Argentina o de Chile, mientras miraba una y otra vez un grabado del periódico representando a un buscador de oro hecho rico y en cuya leyenda al pie ponía:

> **¡El fin del mundo fue su principio!**
> **¿Por qué no ha de ser el tuyo?**
> **¡Ven a la nueva California!**

«La distancia está en el corazón de los hombres, pero sobre todo en la cabeza», debió de pensar Miro Pavić. Unas semanas después, zarpó con su familia en uno de esos navíos italianos, tal vez el famoso transatlántico *Alessandro Camondo* que llevó a la Patagonia y Tierra del Fuego a miles de compatriotas suyos. La travesía de los emigrantes dálmatas a Chile y a las tierras australes fue muy penosa. Ni siquiera eran dignos de la tercera clase; navegaron amontonados, casi hacinados en las bodegas, donde se había habilitado una estructura metálica rudimentaria, –dijo Griffin– de tres pisos con decenas de jaulas angostas a modo de camastros de hierro, sin ninguna comodidad, ni lavabos, ni lencería, ni mantas; llantos, mareos, suspiros, lamentos, disputas, peleas, navajas, rencor, son incontables las vicisitudes que hicieron de aquellas umbrías cubiertas, en las que la marinería tenía que entrar armada, un clima irrespirable para los emigrantes durante casi dos meses; el odio y el resentimiento afloraban; muchos fallecían en el viaje. Cuando los Pavić llegaron por fin a América, con el pequeño Ivo febril y enfermo de ganglios, se establecieron primero en Fuerte Bulnes y más tarde en Punta Arenas, donde nacieron tres hijos más antes de que Graciela viniera al mundo en 1895. Cuando tenía cuatro años, Veronika, su madre, murió de disentería y tristeza inconsolable por no volver a ver su amado mar Adriático. Cuando eso ocurrió, ya vivían todos en la Estancia Mercedes.

50

Miro Pavić entró a trabajar para el rico terrateniente don Laureano Ravel en la Estancia Mercedes, de Bahía Inútil. Era la misma en donde Arnaldo Aguiar, en su viaje de novios de 1923, hizo una actuación de magia privada para luego volar hasta Punta Arenas en el Latécoère 26 de Esteban Ravel, hijo de don Laureano y nuevo dueño de la Estancia en esa época. Recién nacido, Esteban apenas babeaba cuando en esa inmensa finca Miro Pavić fue salvado en 1891 tras pasar uno de los episodios más dramáticos de su vida.

–Como ya le dije –puntualizó Griffin–, solo el oro movía a los emigrantes que llegaban a la Tierra del Fuego y el oro fue lo que motivó a Miro Pavić nada más llegar al Estrecho de Magallanes.

Dejó a su mujer y a su pequeño hijo Ivo en Fuerte Bulnes y se unió a un tal Pacheco, a quien había conocido en la travesía del *Alessandro Camondo*. Pacheco era un bandido como Pavić, buscador de oro más que Miro, y los dos hombres se fueron juntos a Puerto Natales, al norte de la cordillera chilena. Allí se encontraron con el caos. En el pueblo y por las laderas de los alrededores, había miles de hombres que acampaban desordenadamente y erraban de un sitio a otro, muchos de ellos norteamericanos, judíos y libaneses provenientes de los filones agotados de California y Nevada. Había por allí gente buena y gente mala, pero esa distinción era irrelevante porque todos ellos carecían de escrúpulos, dijo Griffin; todos llevaban carabinas y cartucheras y usaban el cuchillo para resolver sus problemas. A Miro aquel lugar le pareció un campo de aniquiladores, a la mínima se mataban unos a otros. Corrió el rumor de que también se había hallado oro en la zona del Canal de Beagle, por isla Lenox, al sur de la región, y muchos fueron hacia allí.

Miro Pavić y Pacheco se unieron a quienes, ante el furor creciente de colonos y aventureros, empezaron a organizar bandas de exterminio de indígenas para los estancieros del sur, los de Tierra del Fuego, cuyos rebaños de carneros y de ovejas eran atacados y saqueados por los indios selk'nam, alakalufes y yámanas, todos unidos bajo el nombre común de fueguinos, como les llamaba la prensa de la época, dijo Griffin. Era un trabajo bien pagado, y lo de buscador de oro no dejaba de ser una lotería, o peor, una ruleta rusa. Uno de los más importantes estancieros era don Laureano Ravel, antiguo abogado en Santiago y antiguo general.

51

Por esa época, y para librarse de los indios, Ravel había contratado los servicios de un escocés, Alcydes MacLenan, de Edimburgo, donde había predicado el Evangelio hasta que a poco lo ahorcan, acusado de violación en una aldea de las Highlands. Tuvo que huir en el primer barco que encontró en el puerto. No preguntó su destino. MacLenan se hizo pronto famoso por su crueldad, ya que solía abrir en canal a los indios muertos para profanarlos y a sus hombres les daba una paga suplementaria si le ponían sobre la mesa las orejas de cada indio cazado, como a animales. Así se lo explicó Graciela en alguna de sus cartas a Arnaldo. Pero su fama, al cabo del tiempo, se debió a un hecho que tuvo a Miro Pavić por protagonista, quien, junto con su ya inseparable Pacheco, se había enrolado en la banda de MacLenan. Fue así como Pavić estuvo a punto de perder la vida.

Con MacLenan y varios hombres más, salieron en busca de una tribu de fueguinos para darles un escarmiento. Llevaban grandes provisiones de alcohol para emborrachar a los indios, y trozos de carne de vaca a los que habían inyectado estricnina. Con aquellos regalos pensaban acercarse pacíficamente a los indios, pues la política de los estancieros, según la doctrina de don Laureano, era hacerles pasar hambre y luego darles aquella comida envenenada. Los indios la devoraban agradecidos.

La expedición partió de Porvenir, donde se aprovisionaron, y un par de días después se adentraron en la Sierra Balmaceda. En la orilla norte del río O'Higgins tuvieron un encuentro con los selk'nam y varios hombres de la partida fueron heridos, aunque Pavić contó a su hija Graciela que ellos mataron a todos los indios. La mayor parte de la banda quiso dar media vuelta, pues en realidad no sabían hacia dónde dirigirse; los indios habían sido exterminados y no habían dado con el poblado, ¿para qué seguir? El escocés dijo que se abandonase allí mismo la carne, ya que era un lastre muy pesado. Algunos hombres protestaron por lo de la carne, entre ellos Pacheco. «Pueden comerla animales, y a esos animales otros animales, y así llegar hasta a un minero de los nuestros», dijo. «Y también pueden comerla indios. Dejadla por ahí repartida, hará su función», volvió a ordenar MacLenan.

Entonces el escocés manifestó su intención de avanzar unas jornadas más para buscar oro. La zona era buena para ello, según le habían dicho. Pero muchos no compartían esa opinión; estaban en una temporada del invierno muy peligrosa y opinaban que era absurdo empeñarse en buscar oro cuando en la primavera, con el deshielo, no tendrían más que agacharse a recogerlo sin ningún riesgo en las orillas de los riachuelos. MacLenan dijo que esa era la cuestión, apoderarse del oro cuando no hubiera competencia. No se pusieron de acuerdo y la partida se dividió.

MacLenan, Pacheco, Pavić y dos más prefirieron quedarse por allí en busca del preciado mineral. Sabían que en la parte sur de la Sierra, en Lago Vergara, el temido Julius Popper, que se vino desde China al oír la palabra «¡Oro!», estuvo picando en un filón abundante. Tal vez Popper no lo hubiera agotado, o tal vez existieran otros filones en las cercanías. Los demás hombres regresaron a la Estancia Mercedes con los heridos.

52

Al cabo de una semana de buscar oro en el Cerro MacPherson, al grupo de MacLenan y Pavić se le acabaron las provisiones. «Ojalá no hubiésemos envenenado la carne tan pronto», se lamentó uno de ellos, el más viejo, un argentino llamado Orlando Valle. El quinto hombre del grupo era un joven chileno, apenas un muchacho de quince años al que solo conocían por el apodo de *Rubio*; nunca hablaba, por lo que pensaban que era mudo.

El octavo día cambió el tiempo y una nevada cubrió todo el Cerro, descendiendo las temperaturas hasta unos niveles bajo cero para las que el grupo no se había preparado. «Todo esto lo sufriría muy a gusto si hubiera encontrado unas buenas pepas de oro», exclamó quejoso Pacheco, mal pertrechado. Pavić estaba de acuerdo en que habría valido la pena pasar penalidades si al menos hubiera habido una recompensa. Pero lo cierto es que en esos días no hallaron ni rastro de oro.

MacLenan estaba furioso consigo mismo porque se sabía responsable del error de cálculo. Entonces, tratando de buscar abrigo ante una tempestad de viento y hielo que se abatió inesperadamente, los cinco hombres cayeron en un profundo hoyo cuyas paredes estaban heladas por todas partes. No pudieron salir de allí en ocho días. En ese tiempo, el muchacho chileno, que se había golpeado en la cabeza al caer desde tan alta altura y no había recuperado la consciencia, murió. Las escasas vituallas se las habían acabado ya incluso antes de caer al hoyo, y aunque pudieron superar la sed fundiendo hielo muy pacientemente, el hambre se cernía como una amenaza insoslayable. En el interior de aquel hoyo no sabían ni cuándo amanecía ni cuándo anochecía; no podían defecar siquiera, salvo el viejo Valle, que no paraba de hacerlo, lo que convirtió aquel reducido espacio en una letrina infecta; las ropas estaban siempre húmedas y los hielos de las paredes emitían sonido de resquebrajamiento.

«Esta cárcel no es segura», decía Pavić, percibiendo en los ojos de sus compañeros el arrepentimiento por la locura del oro a la que se habían dejado arrastrar. Todos experimentaron síntomas de congelación. Pacheco se cortó, sin dolor alguno, tres dedos de su mano derecha, ya negros.

«Si no comemos pronto algo no podremos movernos y no tendremos fuerzas para salir de aquí. Moriremos», dijo Pavić con sangre fría, asumiendo el liderazgo después de que MacLenan diese muestras de un abatimiento desde el que solo alcanzaba a rezar y a proferir amenazadoras citas bíblicas, como extraviado. Luego, refiriéndose al muchacho chileno muerto, Miro Pavić añadió: «Va a quedar para las culebras y los gusanos. ¿No es más justo que nos alimente a nosotros, en vez de aguardar su misma suerte? ¿No es hasta más noble para él?». Vencieron la repugnancia y durante tres días más, los que tardaron en ascender por las paredes de hielo hasta la boca del hoyo, se nutrieron de la carne de aquel chileno llamado *Rubio*, cortada a tiras por Miro Pavić.

Cuando lograron salir, enseguida se encontraron con don Laureano y su banda, quienes, alarmados por los días transcurridos sin noticias suyas en aquellos duros parajes, habían partido en busca de los perdidos desde la Estancia Mercedes. Los cuatro hombres estaban totalmente desfallecidos e irreconocibles bajo sus barbas y las greñas les rozaban los hombros. No dijeron nada acerca de lo sucedido, pues habían jurado mantenerlo en secreto el resto de sus vidas, pero alguien debió de irse de la lengua, ya que no pasó mucho tiempo antes de que se propalase la fama de caníbal de MacLenan. Por eso Miro Pavić acabó contándoselo a su hija. Le pesaba aquella historia que lo avergonzaba, aunque gracias a ella aún vivía. MacLenan se recuperó y volvió a ser el cruel cazador de indios que daba patadas a los fetos; luego don Laureano le nombró capataz y le confió la administración de la Estancia. Miro Pavić fue, en adelante, su mano derecha.

53

Graciela conoció al que sería su marido, Arturo Bagnoli, en Santiago, donde era una de las escasísimas mujeres que había conseguido ir a estudiar a la capital. Ello se debía a la generosidad de don Laureano Ravel, quien facilitó el dinero a Miro Pavić para los estudios de su hija. Para entonces, aquella terminación de su apellido en *-ć* pasó a pronunciarse ya en *-k* , abandonando el original sonido croata en *-sch*, según se creyó Griffin en la obligación de aclararme.

En Santiago, la joven Graciela se enamoró perdidamente de Arturo, a quien describe en sus cartas como de mediana estatura, algo más bajo que ella, delgado y muy moreno, con ojos claros color miel o ámbar oscuro, bigote desordenado pero cara limpia y mirada dulce e inteligente. Al poco tiempo se casaron casi en secreto, pues salvo don Laureano Ravel, nadie de la familia Pavić lo supo hasta mucho después, y por parte de los Bagnoli, el familiar más cercano era su primo Gaetano, que actuó de padrino. Arturo escribió más tarde una carta con la buena nueva al resto de la familia en Italia. Ambos continuaron estudiando en la Universidad, él Medicina y ella Historia, pero Graciela tuvo que dejarlo porque enseguida se quedó encinta del pequeño Pablo, el primero de sus dos hijos.

Arturo Bagnoli, al igual que Miro Pavić, vino a América como emigrante en un barco italiano, el *Emma Salvatores*. Procedía de Caserta, como su primo Gaetano Orticolo y su amigo Stefano Farnese, los otros dos jóvenes con quienes compartió la aventura de embarcarse. El *Emma Salvatores* era un buque viejo y anticuado, que combinaba vela y vapor; cubría la ruta entre Nápoles y Río Gallegos, en la Argentina, última meta de los emigrantes italianos, y en él, se decía, se había inspirado Edmondo De Amicis.

Allí, en Río Gallegos, descendió Stefano Farnese, quien con el correr de los años acabaría siendo, además de un fanático partidario de Mussolini, el alcalde de la ciudad, y muchas veces, desde su posición, le pidió a Graciela que le dejara ayudarla, una vez perdida su familia, ya que podía contar con él para rehacer su vida en un lugar menos doloroso, pero ella nunca tuvo en consideración aquel ofrecimiento del viejo amigo de su marido. Pero la verdadera razón de su rechazo fue que jamás desechó la idea de poder encontrar algún vestigio de sus seres queridos tras el naufragio, y si al final no tuvo más remedio que abandonar toda esperanza de ello, al menos se consoló creyendo que al vivir en Magallanes adoptaba el forzado papel de guardesa de un gran cementerio en el que cada caleta y cada fiordo y cada playa eran la tumba de sus hijos. Llegó a creer, y así se lo confesó a los abuelos de Griffin, que Dios le había enviado el autómata como un guerrero, un *golem* o un *ronin*, para ayudarla a proteger y cuidar aquel enorme campo santo.

El destino final del viaje de Arturo y de Gaetano estaba mucho más al sur, «en los confines de los sueños», como llamaba Arturo Bagnoli a aquellas tierras áridas y despobladas, tristes y agónicas, firmes y embriagadoras, olvidadas de la mano de Dios, como la Isla Desolación de Griffin.

–Tal vez Bagnoli también tuviera su propia isla, por qué no –sugirió Griffin–. Seguro que buscó en su interior el instinto feroz y primario que lo empujó a ir más lejos, más lejos siempre, más hasta el confín, el límite con forma de isla.

Si fue como creía Griffin, Bagnoli halló ese confín en Punta Arenas. Era el centro de una circunferencia cuyo campo de acción era un mundo de naturaleza tan inexplicable como el hecho mismo de estar allí, y eso quizá le bastara al soñador italiano.

–Muchas veces creo que me identifico con aquel hombre –me confesó Griffin–, alguien tan invisible como yo, y he tratado de hallar en mi vida lo que él pudo buscar en la suya, mucho más corta, y no sé si mi viaje hasta allá tenía que ver con ser yo mismo o ser, revivido, el marido de Graciela Pavić. Reconocía que, inconscientemente, buscaba presentarse allí, más de setenta años después, para *entregarse* como un amargo regalo perdido en el tiempo, un regalo absurdo, ahora que ya todo estaba determinado y Graciela Pavić habría muerto, seguramente. Lo hacía en la creencia de que, tal vez, en algún lugar del mundo, también lo estuviera esperando un regalo, extraviado en circuitos perversos y caprichosos de correos y mensajeros y carteros burocráticos, un regalo enviado veinte años atrás por Fabienne Michelet el mismo día que le escribió «Te llamaré en cuanto vaya a partir. No puedo estar sin ti por más tiempo». Arturo Bagnoli y Griffin emprendieron, cada uno en su época, un viaje hasta los finales de todo y eso los unía.

54

Arturo y Graciela, con veinticinco años y dos niños pequeños (el segundo, Gaetano, había nacido también en Santiago), decidieron instalarse en Punta Arenas cuando el primero acabó Medicina. Allí era donde tenían casa, amigos y futuro. Pronto rezaría en la puerta de su hogar el letrero de «Dr. Arturo Bagnoli», el orgullo de Caserta en el fin del mundo. No podían ni siquiera imaginar que la felicidad solo iba a durar tres años.

Un día de verano de 1918 los vecinos avisaron a Graciela que habían encontrado, hecha pedazos, la chalupa *Buena Suerte*, botada esa mañana por Arturo para pescar mejillones en Bahía Catalina. Se había llevado con él a los pequeños Pablo y Gaetano. Todo indicaba que se habían ahogado al caer al agua por la tormenta súbita que se desató aquella mañana y que tan rápido como vino se fue. Graciela abrió la boca para decir algo pero no se le ocurría nada. Solo pensó en ese momento en niños, en muchos niños, en otros niños, pero no en los suyos. Y eso le llevó a Griffin a recordar una historia que le había impresionado mucho cuando la conoció, una historia que vuelve a tener a Nantes por escenario, me hizo observar Oliver antes de proseguir.

En el puerto fluvial de Nantes, dijo, donde el Loira se ensancha para abrirse al Atlántico, un día de noviembre de 1766, la expedición de Bougainville en la fragata *La Boudeuse* se preparaba para partir. Era un gran barco con veintiséis cañones y cuatro mástiles en el que habían cargado mucha pacotilla para engañar a los indios y comerciar con ellos. Buena parte de esa morralla consistía en cristales de colores, grandes y pequeños. Un sobrino del capitán Bougainville, Pierrot, había acudido al puerto con sus padres para despedir a la expedición. Tenía cinco años y confundió con dulces y caramelos de colores aquellos llamativos vidrios, que colmaban una barrica desafortunadamente abierta y olvidada en el muelle. El pequeño Pierrot no escuchaba nada, jugueteaba dando vueltas de acá para allá; en un descuido de sus padres, que agitaban sus pañuelos al viento cuando ya *La Boudeuse* salía por la rada en dirección al estuario de Saint-Nazaire, se llevó un puñado de vidrios a la boca. La agonía duró tres días y tres noches; el niño murió a causa de las hemorragias que le produjeron. Bougainville nada supo de esta tragedia hasta su regreso, y cuando fue informado, el gran marino francés, lejos de compadecerse, alzó los hombros resignado y dijo: «Justo castigo de Dios por las veces que dimos esos cristales a los niños alakalufes del Estrecho de Magallanes».

Graciela había conocido niños alakalufes, tal vez los últimos antes de que se extinguieran para siempre, y tal vez fuera en esos niños en los que pensó en el momento en que los vecinos la informaban del hundimiento de la barca con su marido y sus hijos. Griffin dijo que después, Graciela Pavić guardó silencio muchos días, pues solo había ansiedad a su alrededor, ya que no pudo celebrarse ni velatorio, ni entierro ni ceremonia alguna; no hubo descanso ni duelo. Y al no aparecer los cadáveres, lentamente todo cayó en el olvido, antesala de la soledad.

Surgió en Graciela la cruel esperanza, que dio paso a una incansable búsqueda. Empezó primero a contratar a los indígenas canoeros para salir en sus esquifes de pieles por la zona en que se había producido el accidente, y luego fue ampliando sus exploraciones ella sola por las costas más alejadas, como Isla Dawson, donde MacLenan y su padre habían hecho matanzas de indios años atrás, y luego las más alejadas aún, como Clarence, Santa Inés y Desolación, hasta cubrir todo el Estrecho con viajes que la ocuparon meses y años, en épocas de bonanza o en medio de los crueles temporales magallánicos. Nada la arredraba, aunque solo encontraba esqueletos de ballena y restos de lobos y visones desollados. Empezaron a burlarse de ella o a compadecerse por esa locura. Se dejaba llevar por los rumores, por cuantas pistas, verdaderas o falsas, llegaban a sus oídos, y todas las rastreaba personalmente hasta el fin, hasta agotar la más leve posibilidad de certeza y extenuarse ella misma en el empeño.

55

Así fue cómo, la vez en que Graciela casi naufraga cerca del Cabo Pilares, el 6 de enero de 1919, el día que moría Jacques Vaché en Nantes, su mirada se encontró con algo que parecía desde media distancia un bulto humano. Incluso pensó primero que se podría tratar de una momia o algo similar, un embalsamamiento natural favorecido por la fortuna, o tal vez un cuerpo conservado intacto por el hielo y las bajas temperaturas.

Pronto se reveló como una extraña forma de muñeco metálico, oxidada chatarra que salía ese día de las sombras de la Historia. Estaba en un estado obviamente derrelicto. No parecía muy alto, aunque luego comprobó que estaba hincado en la tierra, con medio cuerpo enterrado. Se había mimetizado con los líquenes que cubrían las rocas del altozano; estaba oxidado en la mayoría de su superficie, y solo las partes que más tarde se revelaron de plata y acero amarillo daban brevísimos resplandores que delataban su existencia y posición.

Graciela subió hasta allí a gatas, amoratándose las manos. De cerca, simulaba un verdadero guerrero con armadura, muerto al final de una batalla, y por un momento Graciela imaginó que hallaría una calavera y un esqueleto en su interior. Se sobresaltó ante esa posibilidad, pues de ser cierta aquel hombre habría muerto hacía varios siglos. Pero el rostro metálico estaba deformado y sin expresión; una brutalidad temible nacía de aquella máscara plana en la que apenas un torpe doctor Frankenstein de tiempos remotos hubiera moldeado, e insertado después, el volumen de unas piezas para las cejas y los ojos, y otras para el corte de la boca y la mandíbula. Tuvo un rostro pintado burdamente y la pintura ya había desaparecido con el tiempo. Una celada recogida sobre la frente y un armazón de casco sobre la posible cabeza enseguida convencieron a Graciela –según me relató Griffin– de que aquello definitivamente no era un ser humano, sino su representación. Una imitación de ser humano. Un artefacto.

Salió de dudas cuando se inclinó hacia él y comprobó que sus brazos se articulaban y que debía de tener en su interior algún mecanismo de ruedas y cadenas, sutil y delicado cuando se montó, pero ahora totalmente inutilizable. Observó Graciela que tenía el pecho perforado con agujeros que podían ser de bala, ¿pero de qué arma y de qué época? Supo de inmediato que era un autómata, lo cual no le ahorró una enorme exclamación de asombro, y empezó a barruntar que aquél podía ser un hallazgo notable para el Museo Salesiano de Punta Arenas, donde trabajaba como conservadora desde su llegada a la ciudad. Decidió limpiarlo y restaurarlo, averiguar su origen, quizá su historia. Y empezó a contemplarlo detenidamente, restándole toda inanidad y dejándose llevar por el hechizo de aquel momento inverosímil.

Aunque parezca mentira –dijo Griffin–, Graciela experimentó en ese instante un sentimiento extraño, de poderosa e irreprimible atracción. Se compadeció, o mejor aún, por absurdo que fuera, se enamoró ese día de aquel cuerpo de metal que encerraba a cal y canto un secreto, pero inmediatamente se arrepintió de siquiera haberlo pensado. Agitó la cabeza, por si soñaba. «¿Qué ser hay más prisionero de sí mismo que un autómata? ¿Y qué es en realidad más que lo que otro ha programado en él? ¿Qué libertad le queda a un ser creado para no tenerla nunca?», se preguntaba Graciela filosóficamente frente a sus extravagantes sentimientos. ¿No era entonces ella también una especie de autómata con alma, desde aquel maldito día de verano de 1918? Sin embargo intuyó, no sin vergüenza y con mucha aversión racional, que ese autómata inconcebible podía ser el cabo de cuerda que la sacara del pozo de su dolor, el nuevo sentido de su vida. Y así fue –agregó Griffin–: acabó convirtiéndolo en el centro de su universo, como se deduce de las cartas que escribió.

Los abuelos de Griffin siempre dijeron que ellos vieron un extraño muñeco metálico perfectamente reconstruido y, sin dejar de ser al mismo tiempo terrible, les pareció fascinante, tanto que para Arnaldo, ya con la mente puesta en la identidad del Gran Samini, fue la revelación del prodigioso número de magia que más tarde inventaría. Graciela terminó cuidando enfermizamente el autómata, pero nunca dejó escapar una palabra acerca del desbordante sentimiento que tuvo hacia él en la Isla Desolación. Le parecía horrible y perverso.

Sin embargo, algo en su mente quedó en penumbras para siempre, ya que, como haría con un muñeco de plástico cualquier persona trastornada a la que se le perdonan por piedad sus ligeros desvaríos, del mismo modo, algunas veces, sin darse cuenta, Graciela hablaba con el autómata, lo limpiaba y se refería a él con la convicción de que era una persona de carne y hueso. «Como si fuera un hijo o un amante», había dicho Esteban Ravel, su poderoso amigo dueño de la Estancia Mercedes, secretamente enamorado de ella, como me dijo Griffin que se derivaba de las cartas de Graciela. Y de hecho el autómata vino a ser para ella el sustituto de su familia muerta, pues además de a su marido y a sus hijos, en esos años había perdido a su padre y a sus hermanos en poco tiempo, y en 1923 ya estaba sola en el mundo, con la duda de ir alguna vez a Dubrovnik a conocer a unos parientes que jamás había visto, un viaje que durante toda su vida había aplazado.

56

Para saber parte de la historia del autómata que enamoró a Graciela –pues elucubró Griffin que alguna historia habría de tener aquel ser pese a su cuerpo metálico y su nula voluntad–, era preciso remontarse muy atrás, a momentos ignorados pero sin duda existentes. La idea de un ejército falso, formado solo por autómatas, se le ocurrió a Maximiliano Transilvano, el secretario de Carlos I, mientras oía a Pigafetta hablar de unos gigantes llamados patagones por el gran Magallanes, su capitán, cuando al regreso de su viaje refirió al monarca el relato de la circunnavegación, en la que habían perecido tantos, incluido el propio Magallanes.

Transilvano, o de Transilvania, famoso secretario privado del Emperador Carlos I, escuchaba atentamente a Antonio Pigafetta, ese día de Navidad de 1522 durante la entrevista que aquel italiano de aspecto frívolo y soberbio mantuvo con el rey, recién llegado de Worms. Y mientras el joven Pigafetta hablaba, el secretario se imaginaba el devenir del viaje para luego escribir una relación por carta, a pesar de no haber subido jamás a un barco ni haber conocido otro mundo que el grasiento *parquet* de París o el mezquino lodazal de Valladolid, donde ahora estaban. Maximiliano Transilvano, políglota en leyes y visionario en política, se imaginó entonces a los gigantes patagones, «aquellos caníbales y espantosos gigantes indios» como los llamó en su carta, lacerando con flechas y dardos venenosos a los españoles, y vio enseguida los peligros que aquel paso descrito por Pigafetta podría entrañar para el sacrosanto futuro católico del Imperio. Además, estaban también los ingleses, la verdadera amenaza a largo plazo, y los luteranos, por mucho que el Emperador solo temiese a Francia y solo a este vecino quisiera derrotar.

Entonces a Transilvano se le ocurrió la idea de repente, pero no dijo nada; fue un instante en que se abstrajo de la vivaz narración de Pigafetta. ¿Por qué no crear un ejército de mentira, pensó Transilvano, una nueva e inaudita máquina de guerra formada a su vez por otros miles de pequeñas máquinas de guerra que atemorizasen por igual a gigantes sin bautismo y a ingleses codiciosos?

Y ante él pasó fugaz, pero lúcida, la visión de un destello continuo, largo y cegador, protagonizado por las corazas plateadas de un ejército que desde lejos, en las altas y encrespadas cimas de las cordilleras que bordeaban aquel Estrecho cruel del que hablaba embriagadoramente el cronista lombardo Pigafetta, provocase un pavor inmisericorde, o al menos alejase del enemigo toda furiosa tentación de dominio de aquellas tierras conquistadas para Dios y el Papa por el Santo Emperador Carlos.

Pero la imagen se le borró al punto de la cabeza, ocupada pronto por la rutina de otras preocupaciones, aunque el sagaz Transilvano no habría de olvidar –dijo Griffin– ese inspirado pensamiento extravagante que tuvo aquel día navideño. Así se conserva en sus cartas, donde refiere a otro corresponsal de la Corte la idea de fortalecer el recién descubierto Estrecho con el engaño de miles de recios muñecos de metal erigidos sobre postes y de apariencia casi humana, con un gesto terrible dibujado en sus facciones, algunos de ellos movidos por el ingenio que los hiciera pasar por lo que no eran, pero que los demás, espantados, lo creyeran sin titubeo. Transcurrirían aún varios años antes de que Felipe II llevara a cabo esa idea del secretario, porque Transilvano no llegó a ver ninguno de los dos autómatas que terminaron por ser reales en las manos de Melvicio.

57

Sobrevolaban el *Minerva Janela* unas aves que cierta mañana habían llegado por sotavento como una bandada hambrienta. Aquello era un anuncio ruidoso de que ya estaban cerca de las costas de Brasil, aunque en realidad distaban más de trescientas cincuenta millas. Luiz Pereira se lo había prevenido en el camarote. «Son pájaros precursores. Pronto estarán por aquí los pájaros comemierda, se adentran en el mar como espadas», dijo él. Griffin recordó que Pigafetta los menciona cuando, casi cinco siglos antes y mirando ese mismo océano, también él vio unos pájaros de los denominados *estercorarios*, que corrían detrás de otros hasta que estos «echaban fuera su detritus e inmediatamente se apoderaba de él el perseguidor». Eran literalmente los comemierda de los que le habló Pereira. Ahora, aún sin atisbar tierra brasileña pero presintiendo ya la orilla americana, sobre los altos contenedores del *Minerva Janela* se desplegaba el espectáculo del revoloteo en agotadoras acrobacias de los grandes picopardos, y las azuladas carabillas, y los desplumados naviles o pájaros romos, nombres exóticos de algunas especies costeñas que le enseñó Pereira. Algunas eran aves que nunca se posaban sobre el mar y que iban de un lado a otro a merced del viento. Estas eran las preferidas de Griffin, pero no supo decirme ningún nombre. Solo sabía que a nadie en el barco les gustaban.

Al pasar a unas millas de la volcánica Isla da Trindade, en el mar de Brasil, un guardacostas de identificación partió para ponerse al costado del *Minerva Janela*. El capitán Branco les dio la matrícula y los datos de singladura. Poco después, el mar cambió. Griffin vio a Fernando Grande con Amuntado comprobando la seguridad de la carga con más frecuencia de la habitual. Se percató en ese momento de que las aves habían desaparecido de golpe y de que las olas de alta mar azotaban el casco con fuerza; el barco cabeceaba y se escoraba sin parar, subiendo y bajando quince y veinte metros cada vez.

En el estómago volvió a sentir las terribles náuseas del mareo, al que se creía ya acostumbrado. Cuando le sucedía eso, pasaba el día entero en el camarote, apenas sin comer. Era su particular dieta de adelgazamiento forzoso. Esta vez hizo lo mismo y desde el ojo de buey veía las olas grises barriendo de espuma la cubierta y presentía el sordo gemido del viento, constante como el ruido perturbador del barco.

—Buscaba la manera de concentrarme en pensamientos que me abstrajesen de allí, porque el mareo en medio del mar es una desgracia que envilece a cualquiera, no hay salida, es una ratonera en la que uno querría perder la consciencia y despertar en otra vida, dejamos de ser seres humanos para convertirnos en una cloaca amarilla que solo desea la muerte.

Por eso volvió a Pigafetta y a los amores en la expedición de Magallanes. Su hipótesis era que aquellos amores enturbiados, pasionales, malquistados en la nefanda vía, tácitos y viriles, entre Magallanes y Pigafetta fueron la verdadera razón de la famosa tragedia de San Julián, cuya causa, en opinión de Griffin, tenía que ver con la rivalidad por celos entre él y el veedor Juan de Cartagena, el rebelde que le plantó cara al capitán general en San Julián, a mitad de la travesía. Para Griffin, Juan de Cartagena era un héroe marcado por el sino de la desgracia y el desamor, un héroe desvalido que tuvo que luchar contra el poder titánico de Magallanes.

–En mi camarote, por tanto, me concentré en la recreación de un oscuro episodio previo, acaecido en las costas de Guinea, que confirmaba mis audaces sospechas.

58

Griffin, aún no cansado por ese día, empezó a contarme con buen ánimo el episodio en cuestión mientras subíamos de nuevo por las empinadas calles de Funchal, hacia el Caminho das Voltas, en la parte alta, cerca del Botánico.

Había partido la expedición –relató–, capitaneada por la nao *Trinidad*, desde Sevilla el 10 de agosto, día de San Lorenzo, pero hasta el 20 de septiembre las cinco naves no emprendieron la navegación, que se hizo desde Sanlúcar de Barrameda. Era el año de gracia de 1519. Ya en el puerto, como había sucedido mucho antes en Sevilla o Lisboa, o mucho antes todavía, en la lejana Calicut de la India, la fama de misógino de Fernando de Magallanes estaba en boca de malas lenguas, que lo afamaban de invertido. Ahora en Cádiz, ya a punto de partir, los rumores tabernarios señalaban su preferencia por el joven paje, apenas un niño, que siempre lo acompañaba, un tal Cristóbal Rabelo, quien moriría con Magallanes agarrado de su mano en Mactán, mientras que a todas luces se mostraba esquivo y frío para con la joven Beatriz Barbosa, con quien habría contraído un matrimonio de conveniencia para guardar las formas.

A Cristóbal Rabelo lo embarcó a su servicio en la *Trinidad* como criado, contra la voluntad de Beatriz, quien se espantaba de ver siempre a Cristóbal abrazado a su marido o sentado en sus rodillas, con poca o ninguna ropa, mientras que a ella la dejó en tierra con la excusa de una tan procelosa aventura, como era lógico de suponer, pues, aparte de los peligros imaginados y por imaginar, no quiso atender en ningún momento a las voces de quienes le recomendaban que permitiese llevar mujeres a bordo. Nunca se supo por qué. No quería mujeres cerca, pero no podía evitar que entre la marinería algunos se disfrazaran de mujer muchas veces, cosa harto frecuente en los viajes largos de entonces, incluso que hubiese algunos a quienes llamaban en secreto, pero toleradamente, sodomitas o sodométicos, práctica castigada por la Inquisición con la muerte.

Con todo, el puritanismo de Magallanes no era más que una estudiada manera de ocultar sus verdaderas inclinaciones, coligió Griffin, y adoptaba una severidad que solo un pequeño grupo de favoritos sabía falsa. No es de extrañar, por consiguiente, que el amor de Pigafetta fuese, en cierto modo, correspondido por el capitán. Mas en cambio no lo fue el de Juan de Cartagena, capitán de la *San Antonio*, por Pigafetta.

El mismo día de Navidad en que Pigafetta, en su entrevista con el Emperador Carlos, relató en Valladolid toda la aventura del largo viaje, ese preciso mismo día en que Maximiliano Transilvano tuvo la ocurrencia de crear un ejército de autómatas, Juan Elcano, maestre de la nao *Concepción* y superviviente del viaje, hizo por separado también su relato ante el monarca. Fue mucho menos colorista que el del italiano, pero entre los hechos que relató, como bien advirtió Transilvano hasta el punto de llevarlo después a una de sus cartas, hubo un lance relativo a la breve estancia en las costas de Guinea, a mediados de octubre del primer año de viaje, en aquel 1519. En esa ocasión, tras permanecer allí varios días para abastecerse de leña, carne y agua, Magallanes le encomendó de pronto que prendiese al capitán Juan de Cartagena, con quien días antes había discutido.

Fue bien avanzada la noche cuando se había producido la riña entre ambos; hablaron en voz alta pero en privado, aunque muchos hombres se dieron cuenta de que aquel diálogo violento guardaba relación con los celos por el joven italiano. «Ojalá muchos nos hubiéramos tapado los oídos aquella vez –dijo Elcano ante Carlos I– o fuésemos por fortuna sordos de nacimiento.» Juan Elcano refirió a continuación sus funciones de alguacil en el suceso y cómo tuvo que prender, además de a Juan de Cartagena, a otro hombre vestido con extrañas ropas al ser detenido. Sin duda eran de mujer, lo que primero le confundió y luego le repugnó. Apenas Elcano recordaba el nombre de este sodomita, como bien dijo en repetidas ocasiones ante el Emperador, según anotó Transilvano más tarde, pero aventuró que tal vez se llamara Simón de Asio, amigo del capitán Gaspar de Quesada, a quien conocía de vista. «Sí sabía, en cambio, que ostentaba el cargo raso de marinero», sostuvo Elcano.

Allí, en la arena y sin mediar más que una oración sancionadora por el capellán de la nave capitana, Magallanes dio orden de que el travestido fuese ejecutado por decapitación en presencia de todos los hombres. Simón se desplomó. Quesada lloró y suplicó clemencia, al igual que Cartagena, pero Magallanes sacó dos puñales de la manga y exigió a Quesada y a Cartagena que ambos lo degollasen allí mismo. Juan de Cartagena, estupefacto, se negó a hacerlo, y Quesada prefirió que lo apuñalasen a él antes que dar muerte a su joven amigo, a quien le unía seguramente el amor.

Ante la negativa de los dos hombres, Magallanes dispuso esta vez que la sentencia contra el marinero travestido se ejecutara inmediatamente sobre la playa. Al propio Elcano le tocó el papel de verdugo. Un charco negro se formó en torno al tronco inerme del infortunado Simón de Asio y el capitán general impuso que, uno a uno, todos pasaran en fila por allí delante sin desviar la mirada. Luego, según Elcano, formaron una hoguera sobre el charco para quemar las dos partes separadas. Un humo denso y grisáceo se elevó durante unas horas.

En cuanto a Cartagena, se le quiso privar del mando, pero el piloto de Magallanes, Esteban Gómez, popular en su tiempo y enemigo conjurado del capitán general, le hizo ver con astucia que esa decisión traería una revuelta entre las tripulaciones, motín que más tarde, de la mano de Cartagena, estallaría de verdad en la bahía de San Julián, donde invernarían. ¿Por qué discutieron Magallanes y Cartagena aquella noche, y por qué aquella discusión de despechos desencadenó tal carnicería?, se preguntaba Griffin. ¿Quizá por el amor de Pigafetta, quizá por el deseo de ambos hacia el adolescente Cristóbal? ¿Y por qué, pese a todo, esa vez Magallanes les perdonó la vida a él y a Quesada cuando, aprovechando las circunstancias favorables, habría podido ordenar una ejecución tan legal como justa sin rebuscados pretextos?

–Aquellas disquisiciones, tumbado en mi camarote, me sacaron del mareo como la soga de un pozo –concluyó Griffin culminando así su relato a las puertas del Jardín Botánico.

59

Cuando en 1933 James Whale rodó *El hombre invisible*, su película favorita y también la de Griffin, según me contó este días más tarde en nuestro frecuentado café de la Avenida Zarco, hacía ya diez años que sus abuelos se habían hecho la foto con Graciela Pavić y el autómata restaurado, y aún faltaban varios más para que Saint-Exupéry iniciase su truncado *raid* a Punta Arenas.

Cierto día, tras volver a ver la película otra vez, Griffin comenzó a informarse sobre la vida de Whale, en quien siempre vio una lejana familiaridad paralela con Magallanes. James Whale tenía cuarenta y cuatro años en esa época, casi los mismos que el portugués, y amaba a David Lewis como Magallanes a Pigafetta. Lewis era un actor que había sido ayudante de producción y luego adaptador de guiones en Hollywood. A veces Lewis se presentaba en el rodaje y se situaba totalmente estático junto a los sostenedores de focos, sin hacer nada de ruido, detrás de Whale hasta que este se daba la vuelta movido por la intuición de una insospechada presencia a su espalda. Pero mientras lo hacía, Lewis aguzaba sus reflejos y se giraba rápidamente a la vez que Whale, poniéndose de nuevo detrás de él y dando la apariencia de que allí en realidad no había nadie o quizá, si alguien había, ese alguien tenía que ser invisible. Lo empezaron a bautizar en broma «el juego de Wilhem», en homenaje al personaje de Verne, Wilhem Storitz, quien también, como el Jack Griffin de la novela de H. G. Wells que estaba adaptando Whale, se valía de un bebedizo compuesto por una fórmula secreta para hacerse invisible a voluntad.

–Pero no era ni mucho menos una broma, aquella sensación de presencia no presente. Los invisibles lo sabemos bien –dijo entonces Griffin–. Somos expertos en sobresaltos. Sabemos cuándo los producimos y sabemos cuándo somos ignorados. Muchas veces me he sentido así, ignorado, no visto, no presentido siquiera, y sin embargo ahí estaba yo, maldita sea, bien de carne y hueso deseando que pasara algo conmigo, que me estrecharan la mano o me abrazaran o tan solo se dirigieran a mí, «¡Hola, eres tú, cómo estás, qué quieres, qué deseas!». Y también he visto la cara de susto mayúsculo que se les quedaba a muchas personas cuando de pronto me descubrían detrás de ellas inesperadamente, adonde había llegado de improviso sin pretenderlo, dado lo silencioso y felino de mis movimientos. ¡Cuántas veces no me habrán dicho «Dónde estabas, no te vi llegar, no sabía que estabas aquí» y cosas por el estilo! Me ponía a escasos centímetros de su nuca y contenía el aliento. Tardaban en darse cuenta de que allí había alguien. «¡Pareces invisible!», solía decir mi madre o mi padre, y acabé por hacer de aquella extraña aparición mía un arte personal que con el tiempo, tal como le sucedía al Jack Griffin de la película, se convirtió en el inexorable cumplimiento de un destino: mi nombre me llevaba a ello, y por tanto mi obligación era depurar la técnica de los invisibles de verdad. Llegué a pasar desapercibido en decenas de reuniones sociales, de amigos, de

profesores, convenciones, y en las clases, durante los exáme-
nes, los alumnos miraban para todos los lados tratando de
buscarme porque no sabían por dónde aparecería, pero *sabían*
que estaba allí. Esa era la invisibilidad que siempre me ha perseguido.

60

En ocasiones, a Whale no le gustaban aquellas bromas de David porque su inoportunidad podía echar a perder el trabajo
de todo un día. Sin embargo, debido a su carácter introvertido,
propio de un inglés estirado y magro como un junco, exquisito
y soberbio, que rodaba con corbata cualquier secuencia, quieto como los muertos y atento solo a la pronunciación de sus
actores, el ingobernable Whale nunca se irritaba ni manifestaba en público sus emociones. Se limitaba a decirle a David que
no se comportara como un chiquillo. Ciertamente cuando se
conocieron nada más llegar Whale a California en 1929, en
plena recesión, James tenía cuarenta años recién cumplidos y
David contaba doce años menos que él, pero por supuesto ya
no era un chiquillo. Chiquillo era el Cristóbal Rabelo de Magallanes, de quien ni remotamente habían oído hablar ni Whale ni Lewis, matizó Griffin.

En la productora le habían pedido al joven David que,
como favor especial, sacara por ahí a cenar a un director inglés
recién llegado a Los Ángeles, famoso en su país por *Journey's
End*, el sonado éxito teatral de la década en la cartelera londinense. David lo hizo varias noches, llevándolo a Delmonico, a
Thelma Tavern's y al Ruffo's, donde recalaban las estrellas. Al
cabo de un mes Whale le cogió de los hombros, le besó en la
boca y le juró que él era el único por quien sería capaz de tomar un avión en caso de que estuviera enfermo de muerte en la
otra punta del país, algo que no haría ni por su madre. Un año
después vivían juntos en una colina de Los Ángeles, por Sunset
Boulevard, muy cerca de donde no muchos años después Whale se acabaría suicidando.

El padre de James era un minero de esos que retrata Verne en *Las Indias negras*, y la madre una puritana tan estricta como Magallanes que los domingos lo vestía de hermafrodita para llevarlo a la iglesia de Dudley, cerca de Birmingham, en las Midlands mineras, donde James vino al mundo un 22 de julio de 1889. Whale combatió en la Gran Guerra como suboficial en la larga batalla del Somme y fue capturado por los alemanes en Steenbeek. Durante su cautiverio, descubrió su habilidad para el dibujo y con ello una terapia contra la angustia en los embarrados campos de prisioneros. Los dibujos serían con el tiempo la expresión personal de su manera de abordar previamente cualquier situación con la que se topara. Por ejemplo la invisibilidad. Hay cientos de bocetos a lápiz de las escenas de la película *El hombre invisible* antes de empezar, muchas de ellas ni siquiera rodadas o solo rodadas en su cabeza, a lo sumo en sueños, bocetos en los que aparece el personaje de Wells solamente evidenciado por concavidades en las ropas o en las cortinas o en un cojín, o por rayas trazadas en el aire que denotan una voz salida de la nada. Me parecía curioso que Whale dibujara hombres invisibles y Griffin dibujara islas.

Volviendo al tiempo de la Guerra –dijo Oliver–, mientras James estuvo prisionero en el campo de Karlsruhe llegó a hacer miles de dibujos que luego en Londres, tras el armisticio, vendió a buen precio. Eso le permitió entrar en el mundo del teatro y conocer a dos hombres que acabarán siendo, en cierto modo, amantes suyos: Bob Sherriff y Colin Clive. Toda la vida de Whale transcurre entre hombres, o casi sería más exacto decir entre *esos* hombres. Primero, no obstante, trató de casarse una vez, en 1923, con una decoradora escocesa que vivía en Liverpool, Doris Zinkeisen, para guardar las apariencias, como hizo Magallanes con Beatriz Barbosa, pero no resultó. Bob Sherriff se ganaba la vida como autor de teatro y guionista y había logrado estar bien relacionado con los empresarios teatrales de entonces. Había escrito ese drama bélico, *Journey's End*, con el que enseguida se identificó Whale y toda la sociedad británica de entre guerras.

Bob era simpático y muy atractivo; para la gran mayoría, cumplía una especie de cometido de acompañante permanente de Whale, pero nadie fantaseó sobre una relación de índole sexual, por más que los intrigantes artistas de la farándula aceptaran toda sospecha. El actor que eligieron ambos para el papel principal fue, a su vez, un joven que había pasado por las trincheras y la perturbación mental de la guerra, Colin Clive, inseguro y pasional, a quien Whale, al cabo de los años, dio varios papeles principales, entre ellos el que lo habría de inmortalizar como el doctor Henry Frankenstein. En cuanto vio al esbelto y bello Colin, Whale se enamoró de él; sin embargo no fue correspondido, al menos de inmediato, como James habría querido, porque a Clive también le gustaban las mujeres y era demasiado tímido para reconocer su pasión por los hombres.

Para Clive las relaciones con Whale fueron una fuente de confianza y fortaleza, pero también una tortura para alguien con un carácter tan débil como el suyo, hasta el punto de que cada vez que el director lo trataba de dejar, Colin se derrumbaba y se daba a la bebida. Griffin se preguntaba si no habría sido esa la actitud que hubiera adoptado Magallanes hacia Pigafetta, de haber sobrevivido en Mactán y dado la vuelta al mundo junto con Elcano, y de ser él y no Pigafetta quien le refiriera a Carlos I las prodigiosas andanzas de aquella aventura. Pero estamos con Whale, casi quinientos años después, explicaba Griffin.

En aquel 1933, año del rodaje de *El hombre invisible*, las relaciones entre él y Colin Clive no pasaban por buenos momentos, o ya se habían envenenado para siempre, y Clive entró en una depresión que quiso curar con whisky. Según la prensa, no era raro verlo en algunos bares hasta muy tarde, totalmente borracho.

La depresión era un estado en el que solía coincidir a veces con el propio Whale, depresivo por naturaleza, y Griffin no podía dejar de pensar que ese estado de turbia melancolía proviniera, en el caso de James, de los cielos opresivos de Dudley, y de las caras negras de los mineros, y de la triste infancia de rezos y privaciones que James sobrellevaría toda su vida como la carga de la que no había podido librarse. Clive, por su parte, deseaba regresar a Londres, no soportaba más la rutilante vida de Hollywood, en la que había alcanzado el grado sumo de agotamiento, y Whale, en lugar de retenerlo, lo animó a que se marchara. Así, con viento fresco, sin culpa ni remordimientos. «Al fin y al cabo ya había elegido a otro actor para el papel de mi homónimo», dijo Griffin.

Se trataba del entonces desconocido Claude Rains, un actor inglés del que nadie sabía su trayectoria y su rostro aún no figuraba en los álbumes de cromos de Estados Unidos. Cierto día Whale llamó a Clive y le dijo que no se preocupara, que el papel no le permitiría ningún lucimiento ya que estaría todo el tiempo con un incómodo vendaje en la cabeza. «Mejor será contar con un principiante», agregó Whale. Colin entendió el mensaje, pero no volvió a Inglaterra, sino que acabó casado y alcohólico. Cuando murió pocos años después, en el verano de 1937, Whale no quiso ir al entierro ni a los funerales posteriores. No le gustaban los muertos, ni las ceremonias de los muertos, ni las frases que los vivos dicen a los muertos, frases que el muerto nunca oye y por tanto frases invisibles también.

61

Bob Sherriff, que siempre estuvo al lado de Whale, se encargó de la adaptación de la novela de Wells y aprobó también la elección de Rains, a quien conocía de una fiesta en casa del productor Carl Laemmle. «Te cautivará su capacidad para ponerle voz a todo», le dijo a Whale. Y, de hecho, en *El hombre invisible* lo que predomina es la voz de Rains, porque su cara tan solo aparece en el último y estático plano de la película.

James no lo conocía ni había oído hablar de él, pero pronto halló en su biografía aspectos hacia los que solía manifestar debilidad, como la fecha de nacimiento –Claude Rains había nacido en 1889, el mismo año que Whale–, algo importante para Whale, aficionado en secreto a juegos cabalísticos y a artimañas matemáticas meramente numéricas. Además, Rains era londinense, una procedencia ante la que James siempre se había sentido un tanto acomplejado, dado su humilde origen minero y del que trataba de ocultar todo rastro, hasta incluso llegar a inventarse una genealogía escocesa de arcaica nobleza rural, absolutamente perdida por la lubricidad de un antepasado de Inverness. Para James Londres equivalía a clase, y a clase eminentemente superior, por muy *cockney* que fuera en realidad el habla de Rains. Y desde luego Bob tenía razón: en los cuatro meses que duró el rodaje, Whale quedó fascinado por la voz modulada de Rains, capaz de lo más dulce y de lo más siniestro, sobre todo cuando, en su papel de un Jack Griffin enloquecido, se volvía progresivamente iracunda y alcanzaba un grado de rencor tembloroso que asustaba a todo el equipo de rodaje.

En cierta ocasión, Bob Sherriff se presentó en casa de Whale con una maleta repleta de libros. «Toma, para que entiendas lo que es y lo que rodea a la invisibilidad», le dijo, y le soltó la maleta encima de un sofá. Se sirvió una copa y le recomendó que, para crear el clima interior apropiado, leyera no solo esa novela de H. G. Wells sino el resto de sus novelas, así como algunos otros libros de ese mismo asunto. Todos estaban en aquella maleta vieja que le llevó Bob, incluso los que presumía Wells haber leído para escribir su *El hombre invisible*. «Es todo lo que he podido encontrar por ahí», le dijo Sherriff. También le pasó una vieja foto de Wells, erguido, posando, con su bigote y sus cejas pobladas, abriendo un grueso libro de su biblioteca, cuando contaba cincuenta años.

Griffin se imaginaba a Whale, sentado en una mesa circular del Ruffo's o en cualquiera de los cafés y bares de Hollywood, tal vez solo, de noche, con su invariable cóctel de ginebra y dulce de grosellas, leyendo ediciones baratas de *El secreto de W. Storitz*, de Verne, el maestro de Wells, o de *El asesino invisible*, la novela de terror de Philip Wylie, y usando la foto de Wells como separador, mientras dibujaba y buscaba en su cabeza mecanismos y trucos para suplir delante de la cámara los extraordinarios efectos que en el personaje producía una fórmula secreta.

—Hace unos años –dijo Griffin de pasada–, leí en el catálogo de una famosa casa de subastas que salía a la puja un mantel con dibujos de Whale en el que estaban escritas, junto a su firma, las palabras THE INVISIBLE MAN. Seguramente sería un mantel del Ruffo's y de la época en que iba allí a leer esos libros en medio del trajín de todo el *star system* a su alrededor.

62

¿Qué podía hacer Whale para rodar lo invisible? ¿Qué técnicas podía utilizar? ¿Rodar dos veces y superponer imágenes? ¿Rodar sobre un fondo negro, que absorbiera la luz? ¿Acertar con la luz, como en el caso del Storitz de Verne, acertar con una sustancia que descompusiera la luz en haces diferentes, inauditos, nuevos? Whale empezó a sentirse oprimido por una tenaz paranoia, descuidaba su vida diaria, no llamaba a los amigos, incluso David le recriminaba cierta desatención. ¿Sería cierto que la invisibilidad enloquece? ¿Qué había detrás de esas ausencias y de ese deseo de vacío que el reservado Whale sentía más a menudo cada vez? ¿Solo depresión y asco por ver la cara de un padre siempre negra de polvo de antracita?

A medida que entraba en los preparativos de la película, Whale ahondaba en la preocupación por la locura, su verdadera obsesión. Dicho esto, otra vez Griffin me llenó de preguntas:

—Por cierto, ¿ha visto las películas de Whale? ¿Ha visto la locura en el rostro de los enterrados en las trincheras, la locura en el rostro de los que acaban siendo monstruos, la locura ciega del miedo? ¿Un hombre invisible es un monstruo? ¡Esta es la clave de todo! ¿Era un monstruo el autómata que se encontró Graciela Pavić? ¿Quién es un monstruo y quién no? –siguió interrogándose Griffin, sumido en una de sus abstracciones, en el café en el que estábamos. Pero al cabo de unos segundos volvió en sí–. Cuentan que cuando Wells vio la película, llegó a felicitar a Whale por su versión cinematográfica, pero le recriminó que hubiese convertido en un pobre loco a quien en realidad buscaba una explicación científica racional, como sucedía en su novela.

Whale, quien se había desesperado tratando de convencer a la Universal de que le dejara rodar una versión diferente –la que fue desarrollando en aquellas decenas y decenas de dibujos que luego regaló a David– tomó el comentario del escritor como un insulto y, recordando su obsesivo respeto por la locura, le envió una nota con únicamente esta frase: «Solo los locos quieren ser invisibles y yo soy un loco. Suyo, J.W.». Pero Wells, más malévolo que cortés, le replicó con otra nota de una sola frase y firmada con iniciales: «Cuando las ballenas están en la superficie creen que están sumergidas. H.G.W.».

Wells aludía así, jugando con el significado de su apellido en inglés, *ballena*, a la sexualidad del director, innombrada pero sabida por casi todo el mundo en Hollywood. ¿Acaso no es la ballena un monstruo?, debió de preguntarse James al leer la nota mientras esperaba, tal vez, la llegada de un taxi que lo alejara de cualquier sitio público. Lo cierto fue que, semanas después del estreno, Whale rompió la vieja foto de Wells en cuatro trozos y no tardó en devolver a Bob Sherriff todas sus novelas sin hacer más comentario que un seco «Gracias».

En torno a esta película, *El hombre invisible*, se concitaba todo el universo de Whale, y suponía la maduración de su vida y también la cima de su felicidad. Después, hasta su suicidio, empezaría un largo declive, pero aquel año disfrutaba de una buena y favorable ordenación de los astros. Había roto por fin, necesaria pero culpablemente, con Clive, y él mismo se sentía en la cima de su amor por David, algo que ninguno de los dos ocultaba en ninguna fiesta. «Es guapo tu amigo. Como un español», le decían a James.

Por otra parte, de nuevo era su Bob Sherriff de siempre quien escribiría el guion. En lo artístico daba forma a una sensación que no le era extraña por su condición sexual, la de la invisibilidad. Y finalmente, como una lejana reminiscencia británica, desde los pelados valles desérticos de Los Ángeles podía ambientar en una fantasmal campiña inglesa cubierta de nieve, aunque fuese de cartón piedra, la historia del maligno

Jack Griffin, inquietante escenario para esa víctima de su propia ambición y de la química (el mito de la fórmula mágica, ¡ay!, lamentablemente perdida).

—*El hombre invisible* ha sido una película vista por mí decenas de veces —me confesó Griffin—. Una corriente extraña me une a ella. Tal vez sea solo la coincidencia del apellido y el hechizo inexplicable por la invisibilidad, lo cierto es que desató dentro de mí algo que estaba muy atado y escondido, y entroncaba con algo muy atado y escondido en el fondo de esa película. Cierro los ojos y aún veo a Rains quitándose el vendaje y dejando ver la oquedad de su cabeza. Cierro los ojos y veo la nieve hollada por unas pisadas que avanzan solas. Cierro los ojos y veo la cadena de *bobbys* entrelazados formando un círculo con redes para que no se escape Jack Griffin, el desgraciado asesino, o para que en el fondo no escape James Whale, o tal vez para que en realidad no me escape yo. Cierro los ojos y veo el pajar ardiendo y a la policía observando con avidez la gran hoguera.

Aquella historia de un hombre invisible le gustaba a Whale porque así se había sentido toda la vida, invisible a la hora de mostrar su cara verdadera, su cuerpo verdadero, y la hoguera en la que todo arde al final es la misma, sin saberlo —añadió Griffin—, que mandó encender Magallanes en la playa de Guinea para ejecutar a aquel marinero disfrazado de mujer y a quien Elcano hubo de quemar. Se trataba, en suma, de la misma hoguera expiatoria.

63

Como quien se pierde en un bosque al dejar atrás el camino conocido, y al salirse de ese camino empieza a andar por senderos inexplorados (si es que hay sendero) con riesgo de perderse aún más, y de hecho se pierde y por ello no se alarma sino todo lo contrario, disfruta de ese estar perdido porque lo lleva a otros sitios y experiencias, y entonces vaga por un frondoso paraje confuso sin pensarlo ni reconocerlo, así me sentía yo con el relato de Griffin y así avanzaba él por su vida y sus historias. Proseguía y proseguía y proseguía...

Igual que James Whale en el Ruffo's leía todo lo que caía en sus manos sobre lo invisible, también Griffin se abstraía en la cubierta del *Minerva Janela* pensando en Pigafetta, el marino con quien se identificaba en ocasiones –en realidad tan poco o nada marino como él, pues ambos eran matute en la tripulación– y que había nacido quinientos años antes en la Vicenza del Véneto. Griffin pensaba en Pigafetta al surcar él ahora, como antaño las naos de Magallanes, aquellas aguas por las que navegaba el moderno portacontenedores del capitán Branco emitiendo un constante ruido rítmico en la popa, algo que a Oliver le tranquilizaba por su rutina pacífica. Misma condición de bisexuales, misma circunstancia de pasajeros consentidos, mismo oficio de mirones invisibles y fantasiosos, eso lo unía con el italiano.

Me contó que su búsqueda de la personalidad de Pigafetta en las lecturas que hizo, ahora que le había dado un hipotético rasgo homosexual, ahora que *sabía* que Pigafetta era homosexual, lo llevaba a imaginárselo como un hombre de armas y letras del Quattrocento, dotado de esa belleza andrógina de los lienzos de un Masaccio o un Botticelli. Imaginariamente lo veía desembarcar en una Barcelona también imaginada, allá por 1519, joven y ambicioso, febril y enérgico, como miembro del séquito del Nuncio de Adriano VI, monseñor Francesco Chieregati, músico aficionado y cardenal.

Y en ese instante recordó Griffin que había sido en Barcelona, exactamente en la lluviosa primavera de 1957, donde vio por primera vez *El hombre invisible*. De pronto, mirando un punto vacío del océano, después de que el Segundo Oficial Fernando Grande le hubiera dicho en el cuarto de derrota que estaba a punto de avistarse Río de Janeiro, se le representó en la cubierta del *Minerva Janela* el recuerdo de aquel día como si acabara de suceder. Tenía nueve años. ¡Nueve años!, se sorprendió Griffin. Qué curioso, de nuevo las fatales coincidencias: los mismos nueve años de Pablo Bagnoli, el hijo mayor de Graciela Pavić, cuando desapareció con su barca en Bahía Catalina.

–Mi padre se había trasladado allí por una temporada –contó Griffin–, no sé para qué trabajo. Porque aquel alto y rubio irlandés parlanchín que era mi padre hacía trabajos de ingeniero muy diversos y misteriosos; solo sé, o recuerdo haber sabido, que tenía que ver con unas obras en el puerto. De aquellos años en Barcelona, Griffin se acordaba de pocas cosas, pero todas estaban vinculadas al puerto, a las turistas extranjeras con gafas negras y cinturas estrechas y a los paseos en lancha motora que daba con sus padres, muy frecuentes.

–Veo ahora a mi padre sonriendo excitado, mientras me sujeta y me señala con el dedo hacia lugares concretos y barcos de todos los tamaños y colores, con detalles preciosos, seguro que importantes, que he olvidado.

Vivían entonces en un ático de la calle Balmes cuya enorme terraza de tono albero tenía tres palmeras y pequeños azulejos azules. De esa casa salió Griffin aquella mañana de abril de 1957 y fue caminando con sus padres, ciudad abajo, hasta el puerto, adentrándose primero por las Ramblas, donde comieron pasteles junto a la Virreina, y luego por las callejas aledañas, sucias y desconchadas. En la puerta de una fábrica de hielo había cascos de botella rotos y tuvo la mala fortuna de pisar uno de ellos haciendo palanca hacia el interior, de manera que la punta del cristal roto penetró con facilidad en el pantalón. Se clavó en la pierna izquierda, a la altura del gemelo, media botella de cristal de anís o de Marie Brizard u otra marca por el estilo. Sangraba mucho y su madre debió de pensar que se había cortado algún tendón o alguna vena. Estaba aterrada y su cara descompuesta al ver la sangre.

Lo llevaron corriendo a una clínica cercana, la primera que se le ocurrió al taxista a quien sus padres pidieron auxilio, pero resultó ser una sórdida Casa de Socorro sin apenas personal. Tuvo miedo pero se controló al intuir que sus padres estaban más asustados. Allí le cerraron la herida precipitadamente con tres grapas negras, pero no le cosieron y por eso no dejó de supurar hasta bien avanzada la tarde. Para recompensarlo por su buen comportamiento a lo largo de todo el penoso día, su padre le llevó al cine Kursaal, en la Rambla de Cataluña. La película que daban allí no era otra que *El hombre invisible*. –¡Cómo olvidarlo! Recuerdo que fue corta, de apenas algo más de una hora de duración. Recuerdo que me impresionó oír mi apellido dicho allí, pero enseguida esa sensación de identidad se mezcló con otra, poderosa, de extrañeza. Cóctel demoníaco del yo y del no-yo. Lo oía como si no guardara ninguna relación conmigo. Griffin... Griffin... Y recuerdo que se sumó la compasión o más bien la inevitable cercanía trágica hacia aquel hombre, cuyos pasos en la nieve se frenan bruscamente por una bala suspendida de golpe en el aire, parada en seco en el lugar preciso donde se supone que están unos pulmones invisibles. De esta desbordante sensación de extrañeza hacia mí mismo que ha presidido mi vida entera ya le he hablado más veces –me dijo Griffin–, y puede estar seguro de que surgió en mí al ver aquella película.

64

¿Existe en psiquiatría una definición para eso que llaman despersonalización o enajenamiento paramnésico? Griffin no se había parado a averiguarlo. Era un estado en el que los sentimientos de falta de identidad se acompañan de una sensación autoscópica, como si se pudiera observar a sí mismo desde fuera. Esa extrañeza de uno mismo con respecto a su nombre tenía cotas absurdas, como por ejemplo su recuerdo de la lectura de la *Odisea* de Homero, el portentoso viaje de Ulises que de un modo u otro el propio Griffin trataba de imitar con su travesía al Estrecho a bordo del *Minerva Janela*. De niño, en el mismo colegio madrileño en que cierta mañana mágica vio las piezas de la Comisión Científica del Pacífico, hubo que leer la *Odisea* y la *Ilíada*; luego, todos estaban obligados a hacer un trabajo muy detallado sobre la obra, con apartados acerca de las peripecias, los personajes, la trama, el argumento, las pasiones desatadas y los arquetipos humanos, más cuantas observaciones pudiéramos desgajar del extenso poema homérico. Lo llamaban «comentario». Pero el caso es que nadie lo hacía. Nadie hacía ese trabajo. Todos se limitaban a copiar; todos copiaban uno ya existente, seguro que modélico o por lo menos útil y válido para el profesor (¿quién era el profesor entonces?, se preguntaba Griffin mirando al aire), que se pasaban unos a otros como un preciado tesoro al que introducían pequeñas variantes de clase en clase, de alumno en alumno, de año en año. Pero, súbitamente, tratando de acordarse del nombre del niño que fue el primer autor de aquel «comentario», tratando de sacar a la luz el pequeño pseudo-Homero de la pequeña pseudo-Odisea escrita a mano y con grapados folios (más una portadilla de papel cebolla, como una imitación de libro), recordó algo que increíblemente había olvidado: ¡era él quien lo había escrito!, era Griffin el autor de esa primera versión originaria, ese primer resumen que todos, luego, reproducían como suyo. ¿Pero cuándo la había leído, cuándo lo había escrito? No conseguía acordarse de eso. Sin embargo, era él realmente, dijo un Griffin ensimismado, no le cabía la menor duda a medida que el recuerdo crecía: veía el tamaño de la letra, escrupulosamente legible, veía a su madre alineando verticalmente las hojas con golpecitos, veía los apartados subrayados en rojo y azul.

Cuando se hizo la luz en su mente y le llegó la visión de aquel mamotreto del pasado, con sus treinta o cuarenta folios, que su madre metió entre unas pastas de cartón y volvió a grapar con mayor consistencia aún y a encolarle una etiqueta dibujada por ella misma, Griffin estaba de nuevo en Barcelona, pero ya no era la primavera de 1957, sino muchos años después del incidente con el cristal roto y del día en que vio la película de Whale. A renglón seguido añadió que todo aquello le vino a la memoria de nuevo frente al Kursaal, ante cuya fachada se había sentado en un banco de la Rambla y había podido comprobar que entonces ya solo ponían películas porno, pero por fuera estaba igual que la mañana aquella de sus nueve años.

Se había ido a vivir a Barcelona sin un trabajo muy concreto, como su padre antaño, de hecho no tenía trabajo y se limitaba a vagabundear y a gastar el dinero que había ganado cuando había trabajado una temporada de guarda nocturno («Mi primer trabajo como vigilante de noche en museos, una sensación parecida a la de los cementerios», dijo) en el Museo Provincial de la Ciudad de Madrid, después de abandonar temporalmente la universidad como profesor de Historia por puro tedio.

65

En Barcelona, Griffin alquiló un apartamento en el que se sentía más ajeno aún de lo que ya de por sí se sentía ante la vida. Lo había dejado todo, parecía un vagabundo. Fue una época, según me contó, en la que congeló su vida, la paralizó en seco.

–Había temporadas en que no me afeitaba ni me cambiaba de ropa. No hablaba con nadie, solo leía libros malos e iba al cine. Y algunas noches me metía en una barra americana de muchachas chinas que había cerca de mi casa, el Club Pekín.

Por el día trataba de seguir los rastros que recordaba de su infancia en la ciudad, de la parte de su infancia en que estuvo allí, apenas únicamente un año en realidad, pero tan solo alcanzaba a llegar al puerto y a sus bares y barcazas, y a Vía Layetana, donde sus padres tenían un amigo, John, muy delgado, norteamericano y de San Francisco como su padre, aunque de origen polaco, al que llamaban comúnmente Palik.

–Palik era periodista de *Los Angeles Herald*, el periódico en el que mi padre, por aquellos días, me hizo leer la noticia del suicidio de Whale. «¡Y pensar que hace poco vimos una película suya!», fue lo que dijo mi padre.

De niño, los domingos iba con sus padres a casa de Palik. No sabía por qué, pero esa casa siempre estaba llena de actores y actrices que a última hora se ponían a cantar y a tocar música muy melancólica. En cambio, de mayor, Griffin pasaba las horas muertas enajenado del apartamento donde vivía, como uno de esos parásitos que habitan en la concha de otros animales, tumbado en un sofá rojo, con una perenne sensación asombrada de extrañeza. Podía estar allí años. Vivía en un trivial estado de nirvana. Llevaba seis meses así cuando fue consciente de ello, pero supo que podía seguir en esa dejadez otros seis meses más y hasta dos años ¿Y por qué no nueve? Daba igual el tiempo, porque no se sentía viviendo allí.

Los muebles eran viejos e incómodos, apenas había comida en la casa, apenas se acordaba de cambiar las sábanas, el televisor era muy pequeño y anticuado, de color naranja, con el mando a distancia roto y recompuesto con cinta adhesiva; con pocos libros que además no le interesaban –eran eso, *los* libros que no le interesaban, una biblioteca a la contra, totalmente prescindible, pero Griffin era muy perezoso para deshacerse de ellos–, donde apenas si barría la casa o limpiaba los muebles, y donde nunca, en todos esos años, levantó las persianas ni metió nada en los varios armarios y cajones con pequeñas puertecitas que había repartidos por el apartamento, mandados fabricar por el anterior inquilino, un alemán que de pronto, después de estar allí veinte años seguidos, se largó precipitadamente sin dejar rastro.

–Yo era invisible allí, y el apartamento era invisible para mí, por indiferente. Entonces una noche, en el Club Pekín, conocí a Li Pao.

66

Li Pao empujó algo hacia él sobre la barra y Griffin se quedó observando, sorprendido. Poco antes había cantado varias canciones de Nat King Cole. Había reparado en ella otras veces, desde luego, siempre que él entraba ella estaba allí, en la barra, y en ocasiones servía bebidas sin mirar a los ojos del cliente. Clientes pesados, noctámbulos, sin respeto ni odio, tan solo buscadores de sí mismos, o de sexo, puramente. Era mucho más joven que Griffin y eso le daba a este algunas ventajas. Lo enamoró su mezcla de juventud ambigua, indecisa –«como la fotografía de un paisaje que invita a imaginarse a uno mismo en su interior», especificó Griffin–, con la intuición de una fuerza secreta que podía explotar en cualquier momento y por la que no le importaba ser engullido, arrastrado, eliminado. A eso se unió el deseo, un furioso deseo de poseerla. O de poseerlo, porque era evidente su doble sexualidad, y eso aumentaba una atracción súbita y desconocida.

¿Qué empujó ella hacia Griffin sobre la barra, entre su bebida y la de ella? Un dragón en miniatura de pasta de papel, coloreado de oro, verde y rojo.

–El dragón de Shao Ming trae la vida por cien años –dijo Li Pao.

–Yo no quiero vivir cien años –exclamó Griffin.

–Mentira. Tú quieres vivir cien años. Yo, en cambio, no –replicó ella.

Miró a su alrededor antes de cogerlo, prevención de profesor resabiado o de inveterado descreído, como si temiera algo o debiera de pensárselo mejor. Comprobó que apenas si había clientes, como otras de las pocas noches en que, sin nada que hacer en Barcelona, a Griffin solo se le ocurría bajar al Club Pekín como una extravagante distracción de solitario que combate el insomnio, copa tras copa y frase vacía tras frase vacía. Pero la verdad era que siempre regresaba al Pekín con la esperanza de volver a encontrar a Li Pao.

La primera vez que bajó sus escaleras había dos o tres clientes; se vio sumergido con ellos en aquella atmósfera de cortinas transparentes, ambientadores con un edulcorado olor a sándalo y jazmín y luces rojas que acentuaban la impresión de oscuridad en una penumbra difuminada por los focos de la barra. De pronto, en el pequeño escenario frontal, anunciaron a Mae Jing. Enseguida Griffin se percató de que ese era el nombre artístico y nocturno de Li Pao; más tarde supo que se llamaba en realidad Fuong.

Se parecía mucho al joven chino, casi un muchacho, con quien muchas veces había coincidido en la calle y cuya extraña belleza le había atraído inquietantemente. Se habían intercambiado miradas y alguna sonrisa, cuando los dos habían vuelto la cabeza al pasar, buscando uno el paradero final del otro. Puros juegos, en apariencia. Y de pronto estaba allí, metamorfoseado en una cantante de porcelana, maquillada y vestida a la manera oriental, con un largo vestido azul oscuro de seda brillante, muy ceñido, lo que dejaba ver la extrema delgadez de su cuerpo, y con una voz que recordaba a una extraña unión entre un viejo Jimmy Scott y una joven Madonna.

–Me cautivó nada más verla. Me sentí víctima y protector a la vez, amo y esclavo. Cantaba en inglés canciones pasadas de moda, de Frank Sinatra, de Andy Williams, de Johnny Hartman, y también baladas en chino con una timidez que se iba transformando en una vigorosa voz cálida. Esa primera vez solo cantó para mí, sin dejar de mirarme, para que yo cayese en la cuenta de que era el muchacho con el que solía cruzarme en la calle.

Cuando acabó de cantar, desapareció por un lateral del escenario, pero no volvió a salir en toda la noche. Griffin la esperó en vano, así que se fue, aturdido ya porque dentro de él empezaba a llover whisky. Desde aquella primera noche, se dejó caer varias noches más por allí, siempre con la única intención de verla a ella. Mae Jing era el nombre real, como luego supo Griffin, de un mítico actor travestido de la Formosa de los años sesenta y al que Li Pao quería homenajear privadamente. Con ese nombre cantaba cada noche, y cada vez que lo hacía miraba fijamente a Griffin, demostrando sin disimulo ante los demás, empleados y clientes, que cantaba especialmente para él, que había un hilo invisible entre los dos.

Sin embargo, luego apenas hablaban entre ella y él, porque cuando terminaba su número disfrazada de Mae Jing, reaparecía en el pequeño espacio del Club convertida en Li Pao, a veces del brazo de otros hombres y vestida como una más de las chicas del Pekín, o incluso transmutado de nuevo en Fuong, con su belleza juvenil andrógina de hombre y mujer a la vez, tal como se figuraba Griffin que sería el joven Pigafetta, solo que con las uñas todavía pintadas con esmalte de colores y una marca de lápiz de carmín en los labios.

Al acabar de cantar, Li Pao deambulaba por el Club como si no lo hubiera visto, como si una vez más él volviera a ser invisible también para ella. Seria, distante, hasta hosca, trabajaba rutinariamente al otro lado de la barra ayudando a las demás chicas del club. Se diría que pretendía buscar el interés de Griffin por el camino del desprecio o de la indiferencia. Hasta el día en que empujó hacia él el pequeño dragón.

67

Con una voz de posesión inmediata le dijo a Griffin que los pintaba ella, que ese era su trabajo en un taller cercano, propiedad del mismo dueño del Club Pekín, y que sus dragones de colores estaban repartidos por los bazares de todo el mundo. Mientras hablaba, se acercaba más a él. Entonces Li Pao clavó la vista en sus piernas y en su pecho, que subía y bajaba muy rápido, y empezó a acariciarle la cara, los brazos, las manos, sin alzar los ojos.

–Ni me moví –dijo Griffin–, pero no hice nada por evitarlo. Lentamente dirigió su mirada hacia la mía y me dijo su nombre. No su verdadero nombre, sino el que ella había elegido. «Me llamo Li Pao», dijo ella. Era muy frágil y hermosa. Su piel y el conjunto de su maquillaje eran pálidos pero no anacarados, de una cuidada suavidad femenina. Me sentí definitivamente atraído por ella. O por él, porque en todo momento sabía que era el muchacho de la calle, y él sabía que yo lo sabía, cuando dijo que por qué, esta vez, en lugar de cruzarnos, no tomábamos la misma dirección. Y señaló hacia la puerta de salida. Asentí, y en ese momento acerqué mi boca a sus labios. Li Pao me besó y la deseé más que nunca.

Griffin la esperó fuera unos veinte minutos. Li Pao apareció cambiada de ropa, llevaba pantalones vaqueros y tenía el pelo recogido en una gorra ladeada. Volvía a ser el muchacho de la calle con el que solía cruzarse. Li Pao insistió en ir a su propia casa. Lo agarró quedamente del brazo, lo que le produjo un escalofrío. La actitud de Griffin se tornó de pronto totalmente pasiva. Pasó un taxi cerca y lo tomaron. En el coche, Li Pao había adquirido la ingenuidad incómoda de un muchacho, incluso su voz, de leve y triste, había pasado a ser madura y grave. Griffin pensó cuánto pesaría en sus brazos.

—Cuéntamelo –dijo Li Pao, refiriéndose a esa neutralidad envarada y torpe con que Griffin se estaba desenvolviendo, aún no del todo entregado–. Cuéntame qué deseas ahora, qué deseabas ayer, qué deseabas hace un año, qué querrás mañana.

Acto seguido, metió la cabeza en el costado de Griffin y puso la mano en su vientre. En el trayecto hasta la casa de Li Pao, en el Borne, él le resumió su vida como inventor de islas y cultivador de historias en algunas universidades, mientras se topaba por el retrovisor con las miradas furtivas del taxista. Comprobó que su relato no daba para más que ese corto trayecto. Li Pao le resumió la suya, también corta. Era esta: tenía veinticuatro años, había estudiado arte pero no por mucho tiempo, quería volver a Taiwán, al país de sus abuelos, hacia donde estaba de paso después de recorrer Alemania y Francia; llevaba un año en Barcelona, ciudad que reconciliaba lo irreconciliable en él, y hacía un mes que cantaba en el Club Pekín con su número de travestido a lo Mae Jing, su modelo; venía de Hamburgo, donde estaban sus padres y donde había nacido él; allí lo habían violado varias veces, y había estado en el reformatorio de menores una temporada por hurto; trabajaba como decorador de dragones en un taller clandestino para pagarse un pasaporte falso. En el Club Pekín ganaba mucho más dinero y no tenía clientes fijos, solo se acostaba con quien ella elegía. No solía cobrarles, lo hacía por placer y libertad, pero Griffin no la creyó, seguro que mentía para tranquilizarlo.

Sacó un cigarrillo y lo encendió. Era un tabaco extranjero. Griffin miraba su sonrisa como si releyese un texto familiar; ya conocía ese gesto, falsamente risueño y meloso, era un gesto de película, era una sonrisa ya vista, pero no dejaba de ser atractiva para él por mucho que intuyese que había sido ensayada.

—Decepciona avergonzarse de quiénes somos, ¿verdad? –dijo Li Pao mirando por la ventanilla del coche– ¿Tú no te avergüenzas, verdad? –le preguntó a la cara, sin darle tiempo a responder.

—No, no me avergüenzo, pero todavía no sé qué soy –respondió Griffin.

—Muchos clientes del Pekín son homosexuales. Son los que vienen aquí, a sitios así, con gente como yo. Es normal –dijo Li Pao.

—Lo sé, es normal –dijo Griffin.

De pronto, estaba entrando en la casa de Li Pao, tan ajena a la realidad como la suya, pero con la diferencia de que no le resultaba invisible. Se acostaron.

Esa fue la primera noche. Griffin recordaba muy bien el fulgor de sus brazaletes dorados, réplica de otros más antiguos, con engastes de figuras de dragón chino, su obsesión, con leyendas también en chino, sobre la mesilla; recordaba los sentimientos confusos, de deseo y amor, que nacían en él al tener el rostro de Li Pao tan pegado a su rostro, besándose, lamiéndose; y esa fuerza irresistible (era sexo, claro, era el olor de su sexo que lo saciaba y lo encendía, y era el ligero perfume envolvente de aquella piel tersa, y una voz le decía directamente: «¡hazlo!») que lo llevaba al fondo de aquella experiencia iniciática como si se tratase de lo profundo de un lago o de un mar, solo que en vez de ahogarse, Griffin notaba que una respiración inesperada lo liberaba, aunque fuese cayendo cada vez más hondo a cada beso, a cada movimiento, suyo o de Li Pao. En la cama, aquel cuerpo sutil y esa especie de silencio abisal hablaban un mismo lenguaje amoroso.

Griffin supo que era lo más parecido a un ataque de amor porque el deseo de volver a verla a la noche siguiente lo tuvo agitado todo el día. Y la noche siguiente, la segunda noche, repitió la pasión de la primera: Li Pao le dijo suavemente, en un susurro, que le gustaba. Hubo muchos encuentros desde entonces, y muy dilatados, que se prolongaban hasta bien entrada la mañana haciendo el amor de manera vulgar o de manera sublime, no les importaba el modo porque eran inocentes y nada los torturaba. Su cuerpo elástico no estaba reñido con cierta serenidad violenta algo bizarra, como la de los jóvenes que rodeaban a Pasolini (y que mataron a Pasolini, puntualizó Griffin).

68

Aquella belleza andrógina de Li Pao, sensual y delicada, pero también brutal y misteriosa, le recordaba los rasgos del serbio Adan Krupa, un joven retraído y callado, de mirada perdida y nunca franca, que servía de ayudante del cocinero Bergeron en el *Minerva Janela*, y con quien Griffin nunca había llegado a hablar. Era su historia escalofriante, dijo Griffin antes de pasar a relatármela.

El joven Krupa, menos joven tal vez de lo que aparentaba, se había embarcado como segundo cocinero en Lisboa con un pasaporte esloveno y, al igual que en el caso de Griffin, el destino último de su viaje era Punta Arenas, «por motivos familiares», según le había dicho a Pereira al enrolarse. Pero en la travesía, el capitán Branco y el segundo Grande descubrieron casualmente que era serbio y que viajaba con una identidad falsa. Fue por la época en que Kowanana perdió el meñique, después de la muerte de Paulinho Costa. Branco y Grande buscaban a «Sebo» por algún asunto sin importancia y entraron sin llamar en el camarote que compartían Bergeron y Krupa, los dos cocineros. No encontraron allí a ninguno de los dos, pero al salir del camarote, Branco dio con su brazo en un estante y cayeron unos libros. De uno de ellos, una antigua guía ilustrada de Lisboa en serbocroata, se desprendieron unos sobres de cartas y unas fotos, y el capitán estuvo a punto de pisarlas. Se agachó a recogerlas y entonces no pudo evitar mirarlas y extrañarse por lo que había en ellas.

Eran fotos de un grupo de soldados armados; estaban sonriendo y bromeando, con botellas en la mano, incluso tal vez estuvieran borrachos celebrando una fiesta. El lugar donde estaban parecía un piso normal, con un sofá y unos sillones normales, cuadros corrientes de vistas en las paredes, papel pintado, lámparas de pie con tulipa; al fondo se veía un balcón, pero en realidad era un enorme hueco, faltaban las puertas del balcón, habían volado, y había delante unos sacos terreros; se veía también, algo brumosa, una ciudad a lo lejos, casas y calles, en un valle, y más lejos aún unas montañas. Branco se fijó un poco más: había cascotes en el suelo y desorden. Se fijó aún más y observó que los soldados estaban mal vestidos, unos en camiseta y gorro, otros con guerrera pero con pantalones vaqueros y zapatillas deportivas. Todos llevaban un rifle con mira telescópica, bien al hombro, bien apretado junto al pecho como si fuese un ser querido, bien en la mano donde no llevaban la botella. En el reverso de las fotos, con caracteres cirílicos, Branco leyó:

Грбавица ≠ Враца ≠ Сарајево ≠ 1993[1]

Junto a uno de los soldados que alardeaba del rifle alzándolo por encima del hombre, había un joven uniformado, con el cuello desabrochado y una fría sonrisa, casi una mueca dibujada en los labios, sin mirar a la cámara directamente sino a un lado del objetivo. Enseguida Branco identificó a Adan Krupa.

Esa misma noche, delante de toda la tripulación a la hora de cenar, Fernando Grande llamó al joven Adan al comedor y, valiéndose de la complicidad del macedonio Pavel Pavka, le tendió una pequeña trampa. El propio Krupa se vio desenmascarado cuando Pavka le preguntó con naturalidad por unas calles de Liubliana, muy conocidas, entre ellas una en donde vivía su hermano en Eslovenia. Krupa las confundió todas, incluso no reconoció la moneda del país ni el nombre del Presidente. Cayó en todas las trampas que Pavka le puso.

Cuando por fin Grande, mientras echaba sobre la mesa las fotos encontradas por Branco y él, le preguntó quién diablos era, ya que era evidente que no era esloveno, el joven y bello Krupa se derrumbó y admitió que era uno de aquellos cuatro francotiradores apostados en una casa del barrio de Grbavica, en Sarajevo. Sí, mató a gente, y sí, estuvo delante de algunos torturados, o eso creía, no estaba seguro. No había violado a nadie, eso no, y lo negó con fuerza. Pero tal vez lo hizo, porque en esa época bebía mucho y luego no se acordaba de nada. De hecho sabía que había matado a gente porque se lo

1. Grbavica ≠ Vraca ≠ Sarajevo ≠ 1993.

133

habían dicho sus camaradas, pero él lo tenía todo en una niebla en la que no distinguía nada con nitidez. «Era una guerra. ¿Quién no enloquece en las guerras? Nadie me busca por eso. No hay denuncias, no hay policías», dijo al final fríamente, sobrepuesto a la tentativa de súplica en la que estuvo a punto de caer.

Griffin contó que todos se fueron apartando del joven hasta dejarlo solo, aislado, en medio del comedor. Desde ese momento y en los días sucesivos toda la tripulación le hizo el vacío, y Bergeron lo expulsó de su cocina. Branco le dijo que no estaba arrestado, «porque no había denuncia», y repetía así irónicamente las palabras del propio Adan, pero le advirtió de que lo dejaría en tierra nada más llegar al próximo puerto. Krupa aceptó con resignación, pero temblaba de rabia. Griffin observó todo aquello desde la distancia de su papel de invitado, y ahora solo recordaba la belleza glacial y dulce de aquel joven asesino de mirada perdida.

69

Durante los meses que estuvo con Li Pao, Griffin volvió por el Club Pekín muchas noches, y no todas salía de allí con ella, o con él, aunque la mayoría de las noches las pasó en su casa, lejos de aquel extraño apartamento que el alemán, su anterior inquilino, había sembrado de cajones vacíos y donde Griffin, paralizado, metido en un túnel permanente, se limitaba a mirar el techo tumbado en el sofá e imaginando la lejana Isla Desolación, a la que pensaba que no iría jamás.

–Cruzar hasta la otra orilla y volver. Esa era la clave de mi sexualidad. Nunca me he sentido un homosexual de verdad, y de hecho mi única relación de esa naturaleza fue con Li Pao y durante el poco tiempo que estuvimos juntos. Cuando me enamoré de él, ya me había separado de Roberta, mi primera esposa, pero estaba lejos todavía el amor por Elsa, con la que me casé más tarde, y más lejos aún quedaba todavía la pasión por Fabienne.

Aunque dudaba si la palabra amor puede definir lo que le unió a Li Pao y pensaba si no sería, más bien, la sordidez de aquel sexo prohibido, la perversa oscuridad del Club Pekín, la extrañeza de aquel cuerpo hermafrodita que reunía a hombre y mujer en sí lo que lo excitaba. No tardaría en descubrir que la pasión por Li Pao estaba dando paso a un hastío imperceptible, pero inevitable. ¿Cómo llega el amor, cómo se va el amor?

—Mi esperada salida de escena —dijo Griffin—, sucedió cierta noche, cuando contuve el aliento frente a la puerta del Club Pekín y estuve con mi mano sobre el pomo un buen rato, bajo la lluvia de un día invernal, el mismo día invernal, pero de treinta años después, en que mi padre se fue, nos abandonó a mi madre y a mí y se largó para Los Ángeles. Contuve el aliento y no entré.

No pudo entrar, en realidad. El destino se hizo visible bajo la forma de un individuo borracho (como Krupa en Sarajevo... como Krupa en Sarajevo violando sin recordar que violaba) que empujó la puerta hacia fuera con fuerza y salió, lanzando a Griffin hacia atrás hasta quedar sentado sobre un cubo de basura. Eso lo apartó aún más del Club Pekín, y luego, cuando se incorporó, dio tres o cuatro pasos más hacia atrás todavía, y luego otros más y ya estaba en el portal de su casa, y luego subió hasta su apartamento y volvió a ser un paréntesis, durante el cual una y otra vez dibujaba islas, inventaba formas de islas, de calas, de cabos, de golfos, de volcanes, de playas, de riscos, de costas. Y así pasó una semana en la que no abrió a nadie y dejó el teléfono descolgado. Y enseguida, sin darse cuenta, pasó un mes y luego otro mes. Y otra vez, una noche, pero ya transcurridos tres meses, volvió a encontrarse a sí mismo de nuevo asido al pomo de la puerta del Club Pekín, decidiendo lentamente si entraba o no entraba, esperando tal vez que de nuevo otro cliente borracho saliera y lo lanzara despedido hacia la acera, lo distanciase del objeto, ya perdido, de su deseo y de su amor.

Pronunció su nombre a la vez que se daba cuenta de que ya había entrado y de que le estaba hablando a una camarera que ya conocía y que lo reconocía, a otra hermosa china que siempre sonreía con labios fúnebres.

–Li Pao ya no está aquí –dijo la camarera de labios fúnebres.

Griffin se sintió aliviado, sintió que ya no tendría que explicarle nada, ni hablarle de desamor, o tal vez, lo que era preferible, librarse de escuchar de boca de Li Pao esas mismas palabras de desamor y la decisión final que había tomado. Le vinieron a la memoria su vigor de atleta y las cosas que le decía de pronto, inopinadamente: «Eres hermoso», «¿Cómo te ha ido?», «¿Ha pasado algo bueno?», «¿Te diviertes?», «¿Quieres fumar?». O su obsesión: «¿Te doy lo que quieres?», «¿Es esto lo que quieres?».

–Sí, es eso lo que quiero –le decía Griffin.

Pero Li Pao ya no estaba, o eso le estaba diciendo la bella china de labios fúnebres.

De nuevo llenar un vacío. Abordar un vacío. Cuánta amargura o tristeza hay en el desamor. Sobreponerse, sobreponerse: única lección. Cuando desapareció se produjo un olvido casi inmediato, en masa, de su pasado con ella. Poco a poco fue regresando o recuperando momentos a su lado, detalles como cuando alguien recuerda de golpe el rostro de otra persona con la que coincidió en un viaje en tren y que no vuelve a ver en toda su vida, y sin embargo es ese rostro el que aparece inesperadamente en el recuerdo, el que llega sin llamar y pasa al fondo de uno mismo, y uno se pregunta si esa persona de quien nada sabe, salvo su existencia, seguirá viva o ya estará muerta.

–A veces Li Pao me decía que quería morirse. Tan solo eso. Desaparecer. Lo repetía mucho. A lo mejor ya cumplió su deseo. A lo mejor ya está muerta, o muerto.

Duró poco el amor de Griffin con Li Pao. Ella no se enamoró de él tanto como él de ella, me confesó. Seis meses, siete a lo sumo. Luego ella se volvería a Taiwán, tras viajar otra vez por países de Europa. De nuevo un hurto, me contó Griffin: le robó al dueño del taller clandestino, que era el dueño del Club Pekín, el pasaporte que tanto le costaba pagar con aquellos infinitos dragones de colores. Griffin me dijo que en realidad eso de robarle al dueño del Club podía haberlo hecho en cualquier momento y que si no lo hizo antes fue porque le gustaba fingir que era la mítica –para ella– Mae Jing cantando delante de un hombre invisible como era él.

70

El problema era la piscina, porque a Whale nunca le gustaron las piscinas, dijo Griffin en otra ocasión. La encargó cuando ya tenía sesenta y cuatro años y solo con la intención de ver cuerpos jóvenes desnudos zambulléndose. Y era el problema porque se trataba de un lujo que acabaría con su vida. El día que terminaron de construirla, Lewis la estuvo mirando aún vacía y presintió que aquello no le traería nada bueno a James, o a lo mejor tuvo un mal presagio. Era el día en que definitivamente se iba de su lado; los dos, a la vista de la profundidad del vaso vacío, comentaron que nunca tendría que estar así, sin agua, por temor a las caídas nocturnas de algún que otro invitado borracho. Pero la vanidad de Whale había empezado a crecer mucho antes, a los cincuenta años, hasta extremos insoportables. No le gustaba envejecer, como les sucede a todos los hedonistas amantes de la belleza, y observaba las transformaciones de su cuerpo como el mayor y abusivo precio que se cobraba la vida.

Odiaba los espejos, se ruborizaba delante de ellos por tener que aceptar la hipocresía mundana de amar todavía a ese cuerpo que era el suyo. A veces se reía de sí mismo, pero en la mayoría de ocasiones David Lewis lo encontraba sumido en una letárgica depresión que se adueñaba de él y de sus reacciones como si viviese una adolescencia grotescamente renacida. Discutía con la cocinera, con el jardinero, con el cochero, se mostraba entonces caprichoso o rencoroso, daba golpes a los muebles para manifestar su enfado, rompía objetos cuyo recuerdo le había emocionado un poco antes, reducía a átomos las fotos más queridas e incluso prohibía hablar de sus películas en la casa salvo que él lo hiciese, sobre todo en las fiestas. Pero todo se aceleró cuando, de pronto, en una de esas fiestas que empezó a dar a partir de su cincuenta aniversario, David, con quien compartía su vida desde junio de 1929, lo escuchó contar como propia una anécdota que le había sucedido a él.

Era una historia más o menos divertida, relató a su vez Griffin, que tenía por protagonista a unos arqueólogos franceses y a Wallace Beery y Maureen O'Sullivan perdidos en el desierto de El Paso. Al parecer Beery, para gastarles una broma, se hizo pasar por el Presidente de Estados Unidos viajando de incógnito con su amante en una fuga amorosa. Como los franceses no se lo acababan de creer pese a que en el fondo la cara de Beery les resultaba muy conocida (¿pero de qué y de dónde?), Maureen adoptó perfectamente el papel asignado, y se tapaba la cara, evitaba que la fotografiasen, y no hacía más que repetir: «¡Dios mío, Papi, nos han reconocido!, ¡nos han reconocido!». Wallace telefoneó a David para que acudiese a confirmar la identidad impostada y así seguir la broma. El único problema era que David estaba en Hollywood a más de cuatrocientos kilómetros de allí. Cuando llegó, prácticamente un día después, Wallace y Maureen ya se habían ido, pero aún continuaba en la zona el grupo de arqueólogos franceses. David Lewis entonces, bajando la voz con gran confidencialidad pero para que lo oyesen todos, se acercó a uno de ellos y le dijo: «¿No habrán visto por aquí al Presidente de Estados Unidos? Es de vital importancia que lo encuentre. Se ha fugado». En ese momento sacó de su bolsillo una foto de propaganda de Beery y los franceses se miraron entre sí absolutamente desconcertados antes de confesar que, efectivamente, había estado con ellos el día anterior.

¡Pero, qué diablos, aquella historia que le había ocurrido a él, David Lewis, Whale se la estaba robando en sus narices y la contaba delante de los invitados para captar su atención! Sin embargo eso no quedó ahí, según Griffin, sino que esas sustracciones vitales se convirtieron en una práctica habitual de James, cuya vida, por lo demás, no era rica en anécdotas o permanecía en un grado artístico incomunicable y aburrido, y empezó a traspasar a su biografía las vivencias y aventuras de su amante y compañero David. Por ello, Lewis tuvo que oír una y otra vez que lo que a él le ocurría acababa en boca y vida de Whale: tal incidente con la policía por culpa de un faro roto en el coche, o tal fascinación ante una puesta de sol idílica, esos soles rojizos de California que extasiaban, o tal bochornosa acción de determinada actriz encontrada en brazos de un político, o la experiencia estrictamente personal de David en el transatlántico *Athenas* camino de Londres, en 1939, cuando le acaeció un hecho extrasensorial al ser hipnotizado por un mago español (¿el Gran Samini?) y levantar con dos dedos, sin ningún esfuerzo, a un hombretón de más de 120 kilos. Ese saqueo vivencial del viejo –viejo Fauno, en realidad– que empezó a parasitar la vida de su joven amante era fruto, según comprendió enseguida Lewis, de la necesidad de Whale de tener una vida que vivir para dejar de sentirse perdido y vacío, pero no por ello irritaba menos a David y sin embargo no se le ocurría cómo poder evitarlo. Hasta que un día tuvo una feliz idea.

En 1940, el fracaso de la que sería su última película firmada, *Green Hell*, amenazaba con sumir al exquisito director aún más hondo en su abismo depresivo. David se presentó entonces en la casa que compartía con Whale, en el 788 de South Amalfi Drive, con un abultado cargamento, toda una sorpresa para el viejo. Acababa de comprar en la mejor tienda de arte de Los Ángeles, Michael's Art Supply, todo lo necesario para un pintor: decenas de lienzos, pinceles grandes y pequeños, tubos de pinturas al óleo, cajas de acuarelas, barras de ceras, lápices de colores, afilados carboncillos, difuminadores, varios cuadernos de abocetar, cientos de papeles, un caballete, dos paletas y dos paquetes de algodones. Se lo regaló todo a James para que empezase una etapa nueva en su vida.

71

Y así lo hizo el director, con entusiasmo rejuvenecido, recuperando la misma vitalidad con que había resistido en la Gran

Guerra gracias a sus dotes para el dibujo. Habilitó un estudio anexo a la casa, muy luminoso, con la mitad de un invernadero. Empezó a llenar su vida de cuadros y reproducciones de pinturas, de paisajes y retratos, a todas horas y en todos los viajes por la costa, de Santa Bárbara o Santa Mónica hasta San Francisco. En 1941, harto de todo, dejó el cine como quien da un portazo tras de sí y no vuelve nunca a comprobar si hay destrozos. Día tras día cambió su actitud depresiva por otra de hedonista rodeado de jóvenes, placeres y gastos, que afrontaba, como es natural, con un feliz despilfarro y las mejores intenciones imaginables de platónico mirón. Pero algo le atormentaba: la pérdida definitiva de la juventud, de la belleza, la inaccesibilidad a los cuerpos jóvenes, a los Li Pao o a los Pigafetta del mundo, fruto prohibido que le exigía un esfuerzo físico imposible para él. Se sentía aniquilado. No importaba que fuera rico, no era cuestión de dinero, sino que ya no era ni joven ni bello, y no podía soportar su aspecto canoso.

Estuvo en ese nebuloso declive de abismos y placeres durante diez años. En la primavera de 1951 se distanció definitivamente de David. La ruptura fue sonada, y como no podía ser menos, se acompañó de una gran discusión violenta, casi histérica, cuyo motivo era la negativa de David a viajar con James a París y vivir allí juntos, alejados de Hollywood, empezando una vida diferente con una identidad nueva, consagrada íntegramente a la pintura. David no quiso ni oír hablar de la posibilidad de ir a Europa siquiera de vacaciones y aquello supuso una ruptura agria. Partió solo. Al llegar a París, la meta de su viaje, alquiló un piso en la rue Soufflot, frente al Panthéon, y poco después, en una exposición del Grand Palais sobre Poussin, conoció a un joven francés, ocioso y culto, que pronto se convertiría en su sombra para todo. Se llamaba Pierre Foegel y tenía veinticuatro años, la misma edad que Li Pao le confesó a Griffin en aquel primer taxi que los llevó hacia su casa y hacia un amor nuevo.

Juntos, James y Pierre hicieron un viaje por Italia y sus museos. Los visitaron todos, y demoradamente, porque todos se le antojaban: los de Florencia, los de Milán, los de Roma, los de Venecia, los de Bolonia. Whale se enamoró de los grandes pintores italianos tanto como del joven Foegel. Se pasaba el día copiándolos del natural, en las galerías donde se exponían las obras.

Cuando al cabo de un año regresó a su casa de Los Ángeles, el estudio del invernadero tuvo que ampliarse; el invernadero desapareció para dar cabida a una réplica de museo heteróclito soñado por el gusto de Whale, y hasta los salones y pasillos de la mansión estaban ocupados por un sinfín de cuadros. Había copias más o menos afortunadas, pero en todo caso apreciables, de Massaccio, de Andrea del Sarto, de Rafael, ejercicios de claroscuro de Masolino di Panicale o de Ghiberti, de perspectivas de Uccello, de dibujos esforzados por comprender la melancolía de Leonardo; en Bolonia quiso comprar un Primaticcio, pero le dijeron que era falso; en Venecia mezcló *madonnas* de Padovanino con paisajes de Veronés; y en Florencia se hizo con cuanta reproducción de Ghirlandaio halló.

La pintura, los viajes, el sol y el amor de Pierre le hicieron olvidar a Whale definitivamente el cine y sus películas. Solo hablaba de tarde en tarde de *El hombre invisible* al hilo de una casa o de un rostro visto en Lombardía o la Toscana. En 1953, ya de vuelta en California, James obligó a David a dejar la casa para siempre, pero todavía Lewis tardará en irse de allí porque Pierre, que venía a ocupar su lugar, se había quedado en Francia ultimando su traslado y despidiéndose de su madre, una viuda de gendarme que vegetaba en un hospital de Nantes (¡la ciudad de Fabienne, la ciudad de Vaché!). El centro de la vida de Whale será en adelante el callado y servicial Pierre. Fue entonces cuando mandó construir la piscina, pese a que las odiaba.

Para llenar el vacío de la casa –sobre todo cuando Pierre regresaba por temporadas a Francia–, James volvía a dar fiestas con jóvenes efebos. En diciembre de 1956, con sesenta y siete años, se abatieron los negros augurios del final cercano: empezó a tener problemas de salud, se le iba la cabeza, temía que lo internaran, que perdiera el control de su cuerpo y de su vida, se veía como un viejo paralítico en una residencia de ancianos, y ese abandono total eran inaceptable de todo punto para un hombre como él.

Griffin recordó lo que decía Li Pao, algo que muchas veces él se preguntó si tal vez hizo: «A veces quiero morir. Desaparecer». Otra modalidad drástica de invisibilidad, me dijo con humor negro cuando me habló de todo esto. Por eso, Whale, en 1957, el 29 de mayo (¡cómo olvidar, dijo Griffin, el momento en que mi padre me mandó leer la noticia en *Los Angeles Herald*!), se levantó, se aseó, desayunó y bajó al escritorio: «A las personas que amo... (puso en el sobre de la nota que dejó)... Mi vida ha sido maravillosa pero ya se ha terminado». Y añadía: «El futuro solo me depara ancianidad y dolor». Quién sabe lo que pasa por la cabeza de un suicida, se dice la gente a menudo. Por la de Whale tal vez pasó el hastío de copiar y copiar cuadros, o el recuerdo de un amor. ¿El de quién? ¿Clive, finalmente? ¿David? ¿Pierre?

Estaba solo en la mansión. Fue hasta la piscina y se arrojó de cabeza en la parte donde menos cubría. El fuerte golpe contra el fondo, recubierto por las teselas verdes que formaban un mosaico imitando algas marinas, lo dejó inconsciente. Se ahogó. La asistenta que venía por las tardes lo encontró flotando horas después. Sus cenizas están en el cementerio de Forest Lawn, en Glendale, en la barriada adonde llegó el padre de Griffin al año siguiente.

72

Sean, el padre de Griffin, se marchó de casa con una mexicana de la que se enamoró ciegamente un año más tarde de la aparatosa herida de su hijo en la pierna, en Barcelona. Tal vez lo impulsó un amor como el del viejo James y el joven Pierre. Todos los amores se parecen al principio. La mujer se llamaba Analía Soler y era actriz con el nombre de Perla Chávez. Griffin creía que murió sin fama ni gloria ni fortuna.

–No se puede decir que mi padre huyera entonces –me explicó Griffin–. Nos dejó, simple y llanamente, eso es cierto, pero en realidad fue un abandono pactado entre mi madre y mi padre, porque en aquellos tiempos no había divorcio y mi madre, que supo del amor de Sean por Analía, no iba a consentir la humillación de ser engañada a la vista de todos. Cuando Sean se fue, Matilde Aguiar, cuya voz era muy hermosa y luego acabó siendo el mito de una época, entró en la radio como locutora gracias a las recomendaciones de su padre, Arnaldo Aguiar. Para muchos bastaba con ser la hija del Gran Samini, el ilusionista, para que se le abrieran todas las puertas. Se hizo famosa por ponerle voz a la publicidad radiada de los años sesenta. Nunca volvió a casarse y a Griffin nunca le faltó de nada, incluso Sean, pasado no mucho tiempo, volvió a aparecer bajo la forma de un cheque mensual para los estudios y la ropa de su hijo, y más tarde, cuando acabó la Universidad, fue hasta Madrid a verlo.

–A veces puedo imaginarme a mi padre llegando a Los Ángeles el domingo de mayo de 1958 en que descendió del avión al otro lado del mundo. Entra en la casa de Perla Chávez, arrastra tras de sí una enorme maleta, casi un baúl, con toda su vida y un par de álbumes con fotos mías, y se sienta en un sofá que dará a un ventanal frente a la casa que llamaban «de Boris Karloff», en la que tal vez vivió un tiempo el actor a quien conocían en el barrio como «*Míster* Muerte» por su cara, y a la que alguna vez James Whale, de paso por Glendale (la que luego sería su última morada), debió de ir a visitar a su viejo amigo.

En la imaginación de Griffin, su padre permanece ahí un largo rato, mirando por la ventana sin saber qué casa es esa, antes de dejar que lo invada el pensamiento práctico de telefonear a un puñado de personas, conocidos de la infancia o de su familia, irlandeses todos. Esos irlandeses que entonces ya eran californianos y ajenos a la extraña vida familiar que Sean, el menor de los hijos de Graham Griffin, había dejado en la recóndita España, bebedores y buenos ciudadanos allá en San Francisco, no demasiado lejos. Pensaba Sean en empezar a buscar trabajo otra vez, en llamarlos para eso. Como a su primo Clark, casi un hermano, con quien hizo las primeras correrías de joven y quien será el que le encuentre el trabajo de ingeniero en la Pacific & Co unas semanas más tarde de su llegada.

Se imaginaba a su padre en el sofá de la casa de Perla, con el abrigo puesto aún, como alguna vez se había imaginado a Arturo Bagnoli al poco de descender del *Emma Salvatores*, la cara arrebatada por todo lo que veía, nuevo y excitante, y sin embargo minado por la melancolía, consciente de vivir esa frontera que es el final y el principio de algo a la vez.

–Es la brusca sensación punzante de ser un extraño. Heroica también, por qué no. Una variante más de la invisibilidad. ¿Mi padre también sabría que era invisible, que, digamos, llevaba el mismo estigma Griffin que yo? Seguro que nunca tuvo semejante idea absurda, ni siquiera cuando vimos juntos la película de Whale –recuerdo de ese día el roce de mi vendaje de la pierna con el pantalón de mi padre– reparó en la identidad de los apellidos.

Griffin tenía diez años, más o menos, cuando Sean se fue con Perla. Sintió pánico y empezó a atesorar con avaricia milimétrica los objetos y recuerdos que de él había en la casa. No eran muchos, la verdad, y casi todos impersonales. Había fotos de la infancia y de la juventud de su padre, pero de nadie más; pensó que eso demostraba que era invisible para su familia paterna, tíos, primos, abuelos, gente desconocida, a pesar de los lazos de sangre, que estaba al otro lado del océano y de la que no sabía nada, tan poco en realidad como ellos sabían de él.

Sin embargo, esa imagen de quien «empieza de nuevo» como si despertara de una borrachera o de una pesadilla, sentado en la cama o en aquel sofá de Perla Chávez, con la mente perdida, dijo Griffin, le reconciliaba con su padre y le impedía odiarlo.

–No puedo ni debo hablar de mi padre con rencor, al revés, me embarga cierta inusitada emoción. Partir de cero de nuevo, recomenzar no importa el punto en que lo anterior se haya dejado, lo que sea, un amor, un empleo, una familia, un sueño, volver a iniciar una vida diferente como si se es otro –en realidad o por fin– son partes blandas de ese gran cuerpo que es la humanidad frágil que todos llevamos dentro.

Cuando de viejo, jubilado de su trabajo en la naviera Pacific & Co, su hijo lo visitó en la autocaravana que tenía en Pasadena, donde vivía con su mujer de entonces, otra española, Sean le dijo, cogiéndole la mano: «Lo siento. Creo que siempre he estado empezando, que una y otra vez he estado empezando cosas que luego dejaba inconclusas».

Tal vez pensara que toda la vida había estado un poco loco y que no era un buen modelo para un hijo como el suyo, pero a esas alturas de la vida ya no cabía posibilidad de ejemplo alguno, porque ya la historia de ese hijo estaba hecha también y, en cierto modo, el hijo sabía que aquel anciano que estaba contemplando detenidamente en Pasadena, de los pies a la cabeza, cada arruga, cada trozo de piel, cada cabello, cada mancha, era lo que le esperaba a él al cabo del tiempo, pues Griffin había hecho lo mismo que su padre, empezar una y otra vez cosas e historias que dejaba inconclusas.

73

El *Minerva Janela* llegó al puerto de Niterói, en Río de Janeiro, el 29 de octubre, día ventoso, a las siete de la mañana. El buque se demoró varias horas en la maniobra de entrada por culpa de un barco ruso que bloqueaba la dársena del puerto número 34, asignada al *Minerva Janela* por el práctico, un hombre afable que, una vez a bordo, fue saludando casi con alegría a los que estaban en el puente de mando, sacudiéndoles la mano como si pagara con ello un ignoto favor. Todo el atraque fue cosa de Fernando Grande y del contramaestre Rodo Amaro. El capitán Branco, después de dar las debidas instrucciones, se había metido en su camarote y, como un imaginario Acab contemporáneo, solo salió de él para comunicarles la hoja de guardias e indicarles un hotel en la ciudad, de nombre Belvedere, aunque como siempre podían ir al que se les antojase, «mientras nada larvario subiera luego a bordo», matizó Griffin.

Como había llovido sin parar varios días, el puerto de Río estaba lleno de un sinfín de charcos extensos y profundos y había un barro amarillo por todas partes. Las palas mecánicas echaban un humo negro por sus largos tubos de escape verticales y estaban protegidas con telas impermeables; sus conductores, así como todos los braceros portuarios, llevaban improvisados ponchos de plástico cubriendo sus torsos desnudos. Algunos, los que ese día no tenían un cometido concreto en el barco, observaban la maniobra de atraque desde la borda. Oían las voces de Amaro y de algún marinero que se alzaban por todas partes. «¡Jala!» «¡Maromas estribor tres y cuatro!» «¡Abre a popa y ligero avante!» «¡Parada y tope!» Un idioma que a Griffin lo fascinaba y que no entendía, brusco y conciso.

Al rato de terminar la maniobra, vio descender por la pasarela a Greene y Kowanana con sus petates al hombro, los primeros en salir de allí, y Griffin pensó que en los puertos, cuando la tripulación deja los barcos, si acaso por poco tiempo, se produce una especie de exéresis, una de esas separaciones quirúrgicas de una parte del cuerpo, como un brazo o una pierna. Los barcos son una extraña variante de seres vivos. Ya contó Pigafetta, cuando estuvo por esta Tierra del Verzin, según Griffin, que los indígenas que hallaron por allá creían que las lanchas eran hijas de las carabelas, y que cuando se ponían en su costado, lo hacían para mamar de sus ubres. Pensaban que las amamantaban porque creían que los barcos eran seres vivientes.

—Y lo son —reafirmó Griffin—, yo también lo creo, y cuando miro hacia cualquier puerto, como este de Funchal ahora, me embarga una emoción intransferible porque veo en esos espigones nuevas formas de vida, aunque parezca ridículo. Por eso, cada marinero que deja el barco, aunque sea por unos días, es como un corte traumático en un organismo vivo.

Eso era lo que le esperaba al joven Adan Krupa, una auténtica extirpación que lo arrancaría para siempre del *Minerva Janela* y del corazón de todos sus compañeros. Recluido en su camarote, el oscuro serbio aguardaba su momento para abandonar el barco. Todos sabían que se lo merecía y no iban a hacer nada por él.

Cuando le tocó el turno a Griffin, le produjo una extraña sensación bajar a tierra después de muchos días dentro de aquel buque que cabeceaba sin descanso. Parecía que caminara inclinado, de manera tambaleante, cuando descendió del *Minerva Janela*. Las piernas adquirieron una curiosa temblequera hasta que se acostumbró a estar en firme, con esos andares de borracho propios de los marineros.

Branco les había dado tres días libres. Griffin acompañó a Luiz Pereira y a Rodo Amaro al hotel Belvedere, al que fueron en un taxi. Estaba en dirección a Ipanema, al final de la Avenida de Copacabana, en una calleja empinada llamada Rúa del Jardín de Alá. Durante el trayecto por lugares como la Avenida de Sá Vargas Freitas o la de Ataúlfo de Paiva, las calles estaban tomadas por mendigos desnudos que compartían su existencia con ciudadanos y turistas precavidos. En las páginas de los periódicos y en la conversación del taxista –un negro ya mayor con pelo rubio, camiseta de tirantes y gafas de sol con cristales caramelo, que se presentó enseguida como Paipinho–solo se hablaba de las «vacas locas» y del síndrome de Creutzfeldt-Jakob. Estaba de moda el asunto en Brasil y Amuntado, que también iba con ellos en el taxi aunque él se bajaría antes, en una calle cercana al Belvedere, porque iba a casa de una hermana que tenía allí, estaba muy preocupado por aquella enfermedad de las vacas inglesas y por los millones de reses que había que sacrificar; veía en ello el principio del fin de la humanidad.

–La comida se rebela contra nosotros –decía Amuntado–. Honestamente, reconozcámoslo: es la lógica venganza por haber construido tantos mataderos por todas partes, de vacas, o de ovejas, o de canguros o de hombres, es lo mismo.

Paipinho, el taxista, le daba la razón y añadía que por eso él y sus siete hijos se habían hecho vegetarianos.

–O mejor aún pobres –dijo sonriendo con ironía–. Los pobres seguro que no se mueren por comer vaca loca, no señor, ni canguro loco. Ni vaca sana, para más seguridad. De eso mis hijos no se morirán. No, señor. Oh, claro que no, señor. Esto es lo que se dice por aquí estos días.

Griffin no le prestó más atención porque se dedicó a mirar las calles comerciales de Río por las que atravesaban. Casi una hora más tarde estaban en el hotel.

74

El Belvedere era un antiguo hotel de los años cuarenta bastante limpio y de pocas habitaciones. Solían hospedarse en él marineros europeos y periodistas. El edificio tenía tres plantas con balcones a la calle. Estaba pintado de blanco y verde claro en casi su totalidad, lo que incrementaba su aspecto tropical. Parecía muy luminoso, pero olía a desinfectante y a fragancia de trementina. Había aire acondicionado en cada cuarto, era su mayor lujo.

Después de probar la cama y de husmear por el minibar y el baño, a Griffin le asaltó una inquietud: ¿qué pensaba hacer Branco con Krupa? En la recepción del Belvedere todavía encontró a Paipinho y le pidió que lo llevara de nuevo al puerto, a la dársena 34, donde estaba el *Minerva Janela*.

–Quería saber si Branco lo entregaba a la policía o lo despedía sin más, como había prometido –dijo Griffin.

Al verlo llegar, el capitán puso algunos reparos ante su regreso inesperado; no creía necesario que los acompañara con el serbio, ni a él ni a Grande, hasta las oficinas de la compañía, pues eso era lo que pensaba hacer el capitán, dejarlo en manos de la Texaco.

–Son cosas internas que no le conciernen –dijo Branco.

Griffin le explicó que se sentía enrolado en el barco con todas las consecuencias y que el caso de aquel muchacho le había impresionado sobre manera.

–No quería odiarlo toda la vida –concluyó.

–Pero en mi opinión es alguien odioso –dijo Grande.

Branco le dio la razón.

–¿Qué hará el chico? ¿Montar un escándalo? –preguntó Griffin.

–No creo que le queden ganas –se limitó a decir Grande.

El capitán finalmente permitió la presencia de Griffin, aunque, alzándose de hombros, dijo:

–No sé qué espera ver aquí.

Entonces Griffin observó a Krupa con su equipaje y pertenencias parado en la segunda sobrecubierta; aguardaba al capitán con la cabeza baja y en silencio. Buscó su eterna mirada vacía, temible, de ojos pequeños, pero se dio cuenta de que tenía la cara hinchada y apenas podía abrir los ojos. Branco le clavó su mirada, por lo general amable o severa, y en esta ocasión era inquisitiva; parecía decir: «Entiendas o no entiendas lo que has visto, me da igual lo que pienses. Las cosas son así». Fernando Grande avanzó para sujetar a Krupa por el brazo y ayudarlo a bajar hasta la pasarela. Temía que de la paliza se cayera, porque el serbio parecía ir drogado. Al pasar al lado de Griffin, Grande dijo:

–Es de justicia, por todos los que ya no están en este mundo por su culpa de cabrón miserable. A mí me duele la mano, pero a él se le pasará. Ahora lleva un tubo de pastillas entero en el cuerpo para que no se queje mucho en los trámites. ¿Vienes?

Griffin bajó detrás de ellos.

La Texaco tenía las oficinas al principio del puerto, en la zona administrativa, bastante lejos de la dársena 34. Fueron hasta allí en uno de los camiones cisterna. En las oficinas Texaco & Co, Branco se limitó a dar de baja a Krupa en la tripulación por razones de «falsa identidad dolosa», considerada falta grave.

–¿Solo eso? –preguntó sin alzar la mirada del informe un individuo que se presentó como el director de la oficina.

–Solo eso –repuso Branco. Luego añadió–: Verá en el informe mi propuesta de que se le pague la mitad del sueldo hasta aquí, y que la otra mitad sea retenida en concepto de multa. Y bórrelo de la compañía, si no, cualquier día estará enrolado en otro *texaco* por ahí.

–¡Vaya con el tipo! ¡Borrado y listo! –dijo el director de la oficina tratando de ser simpático tras leer el informe.

Krupa se había sentado al fondo de una sala, arrinconado e indiferente a su destino, al fin y al cabo en su vida solo se había abierto y vuelto a cerrar otro paréntesis. Griffin no lo miró más, aunque luego, al irse, alzó la cara a su paso como un buen muchacho. Se saludaron con un ligero movimiento de cabeza. El capitán Branco tenía otro asunto que tratar.

–Hubo un fallecimiento poco después de Cabo Verde. Está en el otro informe. Se llamaba Paulinho Costa –dijo Branco al director–. Necesito otro marinero, a ser posible electricista, y más ahora, con la baja del serbio.

El director le dijo que le mandaría mañana a alguien para que le diera el visto bueno.

–¿Cuánto tiempo se quedan en puerto?

–Tres días –contestó Branco.

Al salir de la oficina, Branco y Grande regresaron caminando hasta el *Minerva Janela*. Griffin buscó a Paipinho, pero ya no lo encontró. Volvió al Belvedere en otro taxi.

75

Al día siguiente de su llegada –prosiguió Griffin–, fue con Pereira por el viejo barrio de Lapa a ver a un amigo suyo, natural de Porto Alegre como él, que le debía dinero, y a quien finalmente no encontraron. «Se me ha vuelto a escapar, como cada año», gruñó Pereira.

El barrio de Lapa, sobre todo una calleja que lo atraviesa, la Rúa do Riachuelo, estaba lleno de prostitutas y era una zona muy frecuentada por marinos y viajeros de todas las nacionalidades. Allí, en una especie de salón con muebles de nácar que en realidad era a la vez un cibercafé de Internet y una tienda de serpientes, en opinión de Griffin, pues las paredes tenían hasta el techo cajas acristaladas donde dormitaban uno o dos ejemplares de esos reptiles y en todas había etiquetas con precios en dólares, se encontraron con Kowanana y Greene, bastante achispados.

Ambos estaban con dos mujeres, sentados a la mesa delante de una botella de bourbon, y los saludaron con una mueca irónica antes de desviar la mirada. Tenían cierta vergüenza pueril pintada en el rostro. O al menos eso supuso Griffin. Una vergüenza que más que nada delataba una especie de impericia o falta de costumbre, algo que conocía bien porque ya le había sucedido a él cuando iba con Li Pao por la calle y se cruzaba con la mirada de otra persona que les observaba extrañado: era un instante de rubor inexplicable. En esas ocasiones, sin poder evitarlo, bajaba los ojos y dejaba aflorar de su interior una ambivalencia moral que sin duda era el rescoldo de un prejuicio.

En la tienda de serpientes, se fijó en una de las cuatro mujeres, todas ellas muchachas no demasiado hermosas y morenas. Ella dijo llamarse Cazilda Canabrava, de Minas Gerais. Acariciaba la cabeza de Charly Greene y guardaba un gran parecido con Li Pao, aunque quizá solo fuera una familiaridad andrógina de rasgos orientales.

Lo primero que Griffin pensó fue que el azar sería en exceso pródigo si aquella fuera Li Pao. Pero ya había asumido, para siempre si cabe, que nunca volvería a ver a Li Pao, y en definitiva, pasados ya varios años, la había olvidado. Después de mirar con un detalle mayor a la prostituta que se contoneaba junto a Charly, abandonó toda posibilidad de identidad común con su viejo amor.

Quizá porque le excitó la visión de aquella joven, puesta de pronto a horcajadas sobre el segundo maquinista galés en aquel salón-tienda-de-ofidios, o quizá porque le trajo recuerdos encendidos y sanguíneos de Li Pao, lo cierto fue que en el taxi de regreso al Belvedere habló con Pereira sobre la ambigüedad sexual de hombres y mujeres en las viejas travesías.

–Hablamos del sexo en los barcos –dijo Griffin–, de las putas que el propio Pereira había conocido y amado, y de las duras condiciones que al respecto suponían los viajes tan largos sin tocar tierra, en los que siempre alguien iba disfrazado de hombre siendo mujer, cuando no sucedía lo contrario: hombres que, al final de semanas y de meses de abstinencia forzada, se vestían de mujeres o hacían de ellas, como aquel pobre Simón de Asio a quien Magallanes decapitó en Guinea.

Eso le hizo pensar en el joven, o la joven, Baré, la suave sirvienta y amante del famoso Philibert de Commerson, viajero botánico que acompañó a Bougainville en su expedición, aquella misma, enfatizó Griffin, en que el pequeño Pierrot murió en el puerto por tragar cristales de colores.

76

En 1764, Commerson, después de rechazar enérgicamente ser secretario de Voltaire por el mero hecho extravagante de que le fascinaban al filósofo sus conocimientos agrícolas pero no apreciaba en él ninguna otra cualidad científica, y habiendo enviudado de manera inesperada tras un mal parto, tomó a su servicio a una joven llamada Jeanne Baret o Baré, hija de un porquero de Ferney. Dos años más tarde, y a bordo de *L'Étoile*, viajó en la expedición de Bougainville como naturalista del Rey, y si hoy se le recuerda es debido a que descubrió la buganvilla, planta que bautizó con el nombre de su capitán. Pero no era a esto a lo que se quería referir Griffin, sino de nuevo a odios y rivalidades, y a sus consiguientes venganzas.

En la expedición iba otro médico, el cirujano Vivès, de carácter contrario al de Commerson. Mientras que este era un hombre apasionado y colérico, violento a veces –como bien apuntaría en su diario Bougainville–, Vivès era reflexivo y meditabundo, con una inevitable propensión al rencor. Y debido a ese rencor, crecido de la envidia y de los celos entre hombres de ciencia que pugnaban por la gloria, Vivès delató al joven criado que llevaba Commerson en todas las herborizaciones, un muchacho que respondía por Jean Baré, no muy guapo ni muy feo, no muy viejo ni muy joven, acusándolo de ser en realidad una mujer. Y ciertamente resultó serlo, y como tal lo confesó ella misma, dando su verdadero nombre, Jeanne, y su edad, veintisiete años.

Se había embarcado por amor sin el consentimiento de su amo Philibert. Incluso lo llegó a engañar con un traje de hombre, bajo el cual ni él mismo reconoció a la mujer con la que llevaba compartidos entonces dos años de su vida. Commerson asumió ante todos que aquella joven era su amante. El temor a que la presencia de Jeanne Baré soliviantara a la tripulación obligó a los capitanes de la expedición, reunidos en consejo a bordo de *La Boudeuse*, a tomar la decisión de que los dos fueran desembarcados en la isla Mauricio, en las Mascareñas, junto a la de Borbón. Cinco años después de ser descubiertos, el botánico Commerson moría en los brazos de su amada Jeanne, y ella, regresada a París, habría de esperar la muerte todavía unos años más, para caer en 1789, rica y monárquica, dividida en dos por el filo de la guillotina.

—A veces he pensado —prosiguió Griffin— que la Historia igualmente puede ser escrita al revés, y así, por fantasear, quizá Pigafetta fuese, como la joven Baré, o Baret, una mujer disfrazada de hombre, y no un hombre afeminado, como yo los presupongo a él o al infeliz Simón de Asio, o fuese tan solo un hermafrodita de belleza andrógina como el joven Li Pao, y hasta tal vez, puestos a fabular, el criado Cristóbal Rabelo, que cayó abrazado a Magallanes sin separarse de él ni un instante, fuese su hijo bastardo, su hijo tenido unos años antes con un Pigafetta mujer, oculta bajo prendas de hombre, amando incluso como hombre a un Magallanes femenino. Pero la Historia es otra —dijo Griffin—, y lo absurdo no por posible deja de ser absurdo.

77

Transcurridos los días de permiso que les dio Branco, regresaron al *Minerva Janela*, donde se habían producido algunos cambios. Al despido deshonroso de Krupa se añadía el abandono del mecánico Pedro Ramos, aquejado de una insuperable depresión. Debido a su estado de ánimo irascible, se había metido en peleas en el puerto, sin ningún código ni ninguna oportunidad, y había acabado con el cráneo abierto en un hospital de Pirajá. Tenía que recuperarse de una buena fractura, dentro y fuera de su cabeza. Del buen Ramos siempre recordará Griffin su mochila llena de discos compactos piratas y su habilidad para desnucar aves a la primera. Branco creyó oportuno aceptar su baja voluntaria antes de que estallasen crispaciones y peleas entre la tripulación por el contagio de su estado psíquico o antes de que el propio Ramos terminase arrojándose por la borda en uno de los días grises y agónicos que nos esperaban en alta mar hasta la embocadura del Estrecho.

Los dos hombres, más el fallecido Costa, fueron sustituidos por uno solo, pues «Sebo», el cocinero, dijo que no necesitaba a ningún ayudante en la cocina. El nuevo era un marinero que mandaron de la Texaco y de quien Branco ya tenía noticias de otras travesías, Nemo Caporale, brasileño de tierra adentro, de Sao Paulo, hombre de cara risueña, fuerte y alto, sin un solo pelo en la cabeza cubierta por un gorro de lana que nunca se quitaba, y por encima de todo teosófico, como insistió en presentarse.

La teosofía ponía en el centro del universo el alma humana, reflejo del alma universal, en torno a la que giran todos los elementos sobrenaturales, tales como Dios, el espíritu, la muerte y lo extrasensorial. Cuando Griffin le preguntó por más detalles de su condición filosófica, Caporale le explicó que era partidario del ocultismo, y por tanto seguidor de las doctrinas de Helena Petrovna Blavatsky, la gran hinduista brahmánica que fundó en Nueva York la Sociedad Teosófica.

–En resumen, como los judíos, los teosóficos somos contrarios e inmunes al papado vaticano y a las paparruchas católicas de cristos, cruces y trinidades –apostilló Caporale esbozando una amplísima sonrisa de hombre feliz.

Después de salir del puerto de Río de Janeiro, como mecánico electricista que era, Caporale se pasó los primeros días en las bodegas, pared con pared con la sala de máquinas, estudiando los circuitos y las conexiones de todo el buque. En sus ratos libres, le gustaba ir hasta donde estaba Griffin y hablar largas parrafadas con él. Le contó al español que tenía una gran afición por los caballos y en los huecos libres de las paredes de su camarote, compartido con Amuntado, pegó varias fotos de sus caballos de carreras favoritos, a los que había visto correr y ganar, y a los que hasta había llegado a cuidar alguna vez, cuyos nombres él había escrito a mano en la foto como una imposible dedicatoria: «*Fundador, Chanclos Fuit, Rebelde y Sakvar Truli*. ¡Quiero comprar uno o dos pura sangre y ganar el Nacional de Sao Paulo... algún día!», decía soñando despierto.

78

Griffin volvió a hablarme de la historia de Graciela Pavić.

Graciela se llevó el autómata desde Cabo Cortado, donde lo encontró, hasta el Museo Salesiano de Punta Arenas ese mismo día de Reyes de 1919, día ventoso; lo consiguió no sin dificultades, tal como ella le relató a Arnaldo Aguiar años más tarde. Después de haber estado contemplándolo largo rato, y de sufrir esa especie de inexplicable impulso amoroso, tuvo que desenterrarlo de la tierra dura, casi helada y compacta, en la que el muñeco estaba hincado. Parecía inamovible, como si hubiera echado raíces, lo cual era cierto, como luego comprobó Graciela, pues los líquenes y las plantas que lo rodeaban en su parte inferior se prolongaban hacia dentro y se aferraban a él como enredaderas.

Se valió primero de sus manos, amoratadas por la ascensión hasta el lugar donde vio el autómata, pero enseguida abandonó ese método porque se levantó una uña y se hizo sangre. Estaba demasiado profundo y entonces empezó a buscar por los alrededores piedras afiladas y puntiagudas con las que ayudarse a cavar, mientras se preguntaba Graciela hasta qué altura habría sido enterrado aquel homúnculo de hierro oxidado, del que se distinguía medio cuerpo tan solo. No encontró nada que le sirviera, así que tuvo que regresar hasta la pequeña ensenada en la que había atracado. En el bote había algunas herramientas de escasa utilidad en ese instante. También había un hacha, lo único capaz de abrir zanjas, y con el hacha en la mano volvió a subir otra vez a rastras hasta la colina batida por el viento en la que había dejado al androide.

Excavó un hoyo en torno al armazón enterrado; pero al querer tirar de él vio que en vez de dos piernas tenía una forma cilíndrica de cintura para abajo, bastante grande, en cuyo extremo, en cambio, aparecía la figura de dos pies, o más bien de su simulacro. Se vio obligada a agrandar aún más el perímetro del hoyo que estaba haciendo. Por fin logró extraerlo del hueco donde alguien lo había plantado cuatro siglos antes. Con el hacha cortó las raíces de las plantas cercanas que se le habían adherido. Al querer levantarlo, se dio cuenta de que aquel autómata pesaba más de lo que había imaginado. Ahora que lo veía entero, tumbado a sus pies, Graciela creyó que lo envolvía una cómica falda rígida, a modo de tubo de hierro, especificó Griffin. La totalidad del autómata, en cambio, imitaba a un caballero medieval con armadura artúrica, pero muy tosco.

Era de buen tamaño, casi medía metro y medio. Y como Graciela estaba sola, sola lo bajó hasta el bote, a veces arrastrándolo y a veces en brazos, lo que acrecentó la extraña sensación de salvamento que su acción empezaba a tener, aunque, por el hecho de estar sola y de temer los sentimientos extravagantes que la estaban invadiendo, se le pasó por la cabeza la absurda idea de haber parido allí mismo aquella criatura. Una locura, sin duda. «Revivirá otra vez, ese cuerpo muerto o dormido, humano o inhumano, revivirá otra vez», se decía Graciela. Tardará, no obstante, aún cuatro años en repararlo. Pero en realidad fueron muchos más.

Cuando llegó por fin a Punta Arenas, dejó al autómata en el bote, tapado por unas lonas, en espera de acontecimientos. ¿Pero qué acontecimientos, si en su vida no pasaba nada, salvo la búsqueda desesperada de su familia muerta, o de sus restos? ¿Y esta espera no era en sí un acontecimiento interrumpido, permanentemente interrumpido?

Dos días más tarde, por la mañana, cuando hubo habilitado un espacio en el laboratorio del Museo y notificado el hallazgo a las autoridades –quienes por otra parte se limitaron a dar una breve noticia a la prensa local, que no lo recogió en ninguna de sus ediciones–, volvió a por el autómata acompañada de Kuller, el ordenanza alemán del Museo y bombero voluntario los fines de semana, quien empujaba una carretilla alargada con dos grandes ruedas de radios a los lados. Antes de dejar el puerto, como hacía siempre y en adelante ya haría el resto de su vida, Graciela echó un vistazo a la bahía, por si de pronto aquel momento fuese el despertar de un mal sueño y su marido y sus hijos irrumpiesen de golpe por algún espigón, corriendo a sus brazos. La inevitable realidad se cernió de nuevo sobre ella. No se trataba de ningún despertar. Todo seguía igual.

Kuller, un hombre enorme de mediana edad y abundante cabello blanco, lego de los salesianos y honrado de mente, cargó el autómata sobre la carretilla y lo tapó con una manta. Adoptaba piedad en sus gestos. Graciela le ayudó a atarlo y se puso a caminar a un costado de la carretilla para reconducirlo cuando se desequilibraba en las esquinas. Así recorrieron con rapidez y discreción las calles y cuestas de Punta Arenas hasta llegar al Museo sin que nadie mostrase curiosidad de reojo por el bulto que empujaban. Sin embargo, según Griffin, ella tenía que hacer un gran esfuerzo para espantar la tentación de pensar que, en cierto modo, estaban robando un cadáver, pues eso era lo que parecía.

79

Cuando Arnaldo e Irene, los abuelos de Griffin, descendieron del *Santander* casi cinco año más tarde, el 10 de diciembre de 1923, el autómata ya estaba reparado, pero no del todo, y se mostraba en la sala del Museo destinada a la Historia y Fortificaciones del Estrecho. «Androide encontrado en la Isla Desolación, *circa* 1500», rezaba escuetamente una placa metálica situada sobre la peana en la que lo habían colocado, arrinconado en una zona de paso, cerca de la puerta hacia otra sala, la de Botánica. Había invertido más de cuatro años en un lento proceso de reparación, cuyo objetivo final habría de ser la movilidad real del autómata tal cual la había concebido su creador.

Pero para lograrlo, Graciela pasó muchos meses, día y noche, montando y desmontando con disciplina férrea cada parte, sin parar, una y otra vez, estudiando sus entrañas, comprendiendo su funcionamiento, limpiando a conciencia cada pequeño engranaje, puliendo y repuliendo cada polea, cada perno, cada diente, cada alambre, cada cadena, cada remache, cada gancho, cada rueda, las grandes y las pequeñas, y reconstruyendo los elementos rotos que el paso del tiempo y la oxidación habían vuelto inservibles. Sin embargo, dejó bien visibles los orificios de bala en la armadura, proyectiles que encontró dentro del cuerpo y que, al ser de plomo, supo que eran de mediados del XIX. Le pareció incorrecto restañarlos; eran cicatrices que narraban una lucha, una historia, aunque no alcanzaba a sospechar cuál.

Pronto descubrió amargamente que, pese a mucho imaginar y consultar libros de máquinas y relojes y a recurrir a chatarreros del puerto, herreros y mecánicos, le faltaba una pieza, justo la que permitiría, tal como había deducido tras estudiar el intrincado mecanismo ideado por Melvicio, que todas las demás se moviesen en el circuito de acción que el muñeco podía desplegar. Con un número limitado de posibilidades, unas jerarquizadas a otras, la movilidad del autómata consistía en levantar consecutivamente los brazos, subir y bajar la mandíbula, alargar los antebrazos y las muñecas mientras la cabeza giraba a la derecha, inclinar el torso hacia adelante mientras la cabeza giraba a la izquierda, dar una vuelta de ciento ochenta grados sobre la base de su cintura, echar la cabeza para atrás y finalmente poder asir algo con los dedos articulados de la mano derecha. Se movía, en fin, como un atacante concebido para asustar desde lejos.

Todos estos movimientos eran posibles y podían hacerse consecutivos en una sola secuencia, lo que desde luego, a gran distancia, como estaba previsto, produciría el efecto real de un movimiento humano, o podían hacerse independientes, en distintas fases, gracias a unas pequeñas palancas con resortes que Graciela fue descubriendo a medida que avanzaba en su tarea y que estaban repartidas en puntos estratégicos del cuerpo. Sin embargo, para todo ello era fundamental la pieza que había desaparecido, y cuyo hueco Graciela halló en el centro mismo del autómata. No era otra que la pieza clave, también llamada maestra o eje matriz de todo el mecanismo y que a Graciela empezó a antojársele el corazón del autómata. Y con mucha exactitud, añadió Griffin.

No se trataba, lógicamente, de un corazón real, pero su ausencia dejaba al muñeco sin ninguna vida, estático y amenazante, por lo que el símil con el corazón humano era para Graciela más que certero. Todo indicaba que esa pieza maestra, según una complicada combinación de posiciones subordinadas, habría de accionar todas las demás piezas y palancas, bien a la vez, bien paulatinamente, en función de lo que se deseara hacer con las posibilidades motrices del autómata. Una pieza, aquella, que en sí debía tener en potencia todos los movimientos. Una pieza, en definitiva –me dijo Griffin–, más propia del Melvicio alquimista que del Melvicio ingeniero. O la suma de ambos.

«Una pieza filosófica y real a la vez», así la definió Graciela en una carta a Arnaldo, quien, como mago que era, la bautizó a su vez como, «la pieza de la luz». ¿Por qué había desaparecido? ¿Por qué Graciela no pudo encontrarla junto al autómata? ¿Quién la había quitado? Graciela nunca tuvo respuestas para estas preguntas y tampoco fueron importantes para ella al principio, le traían sin cuidado.

Pasado mucho tiempo, aquella singular pieza se hizo realidad durante el verano de 1930. Pero antes hubo que imaginarla, dibujarla, fabricarla y ensamblarla desde la nada, recurriendo de nuevo a libros, chatarreros, herreros y mecánicos de la ciudad, que dibujaron planos y más planos, y después de muchos intentos fallidos y de muchos errores y roturas, finalmente se encargó a la capital, al taller de un inventor de patentes húngaro llamado Bakony. Cinco meses más tarde, para Navidad, estaba construida.

80

El anhelo de Graciela era que aquel cuerpo metálico volviera a revivir, a funcionar como tal vez pudo funcionar en alguna lejana ocasión. Porque llegó a amarlo, esa era la verdad, y en su ciego amor deseó y creyó que podría volver a ser *alguien* animado. Quería besarlo, cerrar los ojos y acercar sus labios a los del androide. Por eso reconstruyó la cara, basándose en las toscas piezas y rasgos que le había dejado su creador, el viejo Melvicio.

Gracias a Graciela, fueron cobrando vida la expresión ceñuda, los ojos planos y la nariz apenas insinuada, así como la boca suavemente marcada por un corte no demasiado abrupto, donde dio forma a unos suaves engrosamientos a modo de labios hechos con láminas de estaño repujadas. Quiso lograr, tal cual los recordaba, una copia de los labios de su amado Arturo –«¡pero qué dolor al imitarlos!», le escribirá alguna vez a Arnaldo–, perdido con sus hijitos en algún lugar del fondo de la bahía. Con todo, el gesto frío y misterioso no desapareció de aquella boca inexistente, falsificada por un arranque de locura.

Aun así, Graciela quiso paliar con colores la perfecta inhumanidad que rezumaba aquel rostro de hierro. Lo pintó para inculcarle un atisbo de integridad, aunque fuera exagerada, algo que alcanzó a conseguir. Sin embargo, aquella pintura no sirvió para ocultar las soledades de ambos.

–La soledad del autómata, consustancial a él –dijo Griffin–, porque nació solitario, creado para vivir en la desolación de la Desolación, y la soledad de Graciela, quien no había nacido para estar sola.

Graciela se resistía a asumir su soledad, creía ilusamente que ni Arturo ni sus hijos habían muerto, que estaban en un tiempo detenido y que llegarían en cualquier momento. Confiaba, pese al tiempo transcurrido, en que todo fuese una angustiosa pesadilla o un suceso mal interpretado por los vecinos, esas crueles voces compasivas, y la muerte no era muerte sino un viaje largo del que su marido no había podido avisarla antes de partir, el viaje al otro lado del mundo, a la lejana Dubrovnik de donde habían salido su padre Miro y su madre Veronika, o quizá Arturo se llevó a los niños a otro viaje distinto, pero igual de lejano, a Italia, a aquella ciudad de Caserta llena de familiares y canciones, de la que nunca había oído hablar ni podría ya nunca llegar a imaginársela, porque Arturo se fue antes de que juntos pudieran soñar calles distintas y mundos diferentes.

Con los años, Graciela, inconscientemente, se empezó a comportar como una nueva Penélope moderna que tejiera y destejiera en su telar. Enfrentada a aquel mecanismo interior del autómata, inextricable para ella, construía por la mañana lo que destruía por la noche, y avanzaba y retrocedía en su reparación solo con la intención secreta de no tener que vérselas después cara a cara con el tiempo vacío, a cuyas puertas enseguida empezó a haber una pequeña corte de pretendientes.

–Y me refiero a pretendientes literales –dijo Griffin–, pues en la escalinata de las mismas puertas del Museo solían coincidir dos o tres jóvenes, y no tan jóvenes, de la sociedad de Punta Arenas buscando una cita o un romance con Graciela, cuya hermosura no decrecía con el tiempo.

Esteban Ravel era uno de ellos, aunque tenía más categoría y opciones que nadie, por su amistad fraternal con Graciela. Siempre cercano, cuidándola a todas horas, cuando prolongaba sus estancias en Punta Arenas para entretenerla y hacer que el abatimiento no la invadiese del todo, y luego, cuando había de partir a sus propiedades en Tierra del Fuego, por medio de personas interpuestas, como el director del Museo, quien procuraba cubrir las más elementales necesidades domésticas de Graciela.

Esteban gozaba, además, de una ventaja sobre los otros jóvenes, la de que ella se dejaba cuidar por él y a los demás los ignoraba, ni los veía. Esteban Ravel la amaba desde que eran niños; habían compartido escuela cuando Miro Pavić trabajaba para don Laureano; habían jugado y crecido juntos en la Estancia Mercedes, allá en Porvenir, de la que ahora Esteban, único heredero, era el dueño. Con sensibilidad de un hermano mayor, procuraba que no le faltase de nada a Graciela, y le hacía pequeños reproches si no comía o si dormía poco. Le costaba reprimir toda la pasión que sentía por ella y rezaba para que la mujer que tanto amaba reconociese pronto la realidad de las muertes que habían paralizado su vida, se curase y cupiese una mínima posibilidad de amor con él, quizá un nuevo matrimonio.

Pero eso nunca llegó. Por otro lado, seguramente –en opinión de Griffin–, muchos de los gastos que hubieron de hacer Graciela y el Museo para reparar el autómata fueron sufragados en secreto por el propio Esteban Ravel. En los años siguientes a la tragedia de su familia, no dejaba de visitar a Graciela con frecuencia, incluso hubo épocas en que se personaba a diario en el Museo y charlaba durante horas con ella acerca del autómata. Para Graciela aquel autómata era objeto de una obsesión hasta extremos que, alguna vez, llegaron a alarmarlo. En esos años la visitaba y la consolaba, luego la cuidó más, temiendo que perdiera la razón, y, aunque jamás llegaron a nada, él siempre la amó hasta el día de su muerte.

81

Pero la esperanza de toda relación correspondida acabó unos años después del paso del abuelo de Griffin por allá haciendo el número del Gran Samini en la Estancia Mercedes, aquel año de 1923. Acabó cuando el autómata, después de la restauración, hizo los primeros movimientos, tal vez, de toda su existencia.

Ocurrió en la Navidad de 1930, cuando el ingeniero e inventor Bakony mandó la pieza clave desde Santiago a Punta Arenas en uno de los barcos correo. En todos esos años posteriores al viaje de bodas de los abuelos de Griffin, Esteban había aceptado cuidar de Graciela como de una enferma, porque a medida que el autómata se reparaba, Graciela experimentaba una mayor ansiedad, como enajenada, y todos los días se pasaba la mañana entera esperando un movimiento milagroso de alguna de sus piezas, hasta que caía en la cuenta de que faltaba el corazón, y entonces dejaba su ensimismamiento para romper a llorar. Sin ese corazón ausente nada se movía, nada revivía, se decía a sí misma en momentos de lucidez.

Nadie lo supo jamás, pero Esteban Ravel eligió entonces la abnegación heroica que comportaba su amor sincero. Cambió su residencia de Porvenir por la de Punta Arenas, desatendió los negocios ganaderos y mineros de la Estancia hasta casi arruinarse, se fue a vivir a un hotel entre las calles Bulnes y Maipú, y todas las noches, sin dejar una, cenó en ese hotel con Graciela en silencio. Hasta el día de Navidad de 1930. Ese día llego al Museo, por la mañana, el envío de Bakony. Era una pieza helicoidal, alargada, de más de medio metro, y ramificada en forma de doble Y en forma de corona, como:

¥

o como:

Ж

en su sección, toda ella estriada por los dientes cóncavos y convexos de diferentes formas y tamaños. Esa misma mañana, Graciela cerró con llave la puerta de su laboratorio, en realidad un pequeño taller. A continuación, montó la pieza que daba sentido y orden a todas las articulaciones del autómata. Y la pieza encajó perfectamente, aunque le llevó un rato ajustar el resto de engranajes y acertar con las palancas y subpalancas.

Cuando hubo terminado, ante la mirada atónita y feliz de Graciela, el autómata empezó a mover los brazos, y la cabeza, y a girar sobre sí mismo, y a subir y bajar la mandíbula, y a articular las falanges de los dedos. Lo hizo una vez y se paró. Graciela, saliendo de su encantamiento, volvió a accionar la palanca colocada en la espalda, y el autómata repitió de nuevo todos los movimientos con medida exactitud. Lo hizo una vez más. Y otra. Y otra. Y otra.

Esteban, que la había seguido hasta el Museo, lo estuvo observando todo por el ojo de la cerradura del taller. Graciela reía, lloraba, estaba muy excitada, hablaba con el autómata, lo acariciaba. Entonces se detuvo un largo minuto observando los orificios de las balas del cuerpo del androide. Súbitamente, se puso a retirar de la mesa todos los objetos que allí había y colocó al autómata encima, echado como un cuerpo humano. Esteban Ravel vio en ese momento cómo, de un salto, Graciela se subió a la mesa, abrió las piernas a horcajadas sobre el cuerpo metálico, lo besó en sus labios de estaño y empezó a moverse sobre el autómata convulsivamente hasta sentir un orgasmo. Ese día, Esteban comprendió que nunca jamás podría rivalizar con un amante como aquel.

82

Muchas veces había pensado Griffin en el amor frustrado de Esteban Ravel. Frustrado por lo que Esteban creía una locura. Y no se le iba de la cabeza esa impresión. Sabía el rico hacendado que Graciela tenía esos momentos de irrealidad en que se negaba a reconocer la evidencia, pero amar a aquel autómata era la muestra extrema de un estado de locura mayor, tal vez enfermizo. En ocasiones se decía «Lo ama porque no puede morir», y luego pensaba: «¿Pero acaso es un *ser* eso? ¿Pero acaso es *amor* eso?», y se reprochaba pensamientos tan absurdos.

Ravel, movido por un sentimiento de sacrificio, no amó a ninguna otra mujer en toda su vida, pero tampoco procuró que Graciela se curara ni acudiera a un especialista o a un psiquiatra de los muchos que empezaron a ponerse de moda en la ciudad, y su amor se vio agostado por culpa de la indecisión, de modo que lo sustituyó por una abnegada y discreta dedicación a Graciela en la distancia.

Cuando la vio subida con las piernas abiertas sobre el autómata, en aquel acto sexual no por verídico menos imposible, Esteban Ravel sintió algo parecido a la compasión por su locura intermitente, en la que ella entraba y salía como de la niebla. Pero Griffin me recordó que la locura misma estaba en el origen del androide.

Para empezar, ya era una idea loca en sí la propia idea de Felipe II de almenar el Estrecho con ciento once muñecos iguales a ese. Y aunque no la tuvo él, sino Transilvano, el secretario de su padre, para Griffin era inevitable hablar aquí de la figura de otro loco, el joven monstruo melancólico que era Rodolfo II de Habsburgo, sobrino del monarca español y gran coleccionista de autómatas.

Rodolfo era un paranoico pervertido deseoso de atrocidades, hasta el extremo de mandar construir una mujer autómata con la que fornicar delante de sus cortesanos, o eso decían las malas lenguas. Sin embargo, no era un individuo tosco ni bruto, sino un verdadero refinado, aquejado de un permanente mal saturnal. No se sabe si todo lo que tenía de enajenado, perverso, oscuro y esquinado, así como de amante de lo oculto y del espiritismo, provenía de su tía-abuela Juana la Loca, o lo había aprendido de su tío Felipe II, con quien estuvo viviendo en 1563, siendo apenas un niño de once años, esa edad tan vulnerable.

En el gran baile de Satanás de *El maestro y Margarita*, Mijaíl Bulgákov cita a Rodolfo como uno de los invitados estelares de Voland, el Diablo, y se refiere a él tan solo en cuanto «mago y alquimista», explicó Griffin. Ya al comienzo del otoño de 1577, transcurrido poco tiempo desde su coronación, empezó a pulular por Praga, la capital de su reino, toda una corte de embaucadores, falsificadores, orfebres, quiromantes, magos, adivinos, lectores de presagios, psicúrgicos, áuricos, espagíricos, telépatas, satanistas, aventureros de fortuna incierta, astrólogos, miniaturistas, botánicos curanderos, inventores y fabricantes de ingenios. De todos estos charlatanes se rodeaba, y muy a gusto, Rodolfo. Su pasión por la política era nula, obviamente, al contrario de lo que le sucedía a su tío Felipe, espiritista también, de quien había aprendido el arte de gobernar, si bien Rodolfo sentía verdadera pasión por el poder, y el poder solo significaba una cosa para él: la posesión, la posesión de personas, la posesión de objetos, la posesión de objetos extraños y singulares.

Cuando no existían, los mandaba fabricar, siguiendo criterios de su mente desviada y ególatra. Por eso su ansia de coleccionismo se había vuelto un ansia de totalidad. No le bastaba poseer un número elevado de cosas extravagantes, o de valor intrínseco, o dotadas de extrañas propiedades mágicas, sino que aspiraba sin respiro a poseerlas todas, absolutamente todas, y para ello no reparó en gasto alguno, al contrario, destinaba sumas ingentes de dinero, endeudándose en grandes créditos y depauperando las arcas de su Imperio.

Como no podía ser menos, Griffin había viajado a Viena y a Praga para ver qué se conservaba hoy en día de aquellas colecciones. Entre los objetos preferidos de Rodolfo, vio, para su solaz, unas avestruces disecadas. Las que se encontró no difirieron mucho de las que, más tarde, al término de su viaje en el *Minerva Janela*, acabaría encontrándose en el Museo Salesiano de Punta Arenas, el de Graciela Pavić, pues se trataba de unas avestruces, o animales similares, halladas en la Patagonia, cerca del Estrecho, y ofrecidas como regalo por Felipe II a su sobrino Rodolfo.

A este último le gustaban muy especialmente las aves. Él mismo tenía rostro aguileño y ojos inquietos, y su presencia gozaba de la ligereza aérea de un ser huidizo. Muchos escribían del emperador Rodolfo II que parecía que de un momento a otro iba a echarse a volar. Entre las escasas piezas de su colección que hay en el castillo de Hradschin, en Praga, visitadas por Griffin, había muchos «pájaros de las Indias», tal vez loros del Amazonas como aquellos de Flaubert que vio en Ruán, dijo Griffin. Hizo numerosos encargos de autómatas en forma de ave, incluso el muñeco femenino con forma de mujer que, según leyendas, mandó fabricar a Melvicio, tenía la cabeza con forma de una grulla gigante.

Llevado por su ansia de posesión coleccionista y su deseo perverso del absoluto, Rodolfo había repartido por todo el mundo agentes suyos para que le consiguieran los más estrafalarios objetos y le trajeran a los más osados alquimistas. Eran medio espías y medio comerciantes, que se enrolaban en expediciones y servían bajo cualquier bandera, con tal de conseguir el preciado botín que entregar luego al emperador brujo. Todos los tesoros de la Cámara de las Maravillas de Rodolfo, o la mayoría de ellos, los vio Griffin en el Kunsthistorisches Museum de Viena una fría mañana de noviembre.

En las salas dedicadas al conspicuo monarca había un puñado de cosas inconcebibles: su propio horóscopo grabado en cristal de roca con un león de oro en el centro de un amarillo canario, color que era el predilecto de Rodolfo; un libro sobre el movimiento de los astros abierto en una alegoría de Venus (la obsesión de toda su vida); copas de ágata (útil contra la gota, se decía entonces, un mal del que padecían aquellos monarcas con frecuencia); copas de cornalina (devolvía el buen humor a los melancólicos y a los coléricos); *bezoares* blanquecinos que reaccionaban a algunos venenos cambiando de color a su contacto (usados para ver si las comidas estaban envenenadas); y finas orfebrerías del gran Jamnitzer, alumno durante su juventud del enigmático Melvicio. Vio el famoso cuadro *La familia Gonsalvus*, que Rodolfo encargó a su pintor de Corte, Dirk de Quade van Ravenstyn, en el que aparece el fenómeno sensacional de la época, aquella familia de origen español en la que todos los miembros, menos la madre, padecían la *hypertrichosis universalis congenita*, el mal que hacía que toda la superficie de la piel se poblase de pelo, como en los animales. También reparó en la gran cantidad de objetos alquímicos que había en la colección. Le fascinaban a Rodolfo II las velas blancas, las retortas, los crisoles, las copelas. En un lugar especial vio la edición profusamente ilustrada del *Das Narrenschiff* (La nave de los locos) de Sebastian Brant, uno de los libros que más amaba Rodolfo, regalo que le hizo el extravagante pintor Giuseppe Arcimboldi, conocido como Arcimboldo, nada más llegar a Praga, ya maduro, proveniente de la extinta Corte de Maximiliano II, donde era retratista real y había alcanzado una notoria fama por sus cuadros de rostros formados por frutas y verduras, o por objetos como sartenes, vasos, toneles y botellas. Rodolfo empezó a interesarse por

Arcimboldo cuando este le habló maravillas de aquel largo poema en rimas pareadas de Brant en el que se satirizaban las bajezas humanas.

La locura, por tanto, atraía a Rodolfo como todo lo raro, deforme y monstruoso. Era el signo de su siglo, el estigma de los reyes y nobles de entonces. Giuseppe Arcimboldo se presentaba como «pintor fantástico», pero su pasión eran los maniquíes mecánicos y el marionetismo, hasta el punto de planear sofisticados ingenios con muñecos para batallas navales en las representaciones teatrales. Esto le unió inmediatamente a Rodolfo como un imán, y lo acompañó devotamente cual bufón inseparable que le organizaba todo tipo de divertimentos, empezando por la construcción improvisada de efímeras esculturas que remedaban bustos clásicos hechos con lechugas, pepinos, peras, uvas y pimientos verdaderos, los cuales, terminada la broma, acababan en las cocinas de palacio.

83

Fue Arcimboldo –prosiguió relatando Griffin– quien puso al emperador en contacto con el alquimista e ingeniero Melvicius o Melvicio de Praga, de quien ya se había oído hablar en los tiempos en que la Corte estaba en Viena, cincuenta años atrás, por la misma época en que Transilvano escuchaba a Pigafetta en Valladolid contar su peripecia por el Estrecho descubierto por Magallanes. Cuando se refería a Melvicio, la gente solía rellenar la historia con fantasías. Se trataba, decían, de un hombre de muchos años, misterioso, decían, pues nunca había salido de Praga y, salvo por sus alumnos venidos de todo el mundo, apenas había sido visto más que en contadas y distanciadas ocasiones. Era amigo de la mitad de los rabinos de la ciudad, decían, y enemigo de la otra mitad, brujo o mago para unos, tal vez rabino él mismo, pero de una facción talmúdica herética para otros.

–Decían... Decían... Decían... Todo habladurías. ¿Existió ese Melvicio o Melvicius alguna vez? –se preguntó Griffin delante de mí–. Creo que lo dudo, pero ahí está, como siempre, la Historia, la Gran Falsaria, para atestiguarlo.

Lo cierto era que Rodolfo, por medio de Arcimboldo, acudió a ese Melvicio para que le construyese la Máquina Fornicadora, la Venus de Hierro, el autómata con cuerpo de mujer y cabeza de grulla, cuyo mayor logro debía de ser, al tacto de su cuerpo, la simulación final de la piel femenina en el frío metal. Dicen, según Griffin, que Melvicio lo logró y que quien acariciaba el cuerpo pulido del androide femenil experimentaba el placer de una piel de mujer real, y que el metal estaba misteriosamente cálido, pero no podían ser más que exageraciones.

Sin embargo, Rodolfo llegó a apreciar, y mucho, a Melvicio por otra razón: su incurable y crónico dolor de muelas. Padecía de ellos desde joven, casi desde los tiempos en que estuvo en la Corte de su tío Felipe II, y le sobrevenían periódicamente, acuciando su incontrolable mal carácter y llevando a un paroxismo de dolor sus arbitrariedades. Cuando Rodolfo II tenía un ataque de dolor de muelas, las vidas de sus cortesanos corrían peligro y nada valían. Arcimboldo buscó a Melvicio, sabedor de que las piedras preciosas, a las que tanta afición tenía el emperador, poseían cualidades curativas porque se decía que procedían del relámpago que separa la vida de la muerte. Por eso se les atribuían grandes virtudes. En el Kunsthistorisches Museum Griffin vio parte de la colección de piedras preciosas de Rodolfo. Tal vez ninguna de aquellas piezas de mineral había pasado por sus dedos, o tal vez todas, quién podría saberlo. Allí había zafiros, amatistas, diamantes, topacios, esmeraldas, turquesas. Todas limpiadas y amadas por él, seguramente.

Arcimboldo pidió ayuda a Melvicio y le prometió una buena recompensa si el emperador alejaba de sí sus dolores. Melvicio rechazó la recompensa, pero le dijo al pintor que, de las nueve piedras nobles existentes, que según las horas del día tienen diferentes lenguajes, la Espuma de Mar era la más extraña de conseguir y la que en verdad tenía efectos curativos inmediatos.

–Pero no todas las Espumas de Mar son iguales –aclaró Melvicio a Arcimboldo–. Las hay malignas, como la llamada

Gota de Sangre de Anatolia, cuya sola posesión ya es nefasta para sus dueños, que mueren al cabo de pocos días sin que nadie pueda decir racionalmente la causa. Caen como en un sueño o trance hipnótico del que no despiertan.

La Espuma de Mar curativa se encontraba en el mar Ligur y era de color blanco veteado de rosa intenso. Es conocida como *Milición*. Su vertiente negra curaba el dolor de muelas si se mezclaba con agua sulfurosa salada.

–Conviene tomar el brebaje fuera de la vista de la gente, pues su sabor provoca un vómito violento acompañado de un desmayo –advirtió Melvicio–. Al despertar, los dolores han desaparecido para siempre.

Melvicio estaba tan seguro de su pócima, que le reiteró a Arcimboldo su negativa a ser recompensado, pero en cambio se ofrecía a dejarse cortar una mano si aquello no curaba el mal del emperador.

Rodolfo hizo todo lo que Arcimboldo, siguiendo las instrucciones de Melvicio, le recomendó. Sorprendentemente, nunca más volvió a tener dolores de muelas. Desde aquel día, al viejo alquimista se le franqueaba el paso al castillo de Hradschin cada vez que quisiera, pero iba poco por allí, pues no olvidaba que, a la menor molestia en la boca de Rodolfo, su mano sería desprendida de su cuerpo. Griffin, sin embargo, no vio ninguna Espuma de Mar en las vitrinas del Kunsthistorisches Museum.

84

De la correspondencia de Rodolfo con su tío Felipe II se desprende parte de lo que había contado Griffin, y también el entusiasmo del de Habsburgo por su mago e ingeniero, siempre narrado con una fluctuante vehemencia esquizoide. Todo se lo contaba el sobrino a su tío, incluida la creación de la mujer-máquina, de la que no había noticias certeras por otras fuentes, salvo rumores falaces de personas que juraban haber copulado con ella. Le habló también de cuestiones que siempre habían suscitado el interés de ambos, tío y sobrino, como la insaciable curiosidad por comunicarse con los muertos, y la no menos insaciable avidez por convertir el plomo y el cobre en oro. Para ello, es sabido que Felipe II creó un laboratorio oculto en El Escorial, del que dio cumplida noticia de cada avance a su sobrino mediante una nutrida correspondencia privada que circulaba entre las dos capitales imperiales por correos secretos, distintos de los que despachaban cuestiones de Estado generales.

Melvicio participó en experimentos que acabaron muy cerca de la obtención de oro, como también lo hizo en otras destilaciones y alambicadas fórmulas para crear drogas alucinógenas, de las que tío y sobrino eran usuarios. Era por tanto Melvicio alguien familiar a Felipe II, conocido por él pese a no haberlo visto nunca, y por encima de todo, alguien de cuyos trabajos contaba con la satisfacción de su sobrino Rodolfo y de los ingenieros de la Corte, como los Turriano y los Acquaroni, que en ocasiones fueron a aprender a su lado.

Por eso –prosiguió Griffin–, ante las alarmantes noticias sobre la amenaza que suponían los corsarios ingleses, Drake a la cabeza, para los intereses españoles en el Mar del Sur, cuyo paso principal, por no decir único, era el reciente Estrecho magallánico, Felipe II decidió encargar la creación, bajo secreto de vida o muerte, del número cabalístico puro de ciento once autómatas con forma guerrera, de apariencia terrible.

Recordó el emperador español que, una vez –¿pero dónde y cuándo y a quién?; quizá lo oyó de pasada, dicho a él u oído por él a un tercero, en una carroza, o en un pasillo entre despachos, o en la iglesia, o comiendo la fruta frugal que solía comer–, alguien contó la ingeniosa y pasajera idea que tuvo Maximiliano Transilvano, el secretario de su padre, cierto día de la Navidad de 1522, de fortificar el Estrecho con esos *homunculus* autómatas. Entonces no tuvo duda Felipe de que el mejor para hacerlo sería aquel que había creado la Venus Falsa que a todos daba placer, la muñeca perfecta sobre la que su sobrino Rodolfo tanto y con tanta fe le había escrito, esa mujer inventada a la que el populacho de Praga, en 1580, había puesto curiosamente el nombre de Graciella, en recuerdo de una tabernera de Malá Strana.

–¡Graciela! –exclamó Griffin, mirándome fijamente–. ¿Se da usted cuenta de cómo coincide todo en la Historia, como en una rueda infinita?

El encargo de los androides se hizo en 1580, en concreto un 14 de noviembre, por medio, una vez más, de Arcimboldo, quien lo debió anotar en su diario secreto escrito con una tinta simpática y hoy perdido, ya que en Milán, en el viejo palacio donde transcurrió su vejez, tal como Griffin vio, solo se conservan las pastas sin tripas del grueso cuaderno que contuvo alguna vez las anotaciones más íntimas del pintor.

Ese día, Melvicio había terminado en secreto una copia exacta de la Venus Fornicadora, la Graciella de la gentuza, y se la llevaba al Duque de Brunswick a su castillo de Dolna Krupa, tal como obligaba el acuerdo diabólico que los unía.

85

–Ninguno de nosotros durmió mucho aquella noche en que dejamos atrás Río de Janeiro –me dijo Griffin, volviendo a hablar de su viaje.

El agobiante calor en el *Minerva Janela* y el buen recuerdo de los tres días en tierra los sacó a todos a cubierta para buscar algo de brisa nocturna y aplacar la nostalgia. Aún se veían los rascacielos iluminados de la Bahía de Guanabara y pensó en el taxista Paipinho y en su obsesión por las «vacas locas»; y pensó también en qué *favela* de Lapa le aguardará la muerte a Adan Krupa, si permanecía más tiempo en Río, muerte por cuchillada justiciera que el mismo Griffin podría haber asestado, de ser él otro y no el que era; y pensó en Cazilda Canabrava, con quien se acabó acostando una noche porque le recordaba tanto a Li Pao, que no le importó pagar por ello.

–Ese día de nuestra partida, a medida que avanzábamos por el litoral, la luz de atardecer desleía de violeta otras largas playas separadas por cabos como filos. Pereira, por brasileño, nos las iba cantando: Leme... Copacabana... Ipanema... Leblón... San Conrado.

Desde el barco, pese a que ya no había casi luz, todavía, muy a lo lejos, se percibía arriba del todo, en la montaña aislada, la silueta negra del Corcovado, ese Cristo Redentor inmenso con los brazos abiertos como un suicida descomunal y feliz. Se figuraba Griffin que era un ave gigantesca a punto de abatirse sobre la ciudad y sobre los barcos que huían de ella. Un ave como la Graciella de hierro, el autómata con cabeza de grulla de Melvicio, pensó Griffin, y luego se recriminó aquella asociación de Jesucristo con la Venus Fornicadora por impropia de un católico medio irlandés como él, hijo del Sean Griffin que recitaba en los bares «Corpus Domini nostri Jesu Christi» en sus borracheras.

Durante los días siguientes, continuaron navegando en dirección sur-suroeste a una distancia de treinta millas de la costa, hasta llegar a la altura de Porto Alegre, la ciudad natal de Pereira. Cuando Fernando Grande anunció que estaban en su latitud, Pereira se entristeció y se pasó el día en el camarote, sin salir, releyendo a Verne, haciendo crucigramas y limpiando su caña de pescar para no ver la línea del horizonte donde estaba su familia y donde quedó su infancia. Recordaba la *Odisea*: «el dios le negaba el regreso». Para distraerse, Amaro y él empezaron una absorbente partida de ajedrez que terminó en tablas dos días más tarde.

Tras dejar Porto Alegre a la derecha, el capitán Branco dio instrucciones para una derrota en dirección sur, con ligera deriva hacia el sudeste, alejándose así del tráfico marítimo procedente del Río de la Plata.

–Será más largo –le dijo a Griffin el sobrecargo Sagna–, pero es más seguro y navegaremos casi por una balsa de aceite.

Vinieron entonces unos días en verdad tranquilos, con buen tiempo, en los que la tripulación apenas si tenía mucho trabajo que hacer en el barco. Griffin aprovechó para intimar con Caporale, el teósofo, de quien se estaba haciendo amigo.

86

Desde que llegó a bordo, tuvo el presentimiento de que sería alguien de su interés, y no le defraudó. Era Caporale sin lugar a dudas un hombre extraño. Marinero de primera, se había formado en submarinos de la Armada brasileña; conservaba todo el aspecto real de un marino avezado, con sus jerséis de lana, su gorro ceñido a una calva absoluta, su sonrisa misteriosa e impenetrable, llena de matices y expresiones válidas para la alegría o para la maldad, para la pena o para el horror, sin cambiar el gesto de la boca ni las arrugas en torno a sus ojos, grandes o pequeños a voluntad. Como le gustaba charlar con Griffin en cuanto tenía ocasión, casi siempre de caballos, lo que le hacía feliz, una tarde de especial tranquilidad camino de las Malvinas, al acabar la faena asignada por Pereira, fue hasta donde Griffin estaba y le abordó con comentarios intrascendentes sobre su trabajo.

Griffin vegetaba echado sobre un neumático lleno de cuerdas, junto a unos chigres y miraba hacia las olas con los brazos cruzados detrás de la cabeza; solo se oía el ruido rítmico, ya familiar, de la sala de máquinas que llegaba hasta la cubierta por las toberas. Esa tarde no le habló de caballos. Al cabo de unos minutos de pequeñas frases sin importancia acerca de la travesía, le habló inesperadamente de túneles, algo que desde muy temprano en la vida también le había fascinado a Griffin, quizá por ser un modo artesanal de invisibilidad.

Caporale tenía presente la excitación y el pavor irrefrenables que sentía de niño cuando penetraba en coche o en tren por algún túnel de montaña, largo o corto, aunque mejor si era largo porque se detenía el tiempo y era como flotar o contener la respiración. Caporale se sentía allí dentro huésped temporal de una especie de gran cetáceo, como Jonás o Pinocho. ¿Dónde estoy?, se preguntaba. ¿Habrá salida? Incluso creía que desaparecía el sonido en los túneles, y que el ruido de las llantas del coche sobre la calzada hacía una música inaudible, como el ruido del *Minerva Janela* en el mar. Caporale, mitad teósofo y mitad chamán, intuía –y esto lo unía especialmente a Griffin–

que en los túneles las personas dejaban de ser visibles para pasar a convertirse en invisibles.

–En realidad –decía Caporale–, ni vemos ni nos ven, y eso que cruza a gran velocidad, más que coches o vehículos con faros, es una luz fantasmal, inasible.

Para Griffin, a eso se añadía el miedo a ser devorado por el túnel, especie de boca inmensa con espeluznantes dientes fantásticos de incertidumbre tentadora, que le causaba una poderosa sensación de desintegración, de disolución en un espacio no delimitado, donde todo era oscuro como una noche en alta mar, como la noche misma en que Caporale, dejado atrás ya el litoral brasileño, le hablaba de túneles, de *sus* túneles. Caporale, además, se ufanaba de ser experto en túneles. Se conocía las longitudes, los trazados y las alturas de todos los túneles de América cuyo tamaño excediera del kilómetro. No le interesaban los pequeños túneles, apenas huecos salvables en el queso gruyere de la vida, paréntesis de paso «sin connotaciones metafísicas», como él decía. Los grandes de las Rocosas, de los Andes, de la Patagonia, de Alaska, incluso el de La Mancha, esos sí le cautivaban. Aunque tenía lagunas incomprensibles, matizó Griffin. Caporale se sabía de memoria las catástrofes de los túneles siberianos, pero lo ignoraba todo, en cambio, acerca de los modernos túneles japoneses. Y cometía injustas arbitrariedades, como memorizar los nombres de los túneles alpinos que unen Suiza e Italia tan solo porque le trasladaban a un pasado inventado, aludiendo Caporale a una ilusoria ascendencia saboyana, imaginada tantas veces hasta convertirse en una sarta de mentiras. Llegó a creerse que su padre, Alcides Caporale, era descendiente de la Casa de Saboya, aunque la verdad era que su abuelo, soldado en las revueltas del Sertón, le había ganado a las cartas una falsa genealogía noble a un italiano tísico y moribundo.

Túneles que unían con la locura –según Griffin–, como en las novelas de H. P. Lovecraft que Caporale no dejaba de leer ávidamente, túneles que acercaban al desvarío, como le sucedía a Graciela Pavić. Túneles que hacían creer perdida la razón hasta que de nuevo la razón regresa al salir del túnel, con la luz real. Caporale le hablaba de esto a Griffin en el segundo puente de cubierta, bajo una brisa amable y ninguna estrella, y le hablaba también de H. P. Lovecraft con pasión.

Se estremecía como un niño explicándole la paradójica viscosidad petrificada de las criaturas monstruosas de Cthulhu, tal vez parientes fantásticos de los habitantes de las tinieblas mentales de Melvicio, allá en la Praga de los magos, seres irreales a quienes tal vez quiso dar cuerpo en los autómatas encargados por el Emperador Felipe II.

Caporale lucía un tatuaje en cada brazo: en el derecho estaba dibujado el caballo que quería comprar para las carreras de Sao Paulo, y en el izquierdo ni más ni menos que el rostro de Lovecraft orlado por una cinta en la que se leía: «*Necronomicon* de Abdul Alhazred», el loco personaje que era el alma negra del propio Howard Phillips (o H. P., o como se quiera decir), quien, llegados a este punto de coincidencias y casualidades, seguro que también estaba loco, según Griffin.

Aquellos tatuajes, nada toscos, se los había hecho a sí mismo el propio Caporale.

–Trescientas cincuenta horas cada uno –espetó, para luego agregar que todo marino debía tener por lo menos uno–. Son el reflejo de nuestros deseos –dijo.

Griffin recordó entonces que en *La isla del Tesoro* se citan algunos de pasada: «Buena suerte», «Buen viento», «A Billy Bones nada le importa». ¿Quién sería ese Billy Bones?, se preguntaba, mientras Caporale seguía hablado de sus tatuajes. ¿Acaso ese Billy Bones sería una variante de Caporale con quien se encontró Stevenson en su vida, si cabía pensar que todos los que se embarcan acaban por encontrarse con una especie de Caporale alguna vez? Su entusiasmo fue convincente y Griffin le pidió que le tatuara algo, tal como el otro le había sugerido, cosa que hizo al día siguiente con la ayuda de Charly Greene, el elegido por todos como tatuador oficial del barco.

A continuación, Griffin, en aquel bar de Funchal en que estábamos tal vez tan cerca como lo estuvieron él y Caporale en el barco, se arremangó el brazo de la camisa y me mostró un gran tatuaje alargado con un desvaído color rojizo que le ocupaba toda la piel, desde el codo hasta el hombro. Era la silueta filuda de la Isla Desolación. A su alrededor había unos pájaros apenas perceptibles que Griffin insistió en que se pusieran. Parecía un sarpullido de pecas negras. Caporale los había tatuado porque Griffin le contó el sueño que, según se rumoreó en Praga, tuvo Rodolfo II la noche antes de morir, y del que el monarca le habló, tal vez delirando, a su confesor: «He soñado que ciento once pájaros enormes volaban una isla y que esa isla era yo».

Todo el mundo lo interpretó como que se trataba de buitres, en alusión a quienes querían rapiñar su colección de raros tesoros, pero muy poca gente, por no decir nadie, alcanzó a suponer que se refería al frustrado plan de los ciento once androides de su tío Felipe II, fracaso que lo obsesionó hasta el momento final de su muerte. Esta acaeció el 19 de enero de 1612, y en esa época el autómata de Melvicio ya presidía las soledades magallánicas.

–Si se fija bien –me dijo Griffin elevando su brazo hacia mis ojos–, el autómata también está ahí, en medio del tatuaje de la isla que Caporale y Charly Greene me hicieron ese día para siempre jamás.

87

–Por lo que respecta a la odisea y larga vida solitaria del autómata, en cierto modo todo comenzó la noche del 13 de febrero de 1579, la noche terrible del asalto al Callao –dijo Griffin casi en trance, como si en realidad no hubiesen transcurrido más de cuatro siglos desde entonces y se estuviera refiriendo a un extenso artículo que había acabado de leer recientemente.

Contó que hacía tiempo que se había abandonado la ruta del Estrecho como pasaje hacia el Mar del Sur. El lugar era muy duro de clima y asolado por tempestades, y pesaba sobre él la maldición de que en sus aguas zozobraban las naves y los marineros eran despedazados y engullidos por monstruos inconcebibles. A fuerza de evitar pasar por él, en veinte años terminaron por olvidar su existencia, hasta se creyó que el paso se había cegado por islas flotantes que nacieron en su boca, y los españoles, confiados, dejaron de proteger ese flanco en su pugna contra los ingleses.

En realidad, como supo Griffin por otras fuentes, la Corte española no temió nunca que por allí llegase su enemigo. Por eso de nuevo los armadores y la Corona volvieron a utilizar en aquel tiempo la ruta del istmo de Panamá, larga, segura y ardua ruta que consistía en desembarcar a hombres y pertrechos en la fortificada ciudadela de Nombre de Dios, en el Atlántico, y llevarlos por tierra a lomos de caballos hasta el otro lado de Panamá, en el Pacífico, donde de nuevo se embarcaban hacia Perú y las colonias de Chile.

En plena noche de aquel 13 de febrero, inesperadamente, dañinamente, según Griffin, las llamas se alzaron hasta entrado el día en el puerto del Callao, y los cañonazos empezaron a derribar casas y a atravesar muros y paredes. Llovía fuego, la gente no tenía dónde guarecerse, morían en las calles o en las casas derruidas, y el asalto final, a punta de espada y de mosquete, acabó con la guarnición y con cientos de habitantes de la ciudad. El Dragón había llegado. Así llamaban al corsario más temido, el audaz y valiente Francis Drake.

Drake había atravesado el Estrecho de Magallanes en apenas dieciséis días, del 20 de agosto al 6 de septiembre de 1578, algo nunca visto ni oído, con vientos a favor y el mejor piloto del mundo a bordo. Drake odiaba a los españoles porque odiaba a los católicos. Francis había nacido en Tavistock cuarenta años antes de su asalto al Callao. Era hijo del temible protestante Edmund Drake, vicario iluminado de Chatham Dockyard, y siendo niño fue víctima de las atroces persecuciones contra los protestantes emprendidas por María Tudor. Ese odio lo aprovechó la reina Isabel para nombrarlo en secreto funcionario real con la única misión de asaltar a cuanto galeón español encontrase, y para saquear las colonias del Imperio de su primo en su flanco más débil. Partió Francis Drake de Plymouth el 13 de diciembre de 1577 con una flotilla de ciento sesenta y cuatro hombres en tres naves, la *Pelican*, a la que luego cambiaría el nombre por el ya mítico de *Golden Hind*, como homenaje al emblema nobiliario –una cierva dorada– de su antiguo patrón y favorecedor Christopher Hatton, la *Elizabeth*, sin duda en honor de quien auspiciaba la aventura, y la *Marigold*.

Su viaje era secreto, y todos los espías de la Corte de Felipe II, debidamente bien confundidos, informaron de que su destino acababa en Sicilia, en el Mediterráneo, pero pronto Drake cambió la ruta hacia el sur. En Cabo Verde ocurrió un golpe de fortuna que habría de suponer el éxito de su viaje, pues allí capturó al piloto portugués Nuño da Silva. Había gente que afirmaba que era el mejor piloto de su tiempo. Su historia es digna de contarse, como bien hizo el propio Nuño da Silva al Virrey de Nueva España, Martín Henríquez, cuando Drake, agradecido sin duda por sus servicios, lo liberó unos meses después del asalto al Callao.

Nuño de Silva había nacido en Oporto y anduvo entre buques españoles y portugueses toda su vida, y por todos los mares conocidos. Se había embarcado hacia Cabo Verde en 1577. En la isla de Santiago vio llegar a los ingleses y tuvo un primer impulso de esconderse, pero no encontró un lugar seguro. Drake, al saber de él, pensando que era de Brasil y que el joven conocería esas costas aunque lo negara, lo mandó apresar y se lo llevó consigo a bordo. Necesitaba, además, a alguien que hablara portugués, pues aparte de llevar una copia dudosa del mapamundi de Ortelio y otra copia de la relación del viaje de Magallanes (seguramente una mala versión española escrita por Pigafetta), se había hecho en Lisboa con una carta de navegación secreta comprada a un funcionario corrupto, probablemente plagada de errores, y precisaba de alguien diestro en interpretar sus claves y evitar sus defectos. Pensó que aquel inteligente joven portugués, que alardeaba de piloto, le valdría para ese fin.

Lo que Drake no pudo saber nunca es que en realidad Nuño da Silva era un espía de Felipe II, o al menos se deduce de los libros que consultó Griffin. Nuño se hizo llamar ante

Drake como Amador de Silva y ante otros empleó el también falso nombre de Silvestre Silva. Sea como fuere, no consiguió en ningún momento de su viaje alertar a las poblaciones de las colonias, ni prevenir de los sorpresivos ataques del Dragón, ni en Valparaíso, ni en Callao ni luego en Huatulco, donde finalmente lo dejó Drake no sin antes pagarle, y muy bien, por su pericia de pilotaje, algo que vino a ser una manera de sellar su boca.

Es muy seguro que Da Silva cambiara de bando a mitad de la travesía con Drake, y que por simpatía le ofreciera a su nuevo capitán todo su conocimiento del Estrecho, pues fue evidente que conocía, y con pericia, aquellas aguas, y sus bajíos, sus corrientes y sus peligrosas costas. Cómo sabía tanto del lugar, al que por otra parte hacía tiempo que no llegaban barcos, es un misterio, pero seguramente formara parte de un viaje secreto anterior, de los muchos que mandó hacer Felipe II a aquellas aguas, la mayoría de los cuales se fueron a pique en el Estrecho mismo o en su terrible entrada. Lo indudable era que, sin Da Silva, Drake jamás habría logrado salir de aquel lugar en tan solo dos semanas.

Da Silva terminó su relato ante el Virrey de Nueva España diciendo que Drake había huido en dirección a China, por la ruta más larga y peligrosa, lo que le obligaría a hacer una circunnavegación en vez de regresar por el camino más corto, que suponía volver a cruzar el Estrecho de Magallanes en sentido inverso. El Virrey de Nueva España no lo creyó y pensó que en realidad se trataba de la estratagema de un espía del propio Drake, dejado allí para sembrar la confusión sobre su huida con el fabuloso botín de cuanto había robado en cada asalto.

Da Silva, sirviendo a dos coronas o a ninguna en realidad, se había hecho gran amigo del capitán gracias a su dominio del inglés y no solo bromeaba con él, sino que gozaba de sus confidencias. Esa fue la causa de que lo torturaran en México para que confesara la verdadera ruta emprendida por Drake. Da Silva terminó sus días demente y tullido, ya que perdió un ojo y se le amputó un pie, enrolado como bufón de buen agüero en barcos mercantes en donde le hacían cantar burlonamente por una jarra de vino y una lluvia de puntapiés. Cayó, tal vez, por la borda de algún barco sin que nadie, luego, lo echara en falta. No se sabe el año, ni el barco ni el lugar, dijo Griffin. Lo curioso es que en realidad Da Silva, antes de ser torturado, logró escribir una carta que no llegó a Felipe II pero acaso sí a Sarmiento de Gamboa, el hombre maldito que habría de perseguir a Drake y traer al Estrecho el autómata de Melvicio.

En esa carta, el espía portugués anotaba la buena impresión que le produjeron las tierras de algunas partes de las riberas del Estrecho magallánico para hacer asentamientos y colonias, impresión que también –y he aquí lo que realmente alarmó a Sarmiento y por eso se lo transmitió con no menos alarma a su Soberano– tuvo el capellán de la *Golden Hind*, el reverendo Francis Fletcher, quien al hablar de esas tierras anotó en sus cuadernos: «Estas tierras abundan en fértiles llanuras y rebosan clima como el de la amada patria». En la mente de Drake, por tanto, empezó a anidar la posibilidad de que el Estrecho fuese algún día parte de la corona isabelina, poblado con súbditos de su Graciosa Majestad.

88

Drake salió al Mar del Sur por la Isla Desolación y no halló el tranquilo mar del que hablaba Pigafetta en su relato, sino un temporal que los retuvo en la zona casi un mes, sin avanzar ni retroceder, perdiendo entre gritos y crujidos espantosos a la *Marigold* y a la *Elizabeth* sin que pudieran hacer nada por los náufragos, que perecieron todos frente a la costa sur de la isla. A partir de ahí hasta el ataque del Callao, todo lo que le sucedió a Drake fue un cúmulo de aventuras y de azares. El temporal se tornó tempestad y no cejó en varias semanas. La *Golden Hind*, ingobernable en aquellas circunstancias, fue arrastrada hacia el sur siguiendo toda la costa de la cara oeste de la Isla Desolación hasta la latitud de 57°.

–Fue el primero en ver *mi* isla desde esa posición –dijo Griffin, quien en ese momento, allí en Funchal, delante de mí se ufanó sin rubor de conocer cada detalle de la isla que era su obsesión hasta llevarla tatuada, como bien había yo comprobado antes–. Fue también el primero, en medio de la tempestad incesante, que advirtió que la Tierra del Fuego era una gran isla y que el Atlántico y el Pacífico se unían en aquel punto rompiendo en aquellos bramidos espantosos de los que tanto y tan temidamente habla Melville.

Drake fue el primero, en efecto, en observar desagradablemente lo abrupto y desolado de aquellas costas y la multitud de ensenadas y fiordos que penetraban por las islas, ya que llegó por el sureste hasta tener a la vista el Cabo de Hornos, que entonces no era conocido como tal, e incluso lo dobló dando la vuelta, como un bucle, y volvió de nuevo hacia la costa de la Desolación, cerca de donde tuvo un ataque sangriento de los alakalufes, con varias bajas entre su marinería, y probablemente él mismo fuera herido por una flecha a la altura de la sien que casi le rebana la oreja.

Dos semanas después, la larga tormenta amainó lo suficiente como para dejar la isla en la que se guarecieron. Volvió hacia el norte, y después de asolar Valparaíso también por sorpresa, la noche del 13 de febrero de 1579 se presentó en la Bahía del Callao, entrando por el Morro Solar hasta Punta Boquerón, con todas las luces de abordo apagadas y en el más absoluto silencio. Quienes vieran su sombra a lo lejos pensarían que se trataba de un barco de almas perdidas y leprosos, y se santiguarían a su paso, pero no creyeron que trajese más peligro que una mala enfermedad.

Uno a uno, siguiendo el plan trazado por Drake, la *Golden Hind* saqueó los once barcos que aquella semana se hallaban anclados en el puerto del Callao, algunos procedentes de Arequipa con cargamento de oro y plata, como el galeón del rey. Después, Drake los dejó todos sin amarras y a la deriva, con cadáveres volcados de medio cuerpo sobre la borda. El cruel ataque de Drake fue inesperado en el Perú para las autoridades y la mayoría de los habitantes de Lima, pero no así para todos, ya que apenas dos años antes, el 7 de octubre de 1577, se vio cruzar en los cielos un raro cometa cuya estela permaneció en las noches claras y, según escribieron frailes dominicos de la época, el fenómeno fue visible durante dos meses. Aquella larga estela llamaba la atención y señalaba, como el índice de un mal augurio premonitorio, hacia el Estrecho de Magallanes. Fue tenido como el signo de un castigo divino que no tardaría en llegar por haber matado el Virrey Toledo al joven inca Tupac Amaru.

Había surgido ese augurio de la interpretación mágica de los tres sietes de la fecha de aparición del cometa (día 7 de un año 77), lo que turbaba profundamente a un quiromante y astrólogo medio brujo como era Sarmiento de Gamboa, residente en Lima por aquel entonces y a las órdenes del Virrey como sicario principal suyo. Sarmiento, el hombre al que le aguardaba uno de los mayores fracasos épicos de la Historia, el hombre titánico de voluntad de hierro, supo de inmediato que su destino, el que fuere, estaba ligado de por vida a aquel cometa y al lugar de este mundo que indicaba su estela. Pero esto no llegará hasta más tarde, –dijo Griffin–, cuando Felipe II, asustado por el botín fabuloso que le robó Drake para loor y beneficio de su prima Isabel, y preocupado porque aquella acción audaz se repitiese no una sino varias veces, decidió fortificar el Estrecho de Magallanes, por muy lejano y áspero que fuese. Se acordó, entonces, de la idea del viejo Transilvano y decidió ponerla en práctica.

89

El origen del extraño nombre de Samini que Arnaldo Aguiar utilizó como mago, Griffin lo supo precisamente el día de la retirada de su abuelo de los escenarios. Había salido de una serie de novelas baratas que Arnaldo había leído a los once años y que le marcaron especialmente. Griffin halló casualmente una de esas novelas en el camerino la noche de la despedida, donde todos brindaban con champán y agasajaban al gran mago. Estaba sobre una caja metálica detrás de los frascos con cremas y maquillajes. Hojeó el desgastado ejemplar. Se titulaba *Samini contra todos*, y lo había escrito un tal Sebastián Cordelier, hoy olvidado.

Mientras leía párrafos al azar, Griffin notó la mirada de su abuelo, una mirada satisfecha, como si hubiese entendido el hallazgo hecho por su nieto. En la última página del libro se informaba de los restantes títulos de la serie de Samini, un detective indio que resolvía los casos con el poder anticipatorio de su mente. El Samini de las novelas, además, era ciego y cubría su cabeza siempre con un gran turbante de color rojo oscuro, algo que luego caracterizaría la imagen de Arnaldo como mago, y tal vez fuese ese turbante púrpura su particular homenaje a aquellas novelas de su infancia. Griffin nunca había oído hablar de ese autor, ni había leído sus novelas. El libro era de 1905 y estaba en mal estado, desencuadernado y con páginas apenas legibles en las que no se podían intuir más que palabras sueltas.

–Mi abuelo, cuando se convertía en el Gran Samini, podía hacer existentes cosas y hechos imposibles. Pero, una vez retirado, ¿podría volver a hacerlo? ¿Podría volver a unir un cuerpo partido en dos, o que de un florero saliesen fuegos artificiales y de ellos a su vez una mujer, o que un pañuelo pasase a ser una serpiente, o que un mazo de naipes fuese en sus manos un torrente de burbujas evanescentes, o que alguien se tornara de pronto invisible ante nuestras narices, su gran número por siempre celebrado? Lo pensé ese día de abril de 1968, el de su jubilación artística, cuando él cumplía los setenta años, la edad en que se colma de plenitud una vida, según Petrarca, tal como dijo mi abuelo en su discurso de despedida, y él leía mucho a Petrarca.

Griffin había cumplido por aquel entonces los veinte años, tal vez la única edad en la que asombrosamente todo lo imaginado es posible y en la que se está en condiciones de ser o de creerse en verdad un mago. Después de la actuación en el teatro, la más larga de las que se le recordaba al Gran Samini, sus amigos y familiares fueron al camerino. Él estaba cansado por la tensión de su número, al ser la última vez que se ponía en público aquel turbante púrpura con un gran zafiro de cristal en medio, y afortunadamente todo había salido bien, no hubo errores producidos por los nervios ni por la ansiedad, ni sucedió lo que un mes antes, cuando en mitad de la actuación se cortó con su propia caja de sables, en un accidente que él interpretó como un aviso definitivo de la edad. Esta vez todo había ido como era de esperar y todos le felicitaban en el camerino, asombrados aún por los maravillosos trucos mágicos con que les había deleitado.

—Los hizo como si fueran nuevos, y eso que muchos los conocíamos ya, pero siempre fascinaban, incluso los clásicos que todo mago ha de tener en su repertorio.

Griffin había acudido con su madre, Matilde Aguiar, a quien Arnaldo hizo subir al escenario, y todos pusieron cara, quizá por vez primera, a tan famosa voz, oída en la radio miles de veces. El padre de Griffin seguía en Los Ángeles desde hacía unos años, con Analía Soler, Perla Chávez para la gloria, y mandó un telegrama al teatro. A Griffin se le quedó grabado el momento en que su abuelo lo leyó en alto, en el camerino. «Ahora harás un truco para empezar de nuevo. Stop. Asegúrate pronto setenta años más. Stop. Otros habrá a tu lado entonces. Stop.» Sean había querido felicitar a su suegro con cierta divertida acidez. Matilde se limitó a decir que era un telegrama muy caro. «Demasiadas palabras», dijo ella.

En el camerino la gente selecta se agolpaba deseando entrar; había muchas personas que, al acabar la actuación, querían pasar a despedirse. Estaba Verónica, la última ayudante de Arnaldo, y Carmelita, la primera que tuvo. Había maquinistas, atrezistas, maquilladoras, taquilleras, acomodadores, personal del teatro, todos querían estrechar su mano en esa última vez. Sus semblantes eran alegres, sin embargo, para Griffin eran caras de personas que jamás había visto.

—Me sentía invisible, enormemente invisible. Nada nuevo ni raro en mi vida, casi el estado natural de mi modo de estar en el mundo —dijo Griffin—. Invisible para todos menos para mi abuelo, que me observaba de cuando en cuando con una extraña sonrisa dulcemente severa.

Miró a su alrededor. Había muchas cosas en aquel lugar, muchas fotos, mucha ropa, objetos desperdigados por la mesa de maquillaje, con un espejo rodeado de bombillas encendidas. Estaba sofocado, a punto de desmayarse por el calor y los empujones de todos los que querían otra copa de champán para brindar con el Gran Samini. Se situó en un rincón, casi detrás del espejo con bombillas. Reparó entonces en la caja metálica y en el libro que había encima de ella.

–Se lo conté todo esto a Caporale –dijo Griffin– una noche de luz pálida, mientras bebíamos Coca-Cola en la segunda cubierta del *Minerva Janela* y mirábamos absortos la bóveda celeste, después de abandonar en tablas una partida de damas. Él me dijo, animado al oír la palabra «caja», que las cajas siempre encierran misterios o sorpresas. Desde luego lo que hallé allí fue una sorpresa envuelta en un misterio.

90

En la caja metálica, como las de caudales, esmaltada en acero plateado con esquinas redondeadas, estaban las cartas de Graciela Pavić.

Todas estaban matasselladas y ordenadas como fichas en un archivador, unas detrás de otras, puestas en vertical. Griffin contó luego unas ciento ochenta y seis cartas. La primera era de 1924, al poco de regresar sus abuelos de su viaje de novios. Al principio eran cartas dirigidas a los dos, a Arnaldo y a Irene, pero acabaron siendo cartas solo a Arnaldo, incluso mucho antes de la muerte de Irene, ya que la última estaba fechada en noviembre de 1947, el año en que Irene falleció. La carta hablaba de eso precisamente, del dolor de la pérdida, «algo conocido por mí en grado absoluto», había escrito Graciela en la que seguramente fue su última frase lúcida dirigida a Arnaldo Aguiar.

Desde entonces, no hubo más cartas con remite de Punta Arenas. ¿Por qué? Nadie lo sabe. Tal vez Graciela enloqueciera del todo, como temía su enamorado Esteban Ravel. Tal vez se cansara de aquella relación de tantos años. O tal vez –y para Griffin era lo más probable–, Graciela, de la noche a la mañana, se olvidara de su querido Arnaldo Aguiar, se olvidara de escribir, se olvidara de las palabras y de las letras, de la gramática, de los sonidos, de articularlos, e incluso hasta se olvidara de sí misma.

En el transcurso de los años, Griffin leyó muchas veces todas esas cartas y desde luego eran un raro modelo híbrido de cartas de amor y de locura. Arnaldo y Graciela se habían escrito con asiduidad, con calidez, con fervor, con pasión, y aunque no se habían vuelto a ver nunca jamás, se habían amado con intensidad, de alguna manera, dando rienda suelta a sus respectivos deseos como planetas separados.

De lo que no cabía duda era de que su amor fue de palabra, y así durante años y años. Un insólito amor marcado por la ausencia. Graciela y Arnaldo nunca más se volvieron a ver, por mucho que se lo prometieran y planearan. Pero así también fue el de Irene y Arnaldo, un amor de ausencias, ya que Arnaldo hacía giras por España, por Europa, por América, y pasaba largos meses fuera de casa, y en todos esos viajes y estancias nunca lo acompañó mi abuela, quien se quedaba en Madrid con mi madre.

A veces pensaba Griffin en el dramático amor de su infeliz abuela, truncado sin saberlo en el mismo viaje de novios, allá en Patagonia, aquel lejano verano austral de 1923. Cómo se conocieron sus abuelos, cuánto tiempo se amaron, qué frases tiernas o eróticas se dijeron y cómo se las dijeron, discutieron o no, se desencantaron o no, cómo fueron los años anteriores al viaje de novios, en fin, son cuestiones sin respuesta que siempre se había estado preguntando. Sabía que se habían conocido un par de años antes en un baile, eso formaba parte de la pequeña historia familiar. Que él le pisó el vestido y se desgarró, que tuvo que arreglarlo en el baile mismo y que él, avergonzado por su torpeza, se puso de rodillas ante Irene y se sacó de la boca, con un gesto suplicante, una aguja con hilo enhebrado y un dedal. Aquella sorprendente actuación fascinó a la joven e ingenua Irene. Se enamoró del aprendiz de mago para siempre.

Sin duda que fue un flechazo parecido, y hasta tan insólito, el que conmocionó inesperadamente a Arnaldo cuando, una mañana de aquel año de su boda, dos días después de su llegada a Punta Arenas, conoció a Graciela Pavić. Ella había bajado al puerto muy temprano, como hacía cada mañana de cada día desde 1919, y oteaba la lejana Bahía Catalina sin ninguna esperanza. Se había sentado entre las pacas de mercancías procedentes de los barcos alemanes del Atlántico; su silencio y su mirada perdida entre las olas componían un ritual que solo ella oficiaba desde su soledad y su desesperación. Arnaldo, aquejado durante toda la travesía de insomnio, paseaba por allí, solo, desde que amaneció. Buscaba algo cuya incógnita lo desasosegaba por dentro, pero no sabía qué era. O quién era.

Lo supo cuando vio a Graciela. Le llamó la atención aquella mujer con mirada tan triste que apenas se movía frente al horizonte, como una estatua. Le atrajo su hermosura y su misterio; le pareció algo mayor que él. Enseguida vio en su aspecto o en su mirada una profundísima tristeza desvalida, una necesidad de protección que encendió en él una confusa mezcla de amor y piedad. Deseaba ardientemente protegerla, pero no sabía de qué, y no podía aún imaginarse que habría de ser de ella misma de quien tendrían que protegerla, desde que la desgracia la embargaba y había roto su vida. «Vivo moribunda», escribirá Graciela en alguna carta más tarde. Arnaldo creyó al principio que se trataba de una actriz ensayando radicalmente su papel en una tragedia griega, tal vez una Hécuba.

La abordó con la excusa de que el mundo del teatro les era común. Ella lo negó con la cabeza, pero la ocurrencia la dejó perpleja y le gustó el porte del joven español. Lo miró entonces de forma especial. Cuando Arnaldo ya se iba a despedir, hizo un truco: sacó de detrás de la oreja de Graciela una pequeña flor azul que había cortado al salir del hotel, donde aún dormía su esposa Irene. Graciela se rio. Por la tarde, mis abuelos acudieron al Museo Salesiano Regional, y Arnaldo se sorprendió sobremanera al encontrar allí a la mujer del puerto. Entablaron una afable conversación, y la fascinación por ella prendió de nuevo en él. Graciela, entonces, les enseñó el autómata.

«Fue el día en que se hicieron la foto que siempre he conservado», dijo Griffin.

91

Griffin leyó todas las cartas, las ciento ochenta y seis cartas que ella envió. El dolor que destrozaba a Graciela sedujo a Arnaldo. Primero en Punta Arenas, donde, en esos días en que estuvieron juntos, ella les contó su desgracia. Cómo no compadecerse de aquel drama. Pero sería en los años posteriores, mientras se escribieron, cuando el dolor de Graciela fue desgranándose poco a poco, y mostrando su desesperada soledad hasta hacer mella en el corazón de Arnaldo. Trataron de verse sin éxito, pero jamás habría otro encuentro. Solo cartas. Arnaldo sirvió de bálsamo a Graciela, fue un alivio para ella. Sin embargo, a veces aquella insólita mujer desvariaba, y Arnaldo empezó a sospechar algunos síntomas crecientes de locura en ella, achacados a la pérdida de su familia y a su obsesión por el autómata encontrado, la misma conclusión a la que había llegado Esteban Ravel.

Arnaldo comprendió que Graciela no estaba bien de la cabeza cuando, durante un año entero, todas las cartas que le escribía relataban, con pormenores, lo que hacían sus hijos cotidianamente, como si ellos y su marido estuvieran aún entre los vivos. Luego empezó otro ciclo de cartas, a mediados de los años treinta, en las que el autómata cobraba vida y le hablaba. De pronto, confundía a su interlocutor, y le contaba a Arnaldo escenas de sexo con el autómata, le describía su cuerpo de hierro como si fuese humano, o bien, semanas más tarde, ocurría lo contrario, le refería a Arnaldo lo que ella le había contado al autómata acerca de él, acerca del tierno amor que le inspiraba y sobre cuán grande era su deseo de encontrarlo y de pasar una larga noche de amor en un hotel de cualquier ciudad del mundo.

En algunas cartas, ella empezó a hablar de Dubrovnik, donde siempre tuvo que ir requerida por una familia de parientes croatas cuyos rostros serían ya desconocidos. Él, por su parte, prometía acercarse en sus giras artísticas a Santiago de Chile o a Valparaíso, con la súplica de que ella tal vez pudiese hacer el viaje hasta allá, tal vez en avión. Pero nunca lograron hacer realidad sus planes. Graciela le contaba a Arnaldo prolijos horarios de barcos y rocambolescas combinaciones de trasbordos en puertos que quizá ya no figuraran en los mapas. Podía tomar un mercante que iba hasta Perú y desde allá hasta México y luego Filipinas y Goa, bordeando la India y subiendo hasta Zanzíbar. Allí tomaría un correo inglés, o portugués, y en dos semanas estaría en Gibraltar. O podía embarcarse en un transatlántico español y, tras hacer escala en Río de Janeiro y las Canarias, llegar a Gibraltar de nuevo. Tenían que encontrarse en Gibraltar, era su fijación, «capricho de enamorada» lo llamaba ella, como si fuera nada menos que una Molly Bloom volviendo a su origen. En otras cartas escribía páginas y páginas con datos concretos sobre hoteles de Gibraltar, detallando sus direcciones, describiendo sus habitaciones y comparando precios, como si fuese un folleto turístico o un recuerdo de infancia totalmente inexistente.

A partir de 1944, las cartas de Graciela cambiaron a una letra diferente, nerviosa e ilegible. Empezó a hablar del autómata como de su ser querido, al que amaba y con el que tenía discusiones de casados. En su lucidez, rememoraba momentos de la reconstrucción de aquel ser como quien relataba las peripecias de la vida de un hijo, de un hermano, de un amante. Todo se mezclaba, a veces, con recuerdos de momentos vividos con Esteban Ravel, quien la visitaba todos los días y hasta le había pedido en matrimonio, pero ella siempre se burlaba de aquella pretensión aduciendo el temor a lo que pensaría el autómata, si pudiera conocer esa absurda idea de Esteban.

En los intervalos de locura, aparecían en las cartas fantasías del pasado, momentos imposibles de la vida de sus hijos porque habían muerto siendo muy niños; ella hablaba de ellos como si en realidad creciesen, y aprendiesen a montar a caballo, a leer poesías, a escalar montañas, a cantar baladas italianas, a cocinar platos croatas, a jugar a las cartas, a estudiar matemáticas, a tener primeros amores; y lo mismo sucedía con Arturo, quien, pese a estar muerto, ora dirigía una clínica, ora tenía el reconocimiento como médico de todo Punta Arenas y había ganado dinero con sus muchos pacientes; otras veces confesaba a Arnaldo los celos que sentía Arturo, su marido, por la presencia constante del autómata en su vida, por todo el tiempo que pasaba con él, y, lo que era peor, por las veces en que alguien los había sorprendido amándose y besándose a oscuras en el Museo. Hasta decían que era su amante, aquel androide de mirada fría y cuerpo aún más frío.

A todas luces, Graciela desvariaba. Pero aquel desvarío incrementaba el amor de Arnaldo, por lo que se podía deducir de las frases que, de sus cartas, copiaba Graciela luego en las suyas. Había momentos de lucidez, incluso amorosos, tiernas frases como «Si estuvieras aquí», «Ojalá pudiera tenerte cerca» o «Deseo tu boca y tu mano en estos momentos». También las cartas hablaban de ensoñaciones, de cotidianidades sublimadas. Aunque, con la locura en aumento, no era fácil creerla y discernir la verdad. Tal vez las cartas de Arnaldo fuesen meras cartas correctas, amistosas, cariñosas incluso, pero no las ardientes misivas que, en su fantasía, creía leer Graciela, quien finalmente acabó confundiendo las cartas de Arnaldo con cartas enviadas a escondidas por el autómata para que Arturo no las descubriese.

Otro día, Arnaldo reconoció la locura absoluta de Graciela cuando esta le dijo que, por favor y por decencia, se abstuviese de volver a hablarle o preguntarle por sus hijos o su marido, pues ella estaba sola en el mundo, jamás se había casado ni tenía hijos, ni los tuvo ni los quiso tener; a ella le gustaban los niños pero había decidido consagrar su vida a su trabajo, investigando la historia del autómata «praguense» (así lo escribió, subrayó Griffin: «praguense»), motivo y objeto de su vida, aunque últimamente había conocido a un joven y se pensaba casar con él y tener muchos hijos. Cuando escribió esa carta, Graciela acababa de cumplir cincuenta y dos años, y nunca más volvió a hablar de ese joven, pura fantasía suya.

92

Una noche en Os Combatentes, nuestro restaurante habitual, al término de la cena, recostado en el respaldo de la silla, mirando al frente, hacia el parque botánico de la Avenida Arriaga, en el pequeño reservado de la parte superior construido como un alero sobre el resto de las mesas y al que se ascendía por una escalera de caracol sacada de un desguazado submarino, Griffin me habló del Monte Sarmiento con emoción. Era su preámbulo para relatarme la historia del hombre en honor de quien se llamaba así aquel cerro de la Tierra del Fuego: Pedro Sarmiento de Gamboa.

–Es el monte más alto de todo el Estrecho, con sus dos mil cuatrocientos metros de altura –dijo Griffin–, una montaña absolutamente singular y extraña, con forma de pirámide blanca y cegadora. El marino inglés Philip Parker King, quien después fondeó en varios golfos de mi Isla Desolación, le puso ese nombre en abril de 1830 como un homenaje «al gran Sarmiento», quien representa más que nadie el espíritu de la lucha y el fracaso, un fantasma que aún vaga por aquellas tierras. Hasta las ratas lo saben. Las ratas siempre lo saben, como las que Kowanana mataba a perdigonazos en la cubierta de carga del *Minerva Janela* con los *walkman* puestos.

Hasta que no la bautizó Parker King, aquella cima se conocía como Volcán Nevado, nombre debido precisamente a Sarmiento de Gamboa. Solo una vez se había pisado su cima. Fue en 1956, cuando lo escalaron dramáticamente los alpinistas italianos Carlo Mauri y Clemente Maffei, este último pariente lejano de Arturo Bagnoli, como bien sabría seguramente Graciela. Nunca más se ha hecho otra escalada con éxito. Darwin, cuando pasó por allí con el *Beagle* de Fitz Roy –contó Griffin–, quedó fascinado por la belleza del agudo pico que se elevaba, y reparó en que, bajo sus nubes en forma de corona, había una refulgente nieve perpetua y unos negros y misteriosos bosques de lengas en su base, tan frondosos como inhóspitos, roídos por los castores a la entrada del Canal Cockburn. Darwin definió el macizo nevado con una hermosa frase: «un sublime espectáculo de Niágaras congelados».

Sarmiento de Gamboa era pura pasión y pura ambición, tanto como poseía un carácter natural honesto y noble. Tenía una curiosidad insaciable por todos los saberes y por todas las acciones o empresas que se pudieran acometer, en este o en otros mundos, por muy titánicas o sobrenaturales que parecieran, ya que creía tanto en la ciencia como en su contrario. No conocía el miedo ni lo frenaba la prudencia. Era un renacentista extremo en su vida y en sus conocimientos; erudito, amante del latín y de los clásicos, marino arriesgado, militar sin piedad, escritor y cosmógrafo brillante. Pero también fue aficionado a la astrología y a la magia, y solía aprender los sortilegios de los quiromantes. Quizá por ello tuvo siempre desencuentros y persecuciones por parte de la Inquisición, que lo juzgó y encarceló más de una vez en Nueva España y en el Perú, adonde lo mandó el destino después de haber luchado en los tercios de Flandes.

No escatimaba aventuras ni despreciaba nada que fuera humano, pero careció de un don que tal vez, de poseerlo, lo habría barrido a él de la Historia: la compasión. Es una virtud perecedera, un don mortal. La Historia no cuenta con ella, sentenció Griffin. Esforzado por alcanzar siempre metas más altas y cimas difíciles de conquistar, como el Monte que lleva su nombre, símbolo excelente de su personalidad, Sarmiento era excepcional, incansable, un hombre durísimo, intratable, ingobernable e inflexible con todos y más aún consigo mismo, con quien no transigía, y era despiadado a la hora de exigir esfuerzos a quienes lo acompañaron en las extraordinarias empresas en las que se vio envuelto por su espíritu de superación. Por supuesto, no tuvo amigos. No se casó. No iba al teatro. No se le conocieron amores de ningún sexo. Para Griffin, su grandeza, que era mucha, nunca fue del todo reconocida y hoy tal vez yazca en el olvido por ser su vida una rica y agotadora carrera hacia la nada.

No se sabe exactamente cuándo nació Pedro Sarmiento de Gamboa, ni dónde. Debió de venir al mundo entre 1530 y

1535, en Alcalá de Henares o en Pontevedra, el propio Sarmiento afirmaba proceder de los dos sitios por igual. Era un inventor de su propia vida. Seguro es que sus padres eran del norte, según Griffin. Tuvo al parecer estudios académicos en la Universidad de Alcalá y adquirió desde joven un gran dominio del latín, lo que le permitió contar entre sus lecturas, todas ellas insanas e incluidas en el Índice de Trento y por tanto perseguidas por el Santo Oficio, libros poco recomendables de ciencia, de adivinaciones, de magia, de astrología, biblias prohibidas, versiones heterodoxas de la Historia, novelas de lujuria y encantamientos, pero también libros de Maquiavelo, de Erasmo, o de fray Francisco de Osuna, cuyo *Tercer abecedario espiritual* dejó honda huella en él.

En 1550 se enrola como arcabucero del Emperador en las campañas de Flandes, Alemania e Italia, donde se curte en decenas de batallas y avatares sin cuento, templando así su recio carácter. Por esa época, mientras se adiestraba en las armas y en el liderazgo, empezó a seducirle una teoría increíble, resultado de sus muchas lecturas extravagantes y de fabulaciones oídas entre la tropa: la leyenda fantástica según la cual Ulises (el Odiseo homérico, aquel cuyas peripecias simplificó Griffin a sus compañeros de clase en el «comentario» que todos copiaron de pupitre en pupitre) fundó las tierras mexicanas que más tarde fueron Nueva España. Las pruebas aportadas en las habladurías tabernarias y en los libros que encontraba cuando podía, entre batallas y rendiciones, en las bibliotecas burguesas de Brujas y de Maguncia, donde llegó herido en marzo de 1554, convencieron a Sarmiento, pese espurias y ridículas, pues se basaban en dos hechos, a saber: que los griegos y los aztecas vestían ropas talares semejantes y que ambos pueblos denominaban a Dios con una palabra de igual sonido: Teos (θεός en griego, *teotl* en nahuátl).

–Era una tesis digna de Caporale –bromeó Griffin.

Pero para Sarmiento terminó siendo una de sus máximas obsesiones, que lo impulsará interiormente cuando se halle en el Estrecho de Magallanes a punto de fundar su primera población, llamada Ciudad del Nombre de Jesús, y se figure a sí mismo como Ulises. Creyó realmente que en el milenario enjambre que era ese México podría hallar los posibles rastros de una colonia griega, la instaurada por el Ulises verdadero, el griego real que dio origen al mito.

Entonces quiso ir. Quiso ir a Nueva España de forma perentoria, inaplazable, como Griffin quiso ir a la Isla Desolación. Quizá esa fue la razón, guardada en secreto para todos, por la que tan solo un año después de convalecer en Maguncia, en febrero de 1555, se embarcó, no se sabe desde dónde, hacia las Indias Occidentales, llegando a Nueva España en septiembre. No tendría entonces más de veinticinco años. En poco tiempo se hizo un navegante avezado. Lo aprendía todo de las órdenes gritadas en el galeón.

«¡Astrolabio!» Astrolabio.

«¡Bauprés!» Bauprés.

«¡Vergas!» Vergas.

«¡Papahígo!» Papahígo.

«¡Velacho!» Velacho.

«¡Guindamainas!» Guindamainas.

Pilotaba con pericia, descifraba las cartas de marear, leía los mapas astronómicos y montaba esferas armilares, calculaba complicadas construcciones geométricas, desarrollaba cálculos con increíble celeridad. Pero un buen día de 1557 se vino a encontrar de bruces con el Santo Oficio, cuando el obispo de Tlaxcala lo acusa en México de ejercer la brujería y de traficar con talismanes «para lograr el trato y la gracia de las mujeres». Lo mismo le ocurrirá en Perú siete años más tarde, en 1564, donde la Inquisición vuelve a perseguirlo por adivino y vendedor de anillos mágicos para lograr favores amorosos, encarcelándolo en Lima por maravillador y taumaturgo.

Pasan los años y su vida se vuelve opaca. A veces está preso, a veces está solo por las calles de Lima, donde lo ven y lo temen, a veces únicamente guerrea en pequeñas escaramuzas contra los indios chiriguano. En 1567, viaja con Mendaña en su expedición por los mares australes, llegando a divisar Australia. En 1569, Francisco de Toledo toma posesión como Virrey del Perú. Toledo es hombre de un talante cercano al del propio Sarmiento, quien enseguida ve en él al gran gobernador con quien entenderse. Y se entendió.

Toledo lo nombra Alférez Real y le encomienda el ejército que, no sin grandes bajas, aplastó en los Andes al joven rebelde Túpac Amaru, cacique de los incas, sentenciado por Sarmiento y ejecutado al amanecer por cuatro caballos que lo desmembraron. En los años que sucedieron a las represiones de indígenas por todo el virreinato, en las que tomó un partido muy leal al gobernador Toledo, Sarmiento se retiró a Lima para concentrarse tan solo en el estudio de los astros y los eclipses, su pasión, donde leía el presente y sobre todo el futuro. Nunca se supo si aquello para él era una fe o una diversión. Probablemente nunca se atrevió a confesárselo a nadie, ni a sí mismo.

Y en ello se ocupaba, casi aislado de la vida social limeña, cuando Francis Drake irrumpió taimadamente en el Callao. Pasados los efectos del desconcierto que el corsario produce, el Virrey ordena a Sarmiento salir en su persecución, buscarlo, seguir su derrota y espiar cuanto hiciere; solo si la ocasión es propicia puede abordarlo. El único problema era que Sarmiento zarpó en la dirección de Drake, pero en sentido contrario. El inglés al norte, el español al sur. Nunca se encontraron. Al menos en esta vida.

Las dos naves que partieron en pos de Drake salieron del puerto del Callao el 11 de octubre de 1579. En una de ellas, la *Esperanza*, Sarmiento toma rumbo sur-sureste, hacia el Estrecho de Magallanes, y se convertirá en el primero en atravesarlo en dirección al Atlántico; nadie había hecho ese viaje antes. En la travesía, se demora explorando con detalle y dando nombre a la maraña de fiordos, abras, canales e islas que va encontrando, y fija esa boca del Estrecho en su latitud correcta: 52° 30'.

Al entrar por la boca occidental, y después de partir de la opuesta Punta Santa Mónica, vio inevitablemente parte de la Isla Desolación, abierta a todos los vientos. Entonces sucedió algo extraño, que tendrá su importancia más adelante. Al día siguiente de fondear la *Esperanza* en el Puerto de la Misericordia, en la cara norte de la isla, en busca de agua y sosiego, de pronto, estando Sarmiento en el castillo de popa, le sorprendió una sombra que pasaba ante sus ojos proyectada por el sol sobre las tablas de cubierta, o tal vez tan solo fuera el movimiento ágil y repetido de una sombra en lo alto del risco, arriba del pedregal a resguardo del viento en el que estaban anclados. Fue apenas un instante, pero al pillarlo por sorpresa, Sarmiento se asustó y, por el sobresalto, dio una vuelta sobre sí mismo y lanzó un grito instintivo. Empezó a temblar incontroladamente. Fue un ataque de pánico que llamó la atención de sus hombres, perplejos, sobre todo la de su amigo el piloto Antón Pablos, testigo de tan extraña reacción y luego su relator.

Todos miraban hacia el capitán, que se aferraba a unas jarcias para no sucumbir a un desmayo, y luego hacia el elevado peñasco. Nada veían allí. Sarmiento trató de salir de su asombro preguntando si alguien más había visto moverse figuras en lo alto de la costa, y si eran animales o no. Silencio atónito. Nadie ha visto nada. Deduce Pablos que habrá sido uno de los indios patagones, un alakalufe seguramente, asomado en lo alto y agitando los brazos mientras observaba las raras evoluciones del barco o monstruo salido del mar. Todos se olvidan de lo ocurrido, solo Sarmiento duda entre pensar si ha sido una debilidad física debida al cansancio o un aviso sobrenatural. No quiso interpretarlo como un mal presagio, sino como una revelación, tal era su espíritu, dijo Griffin. Ese era el sitio, aunque no sabía aún para qué. Diez meses y ocho días después llegaron a España sin haber hallado rastro alguno de Drake, como era de esperar.

Felipe II quería hacer del Mar del Sur un *mar cerrado*. Estaba harto de las incursiones de los piratas y corsarios de las potencias rivales que se colaban a traición. El único camino que había hacia las colonias era el Estrecho de Magallanes, y no era más que un lugar desguarnecido y vulnerable. Había que poblarlo y llenarlo de fortificaciones con soldados y armamento capaces de destruir cualquier barco desde ambas costas antes de que pudiera maniobrar. Ya con el tiempo, cuando se corriera la voz, esas posiciones acabarían disuadiendo a los ingleses y holandeses de adentrarse por aquellas temibles aguas. Pero antes había que hacerlas temibles. O eso, al menos, es en lo que confiaba el Emperador.

93

Felipe II, que ostentaba también el trono de Portugal, recibe a Sarmiento en Badajoz, a fines de septiembre de 1580. El Emperador está nervioso e irritado por lo que considera una burla hiriente de su prima Isabel, furia alimentada por los informes de su embajador en la Corte inglesa, Bernardino de Mendoza, en los que relata el ansia de la reina por ver llegar a Drake con su fabuloso botín arrancado a los españoles. Felipe II confesaba que la risa burlona de Isabel lo despertaba en mitad de la noche como la peor de las pesadillas, y tal era el sudor con que empapaba las sábanas que había que hacerle la cama entera de nuevo, según Griffin.

A Sarmiento, en la breve conversación que mantiene con el monarca, no le cuesta mucho convencerlo de la necesidad de proteger y fortificar el Estrecho, fundando ciudades y haciendo de aquel lugar una colonia más, tan vital para el Imperio y tan católica como España misma. Felipe II ya había pensado en ello, y la vieja idea de Transilvano se materializará dos meses más tarde de la entrevista con Sarmiento.

Urgía tener ese ejército de autómatas, y cuanto antes. Para ello se envió a la Corte de Rodolfo II una enorme cantidad de dinero con vistas a pagar a Melvicio; se destinó también otra gran partida de oro a la expedición que habría de llevar a cabo Sarmiento en el plazo de no más allá de un año. Felipe II dio órdenes al Duque de Alba, al Duque de Medina Sidonia y al Consejo de Indias para que se acelerase ese viaje. Se interesó mucho por las fortificaciones que habría que edificar en la Primera Angostura del Estrecho, como sugirió Sarmiento. Para ello, se pidió a los más importantes ingenieros de la época que se presentaran planes de fortificación para situar en sus diques y almenas a los autómatas y a la guarnición de «soldados vivos».

Los hermanos Juan y Bautista Antonelli, naturales de Gaeteo, en la Romaña, tuvieron dos ideas que fueron muy del agrado del Emperador. Por una parte, diseñaron una cadena gigantesca a modo de enorme puerta movediza, con articulaciones cada diez metros, formada por grandes troncos de madera calafateados y unidos por dogales y trabazones de hierro como nunca se habían forjado, y cuya altura no sería inferior a los quince metros. Para llevar a cabo su proyectada cadena, que cerraría el Estrecho en la parte más angosta a voluntad de las poblaciones que se iban a fundar, y cerciorarse además de que se ejecutaba adecuadamente, uno de los Antonelli, Bautista, acompañaría a Sarmiento en su segundo viaje a Magallanes. Ambos hermanos, por otra parte, concibieron una serie de atalayas móviles, fáciles de transportar, también construidas con planchas de hierro, para ubicarlas en zonas altas y estratégicas de la costa. En su interior podrían ir los autómatas, cuyo movimiento, dentro de aquellas pequeñas fortalezas, sin duda se identificaría más fácilmente como humano.

A Tiburcio Spanoqui, Superintendente de Fortificaciones del Imperio y natural de Siena, le cupo el honroso deber de dibujar los fuertes del Estrecho de Magallanes. Hizo los planos de las fortificaciones que había que cimentar, según Sarmiento, sobre las rocas de Punta Delgada y de Punta Anegada, penetrado ya el Estrecho y justamente donde empieza la Primera Angostura; era un lugar inexpugnable por su escarpadura y excepcional por sus escasos dos kilómetros de distancia; poseía visibilidad suficiente para controlar cualquier tráfico naval, incluso en épocas de nieblas o tormentas; la mejor defensa, por tanto, para las poblaciones que se fundaran.

Trazó Spanoqui los dibujos de dos fuertes simétricos, uno al norte y otro al sur de la angostura, con dos grandes espigones enfrentados y adentrados varios metros en el mar. En caso de peligro, si se requería, se tendería la cadena de los Antonelli entre ambos fuertes para cerrar el paso. Los fuertes, según los expertos, eran un portento de bastión, sin un metro de superficie perdido; constaban de una planta en forma de triángulo rectángulo en cuyos catetos irían los edificios de cuarteles y el hospital, con barracones de dos alturas, y en la hipotenusa una gran explanada en la que disponer los almacenes de pólvora y los tinglados para caballerizas y otros animales. La explanada continuaba, como dos brazos abiertos, por todo el perímetro de la muralla, en la que no se abrían muchas poternas interiores, solo las estrictamente necesarias para situar las piezas de artillería con espacio suficiente. En la parte de la muralla que daba a tierra, habían de excavarse hondos fosos rematados en una dársena y se erigirían matacanes en las esquinas. La entrada se franqueaba por un solo puente levadizo no más ancho que un carro.

Felipe II, ya con el pensamiento inmerso en la idea obsesiva de invadir y someter Inglaterra, aprobó sin dilación ni reparos los planes de sus ingenieros y dio órdenes a Sarmiento de Gamboa para que viese la manera de llevarlos a cabo, junto con el proyecto secreto, puesto en marcha con la mayor discreción, de crear aquel ejército artificial que el propio Sarmiento habría de transportar a ultramar, llegado el momento, en cajas selladas.

Sin embargo, y para sorpresa mayúscula de todos los implicados, de la noche a la mañana todo se vino al traste. No habían trascurrido tres meses aún, cuando, a fines de febrero de 1581, Felipe II dio orden de detener la fabricación de los autómatas. Tal vez pensara que en ese tiempo se había realizado ya un elevado número de ellos, pero lo cierto –me explicó Griffin– era que aún no se había creado ninguno.

El viejo Melvicio no avanzaba, tan solo seguía maquinando en su cabeza y haciendo bocetos de mecanismos motrices para fabricar el autómata más perfecto de su tiempo, la admiración de la historia en el venidero.

Un mal sueño, repetido varias noches, que contenía un mal augurio llegado por medio de una carta cifrada de parte de su sobrino Rodolfo, que a su vez corroboraba otro mal sueño por su parte y también varias veces repetido, hizo desistir a Felipe II.

94

–La razón fue un número: el temible 111 –dijo Griffin.
Caporale lo advirtió enseguida, cuando le contó esta historia en el *Minerva Janela*.
–Es una de las cifras de la magia astral, lo que se conoce como *constante mágica*. Pero es la peor de todas –le dijo Caporale a Griffin.

Era sin duda un número cabalístico (fruto de dos números primos: 37 x 3) que formaba parte de una equivalencia diabólica en la trasposición de letras en el alfabeto hebreo, y respondía a un *cuadrado mágico*, sencillo por ser en zigzag simple, pero peligroso por su significado final en los libros de la Cábala, ya que representaba el 666, el número satánico de la Bestia.
Además, el astrólogo Cornelius Agrippa, copiando la astrología hindú en su obra secreta de 1533, bien conocida por Sarmiento, Rodolfo y el propio Emperador, titulada *De occulta philosophia libri tres*, le adjudica el cuadrado mágico del 6 (cuyas sumas de todas sus cifras en vertical da siempre 111) a la casilla celeste del Sol, «fecundador de todas las virtudes y eje de todas las catástrofes», explicó, no sin malicia, Caporale.

1	2	3	4	5	6	
12	11	10	9	8	7	
13	14	15	16	17	18	
24	23	22	21	20	19	
25	26	27	28	29	30	
36	35	34	33	32	31	
111	111	111	111	111	111	= 666

Según la Cábala, la unidad de tres números iguales correspondía a una predicción de futuro catastrófico, pero se volvía peligrosa si la suma de todas las cifras, como una energía potencial creciente, resultaba ser 666.

El sueño repetido de Felipe II consistía en que su sobrino Rodolfo, a su vez, le contaba alarmado otro sueño que había tenido él durante varias noches seguidas y en el que un mar rojo cubría toda Praga, como una asombrosa inundación, y por ese mar antinatural navegaba, en una chalupa llevada por sirenas, el mago Melvicio exigiendo más dinero para terminar sus autómatas y lanzando amenazas en lenguas extrañas.

Lo sorprendente fue que, a los pocos días, Felipe recibió una carta secreta en la que Rodolfo le relataba exactamente ese sueño reiterado, pero tenido por él. El Emperador enseguida lo interpretó como un augurio fatídico de naufragio en un mar de sangre para la Gran Armada que estaba reuniendo a marchas forzadas en La Coruña. Estaba claro que no debía de seguir con su proyecto de los autómatas. Demonizó a su creador, ese Melvicio a quien ni conocía ni apreciaba, cuya muerte exigió a su sobrino sin éxito, quizá porque Rodolfo II recordaba aquel mal de muelas que el mago le curó antaño.

–El 111, en esas circunstancias, sería abrir la Caja de Pandora de todos los horrores –dijo Caporale.

Eso mismo temió Felipe II, quien creía a pies juntillas que unos sueños podían apoderarse de otros sueños, y los de su sobrino habían hecho casa en los suyos.

Mandó llamar a Sarmiento y le pidió que se encargase de la destrucción de los autómatas que ya estuvieran hechos en esa fecha. Como solo existía uno terminado por aquel entonces, el Emperador exigió que se destruyera en su presencia en El Escorial. Sin embargo, en realidad existían dos, si se contaba la copia exacta que siempre, por su oro o por su protección, hacía Melvicio para el Duque de Brunswick. Pero esto no se le dijo al Emperador.

95

Griffin entonces pasó a contarme la historia de este segundo autómata. El Duque era un gran rival de Rodolfo II a la hora de atesorar rarezas, relojes, tesoros y muñecos maravillosos.

–Hay una sospecha –dijo Griffin– un tanto literaria según la cual el segundo autómata, y no el primero, es el que está en el Museo de Punta Arenas. ¿Cómo llegó allí? Quizá porque se consiguió de manera más bien oscura. Al parecer, Sarmiento fue de los pocos que supo de la existencia de ese segundo autómata. Y lo supo porque un Arcimboldo ya maduro fue sacado de Milán, donde residía entonces alejado de los excesos de la Corte rodolfina, y llevado a Praga para que llevase a cabo una singular misión, ya que él había sido quien negoció con Melvicio la creación de aquellos 111 ingenios y estaba en el secreto de los autómatas desde el comienzo. La misión consistía en cumplir el compromiso de Rodolfo II de llevarle a su tío Felipe el único autómata fabricado, para que dispusiera de él a su antojo, una vez tenidos aquellos misteriosos y fatídicos sueños mutuos. Pero Arcimboldo no trajo solo uno, sino dos autómatas. Eso ocurrió en agosto de 1581.

Aficionados Rodolfo y Brunswick a los juegos de naipes hasta extremos inauditos, Rodolfo le había ganado el autómata al Duque en una partida de cartas privada a la que solo asistió Arcimboldo por iniciativa real. Rodolfo se lo quiso obsequiar a Felipe II como muestra fehaciente de que no existía ningún otro autómata en su reino. Pero el Duque, nada satisfecho con las derrotas, y menos con aquella, trató de recuperarlo a toda costa. En la lucha, fue asesinado por Arcimboldo, que le clavó una daga en el corazón amparado en la impunidad que le otorgaba Rodolfo.

Ante la taxativa exigencia del Emperador de que se destruyera el único autómata que habían enviado desde Praga, y ya que desconocía la existencia del segundo, Sarmiento y Arcimboldo decidieron en Madrid, de mutuo acuerdo, ocultar la existencia del segundo autómata y darle el primero al rey. En presencia de la fría mirada del monarca, varios hombres con mazos y tenazas lo destruyeron en El Escorial sin piedad ni ceremonias, pieza a pieza, desmembrándolo como el propio Sarmiento desmembró a Túpac Amaru en los Andes. Nadie supo que Sarmiento, a escondidas, se quedó el otro en su poder, tal vez guardado en su casa, si es que tenía una.

Los proyectos de fortificaciones fueron presentados al Consejo de Indias. Se aprobaron, pero con una condición: la expedición no debía de ser capitaneada por Sarmiento de Gamboa, sino por alguien de mayor prestigio en la Corte. Eligieron al Almirante Diego Flores de Valdés, un pésimo marino, hombre odiado y corrupto, y sobre todo mal administrador, que desde el principio se enemistó con Sarmiento y se opuso a la quimérica idea de fortificar el Estrecho contra los corsarios.

Para su consuelo, Felipe II nombró a Sarmiento gobernador del Estrecho; paradójicamente, gobernador de un lugar que no tenía aún lugar siquiera, ni tenía nada ni a nadie a quien gobernar, y hasta carecía de nombre: era un cargo invisible, advirtió Griffin mirándome fijamente.

Los largos y costosos preparativos del viaje se hicieron en Sevilla, y allí pudo comprobar Sarmiento la mala gestión del Almirante Flores y la corrupción de los funcionarios de la Casa de la Contratación a la hora de escamotear en la provisión de bastimentos, bizcocho, ropajes, maromas y demás cosas precisas para abastecer los galeones y buques. La mala calidad del material se hacía evidente. Las demoras en el trabajo retrasaban los planes una y otra vez.

Mientras tanto, Sarmiento abrió oficina para reclutar pobladores. Su objetivo era conseguir un número de 258 (115 solteros y 43 casados, según sus planes), pero se alistaron finalmente 204 colonos. Toda aquella gente provenía de la abundante miseria en campos y ciudades, o no menos abundante en penales y prisiones. Unos eran mendigos, otros vagabundos, los había lisiados y ciegos con lazarillo, los había bandoleros y matones, falsificadores y herejes. Pero también simples campesinos hambrientos y buenos burgueses sin oficio ni negocio. Y frailes. Y soldados sin paga. Y furcias de arrabales. Y alguaciles para el orden. Y escribanos y actores. Todos iban hacia una muerte segura y terrible: algunos morirían en el camino, otros en la agonía de los climas feroces del Estrecho. Todos, en suma, dijo Griffin, acabaron en el matadero.

Por fin el gran convoy zarpó de Cádiz el domingo 9 de diciembre de 1581 con 16 barcos y 2.500 personas. En esa ocasión fue el segundo intento. Un mes antes, el 27 de septiembre, habían partido desde Sanlúcar con 23 naves, pero la lluvia y los vientos huracanados de una gran tormenta en el Atlántico formada el 5 de octubre asolaron la flota. Aquello supuso una verdadera catástrofe en su tiempo, en la que se perdieron siete buques enteros y hubo más de 800 desaparecidos. Desde ese día nefasto, en los barcos y en tierra adentro, a la expedición de Flores y Sarmiento se le empezó a llamar «la expedición maldita». Y lo fue, en verdad.

96

Al citar a Sarmiento de Gamboa, Oliver Griffin no podía evitar que le viniera a la cabeza la imagen de Afonso Branco, el duro capitán del *Minerva Janela*. Era su capitán, el hombre contra el desánimo, el hombre de alma de roca. Recordó en algún momento, de pasada, el verso de Whitman: «Oh Capitán, mi Capitán».

–Quien tiene la experiencia de navegar en un gran barco sabe que a un capitán, en realidad, se le conoce poco –dijo Griffin–. Siempre se escapa. Primero porque apenas se le ve, siempre parapetado detrás de las órdenes que da a sus oficiales. Y luego, porque el principio de autoridad se ha de imponer desde la superioridad desde la que todo capitán observa a su tripulación, meros mortales que pueden ser fulminados solo por su capricho en tanto que amo del pequeño mundo que es la isla flotante llamada buque.

Los capitanes más feroces hacen sentir el fondo pútrido del agua estancada. Los capitanes solo feroces ignoran. ¿Qué sabía Griffin de Branco? ¿Qué podía saber, qué le estaba permitido saber? Eran preguntas que a veces me había hecho Griffin después de dejar el *Minerva Janela*.

–Supe poco de él, solo lo justo para que en la despedida en Punta Arenas, su saludo, un apretón de manos, fuese cálido y respetuoso. No imaginaba que sería la última vez que lo vería con vida. Pero durante el tiempo en que estuve a bordo bajo su mando, comprendí enseguida que en un barco todo está hecho para proteger la figura del capitán dentro de su cascarón de acero. Él puede salir de sí mismo, pero nadie puede entrar en él. Era Branco un hombre tan esquivo que acabó colgando de una cuerda –concluyó Griffin y, por unos segundos, enmudeció.

Para Griffin, Branco era un buen tipo, pero nada fácil ni asequible. Desde que lo conoció en Madeira, su figura era la de un hombre sutilmente atormentado que rehuía el contacto humano prolongado. Más que timidez tenía aversión. Si podía, salía corriendo de las reuniones, de las fiestas de cumpleaños, de las comidas. Inesperadamente, cuando él consideraba que llevaba demasiado tiempo con cualquiera de la marinería, en el puente, o en el comedor, o en el cuarto de derrota, daba la vuelta y se marchaba sin decir nada. También había en su proceder un atisbo sutil de invisibilidad que atraía a Griffin. Su reloj interior le avisaba que ya era la hora de irse; todo lo demás era para él acontecimiento no previsto. Y se iba.

–No es que fuera algo extraño –adujo Griffin–, pero yo solía charlar con el capitán con frecuencia, incluso a veces me hacía llamar y decía con ironía: «Oliver, está de ayudante voluntario, no de marinero, así que no se entregue a fondo. Quédese y charlemos un rato, ya trabajan abajo y por más sueldo», refiriéndose a la sala de máquinas o al mantenimiento de los contenedores, en día de mar en calma y singladura tranquila.

Pero luego de unas breves confidencias, súbitamente la proximidad le parecía espinosa y se callaba, tan solo intercambiaba miradas con Griffin y consentía que estuviera a su lado en el puente, ambos en silencio; un silencio apenas roto por los canturreos muy bajitos del timonel Jordão Navares, sombra de Branco a todas horas. Impresionaba Afonso Branco por aquellos silencios, propios de un carácter introvertido y reservado.

Cuando hablaba, le contaba algunas cosas de su vida, curiosamente muy parecidas a las que podía haber vivido Sarmiento de Gamboa cuatro siglos antes. «Qué poco cambia el mar y los hombres que hay en él», se admiró Griffin, «y cómo se encuentran en el mar del tiempo los seres idénticos, reencarnaciones de reencarnaciones, que diría el kármico Caporale».

El capitán Branco era un hombre serio que a veces reía como quien se liberaba por sorpresa de algo que lo atormentaba, y cuando de nuevo recordaba ese algo secreto y misterioso, volvía al rictus severo que lo contenía en su perfecto aislamiento. «Lleva a cuestas la vida de todos nosotros, es un peso ineludible, más añádele algún que otro fantasma», le hizo saber un día Luiz Pereira, no sabía Griffin si lo dijo con ironía o dramatismo, porque Pereira siempre sonreía al final de cada frase, escapándose por la puerta imaginaria de la ambigüedad.

Prosiguió el primer oficial diciendo que en eso nada había cambiado la vida marinera siglo tras siglo.

–Los capitanes, desde Ulises hasta hoy, llevan encima la vida de toda su tripulación, que se la confían como niños ingenuos o como condenados, es igual, el caso es que al subir a bordo se la sacan como un traje y la ponen en sus manos.

Eran esas mismas confianza y responsabilidad las que atormentaban a los capitanes de las novelas de Conrad, como el *Lord Jim* que vio Griffin en el camarote de Branco, muy releído, y atormentaban también al propio Branco, oh capitán, mi capitán.

–Todo capitán es infeliz y a todo capitán se le nubla la mirada por la incertidumbre de regresar con vida. Siempre ha sido así y siempre lo será –dijo Pereira.

97

Griffin tenía muy viva la imagen de Branco. Veía su nariz bulbosa y sus hombros cuadrados, de hombre fuerte, capaz de hacerlo todo con sus manos, hombre de acción nato, pelo corto blanquecino, ojos intrépidos. Taciturno, poco hablador y rígido en sus movimientos, el capitán también era enérgico y firme, algo suspicaz con las iniciativas de sus subordinados, a quienes no daba opción de hacerse amigos suyos, salvo a aquellos que se habían ganado ese privilegio, como Luiz Pereira o el piloto Jordão Navares. A veces tenía un gesto incontrolado en la mirada, un gesto temible. Griffin lo captó cuando Branco discutió con Fernando Grande, a raíz del desvió del barco demasiado al sur.

También le había afectado lo de Krupa. Actuaba con cautela desde lo de la paliza que él y Grande le habían propinado al serbio. Después de aquello, una vez que se cruzó con Griffin, nada más verlo le dijo a bocajarro:

—Se lo merecía, ¿no?

Griffin trató de parecer que no entendía muy bien de qué le hablaba, pero el capitán enarcó las cejas con fastidio y chascó la lengua. Se puso pedagógico:

—El francotirador serbio... Adan Krupa... Se lo merecía.

Griffin no dijo nada, aunque estaba de acuerdo en que se lo merecía. «¿Qué piensan de verdad los valientes?». La pregunta se le ocurrió de repente y se la hizo al capitán.

—¿De verdad cree que acaso soy valiente? —replicó Branco.

—No sé —dijo Griffin—, creo que hay que serlo en su puesto.

—¿Y qué valentía podría haber en mí, la de partirle la cara a un hijo de puta? Estoy dispuesto a más en la vida —dijo Branco.

La idea de hablar sobre ello parecía haberle gustado. Entonces dijo al cabo de un instante:

—Pereira lo sabe todo.

A Griffin le pareció normal, eran muchos años los que había pasado el primer oficial a su lado, por varios buques y por todos los mares, en compañías portuguesas, canadienses, americanas, holandesas, y a veces le habría visto dudar y permanecer inmóvil ante una decisión crucial. Pereira sabía que su dureza era solo una máscara.

—No soy valiente, Oliver, porque soy humano y temo a la muerte. Pero tampoco soy cobarde. ¿Cómo podrían confiarme un mercante, si no?

Entonces me habló de los muertos de su vida. El misterio de Branco consistía en un horror insuperable por los muertos que llevaba a sus espaldas, aunque él no hubiera tenido nada que ver con esas muertes, como si fuera también un capitán salido de las páginas de Melville.

–¿Cree que a un valiente le espantan los muertos? –preguntó.

–Por supuesto que sí –respondió Griffin–, sobre todo si los ve constantemente.

–Yo los veo constantemente –hizo notar Branco alicaído.

Contó que muchas noches la imagen de esos muertos, imagen infantil, de pánico también infantil y absurdo, lo arrancaban del sueño, porque se le aparecían. Aquella extraña confesión sorprendió enormemente a Griffin, pero siguió escuchándolo, atento a su plática y percibiendo cómo el agarrotado espíritu de Branco se destensaba.

¿Qué muertes había visto? Primero una que no vio, le dijo. La de su hermano gemelo, de nombre Mario, muerto de inanición con apenas unos meses porque su madre no lo pudo alimentar y había elegido a uno de los dos hermanos para sobrevivir; el elegido no fue él, Afonso, sino Mario, cuyos pulmones tal vez se hincharan más y con más fuerza a la hora de gritar en la cuna. Pero la madre los confundió y alimentó a Afonso como si fuera Mario, y dejó sin comida a Mario creyendo que se trataba de Afonso. Todo esto lo supo Branco a los doce años, cuando su madre, en el lecho de muerte –«Otra muerte que vi», dijo– se lo confesó para aliviar su conciencia. Así pues, vivía la vida de otro desde que supo que su madre lo había elegido a él por equivocación, y la culpa lo perseguía.

–Vivo lejos de la verdad para ser otro de mentira.

¿Qué querría decir? Griffin solo pudo acordarse de Li Pao, que decía lo mismo en las ardientes noches de amor ambiguo en Barcelona. ¿O era él quien, frente a un espejo, una noche después de hacer el amor con ella/él, se repetía hasta la saciedad esa frase: «Ser otro», «Ser otro»?. ¿No será la frase que todo el mundo lleva dentro de sí y que solo en reducidas ocasiones y a pocas personas les es dado poder pronunciársela cara a cara...?

Mientras Branco le contaba la historia azarosa de su primera supervivencia, Griffin recordó un hecho similar de la vida de Sarmiento, paralela en esto a la de Branco, en cierto modo:

Sarmiento se inventó fantasiosamente a un hermano, quién sabe por qué y para qué, hasta el punto de terminar por creer que había sido real; siempre sostuvo Sarmiento, según sus biógrafos, que existió un hermano, que vivió antes de nacer él, y que murió apenas siendo un niño. Llevaba su mismo nombre, Pedro, y cuando él nació, le pusieron el nombre del primogénito fallecido. O sea que Sarmiento nunca tuvo nombre. Vivió también una vida ajena, una vida que no le correspondía, o posiblemente vivió dos veces su vida, pues Sarmiento, como buen quiromante, creía que el espíritu de su hermano se había reencarnado en él y le dictaba los hechos y hazañas, cierto como estaba de que ya habían sido hechos y hazañas vividos antes, y por tanto sometidos a una ley de insensible fatalidad. Por eso creía en las fundaciones en el Estrecho, y por eso, cuando su fracaso fue una realidad, no cayó en la desesperación, sino en la tristeza, pues asumía la condición de *ya realizada* que tenía su vida.

Pero a Branco le esperaban más muertes, aquellas que le proporcionarían el horror que habitaba sus noches. Se refirió a continuación a que vio morir a su padre, marino también, en sus brazos, en la zozobra de un barco en que naufragaron. Y la peor de todas: la muerte de su hijo, con siete años de edad, acaecida el día anterior a su llegada a Portugal, tras un largo viaje desde Indonesia en un petrolero. Llegó justo a tiempo de ver a la criatura amortajada, en una blanca cama de un hospital de Lisboa, después de que se lo llevara de entre los vivos una meningitis repentina.

Los hijos desaparecidos de Graciela Pavić, Pablo y Gaetano, acudieron a la cabeza de Griffin en ese instante. Volvió a ver sus caritas como las vio en una foto que ella le mandó a su abuelo, una de esas fotos que estaban entre las cartas que se llevó de su camerino, en la que aparecían los hijos de Graciela posando muy trajeaditos. «Cómo se parecen a estatuas de cera las fotos de los muertos», dijo Griffin, pero en realidad era una frase del capitán Branco, tras sacar de su cartera la foto de su hijo muerto. Era la foto del niño amortajado, en un sudario que dejaba solo ver su rostro; el resto eran vendas. En verdad parecía un muñeco de cera, como todos los muertos, y pensó que, si le pintaban unos ojos a aquellos párpados cerrados, parecería un digno autómata con rostro humano.

Luego pensó Griffin que, si Branco era capaz de llevar una foto de su hijo muerto en vez de una foto de su hijo vivo y sonriente, es que de verdad los muertos le obsesionaban. Quizá por eso le relató otras muertes cargadas a sus espaldas: las de amigos perdidos en el mar, una a una en su cabeza, y la de un capitán que tuvo y al que admiraba, Getulio Costa, el padre de Paulinho Costa, «mi último muerto», como lo llamó Branco al referirse a él. Nadie en el *Minerva Janela*, ni siquiera Luiz Pereira, había alcanzado a comprender la gran tragedia personal que la muerte de aquel joven supuso para Branco, al menos hasta que el capitán, oh capitán, mi capitán, se quitó la vida en Punta Arenas.

En cierto modo, Branco sentía que el viejo y difunto Getulio Costa se lo había confiado desde el más allá, y que él había fracasado en aquella pesada custodia. La muerte de Paulinho Costa, el estúpido accidente que acabó con su vida, fue muy importante para Branco, hasta extremos insoportables. Resultó un hecho definitivo –como Pereira reconocería luego en Punta Arenas el día en que Branco se ahorcó–, que lo sumió en una depresión sin salida, porque Branco conocía mucho al joven electricista y lo quería como a un hijo, era amigo de su familia, había ido al bautizo de los niños que tenía, una parejita cuya foto también le mostró a Griffin confesándole «Se la quité de la cartera», hasta su mujer era una sobrina, hija de su hermana.

No se recuperó de esa muerte y temía una desgracia por venir. Vivía impasible con esa cruel obsesión.

–Todos tenemos obsesiones. Usted su isla, yo los muertos del mar.

Unos días más tarde, rumbo a las Malvinas, pareció aliviarle de estos temores el recién incorporado Caporale. Caporale el Magnífico, como acabó por llamarlo Grande, sacó a Branco, por unas semanas, de la desesperación callada en que lo había sumido la muerte de Costa, al hablarle de la transmigración de las almas. Caporale le prometió que el karma de Paulinho Costa, al exhalar su último aliento, se había reencarnado en otro ser, tal vez alguien que estuviera en Punta Arenas cuando llegáramos, alguien cuya presencia solo él, Branco, reconocería. Este asunto fue casi el único por el que, de pronto, se interesó cuando se lo oyó mencionar a Caporale y desde luego parecía feliz por haberlo aceptado como miembro de su tripulación. «Fue un acierto», le dijo, animado, a Pereira. Caporale le habló también de la existencia de médiums extrasensoriales. Él había sido médium en más de una ocasión.

A Branco aquello le dio una agridulce esperanza, pero se desvaneció en poco tiempo. La opresión volvió a su cabeza y las inquietudes lo atosigaban. Luego, finalmente, claro, dijo Griffin, estaba el orgullo, del que todo capitán debe hacer gala porque inflama y sostiene alto el ánimo de la tripulación. «A Branco no se le muere nadie más», apareció escrito en algún mamparo del barco. Lo había dicho él mismo, o se lo habían oído decir a él, según contó Greene, poco antes de llegar a Punta Arenas, mientras contemplaba la noche oscura, hablando solo y dirigiendo sus palabras a la brisa del mar. Branco había leído a Sófocles y sus obras estaban en su camarote, todas subrayadas. «Cuando no encuentras motivos para ser maldito, has de mirar hacia casa y hablar de fracaso», le citó Branco a Griffin uno de esos días. Pero la frase no era de Sófocles.

98

La Río de Janeiro a la que llega la expedición de Sarmiento y Flores era muy diferente de la sensual y bulliciosa que el *Minerva Janela* dejó atrás con las confesiones de Branco flotando en el aire. La pequeña ciudad engolfada entre picos giraba en torno a un rústico puerto y su desembarcadero de piedras junto a las playas; formaba, con los poblados de Campos al norte y de Santos al sur, una hilera de casuchas diseminadas, especie de comarca estirada, donde proliferaba el cultivo del rojo palo del Brasil. Atracaron allí el 24 de marzo de 1582, un día de lluvias torrenciales que formaban regatos por las escarpadas laderas frondosas; parecían cascadas en medio de la selva. Los recibieron en la orilla las autoridades de la ciudad, pues ahora estaban bajo la misma Corona.

Flores, hosco y despótico, los despreció y no quiso bajar a tierra hasta que no hubiese amainado el temporal, dejando a la comitiva esperándolo bajo el aguacero. Una vez en tierra, dio a Sarmiento la orden de hacer los preparativos para invernar durante ocho meses, esgrimiendo una carta de la Corte en que así se mandaba para evitar el duro invierno austral cuando erigieran las ciudades en el Estrecho. La estancia se hizo contra la opinión de Sarmiento y la de sus pilotos, que temían que el voraz gusano maderero de la *broma* deshiciese los barcos por dentro, como sucedió al cabo.

Sarmiento, en cambio, propuso que bajasen hasta la bahía de San Julián y allí invernasen. Pero Flores no quiso ni oír hablar de esa posibilidad. «Nos quedaremos aquí y es mi última palabra. Las órdenes del rey son para cumplirse y mataré a quien no las cumpla», dijo el Almirante iracundo.

Aquellos meses fueron en verdad penosos. Todos los enfermos murieron, y otros muchos, centenares incluso, fallecieron por contraer enfermedades nuevas que les llevaban a retorcerse de dolor y echar espuma por la boca entre grandes hemorragias. Los barcos se deshacían como polvo, y las provisiones, todas en mal estado o inexistentes, desaparecieron en poco tiempo. Sarmiento comprobó cómo se habían falseado las cajas con herramientas y los sacos con harina, arroz, maíz o semillas, tan fundamentales a la hora de crear asentamientos, y en su lugar se habían metido objetos absurdos, como decenas de zapatos, jubones, sombreros de fieltro, vidrios de colores para engañar a los indios, candiles de aceite para la luz o carbón para hogueras, por el frío que esperaban encontrar.

Los robos aumentaron impunemente, hasta el punto de que los pobladores se vieron privados de todas sus pertenencias en poco tiempo; no tenían nada con que poder vivir cuando llegaran al Estrecho de Magallanes, todo tendrían que fabricarlo rudimentariamente. A estos contratiempos, hubo que añadir la corrupción moral y la relajación de costumbres, más las luchas y duelos entre los soldados, quienes, ociosos, pasaban el tiempo apostando o jugando a las cartas y peleando entre sí hasta formar bandos que llegaban a rivalizar en verdaderas batallas campales, como una muy sangrienta en la playa de Río y que dejó muchos tuertos y muchos mancos, y, al final, muchos cadáveres. A la riña se unieron pobladores de las ciudades cercanas, que querían vengar algunas tropelías hechas a los colonos allí asentados, a cuyas hijas habían violado y a cuyos hijos dado muerte por diversión.

Flores no era capaz de detener aquellas luchas, en las que estaban involucrados los oficiales mismos, además de la soldadesca, y solo Sarmiento, enfrentándose a espada contra muchos de ellos, logró detener aquellas carnicerías entre españoles y portugueses. En una ocasión, por venganza, un grupo de soldados hizo una degollina entre los rebaños de cabras que se guardaban para las fundaciones. Ante la pasividad de Flores, Sarmiento montó en cólera. Corrió furioso hasta la casa en que se hospedaba el Almirante. Golpeó la puerta y exigió que bajase Flores. Nada más verlo, Sarmiento sacó su puñal y le hirió en un brazo, apenas un arañazo con el que incitarlo a un duelo entre ambos. Flores se resistió pese a que le hervía la sangre, sabía que Sarmiento era más hábil con el hierro, pero este le hostigaba entre insultos e improperios. Por fin los dos hombres se batieron en la calle, a la vista de todos, creciendo en la lucha el odio de Flores y la ira de Sarmiento, quien de una estocada le rebanó a su contrincante una oreja y un trozo de mejilla. La sangre que manaba hizo que parasen la pelea, y mientras se llevaban a Flores entre varios, Sarmiento ensartó la oreja con la espada y la arrojó lejos de allí para que se la comieran los cerdos. Flores no pudo hacer nada para arrestar a su rival, ya que había aceptado batirse libremente, y nadie, además, habría querido detener a Sarmiento. En el fondo era respetado. Entonces decidieron matarlo, dijo Griffin.

99

Fue un capitán llamado Suero quien introdujo el veneno del crimen en la cabeza de Flores. «Muerto Sarmiento, no habrá necesidad de ir hasta el Estrecho», le dijo. Flores se atusaba la barba pensando en lo sencillo que era resolver todos los problemas con la sola eliminación del aborrecido capitán. Urdieron un plan. Lo asaltarían de noche y con rapidez tres hombres comandados por el propio Suero, quien lo apuñalaría en el corazón cuando los otros lo sujetaran. «Muy rápido, muy rápido todo», balbuceaba Flores encantado con aquella idea tan expeditiva. Suero sugirió que lo abordaran dormido o desprevenido, quizá cuando fuese a entrar en su casa y estuviera solo, sin la compañía de su único amigo Antón Pablos. Pensaba echar después el cadáver al mar desde una escollera cercana y culpar a una escaramuza de los indios o a una venganza de cualquiera de los soldados agraviados por Sarmiento.

Flores dio su consentimiento al plan diciendo que veía la mano de Dios en su ejecución, ya que en la estancia de esos meses había saltado el rumor de que Sarmiento era aliado del Diablo. La leyenda de su pasado en Perú y de su tráfico con talismanes surgía de nuevo. Al anochecer del día elegido, Suero y tres hombres se emboscaron en un patio cercano a la iglesia de la Concepción, en cuyo extremo estaba la casa donde pernoctaba Sarmiento. Un cuarto hombre lo había seguido todo el día y, cuando vio que el capitán ya volvía a su casa, se le adelantó en la oscuridad y avisó a Suero y a los demás.

—Pero los hechos no ocurrieron como en el plan previsto —dijo Griffin—. La realidad siempre se deforma sola.

Cierto que los tres hombres se lanzaron por sorpresa contra Sarmiento, pero este se zafó de uno de ellos zigzagueando en redondo de modo brusco y a un segundo lo empujó, apartándolo de sí, y vino a caer de espaldas, justo a tiempo de sacar su puñal y de clavárselo al tercero en el estómago después de revolverse contra él. El grito del herido al desplomarse paralizó a los otros dos hombres. Entonces, Sarmiento desenvainó la espada profiriendo votos y blasfemias y, antes de que pudieran reaccionar, ambos yacían muertos en el patio.

Los ruidos de Suero a sus espaldas hicieron que Sarmiento se diese la vuelta y lo encontrase asustado y pegado al muro, tembloroso, con las manos delante de la cara y pidiendo clemencia. Lo sujetó por el cuello. Al ver Sarmiento que se trataba de Suero, un hombre de confianza de Flores, lo miró a los ojos tratando de hallar una explicación, pero la oscuridad que había le impedía ver su brillo. Pasaron lentos unos segundos en los que solo se oían las dos respiraciones enfrentadas, la de Suero y la de Sarmiento. No corría el aire y los dos hombres sudaban. De pronto, Sarmiento hizo un movimiento y puso la punta de su espada en la garganta del otro, acobardado y con la suya aún en la vaina. Sarmiento pensó por un instante en darle un respiro para desenvainar y pelear los dos, pero en vez de eso, o mejor dicho, mientras su cabeza pensaba en hacer eso, más noble, su mano empujaba poco a poco la espada hasta que un tercio hubo penetrado en la tráquea de Suero, a quien se le escapó un aullido gutural muy ronco. Sarmiento no fue compasivo y se ensañó. Al amanecer, un criado le llevó a Flores un saco con las cabezas de los cuatro sicarios.

Llegó noviembre y por fin partieron de Río. La hostilidad entre Flores y Sarmiento hizo que la travesía hacia el Estrecho estuviese salpicada de pequeños incidentes violentos entre los partidarios de uno y de otro, pero fue en la isla de Santa Catalina donde estalló el enfrentamiento abierto. Continuamente, durante la estancia en la isla para hacer aguadas y reparar algunos daños en los barcos, se producen riñas y peleas que terminan con muertos de uno y otro bando.

100

La crispación aumentó y, un mal día, un puñado de partidarios de Sarmiento hundió un barco de la flotilla de Flores en la ensenada mayor de la isla. Para vengarse, el Almirante mandó degollar, bajo falsa acusación de robo, a varios pobladores.

Los de Sarmiento, por su parte, cortaron las manos a varios marineros de Flores. El Almirante, en represalia, empaló a siete pobladores más. Sarmiento, desde su navío, destrozó a cañonazos dos fragatas floristas. Cada bando enfrentado deseaba la eliminación del otro, según me contó Griffin: Sarmiento no necesitaba a Flores para fundar sus ciudades, y Flores veía en Sarmiento un obstáculo para regresar a España con algo de gloria de conquistador.

En un golpe de fortuna, los hombres de Flores consiguieron hacerse con las armas, toda la pólvora y la mayoría de las provisiones de la gente de Sarmiento, y por orden del Almirante se dejaron en tierra a buena parte de sus partidarios, quienes, según relataría más tarde el propio Sarmiento de Gamboa a Walter Raleigh en su cautiverio inglés, acabaron siendo devorados por los indios caribes, «comedores de carne humana».

Luego Flores mandó detener a Sarmiento y a sus fieles, y como los vientos empezaron a ser tan contrarios que las naves se quedaban desarboladas y a la deriva, después de una semana luchando contra las inclemencias del pétreo viento del oeste, un verdadero muro que amenazaba con llevar a pique a toda la flota, el Almirante mandó desviar el rumbo hacia el norte y dar media vuelta. Unos meses más tarde estaban de nuevo en el golfo de Santos, junto a Río, donde se puso a Sarmiento a buen recaudo en un calabozo. De su gente, entre pobladores y soldados, solo quedaban apenas unos 250 hombres, 35 mujeres y 15 niños.

Emprendió Sarmiento, hombre de gran entereza, la labor titánica de reconstruir la expedición, una vez que Flores decidió regresar a España convencido de lo absurdo de aquella loca aventura, todo el tiempo presidida por el fracaso y la violencia. Para tenerlas todas consigo, Flores prometió dinero a quien le siguiera y desertase de viajar al Estrecho, pero no logró con ello que los pobladores se volvieran. ¿A qué patria habrían de volver? «La patria del hombre es su corazón.» Lo había escrito Sarmiento al iniciar su aventura, hasta lo había mandado grabar en el palo mayor de su navío, y desde el calabozo, por medio de Antón Pablos, corrió la voz de ese mensaje, que dio sus frutos. El corazón de quienes estaban a su lado solo estaba puesto en las nuevas tierras, por muy áridos eriales que fuesen, porque hasta ese momento sus corazones, en realidad, habían sido auténticos desiertos en la madre patria.

En la otra orilla no les esperaba mejor suerte, y en esta no imaginaban mayores calamidades que las ya pasadas. Todos se quedaron. Flores, en cambio, partió sin enterrar su oreja, que nunca encontró, y sin zurcir su cara. Liberaron a Sarmiento entre vivas y entusiasmos, pero daba igual; sus pocos pertrechos y la poca gente que estaba con él eran en sí una cárcel sin barrotes.

Empezaban para ellos nuevas penalidades sin cuento. A las enfermedades que no dejaban de azotarlos, había que sumar el hambre que apareció al escasear los víveres de la depauperada población, y la hostilidad de los colonos brasileños creció por esta causa, hartos como estaban de tener allí a gente miserable. Sarmiento lo había perdido todo. Había perdido las herramientas, las armas, la artillería, a los oficiales que tenían que mandar a los soldados, a los ingenieros que habrían de edificar los fortines.

Solo conservaba el autómata, al que –reconoció Sarmiento para su sorpresa, dijo Griffin– había olvidado por completo, hasta el punto de no saber dónde lo había guardado, de tanto como habían movido de acá para allá sus pertenencias. Al ver partir a Flores, temió que esas mismas pertenencias regresasen con él a España y entre ellas, el autómata. Pero afortunadamente apareció el gran arcón donde el androide dormía ajeno a todos los avatares de su dueño. Sin embargo, lo que no pudo evitar Sarmiento fue que se extendiera entre los pobladores la superstición de que en el Estrecho les aguardaba un inconcebible horror innominado.

No querían pensarlo, ni creerlo, pero lo imaginaban. Sus fantasías se desataron. Se sintieron atemorizados, empezaban a desesperar de toda la vida nueva prometida, y muchos prefirieron huir por las selvas brasileñas, hacia una muerte inevitable, por el decir de los propios lugareños. Entonces Sarmiento tuvo la idea de una astuta mentira: se inventó que poseía, por orden y garantía del rey Felipe, un arma secreta.

Se trataba de un fabuloso guerrero mecánico que les protegería de todo mal porque, solo con verlo, causaría pavor a los adversarios, humanos o demonios, ya que el guerrero mecánico mismo participaba de ambas condiciones.

Mandó Sarmiento extraerlo del arcón y que lo pusieran sobre una base de piedras en una explanada para que lo viese todo el mundo. Accionó la extraña pieza que inventara Melvicio y, ayudado por el viento que inesperadamente se levantó, el autómata empezó a mover brazos, y cabeza, y dedos. La cara dibujada en su cabeza inspiraba pavor por lo espantoso de sus rasgos.

Fue así como, delante de los pobladores, por única vez en toda su larga existencia, el autómata llegó a desplegar todos los movimientos de cara, brazos, cabeza y dedos para los que había sido concebido, movimientos que se repetían una y otra vez, en un ciclo similar sin fin, pero fascinantes para quien los veía por primera vez en un muñeco de su tamaño. Sarmiento lo accionó varias veces, para hacerlo convincente. No volvería a funcionar nunca más durante siglos hasta que Graciela Pavić lo restauró y lo convirtió en su amado, allá en Punta Arenas.

Convenció a todos, menos a tres frailes franciscanos que se habían quedado con la expedición, para quienes el autómata parecía más un talismán o fetiche protector que una máquina de guerra. Sarmiento los arengó junto al autómata para que se dispusieran unas naves, compradas a los colonos con su propio dinero, y se pertrecharan lo mejor que se pudiera. Renació la esperanza, se lanzaron vivas a Sarmiento. Adoraron, así, al nuevo Becerro de Oro en que se había convertido la singular máquina de Melvicio.

IOI

Con Sarmiento se quedaron los capitanes Andrés de Viedma y Diego de la Rivera, quienes rindieron sus armas ante el autómata e hicieron una extraña ceremonia de solemne lealtad al nuevo capitán, aquel extraño ser que no dejaba de repetir los mismos movimientos perpetuamente. Con un ánimo henchido de vitalidad, los pobladores calafatearon los barcos que les quedaban, cargaron en ellos las provisiones que pudieron reunir de entre los colonos y todas las vacas, cabras, gallinas, ovejas y pavos que alcanzaron a comprar. Dejaron con dolor a un puñado de moribundos en Río porque no resistirían la travesía azarosa que les esperaba. Con todo ello a bordo de las frágiles naves, partieron de nuevo rumbo a la boca del Estrecho el 2 de diciembre de 1583, llegando allí dos meses más tarde.

Fueron feroces las corrientes que surgieron inesperadamente a la llegada. Los barcos se agitaban como si fuesen de corcho, cabeceaban, barbeaban, se llenaban de agua con golpes de mar que se llevaron consigo a muchos hombres por la borda. Hubo muchos ahogados durante aquellos tres días en que trataron de entrar en el Estrecho sin conseguirlo. Dos barcos se fueron a pique entre terribles crujidos y sacudidas ante la vista de la costa y la desesperación de los demás, que nada podían hacer por ellos. La imposibilidad de atracar y los grandes peligros que hacían zozobrar a todos en los navíos volvieron a traer a la memoria la idea de la maldición que parecía haber sobre aquel viaje.

Fueron los frailes franciscos quienes corrieron la voz de que el autómata de Sarmiento, más que protegerlos, los conducía directamente al Averno, por ser fruto de un pacto con el Demonio, engendrado por una máquina y una bruja, tal como se inventaron para los crédulos, dijo Griffin.

–¡Hay que deshacerse de ese monstruo como sea! ¡No es grato a Dios y nos lo hace saber! ¡Dios no quiere ídolos! –gritaban algunos desde la *Trinidad*, la nave donde estaba Sarmiento.

–¡Al mar, al mar! –vociferaban otros, aprobando con grandes exclamaciones y gritos las iniciativas de los frailes para echar al mar aquel engendro de Satanás.

–¡Solo nos traerá desgracias! ¡Nunca sobreviviremos con ese ídolo a bordo! –decían los franciscanos.

La revuelta estalló en el seno de la *Trinidad* a raíz de que sucediera un extraño fenómeno, inaudito en realidad y nunca visto por nadie en aquellos lares. En un momento en que cesó la lluvia y los vientos amainaron, y justo cuando entre las nubes densas y negras apareció el sol trayendo una luz esperanzadora, ocurrió un gran estruendo, como un trueno enorme, a la vez que un rayo caía sobre la nao *María* matando a un niño en el acto. Aquel terrible suceso fue tenido por todos como un adelanto de futuras tragedias, y se elevaron voces pidiendo la cabeza del capitán o la destrucción del autómata.

A la vista del riesgo de otro motín, ahora que estaban tan cerca de conseguir llegar a tierra, Sarmiento pensó que, para apaciguar los ánimos exaltados, lo mejor sería simular que se arrojaba por la borda el arcón con el autómata dentro. Ayudado en todo por la complicidad de su amigo Antón Pablos, quien escondió el autómata en un tonel que luego selló con pez, Sarmiento introdujo en un saco su propia armadura y su propio casco, y antes de cerrar el arcón con ello dentro, mandó reunir a todos en la cubierta y le pidió a uno de los hombres que palpase y entreabriese el saco para que comprobara que lo que había allí dentro era en verdad el odiado autómata.

El truco hizo su efecto y el hombre elegido para la comprobación, muy temeroso de que el contacto directo con el objeto del Demonio lo pudiera fulminar como el día anterior le ocurrió al pobre niño muerto, no se dio cuenta del trueque y se limitó a golpear con los puños sobre el saco y a oír el sonido metálico que le devolvía. Luego asintió inmediatamente con la cabeza delante de todos y varios marineros cerraron el arcón con rapidez y lo arrojaron por la borda, pues no querían tenerlo ni un minuto más con ellos.

Al día siguiente, tranquilizados los ánimos por la desaparición del muñeco pese a que la tormenta continuaba, consiguieron desembarcar en el cabo de las Once Mil Vírgenes, el extremo norte del Estrecho. Sarmiento tuvo la idea de ir por tierra caminando hasta donde pudieran, mientras el temporal alejaba las naves mar adentro. Era una posibilidad de vida; el mar, en cambio, tal como estaba, era una certeza de muerte. Todo el mundo estuvo de acuerdo en correr el riesgo de ir bordeando la costa, incluso se sentían ufanos de hacerlo, ahora que creían que el autómata no existía.

Nada más desembarcar pobladores y soldados con cuantos pertrechos, municiones y animales lograron sacar, incluido el tonel en que Antón Pablos escondió el androide, Sarmiento plantó una cruz sobre un montículo después de llegarse hasta allí con ella a cuestas, y al erigirla, todos cantaron en torno al túmulo el himno *Vexilla Regis*, alzando por bandera en la misma cruz un paño blanco y felicitándose por haber logrado poner los pies en aquellas ansiadas tierras. Mas la tierra que les esperaba era estéril, congelada como roca y sin caminos. Echaron a andar hacia el noroeste, hacia el interior, sin perder de vista la costa, azotada por un viento filudo y cegador como aristas cortantes.

102

Después de caminar por la tierra norte varios días –prosiguió Griffin su relato– durante jornadas de doce horas sin descanso, llegaron a un lugar no muy alejado de la boca del Estrecho, cerca de la Primera Angostura, por temor a separarse demasiado de las naves que habían dejado en el océano contra los vientos y que aún pugnaban por entrar. Hombres, mujeres y niños estaban hambrientos y fatigados, pero rezaban y daban gracias a Dios por estar vivos. Mientras caminaban unos detrás de otros, arrastrando las pocas pertenencias que habían desembarcado, era el momento de pensar en todos los que habían muerto desde que salieron de España dos años antes.

El lugar en donde se detuvieron estaba tan azotado por los vientos como cualquier otro de los muchos dejados atrás o por venir, pero Sarmiento vio allí signos mínimos de vida, y en su mente visionaria adivinó el futuro de una urbe creciente y gozosa por los regatos que culebreaban entre las rocas, las reverdecidas matas con frutos rojos y amarillos, de nombre ignoto, y los grupos de cañizales sobre la ladera de una alta colina que les cerraba el paso. La mole les obligaba a desviarse, cosa que no hicieron, pues Sarmiento advirtió enseguida a su derecha una irregular explanada de pastizal al que se lanzaron por instinto los pocos animales que les quedaban. El lugar, extenso y sombrío pero habitable, estaba protegido por unos montículos próximos a esa alta colina que hacían de barrera natural contra el aire incesante. Allí decidió Sarmiento investirse con los honores y alcurnias de Gobernador, título que le dio el rey para cuando existiese un lugar donde poder ser tal, y tomó posesión de aquellas tierras para su soberano, fundando en ese lugar la ciudad que llamó Nombre de Jesús.

Por fin los pobladores, tras incontables infortunios y descalabros, habían llegado a su destino, y ahora levantarían con esperanza la que sería su casa y, en poco tiempo, también su tumba. Se vieron afectados por una rara exultación, si cabe brevemente, cuando dos días más tarde, los 193 pobladores lanzaron gritos de júbilo y vítores de alegría al ver pasar las naves por la costa. Habían regresado y penetraban por el Estrecho con buena navegación. Un increíble día radiante de luz y de calma las recibía y todos vieron en aquella placidez idílica de la naturaleza el signo del futuro feliz que los aguardaba.

Aquel día maravilloso en que las naves atracaron en Nombre de Jesús, después de ver las hogueras y señales que les hacían desde tierra, no fue más que una burla del destino, una trampa del diablo que habita en el umbral de la felicidad, ya que la nave que más pertrechos y vituallas llevaba, la *Trinidad*, se partió en dos al vararse entre las rocas de la costa y en poco tiempo se perdieron muchos hombres y todos los víveres.

El sol radiante de aquel día se tiñó de la inclemencia con que aquella pobre gente habría de vivir en adelante todos los días de su existencia, seguramente ya dada por muerta en ese momento en la Corte a la que Flores de Valdés había llegado por fin y tachaba de rebelde y apóstata al embaucador Sarmiento. Pero el rey solo pensaba en Inglaterra y en su vulnerabilidad, que creía absoluta. La vieja idea de los autómatas, el valiente Sarmiento y el fortificado Estrecho eran sombras y ecos del pasado en su mente tenebrosa.

Mas como siempre, la vida se abría camino. En tanto Gobernador que es, Sarmiento encarga la administración de la ciudad al capitán Andrés de Viedma, un hombre leal a él desde el principio, enjuto y recio y de buenas intenciones en su proceder, pero como hombre de mando carecía de astucia y de coraje. Ordenó Sarmiento que sin dilación se pusiera en marcha la creación de la ciudad. Lo primero que hizo Viedma fue fabricar una cruz alta y resistente con troncos de árbol y lianas y pintarla de negro; luego la erigió donde habría de ir la iglesia, que se aprestaron a construir de inmediato y que sirvió de cobijo principal para todos los habitantes mientras se edificaba el resto de casas.

En medio de la explanada, convertida ya en plaza pública, con un gran pilón general alrededor del que se trazaría un perímetro para levantar la empalizada y fijar la cuadrícula de las calles y edificios, Sarmiento mandó alzar otra cruz diferente, no menos robusta pero sin desbastar ni pintar, en la que deberían colgar los pies de los ajusticiados ante la vista de todos durante tres días. Era la Picota. Los albañiles empezaron a preparar largos adobes, los herreros improvisaban toscas forjas en las que fabricar clavos y golletes, los canteros formaban losas y basamentos, los carpinteros sacaban tablones de los troncos, y todos hacían el gran y hondo surco donde se plantaron los picudos troncos de la empalizada.

Pero, en pocos días, cundió el desánimo al desmoronarse las paredes de adobe por su endeble consistencia y al escasear el poco material civilizado que habían salvado para poder construir viviendas. Se improvisaban chabolas y cabañas con palos y ramas atados con cuerdas vegetales y trapos recosidos. El único que parecía resistente era el edificio de la iglesia; todas las demás construcciones eran de una inestable fragilidad, cubiertas por cañizos con goteras y con huecos a la intemperie. Acabarían viviendo como animales ateridos de frío, en poco tiempo. Pero mientras tanto, las obras estaban a cargo del francés Gaspar de Saint-Pierre, un arquitecto parisino y aventurero, perseguido por la justicia de su país, del que tuvo que huir por obscenidad y estupro.

Saint-Pierre era demasiado optimista y enseguida se vio que erraba el cálculo sobre la sequedad de la madera o su calidad, y sobre la resistencia de las piedras que los canteros, más que tallar, desmenuzaban. A todo ello se unía el grave problema de la falta de herramientas, perdidas en tantos naufragios y tormentas como habían padecido, o sencillamente olvidadas en los puertos, o por último y peor, como se comprobó enseguida, sustituidas en sus cajas por otros objetos de ninguna utilidad, como platos de latón o albardas de cuero. Saint-Pierre terminó por ingeniárselas para hacer de esos platos instrumentos de construcción en manos de todos los pobladores.

Nadie dejó de ayudar en la edificación de la ciudad, pero lo cierto es que al cabo de un mes y medio, la ciudad no existía. Había un gran cercado con astas en lanza para que no penetrasen animales. Había una iglesia con campana; había un galpón para las armas; había un cobertizo para el ganado; había un huerto en el que sembraron habas y hortalizas, y se dispuso otro campo para las parras, y aun un tercero para membrillos; y todo los demás eran cabañas de madera mal trabadas y con techumbres hechas de ramas y velas de navío.

Cuando aquella población tuvo esa forma rudimentaria de mezcolanza de casas y callejas, Sarmiento caminó una mañana por las calles, algunas empedradas por las losas de los canteros, sintiéndose el nuevo Ulises, el nuevo Odiseo homérico, aquel que fundó México, según las teorías estrafalarias en que creía desde que sirvió en Flandes, y quizá porque alguna vieja herida empezó a resentirse en su cuerpo magro, su obsesión revivió hasta hacerle creer que él era ya parte de la Historia, un héroe con la gloria al alcance de la punta de sus dedos. ¡Qué apartado estaba de la verdad!, exclamó Griffin.

Los indios, lejos de ser los seres pacíficos que Sarmiento pensaba y lejos, también, de ayudar en las edificaciones, empezaron a acosar a los centinelas por las noches y a los pobladores por el día. El Gobernador formó patrullas de exploradores que batieron la región para hallar comida y ubicar dónde estaban los indígenas, con el fin de eliminarlos. Recordaba las matanzas hechas por él mismo en los Andes y lo fácil que era llevarlas a cabo con pocos hombres y algo de astucia.

Los primeros que regresaron de aquellas patrullas fueron los que habían partido hacia la costa; al regresar, alertaron de la ferocidad de los indios con los que se habían cruzado; abatieron a todos, pero perdieron a algunos españoles. Trajeron también la alegría de comida nueva, después de haber matado a un centenar de lobos marinos y de hacerse con abundantes peces en la orilla. De lo que desistió Sarmiento, a la vista de la evolución de las cosas, fue de hacer la fortaleza planeada por Spanoqui. Todo era decepcionante para él, todo era pequeño y ridículo, pero sabía en el fondo, y esa era su fuerza, según Griffin, que estaba poniendo todo su empeño y energía en hacer las primeras bases de lo que algún día sería una ciudad tan memorable como Ítaca.

103

Empezó el mal tiempo, las temperaturas eran glaciales y la gente iba harapienta, con jubones hechos trizas, sin ropa adecuada ni mantas para las noches, ni sebo para las velas, ni ninguna protección contra el invierno. Ante la situación, Sarmiento decidió salvar lo que se pudiera de la *Trinidad*, varada no lejos del poblado con la quilla abierta y partida en dos, de manera que la mitad del buque yacía en el fondo del mar, así como la mayoría de todas sus mercancías.

El hundimiento del barco llevará a Sarmiento a desplegar sus teorías y saberes sobre los buzos. Pero era algo que tenía previsto hacer desde el principio, ya que tenían algunos conocimientos al respecto, había visitado bibliotecas en Roma y Verona, y, cuando los Antonelli idearon la cadena que cerraba el Estrecho, se puso a estudiar por su cuenta la posibilidad de hacer fortalezas en medio del mar, con cimientos flotantes, si no llegaban hasta el fondo.

Para ello ingenió un sistema de buzos, por eso se había traído todo lo necesario desde España. Los buzos fascinaban a

Sarmiento tanto como la aventura imposible de Ulises llegando al Nuevo Mundo. Le cautivaba la idea de poder caminar por el fondo de los mares como quien paseaba por la tierra, y ver todo el mundo submarino pasar a la altura de los ojos. Se atrevió, entonces, a fabricar su propio traje, tal como había visto en los grabados de la biblioteca de los Grasso de Verona, y a sumergirse él mismo hasta encontrar los restos de la mitad de la *Trinidad*.

La otra mitad estaba en los arrecifes de la Primera Angostura, pero en su interior se había perdido toda la carga y era apenas una trabazón de maderos astillados y lamidos por las olas que no valían ni para leña. Entre sus pertenencias, milagrosamente salvadas durante esos años, Sarmiento halló los dibujos que él copió de John Taisner y de Leonardo da Vinci en la biblioteca de la familia Grasso. Los necesitaba para reproducir el traje estanco con el que sumergirse. Todos los preparativos habrían de demorarlo varias semanas, pues precisaba curtir pieles muy finas, que permitieran un doble cosido muy apretado, y en aquellas latitudes solo habían logrado hacerlo con la piel de los lobos marinos. Mientras tanto, estuvo tentado de apañárselas con el más antiguo de los métodos de buceo, también copiado por él de un dibujo de Juanelo, y consistente en una campana en cuyo vértice o copa se formaba una cámara de aire. Pero no tenían campanas lo suficientemente grandes, ni tampoco nada con qué hacerlas, como para que cupiera un hombre dentro y menos aún que pudiera desplazarse con ella por el fondo. Desechó la idea y pasó a contemplar durante horas, y hasta días, sus dibujos.

Quería entenderlos, metérselos en la cabeza, quería comprender cada paso, ingeniárselas allí donde fuese oscuro avanzar, explicarse en buena lógica lo que era mecánico en aquellos bocetos y lo que sencillamente era fantasía. Los dibujos reproducían, a su vez, los artefactos que había imaginado el romano Vegecio en *De re militari*, dijo Griffin, y que él vio, dicho sea de paso, en la casa museo de Mario Praz en Roma, un lugar añejo que olía a muerte en cada rincón. De esos dibujos, uno representaba una cabeza de perfil rodeada por una esfera de vidrio cerrada con vendajes y correas en la zona del cuello de manera que el agua no penetrase y se guardase el aire de la esfera por un largo rato. Otro era una jaula en la que un hombre, ataviado con un traje sin costuras aparentes, era bajado con esa misma esfera de vidrio en la cabeza. En otro, se veía que la esfera de vidrio había sido sustituida por un casco de cuero que envolvía toda la cabeza salvo los ojos, en los que se había situado una ventanita de cristal; por la parte de la boca del casco salía un grueso tubo, que asimismo había de ser muy largo y hecho igualmente de cuero, que llevaba el aire desde la superficie. A los lados del traje, rodeándolo, había un cinturón con plomos o piedras, a modo de lastre, y otro con corchos u odres, para cuando hubiera que emerger de nuevo.

Cuando por fin se tuvo terminado el traje de buzo, decidió Sarmiento ser el primero en bajar. Aquello supuso el acontecimiento más esperanzador e insólito de cuantos se habían producido hasta la fecha en la pequeña historia de la colonia de Nombre de Jesús. Todos los pobladores habían recorrido el escaso kilómetro que mediaba entre la ciudad y los arrecifes de la costa, en Punta Delgada, donde yacían los restos de la *Trinidad*. Fue un domingo de mediados de abril, ventoso y sucio, salpicado de lluvias intermitentes y ásperas, cuando la ribera norte se llenó de una hilera de hombres y mujeres expectantes, abrazados unos y tiritando otros.

Sarmiento, en la orilla, ayudado por tres hombres, daba pasos ridículos mientras se cercioraba de que el cristal puesto en la gran capucha de cuero estaba bien pegado con resinas y cola de trementina. Al mirar hacia arriba, para lo cual tuvo que echar todo el cuerpo hacia atrás, aquellas figuras de sus compatriotas le parecieron seres inertes, imagen irreal de la vida, y tuvo una fugaz visión de lo que habría sido el formidable ejército de autómatas imaginado por Transilvano, si se hubieran plantado finalmente en aquellos mismos acantilados u otros parecidos. Uno de los ayudantes de Sarmiento, su amigo Pablos, enrollaba el largo tubo a modo de hipertrófica trompa que llevaba aire a la cara del buzo.

Sarmiento, convertido en un monstruo o un bufón, según se mirase, caminaba titubeante por la grava de la estrecha playa de Punta Delgada, embutido en su traje de piel de lobo marino. Los que estaban a su lado solo oían su jadeante respiración. Apenas le llegaba el aire por la trompa y creía que se iba a desmayar por la agobiante sensación de ahogo que le oprimía las sienes. Entonces, en el preciso momento en que sus pies, hechos con calzas de hierro, tocaron el agua, una flecha se le clavó en la pantorrilla. A ella le siguieron otras muchas que hirieron a los hombres que lo acompañaban y también a todos los pobladores que estaban en las lomas circundantes. Algunos fueron flechazos mortales y tres o cuatro hombres cayeron desde los riscos hasta la playa. Se produjo una gran desbandada y un enorme caos en medio de aquel inesperado ataque de los indígenas. Muchos corrieron hasta la ciudad, heridos en su carrera bajo la lluvia de flechas y dardos que se abatió de pronto. Sarmiento dudaba entre ir a duras penas hasta el resguardo de una cornisa, al fondo de la playa, o meterse en el agua, pero el dolor de la pierna lo paralizaba. Antón Pablos empezó a quitarle la capucha estanca y a tratar de descoserle el traje de buzo. Fueron minutos de gran desorden y desconcierto, en los que la sorpresa había enmudecido a los capitanes y nadie tomaba el mando ni daba instrucciones prácticas.

Se arremolinaban las mujeres y los niños y, como podían, los hombres buscaban ansiosos los sitios desde donde les atacaban, sin encontrarlos. Finalmente vieron una decena de canoas que llegaban por el sur, desde las que los indios lanzaban sus flechas. También por tierra, en la parte norte, aparecieron indios con lanzas y dardos más pequeños, que en poco tiempo pasaron a ser centenares de agujas mortíferas. La huida hasta la colonia dejó tras de sí varios cadáveres, entre los que había algunos niños y varios adultos, y dejó también, tirado sobre las rocas de la playa, el traje de buzo de Sarmiento, como la piel deshuesada de un animal fabuloso que enseguida fue tragada por la marea.

Cuando eso sucedió, los indios lanzaron gritos que fueron interpretados por Sarmiento y los suyos como de alegría. Si el buzo con traje de lobo marino era un dios despertado por aquellos seres invasores, ahora volvía a las aguas de donde nunca debió salir. Y para demostrar su victoria o el apaciguamiento de los dioses, un indio viejo, tal vez un caudillo de aquellos indígenas, según vio Sarmiento desde las empalizadas de Nombre de Jesús, se adelantó a todos y frente a los españoles, en un acto más soez que solemne, tomó una flecha y, mostrándola muy lenta y visiblemente a todos, se la metió por la boca y el gaznate hasta el extremo con plumas, sacándola de las entrañas después envuelta en sangre y dándose golpes en el pecho mientras a sus espaldas todos los indios aullaban. El viejo se revolvió en el suelo; sangraba por la boca y las narices y se untaba el cuerpo con la sangre de la flecha. Luego se levantó, hizo un gesto arrogante con la cara y se dio la vuelta. Los indios lo siguieron.

Sarmiento cojeaba desolado; había perdido diez hombres y toda esperanza de recuperar la carga de la *Trinidad*. Aquel domingo acabó trágico y desesperado para los colonos, que empezaban a pensar si haberse desecho en alta mar de aquel autómata sobrenatural no había sido más maldición que ventura.

104

Unos días después de aquel ataque, Sarmiento mandó hacia el interior del Estrecho a la nao *María*, la única que les quedaba en estado navegable. Envió en ella a soldados, pobladores y municiones suficientes para fundar una segunda ciudad, tal como estaba previsto. De nuevo los vientos del oeste se convirtieron en un muro infranqueable y durante varios días lucharon contra ellos para que no los sacaran del Estrecho. Cuando cambiaron los vientos, la corriente favorable impulsó el barco hasta el lugar elegido en el Cabo de Santa Ana. Allí los esperaba Sarmiento y un grupo de hombres que habían hecho el largo recorrido por tierra desde Bahía de Santiago hasta la punta del Cabo de Santa Ana, a cuyos pies se podía atracar en una pequeña cala bien abrigada.

El viaje de Sarmiento había durado casi los mismos días que el de la nao *María*, dos semanas, y fue penoso por las inclemencias del clima, muy duro en esa época, ya que no podían hacer fuego y se veían obligados a comer la carne cruda de los reptiles y de los pequeños animales que encontraban, después de haber sacrificado las siete cabras que llevaban consigo; empezaron a comer también las raíces de las plantas de los alrededores, algunas desconocidas, hasta venenosas y mortales, como la amarga raíz de la aciana amarilla.

A la desnutrición se unió el constante acoso de los indios llamados grandes, por oposición a otros que habían visto pequeños de estatura y pacíficos. Los grandes no tenían miedo a los españoles y les atacaban a todas horas y en toda circunstancia. A veces un solo indígena corría hasta la columna de Sarmiento con una lanza en la mano y se arrojaba contra uno o dos soldados gritando como un loco; por lo general en esos ataques los soldados mataban al indio enseguida, con sus armas de fuego o sus estiletes, pero en ocasiones la lanza del indio hería a algún español, incluso de muerte.

En su expedición hasta el Cabo de Santa Ana, Sarmiento perdió cinco hombres y una mujer, pero mataron a una treintena de indios. El caminar de todos, enfermos y sanos, era lento. Uno de los moribundos se escondió para esperar la muerte, de tan abatido como estaba. El resto de la columna oyó en silencio, desde lejos, los gritos agónicos que no pudo reprimir cuando lo encontraron los indios antes que la muerte. Oían su tortura sin poder hacer nada, salvo taparse los oídos con las manos.

Los pies mojados, desnudos y destrozados de casi todos, pese a improvisar unas abarcas sobre la marcha, fue una terrible penalidad que aún hizo más lento el viaje. También hallaron en su camino a algunos de los exploradores que Sarmiento había enviado semanas antes en busca de comida y para reconocer el terreno circundante de las ciudades nuevas que fundarían. Algunos de aquellos exploradores habían enloquecido, otros sobrevivían totalmente desorientados, y otros en fin habían sido torturados y despedazados por los indios. Sarmiento encontró parte de sus restos, verdaderamente despojos humanos –me contó Griffin en su vivo relato–, lo que le llevó a pensar que eran tribus caníbales.

En el Cabo de Santa Ana, Sarmiento funda la segunda ciudad, poniéndole por nombre Rey Don Felipe, aunque en las crónicas figura como Real Felipe. La zona era muy distinta de la Nombre de Jesús; allí no había explanada, sino una pequeña planicie irregular, y el perímetro que trazaron lindaba al norte con un páramo ventoso y al sur con una escarpada montaña muy frondosa. Al igual que en la otra ciudad, iniciaron la fundación por la iglesia, construyendo con adobe y troncos las paredes y las toscas vigas para el techo formado por acumulación de ramas entretejidas. Crearon después la picota, el hospital, la forja y el galpón para las armas. Los apenas cien habitantes se repartían en dos cabañas de troncos sin desbastar. Desembarcaron de la nao varias piezas de artillería, orientadas todas hacia el Estrecho y montadas sobre baluartes rudimentarios que seguramente se desmoronarían ante las primeras sacudidas de los cañones, pero nunca llegaron a usarse en la breve historia de Real Felipe.

Unas semanas más tarde, llegó el día que Sarmiento más aguardaba, en el que se dispuso por fin a ejecutar su plan más secreto. Dejó al mando del gobierno de la ciudad al joven Juan Suárez y pretextó cualquier motivo en apariencia urgente para regresar a Nombre de Jesús por mar con algunos hombres. Pero nada más partir, cambió el rumbo de la nao *María* y se adentró por el Estrecho. De nuevo le guiaba una obsesión. Fue hasta el final, hasta el Puerto de la Misericordia, en la ulterior de las islas del canal de feroces vientos perpetuos donde, cinco años atrás, había creído ver un destello o un ser que se movía y que tan inquietante sobresalto le causó. Llevaba consigo el tonel donde Antón Pablos había escondido el autómata. Esa vez contaba con los vientos a favor y en apenas cuatro días puso los pies de nuevo en el puerto de antaño, en la Desolación, la isla que tanto veía Griffin con los ojos cerrados y con los ojos abiertos.

La cala barrida por vientos polares que Sarmiento recordaba ahora estaba resbaladiza, con hielo y neviscas por todas partes; el hielo cubría las rocas y también las jarcias de la nao, y las barbas de los hombres, y la sangre de muchos. La dureza en la tierra helada y sin vida les impedía caminar, a él y al puñado de cuatro hombres que arrastraban con cuerdas y rodillos el tonel misterioso. Buscaron senderos y caminos ascendentes, se encaramaron a lomas que a su vez abrían otros altozanos superiores más escarpados, así hasta adentrarse por la tierra de la Desolación y avanzar hasta lo que Sarmiento se figuró que era el borde de la isla, los precipicios que daban a la bahía donde estuvo la *Esperanza* hacía cinco años y ahora, según sus cálculos, debía de estar la *María*. Pero en la ventisca polar desatada, sin poder ver nada a un palmo de sus narices, los hombres se desorientaron y se perdieron en aquellos páramos de niebla gélida y densa. No tenían noción de cuánto tiempo llevaban caminando. Iban y venían, retrocedían y avanzaban, los cilindros con el tonel se quebraron, tuvieron que llevar el tonel rodando, pero como enseguida Sarmiento se percató de que eso podía dañar el autómata, optó por abrir el tonel en presencia de quienes iban con él.

Extrajeron de su interior el autómata como si sacaran a un enano de hierro. Lo llevaron entre dos hombres. Sarmiento, que se había adelantado unos metros para tratar de imaginar dónde se hallaban, al mirar un instante hacia atrás, vio sorprendido las figuras borrosas de los tres, el autómata y sus portadores, como si fuese la estampa de un herido llevado por sus camaradas al término de una batalla. Por fin llegaron a un lugar desde el que se divisaba el Estrecho. Sin embargo, se habían desviado tanto de su objetivo, que intuyeron torpemente que se trataba de la costa norte, en concreto las estribaciones de Cabo Cortado. Sarmiento distinguió, al final de una prolongada ladera que remataba en un abismo, las aguas del Estrecho rompiendo brutalmente contra el furor del Mar del Sur; les llegó hasta allá arriba el bramido de las olas. Era algo terrorífico e indescriptible.

105

Determinó Sarmiento que aquel era el lugar adecuado para plantar el autómata. El viento era tan constante y fuerte, que pensó que haría moverse al autómata una y otra vez durante años, durante siglos tal vez, como las aspas de un molino. Ordenó hacer un gran hoyo, bastante ancho y profundo como para hincar la base cilíndrica del androide. Aquella tarea fue muy ardua, pues la tierra estaba muy dura y se rompieron los puñales de los cinco hombres; tuvieron que proseguir con trozos de rocas hallados por la zona. Finalmente lograron excavar el agujero y colocaron en su interior el autómata hasta medio cuerpo. Lo rellenaron con la tierra extraída y la apelmazaron. Pero algo en el autómata no funcionaba; el muñeco no se movía, no hacía nada, por mucho viento que penetrase en su cuerpo; era un armazón metálico que resonaba a hueco al golpearlo. La pieza clave que ideara Melvicio, y que unos meses antes el propio Sarmiento había accionado en Río de Janeiro ante sus hombres, había desaparecido, tal vez extraviada o tal vez robada. Mas, ¿robada por quién y para qué?

Por unos segundos, Sarmiento pensó que el autómata había muerto, pero enseguida se dio cuenta del disparate que era aplicarle ese pensamiento a aquel ser definitivamente diabólico. Eligió dejarlo allí tal cual estaba, en la confianza de que su sola visión inspirase temor y desasosiego a quienes lo avistaran desde lejos. Mejor que no pudiera funcionar, mejor que careciera de vida, se dijo a sí mismo Sarmiento.

Antes de darse media vuelta y regresar por donde habían venido, abandonándolo allí, Sarmiento se abrazó instintiva e inesperadamente al autómata. Al igual que le sucedería luego a Graciela Pavić, se vio desbordado por una extraña corriente de afecto súbito por aquel muñeco inerte y de apariencia remotamente humana que iba a quedarse solo en el más espantoso de los vacíos terráqueos. Se abrazó como quien se despedía de un hijo a quien dejaba en situación desesperada y a quien nunca más volvería a ver. Los cuatro hombres que lo acompañaban se miraron entre sí sin comprender la actitud de su capitán.

—Branco habría hecho lo mismo —dijo Griffin, interrumpiendo su relato—, estoy seguro.

Después del abrazo, Sarmiento pasó su mano por el torso del autómata y sintió en las yemas de los dedos los rasgos de una inscripción. Pensó por un instante si ya la habría visto en otra ocasión, pero no lo recordaba. Se agachó a mirar con detalle aunque el viento polar lo cegaba. Por fin, ayudándose de sus dedos, leyó lo que estaba grabado:

MELVICIUS. PRAGENSIS.
HOROLOGIORVM ARQVITECTOR.
OMNIVM PRINCEPS.
HUMUNCULUS SECUNDO.

—No —dijo Griffin con vehemencia—, Sarmiento no había visto antes esa inscripción, la cual delataba a su autor, el vanidoso Melvicio. ¿No era si no vanidad eso de «omnium princeps», eso de ser «el mejor de todos»? Y, lo más importante, delataba el número de autómatas construidos, evidentemente más de uno.

Como si fuese el pentimento de un grabado, Sarmiento, extrañado de no haber reparado nunca en esa inscripción, empezó a raspar las letras con la punta mellada de su puñal hasta hacerlas ilegibles. No sabía por qué lo hacía, solo reconocía en su acción una prudencia tan escrupulosa que solo se podía aplicar a un ladrón o a un asesino, y entonces cayó en la cuenta de que todo lo que había hecho hasta ese momento, desde que se apropió del autómata que le confiase Arcimboldo a espaldas de su Emperador, era un delito, y precisamente como delincuente borraba ahora con crispación los rastros de su crimen. Por eso, tal vez todo lo había hecho a escondidas, y no porque quisiera probar él solo la eficacia del invento contra los ingleses, como se mentía a sí mismo. Graciela Pavić, cuando siglos después reparó el autómata, no percibió las huellas de aquellas raspaduras, de tan limadas que estaban, pese a acariciarlo con la suavidad de una amante.

Cuando descendían por la espalda de Cabo Cortado, agarrados de la mano para buscar alguna trocha natural y no resbalar ni rodar hasta el final del páramo, la niebla helada se disipó y solo curtía sus rostros el viento polar que los envolvía. Los cinco hombres observaron que oscurecía y que la luna se eclipsó formándose en su círculo un aro rojo de sangre que duró mucho tiempo; las tinieblas consecuentes se abatieron sobre la Isla y causaron un cerval temor entre ellos. «Como cuando murió Cristo», dijo Sarmiento, paralizado por el fenómeno.

Al llegar de nuevo al Puerto de la Misericordia, zarparon enseguida en la nao *María*, convencidos otra vez de que aquel autómata no traía nada bueno para sus vidas.

–Ese eclipse –creyó Griffin necesario explicarme–, no consta en ninguna referencia, sencillamente no existe ni hay datos sobre él: en 1584 esa zona del globo no tuvo eclipses de luna.

Tal vez fuese el miedo lo que les llevó a imaginarlo. Sarmiento y los cuatro hombres que lo acompañaron juraron guardar silencio sobre lo que habían hecho, y nunca más hablaron del autómata ni del lugar donde estaba. Pero la verdad era que todos menos Sarmiento morirían pronto y no importaba que su secreto se propalase entre los pobladores de las ciudades; es más, uno de ellos habló antes de morir, pero no sirvió de nada: por mucho que, desesperados, con Viedma a la cabeza, buscaran al autómata como un talismán que los salvara del hambre y de la debilidad, nunca lo encontrarían en la inmensidad del Estrecho, pues el moribundo no llegó a decir en qué isla estaba.

Una semana después, en plena primavera tormentosa, la *María* tenía a la vista Nombre de Jesús, la primera fundación. Nada más llegar, anclaron el barco entre las rocas del fondo, muy movedizas e inestables. En ese momento se desató un viento que alzaba olas de varios metros, sorprendiendo a todos en la orilla y en la nao misma; la maroma del ancla se cortó, podrida tal vez, y la nave fue expulsada del Estrecho. En ella iba Sarmiento.

Aquel viento furibundo no fue más que el anticipo de una prolongada y terrible tormenta que duró veinticinco días. En ese tiempo, la nao *María* bogaba contra los elementos para volver a tierra, pero era zarandeada por el mar bravo hasta el extremo de estar a punto de zozobrar muchas veces; algunos marineros, a la desesperada y contraviniendo las órdenes de Sarmiento, se lanzaron al agua botando una chalupa que enseguida se fue a pique con ellos dentro. A bordo, las parvas provisiones se agotaron rápidamente o se perdieron por el temporal y no hubo forma de racionarlas ni de guardarlas. Entonces, con la angustia de verse cada vez más y más separado de sus hombres y amigos, de aquellos pobladores que habían creído en él, Sarmiento se encontró a muchas millas del Estrecho, desarbolado y sin agua, con pocos marineros y ninguna fuerza. Decidió regresar a Brasil en un viaje doloroso, pues no se había podido despedir de nadie, tal fue la abrupta sorpresa de aquel golpe de mar, ni hubo modo de avisar a los colonos que quedaban allá, huérfanos y abandonados, sin esperanza ni futuro.

106

Sarmiento jamás habría de volver al Estrecho de Magallanes, a pesar de todos sus esfuerzos; con el corazón roto, dejó allí a su suerte a aquellos pobladores que él mismo reclutó, a quienes llegó a conocer por su nombre uno a uno y cuyas caras nunca pudo olvidar durante los años que mediaron hasta su muerte. Pero no sabía que le aguardaban otras y muy largas penalidades. Para empezar –relató Griffin–, desde el día en que llegó a Brasil no dejó de intentar regresar al Estrecho una y mil veces, pero todo se tornaba adversidad y desánimo. La duración de cualquier preparativo emprendido, más las tormentas y la falta de dinero lo impidieron.

Estuvo dos años intentándolo en vano. De Río pasó a Bahía, donde vivió meses; de Bahía volvió a Río para regresar al poco de nuevo a Bahía e intentar embarcarse de nuevo. No le llegaron noticias del Estrecho, nadie sabía nada, no había habido barcos que como el suyo hubieran salido del Estrecho sin posibilidad de volver a entrar. Y, lo que era peor, nunca, en esos dos años, tuvo noticias de España. Escribió doscientas catorce cartas, que, agrupadas en cada barco que partía hacia el este, enviaba a cuantas personas conocía en las Cortes de Madrid y de Praga, cartas dirigidas a los emperadores Felipe y Rodolfo. Llegó a creer que ya se habían olvidado de él.

Hasta llegó a escribir a Arcimboldo y este, seguramente, rompería la carta, allá en Milán, retirado, apenas con el recuerdo brumoso de un autómata extraño que entregó a un español alucinado. Jamás Sarmiento tuvo respuesta alguna, y si la hubo en forma de carta, esta nunca llegó a su destinatario, bien porque el correo naufragase, bien porque el portador de la misiva muriese antes de llegar de vuelta al Brasil. Por fin, desesperando de toda empresa que supusiera botar una fragata hacia el Estrecho Magallanes, se embarcó en Bahía como pasajero hacia la Península.

El 22 de junio regresaba a España en una carabela portuguesa, cuando es abordada por corsarios ingleses propiedad de Walter Raleigh cerca de Cabo Verde. Todos cuantos iban en el barco luso son apresados. El piloto delata a Sarmiento, diciendo que es un español de importancia, y lo vende a los corsarios. Unas semanas más tarde desembarcan en Plymouth, al sur de Inglaterra, y llevan a Sarmiento en presencia de su nuevo captor, Sir Walter Raleigh. Por un azar del destino, los dos hombres hablan latín, la lengua de sus más apasionadas lecturas, y se hacen amigos, hasta el punto de que Raleigh lo libró de la prisión adonde iba a ir a parar y lo acogió en su casa, prestándole todos los lujos que necesitara en ropa, servicio, manjares y monturas.

Sarmiento le refirió todos sus viajes y le contó la toma de posesión de las tierras del Estrecho de Magallanes para Felipe II, y al final le habló de su tormento, los habitantes de las dos fundaciones dejados allí. Sarmiento y Raleigh son hombres de su tiempo, renacentistas puros, cultos, poetas, militares, marinos. La diferencia estribaba en que Raleigh triunfaba en sus empresas y aventuras y Sarmiento no. Raleigh era rico comerciante por haberse hecho con el monopolio del tabaco y había ascendido hasta la cumbre en su carrera como político, al llegar a ser Capitán de la Guardia de Isabel I y, en último término, su amante. Pasado el tiempo, la vida se torcerá para él, asemejándose en algo a la de su nuevo amigo Sarmiento. Con Jacobo I, el nuevo rey tras Isabel, Raleigh caerá en desgracia y desde 1603 probará los fríos lechos de piedra de la Torre hasta 1616. Escribirá durante todo ese tiempo de prisión una Historia Universal en seis tomos, muy apreciada. Ese mismo año será decapitado en el patio del antiguo palacio de Westminster, después del fracaso de su segundo viaje en busca del Dorado. Pero en la época en que tuvo por huésped a Sarmiento, la reina quiso conocer al intrépido español que había creado dos ciudades en los confines de la tierra.

Durante una hora y media, Sarmiento y la reina hablaron en latín de los pobladores, pero el español no dijo nada del autómata. Se emocionó al recordar a algunos de ellos, como al relatar el episodio del traje de buzo, cuando fueron atacados por los indios. Le habló a la reina del viejo patagón que engullía flechas y las sacaba de su estómago ensangrentadas. Ella se maravillaba con los relatos de Sarmiento y mostró una compasión con cierta pizca de hipocresía, interesada como estaba en las industrias fracasadas de su primo Felipe.

Gracias a esa conversación, Sarmiento fue puesto en libertad; el 30 de octubre de 1586 partió de Londres y cruzó el Canal. Sus desgracias habrían de continuar en tierras francesas, donde estaban en su apogeo las guerras contra los Hugonotes. Cerca de Bayona fue detenido por arcabuceros del conde de Bearn, coronado más tarde como Henri IV de Francia, cuyo palacio estaba en Pau.

107

Sarmiento fue hecho prisionero en Pau durante tres años –«¡tres años!», exclamó Griffin al contármelo–, se le blanqueó el cabello en una celda oscura de Mont-de-Marsan, aguardando un rescate de su rey que nunca llegaba. Y mientras tanto, no cesaba de escribir dramáticas cartas, decenas de cartas, suplicando alguna ayuda para los pobladores del Estrecho.

En aquellas extremas latitudes, solo sobrevivió un hombre, el soldado extremeño Tomé Hernández. Este relató en Chile, después de ser salvado, que, al año de irse Sarmiento, las penalidades llegaron a un nivel insoportable para los pocos que ya quedaban en ambas ciudades. Morían de hambre, de frío, enloquecidos y enervados por los frecuentes ataques de los indios. El capitán Viedma, alcalde de Nombre de Jesús, acordó dejar la ciudad y remontar el Estrecho hasta Real Felipe con el puñado de supervivientes, desnutridos y asqueados de pugnas triviales entre ellos. Para el traslado, aún tuvieron fuerzas de armar dos endebles bateles que apenas flotaban. El viaje, en medio del invierno, fue terrible para las mujeres y niños que todavía vivían. Su desgracia aumentó cuando naufragaron tras dos semanas remando contra una desesperante resistencia del mar; no avanzaban más que uno o dos kilómetros por día, después de agotar a los remos sus reducidas fuerzas.

Una de las barcas, en la que iba la mayoría de mujeres y niños, hizo agua y en pocos minutos se fue al fondo, sin que nadie lograse salir a flote. El otro batel, con no más de doce personas, llegó por fin a rey Felipe. Suárez, su alcalde, no los recibió con júbilo, pues había muy poco para repartir. Después de muchas discusiones, decidieron entre todos, un grupo de unas cincuenta personas nada más, diseminarse por la costa, hacer hogueras y tratar cada cual de sobrevivir con sus propios medios y habilidades. Muchos se negaron, sobre todo los más débiles y ancianos, pero finalmente acabaron disgregándose en pequeños grupos por el litoral.

Las hogueras que prendían tenían por finalidad ser avistadas por algún barco, pero no pasó ninguno en todo un año. Las ciudades ya no eran ni la sombra del sueño imperial de Felipe II, en aquella remotas y malditas tierras, ni serían jamás el germen de una nueva Ítaca, como deseó vehementemente Sarmiento, para todos convertido ahora en un traidor que los había abandonado, un fatuo embaucador cuyo nombre y el de sus descendientes maldecían, cegados por el rencor y la incomprensión.

Viedma, al saber que el autómata no había desaparecido sino que presidía toda la región en lo alto de algún pico, se obsesionó por la idea quimérica de buscarlo y utilizarlo como talismán. Cuando lo tuviera en sus manos, decidiría si lo destruía o no. Pero Viedma nunca lo halló, pese a buscarlo incasablemente durante varios meses, según relataría después Tomé Hernández, quien no sabía qué buscaba en realidad su capitán, al que veía especialmente inquieto y excitado, yendo de un lado a otro del Estrecho en arriesgados viajes sobre canoas tambaleantes. Así buscaría Graciela a sus hijos cuatro siglos después, pero ella sí encontró al autómata.

Pasaron otros dos inviernos en las más duras adversidades. Fue atroz: no tenían ropa, las pieles eran escasas, el frío los congelaba, el viento los volvía locos. La muerte era una cadencia lenta y constante. En el mes de enero de 1587, en pleno verano, Viedma hizo recuento de sus hombres: solo quedaban dieciocho.

Pasada la Punta de San Gerónimo, Tomé Hernández vio un navío. Botó una chalupa y se fue tras él. Llegó exhausto cuando lo subieron a bordo. Aún no lo podía saber, pero acababa de salvar su vida, la única vida que no estaría nunca en la conciencia de Sarmiento. El barco lo comandaba el famoso corsario inglés Thomas Cavendish, que, siguiendo los pasos de Drake, iba hasta el Perú para asaltarlo.

Sobre los hechos que se sucedieron, y que refieren el verdadero final de los pobladores del Estrecho –dijo Griffin–, Tomé Hernández, más o menos, contó esto: «Los ingleses vieron hogueras en las altas cimas de los acantilados de la costa, cerca de Real Felipe. Pensaron primero que serían fuegos de los indios, pero yo les advertí de que se trataba de cristianos españoles que habían fundado poblaciones por allá. Había que salvarlos pues estaban expuestos ya a la muerte inminente. Nadie podría resistir un tercer invierno en aquellas latitudes. Cavendish entonces botó un batel y bajó a tierra. Se encontró con los fortines medio construidos, los muertos pudriéndose sin ropa en las cabañas, y a un tal Acevedo, asesino en una reyerta por un poco de comida, colgando de la soga en la horca. En la iglesia estaban, abatidos, los capitanes Viedma y Suárez, con quienes habló el inglés. Otros dos hombres estaban con ellos. Para regocijo de los españoles, pactaron que el inglés recogería en su barco a todos los supervivientes, en ese momento no más de doce hombres y dos mujeres, y los sacaría de aquel infierno para situarlos luego cerca de Valparaíso. Fue el capitán Viedma a buscar y reunir a todos ellos. Cavendish le prometió que los esperaría, pero en cuanto los perdió de vista, mandó a sus hombres deshacer las cabañas, llevarse los maderos que sirvieran, así como todo el agua que encontraran, y regresó con el batel a su barco. Aduciendo que había buena marea y viento favorable, zarpó a toda prisa dejando allí a los españoles, quienes vieron a lo lejos partir su última esperanza. Yo mismo vi desde el navío inglés cómo se mesaban los cabellos y lanzaban gritos inaudibles porque iban a morir. Y murieron, seguro, al poco tiempo, helados, hambrientos o matados por los indios».

El *sensible* corsario Thomas Cavendish, horrorizado por haber visto allí los cadáveres de unos niños con paja en la boca, con la que se habían ahogado al no poder tragarla, llamó a aquel lugar Puerto del Hambre, nombre que aún conserva.

En cuanto a Sarmiento, varios años después, Felipe II se avino a pagar un exiguo rescate de apenas 6.000 escudos y cuatro caballos, y pudo salir de las mazmorras de Mont-de-Marsan. Habría que ver su estado: el hombre que salió por el portillón de la fortaleza, aún con edad madura, era ya un anciano con guedejas blancas sobre los hombros y ningún diente en la boca. Deambulará cual fantasma por la Corte de Madrid buscando un acomodo que no llegaría. Dos años más tarde, un luminoso día de mayo de 1592, un encorvado Sarmiento acompañaba al Emperador cuando entró en la gran bahía de Lisboa con su flota. Iba a bordo de uno de los barcos, más que nada por caridad del rey, que lo acogió a su servicio, y no tenía otro cometido que el de no estorbar.

Atraído por los vítores y hurras de la orilla, salió de su camastro hasta la borda para ver la ciudad engalanada. Con la imagen en la retina de las casas con flores y guirnaldas, luminosas paredes brillantes por el sol, la tarde serena de viento, sin nubes y una brisa viva en el rostro, Sarmiento sonrió de pronto y se le iluminó el rostro; perdió la mirada en el lienzo blanco de una intensa luz; creyó que entraba en la ciudad de Nombre de Jesús, su Ítaca Futura, y, antes de desplomarse muerto sobre la cubierta, le pareció que pronunciaban su nombre: Ulises, Ulises.

108

–Yo tengo una vida plural, como Pessoa –aseguró Griffin, mirando al cielo mientras dejaba que un sorbo de whisky bajara por su garganta–. Una vida, además, llena de bifurcaciones –añadió–. Lo aprendí de alguien que conocí en mi juventud, un amigo que murió joven, Roberto se llamaba, Roberto Fornos. Era muy delgado y tímido, patológicamente tímido; vivía en un estado de alcoholemia aguda y constante pero tenía el extraño don de que no se le notaba en absoluto, nunca, al menos en los años en que lo traté. De las muchas vidas que podía tener para ser él mismo, se diría que una de ellas era la del hombre sobrio, que podía sacar a voluntad y superponerla a la del borracho desagradable y patético que le correspondía ser.

Roberto Fornos, según se explayó Griffin, murió joven porque vivió varias vidas, todas las que representaba ante cada uno de sus amigos. Vivía como un actor y la suma de todas esas vidas, tantas como amigos, daba en realidad el resultado de una especie de vejez a los treinta años, que era la edad en que cayó fulminado en un retrete del hospital por una cirrosis contra la que los médicos no pudieron hacer nada. Cuando el propio Roberto se ingresó en la clínica Ruber, apenas si un coro de doctores le dio el exiguo plazo de un mes de vida, tan mal estaba ya su hígado para entonces, y no lo llegó a cumplir ni a la mitad.

Durante los años en que fueron amigos, siempre creyó Griffin que él era su mejor amigo, su confidente, incluso llegó a creer que era su *único* amigo. Roberto era editor vocacional, aunque vivía sobre todo de una fortuna heredada, casi como Griffin. Una vez le quiso contar algo muy confidencial, una especie de secreto, como un oscuro tabú personal, algo quizá inconfesable por fin confesado, pero, para sorpresa de Griffin, se limitó a decir que había sido testigo de un fenómeno extraordinario que había marcado su vida.

Una tarde de verano, al parecer, había salido al balcón de su casa, que daba a la gran plaza de Colón, en Madrid, y había visto sobre el perímetro de esa enorme plaza, ocupándola por entero, un enorme platillo volante a punto de posarse. La extraña nave, o lo que fuera aquello, estuvo unos segundos en una especie de trance dubitativo, flotando en la bochornosa tarde madrileña, y finalmente, como la luz del rayo, ascendió y desapareció en las alturas.

Roberto permaneció todavía unos minutos mirando al cielo, donde ya no había más que la claridad metálica de la tarde, y empezó a pensar si no sería la revelación de un mensaje futuro de incomprensible explicación en el presente. Roberto lo contó como un hecho natural, incluso cotidiano, como ir a la lavandería o narrar una película. Griffin atribuyó aquella historia a una normal alucinación de alcohólico, y aunque no lo creyó, obviamente, le hizo ver que se sentía agradecido por ser depositario de su confidencia.

–Roberto no mezclaba a los amigos –dijo Griffin–, es más, todos nos sentíamos el único amigo que tenía. Cuando murió nos fuimos conociendo algunos de los que lo frecuentábamos, unos pocos de muchos, tal vez, pues a su muerte fuimos sabiendo que en realidad Fornos era algo así como un promiscuo de la amistad, pero por separado, la amistad uno a uno, todo un arte.

Nunca le había hablado a ninguno de ellos de la existencia de los otros, ni siquiera mencionarlos. Cada amigo era una vida entera y cumplida, con sus ritos, sus psicologías, sus confianzas y sus confidencias, como aquella de la revelación extraterrestre que le había hecho a Griffin. Por otra parte, los pocos que lo acabaron conociendo en las exequias, apenas una treintena, jamás habían coincidido ni en la escalera de la casa ni en las páginas de la agenda de Roberto, de tan planificadas e incomunicadas que debía de tener las relaciones. Todos acudieron el entierro del amigo precisamente después de ver una esquela en la prensa, no porque alguien los hubiera avisado. Griffin comprobó que a ninguno de los muchos con quienes habló en el cementerio le había referido Roberto jamás la historia del platillo volante que con tanto escrúpulo ceremonial quiso relatarle como un hecho crucial en su vida.

Se produjo entonces lo que Griffin llamaba una bifurcación. De pronto, sintió que algo en su vida se dividía: dejaba a un lado a su amigo Roberto, cuya historia por otra parte ya había concluido con su muerte, y optaba por un camino nuevo que se abría, el camino de los amigos de Roberto Fornos. Así supieron todos que, en realidad, los hacía considerarse a cada uno su amigo especial, el *más* especial. Ese día del entierro todos se intercambiaron sus respectivos datos: direcciones, teléfonos, profesiones, citas inmediatas, citas más lejanas, fotos familiares, fotos con Roberto (en realidad muy pocos tenían alguna con él, siempre, por otra parte, borrosa o movida o fuera de cuadro), anécdotas, gustos y aficiones.

De allí surgieron amistades nuevas, que a su vez serían exclusivas, intransferibles, de amigos a amigos especiales, y de amigos especiales a más especiales aún. De nuevo uno a uno, algo así como la expansión del *robertismo*. Alguien propuso una cena anual para homenajear a Roberto y de paso conservar el inicio de amistad incipiente que había surgido allí, en el cementerio, si cabe al albur de la muerte de su común (la palabra común les resultó a todos extraña y hasta hostil) amigo. Sin embargo, aunque hubo un ambiguo asentimiento general, jamás volvieron a verse como grupo.

Con los años, uno de aquellos amigos de Roberto, y por extensión ya amigo de Griffin, acabó viviendo en Nueva York.

—No importa su nombre —matizó Griffin—, en realidad es irrelevante y no tiene cabida en esta historia que le estoy contando. De hecho, nunca supe nada de él, salvo que era amigo de Roberto y esa era la excusa para felicitarme mecánicamente la Navidad cada año, y en cada felicitación me repetía, tal vez por mera cortesía, que no dudase en pasar a verlo si iba por la ciudad. Para mí no es nadie, salvo que representa Nueva York, un hotel en Nueva York y una cascada de recuerdos que desembarcaron en aquel hotel. Eso es lo que le debo a Roberto, también.

Se presentó la ocasión cuando, no teniendo nada mejor que hacer, Griffin decidió aceptar su ofrecimiento e ir a hacerle una visita en Nueva York, llevado por esa voluntad de errancia que siempre la había movido, y que, por ejemplo, le hacía estar en Madeira, frente a mí, un extraño para él. Otra bifurcación.

Para desilusión de Griffin, aquel amigo de Roberto no estaba en la ciudad, tal como le dijeron cuando llamó al número de teléfono que el amigo le había dado. No volvería en varios meses. Pese a esa información disuasoria, Griffin fue caminando hasta la dirección que tenía de él, la 40th con Madison, en Murray Hill, a sabiendas de que no estaría, solo por el gusto de pasear por Nueva York con una meta. Hizo ese camino muchas veces, con variaciones en el recorrido. Llegó a convertir aquella dirección fantasma en el centro de su estancia neoyorquina. Subía por Park Avenue y zigzagueaba por Broadway. O bien iba por la 42th desde Times Square. O bien se dirigía en metro hasta el edificio de las Naciones Unidas y luego bajaba por la Segunda Avenida hasta la entrada del túnel de Queens.

Muchas otras tardes, en cambio, las pasaba en la habitación de su hotel, el Gramercy Park, cuyo papel pintado verde piscina ejercía un efecto de vacío imperturbable. Tumbado en la cama enorme, de colcha rosa con figuras de ciervos, miraba abstraído los grandes armarios que había por el cuarto, como pequeñas habitaciones dentro de la habitación, y se zambullía en el verde de la pared dibujando islas mentales o memorizando en sus manchas islas ficticias para luego recordarlas.

Otras veces se sentaba frente a la ventana de guillotina, la subía hasta los topes, y observaba las decenas de ventanas anónimas de las traseras de los rascacielos que lo rodeaban, y en las azoteas de los edificios colindantes veía destacar los depósitos de agua, del mismo color verdín en todas las azoteas y tejados metálicos neoyorquinos, cuya forma le recordaba a Griffin la de las carcasas de unos cohetes artificiales, gordos y chatos. Le llegaba el incesante rumor de la ciudad, monótono como una atmósfera sonora, y envuelto en ese ruido líquido, su mente vagaba por insondables pensamientos que ya no recordaba.

109

El Gramercy Park Hotel, donde la avenida Lexington desemboca en Gramercy Park, era un hotel espantoso, pero a la vez no lo era. Otra bifurcación, esta vez del gusto. Nunca le había gustado a Griffin lo perfecto ni lo irrefutablemente nuevo. Me confesó que necesitaba el desgaste, el tiempo, la erosión, el uso. El hotel estaba anticuado, y era hasta decadente, pero esa decadencia lo hacía memorable, incluso posibilitaba a gente como él la fabulación de otra vida. En la umbría habitación, o en el vestíbulo enmoquetado y emparedado de maderas oscuras, o en los apagados pasillos sin lustre, con tuberías antiincendios de color rojo, se sentía más invisible que nunca, una invisibilidad de anonimato absoluto, camaleónico hasta para las camareras que hacían los cuartos con una mueca de repugnancia en la cara.

El ascensor del Gramercy que correspondía a la parte del hotel donde se accedía a su habitación, en el piso quince, estaba en una zona bastante siniestra y apartada del vestíbulo, había que recorrer un buen trecho, entre pasillos y recodos, subidas y bajadas, hasta llegar a él. Toda esa parte de proceloso camino estaba pintada de un extraño color granate oscuro, incluidas las puertas de los ascensores, casi camufladas en realidad.

A la derecha del ascensor, junto a los botones, había una lamparita cuya luz caía sobre una foto enmarcada. Era la única luz de la zona tenebrosa, y casi se hacía imposible no reparar en esa foto. Era una foto de una familia posando delante de la cámara, tomada en los años treinta, en la que enseguida se distinguía que se trataba de los Kennedy. En la parte inferior se podía leer que John Fitzgerald Kennedy vivió allí, en el Gramercy, a los once años. Era una edad de bifurcaciones, pensó Griffin, recordando que fue a los once años cuando Rodolfo II estuvo en Madrid con su tío Felipe II aprendiendo espiritismo y buscando la puerta secreta para hablar con los muertos; y que once años tenía su abuelo Arnaldo cuando leyó aquella novela de Sebastián Cordelier, *Samini contra todos*, que le cambió la vida y el nombre.

Griffin se detuvo un buen rato a mirar la foto junto al ascensor. Mientras tanto, dejó pasar al ascensor a varias personas que estaban detrás de él y que subieron a sus cuartos del hotel. Otras bajaron. Y otras tantas más volvieron a subir. Él seguía mirando a los Kennedy, a toda la familia, a todo el clan, sonriente y desafiante, numeroso y ya trágico en esa época. Cuando subió a la habitación, se acercó a la ventana y tuvo una de esas sensaciones autoscópicas que le eran tan frecuentes, en las que le sobrevenía un lapso de falta de identidad y se veía a sí mismo como si fuera otro, y a su entorno como si le fuera ajeno. Esa situación la tuvo por primera vez a los once años y fue también en un hotel.

¿Dónde vivía Griffin a los once años? Revivió en ese momento otra bifurcación de su vida: al igual que J. F. Kennedy, a los once años él también vivía en un hotel. Era un hotel de la Puerta del Sol de Madrid, el Hotel Navarra, donde se había trasladado con su madre desde Barcelona. Vivían los dos solos, un año después de que su padre, Sean, los abandonase para irse con Analía Soler, Perla Chávez para el cine. Fue tan solo por un tiempo, dos meses a lo sumo, pero recordó en Nueva York que lo que le llamó la atención de aquel Madrid bullicioso era el ruido constante, el rumor que ascendía de las calles y que no cesaba nunca en aquella ciudad que, como Nueva York, no dormía. O eso experimentó Griffin, desde la altura de sus once años. Claro que las comparaciones entre ambas son abismales e imposibles, y máxime al final de los años cincuenta, pero siempre había encontrado una lejana familiaridad entre las dos ciudades, y la había asociado al ruido que provenía de la calle a cualquier hora del día o de la noche.

En el Hotel Navarra cumplió once años y por primera vez tuvo una noción exacta de lo que les había ocurrido a sus padres y de dónde estaba su padre y con quién. Otra bifurcación, sin duda: los hombres y las mujeres cambian de hombres y de mujeres, de patrias y ciudades, de tiempos y de estados, de gustos y disgustos.

En Nueva York volvió, por tanto, a pensar en su padre, y en la vez en que, ya bastante mayor, fue a visitarlo, cuando ya estaba jubilado y aburrido, a su autocaravana de Pasadena, en San Francisco. Al regresar, en lugar de volver a Madrid directamente, otra bifurcación se cruzó en su camino: decidió alargar el viaje hasta Ciudad de México e ir a ver, si es que vivía aún, a Analía Soler, la mujer con la que su padre se había fugado cuarenta años antes. Supo que había dejado su carrera cinematográfica hacía tiempo y que vivía otra vez en su país, aunque nadie sabía en qué estado ni con qué dinero.

Griffin pudo hacerse sin mucha dificultad con sus señas gracias a los agentes artísticos sindicados de Hollywood, algo tan sencillo como hacer una llamada telefónica desde una cabina. Tomó un taxi en la Glorieta de Insurgentes, cerca del hotel Estocolmo donde se hospedó en la ciudad de México por dos noches, y le pidió al taxista, un tipo gordo, excedido de peso en su asiento, al volante de un Volkswagen *escarabajo* en cuyo interior olía a ambientador dulzón, que lo llevase hasta el 15 de la plaza de Loreto, algo más arriba del Zócalo.

No recordaba nada del trayecto salvo la luz cegadora, pero tenía presente que dio muchas vueltas por calles y callejuelas hasta detenerse en una plaza en la que el número 15, apenas visible, hacía esquina; en los bajos había una tienda de lejías, detergentes y escobas, todo expuesto en la puerta, dijo Griffin, y en la entrada del portal lo miraba un vendedor ambulante de tacos con una planchita renegrida que echaba humo por los lados y con un convoy de tarros de plástico para los ingredientes, pollo, pescado en escabeche, tamales, piña, higo, tomate picado, cebolla, aguacate, frijoles, tarros con tabasco y kétchup; el vendedor ambulante era un tipo con bigote y sonreía constantemente, le ofreció un taco que tenía en la mano mientras comprobaba, parado en la acera, si aquella entrada era la del número 15.

Le rechazó la oferta del taco, pero se moría de sed, y el hombre llevaba en la parte de abajo de su carrito una neverita con refrescos. Le pidió uno, de Pepsi Cola, que resultó estar caliente. La bebió como jarabe mientras subía por las escaleras de aquella casa a la que no había llamado, ni siquiera había avisado por teléfono previamente que se presentaría ese día y a esa hora. Sería una sorpresa, no sabía si grata o no, para Analía Soler, caso de que aún viviera allí, o al menos en este mundo de los vivos. Cuando llegó al cuarto piso derecha, llamó al timbre y se dio cuenta de que aún llevaba en su mano la Pepsi medio llena. La dejó en uno de los escalones, discretamente situada para que nadie se tropezase con la botella. Luego, al marcharse, la recogería. No lo hizo, porque al salir de la casa ya no estaba donde la dejó.

En ese momento le abrió la puerta una mujer madura, pero no una anciana, como Griffin se esperaba. Tendría unos setenta años, según sus cálculos, pero no aparentaba más de cincuenta. Estaba ligeramente maquillada, con los ojos pintados y el cabello negro teñido, mantenía aún huellas de una belleza que no la había abandonado sino que se había transformado en el eco de una salvaje hermosura, convertida ahora en una sabia mezcla de elegancia y ardor. Estaba descalza y tenías las uñas de los pies pintadas de negro. Llevaba una bata china, con dragones, lo que le llevó a pensar de golpe, absurdamente, que estaba viviendo un tiempo distinto, en otro futuro imaginario, y él se presentaba en la casa de Li Pao muchos años después y Li Pao le abría así, con los ojos pintados, la belleza avara en la esencia de los rasgos delicadamente sutiles y una bata de seda, abierta y sensual con dibujos de dragones dejando entrever su cuerpo aún elástico. Pero la voz era de Analía Soler.

–Sí, yo soy Analía Soler –dijo la mujer descalza.

110

Le dejó entrar cuando se identificó como el hijo de Sean Griffin. Al franquearle la puerta, vio en el rostro de Analía una sonrisa que podía ser a la vez de incredulidad y de venganza, como siempre se imagina un niño que es la cara de la madrastra convertida en bruja cuando abre la puerta de su choza falsamente disfrazada de caramelo y dulces de chocolate, en los cuentos de hadas. Griffin experimentó una curiosa regresión, un viaje vertiginoso hacia atrás en el tiempo: en aquella casa, sentado en un sofá de crin desgastada y brillante, en un salón barroco que Analía llamó «asiático», plagado de fotos de todas las épocas y de todos los actores, conocidos y desconocidos, de jarrones chinos, de flores de plástico, de mantones de Manila, de jaulas de jade, de sombrillas de bambú, pagodas de Hong Kong, de postales claveteadas en las paredes, con tres televisores inexplicablemente ubicados uno al lado del otro, de discos desparramados por mesas, sillones, sillas, de cientos de cartas dentro de sus sobres desgarrados, de gatos siameses, dos de verdad, tres de terracota, de velas apagadas con goterones de cera desbordantes, en ese ambiente recargado en el que apenas entraba un poco de luz por las rendijas de las persianas bajadas, Griffin se sintió un niño.

–De repente –me dijo– *era* el niño que fui yo, el niño que de pronto regresaba del futuro. El niño que buscaba a su padre, el niño de once años que va a conocer a la mujer con la que su padre se ha marchado, se ha enamorado, se ha fugado, lo ha dejado todo, hasta a él.

En realidad no le habló mucho de su padre, «son recuerdos privados, ¿sabes?, y ni entonces ni ahora nadie los quiere comprender», le decía, pero a veces se refería a él como el pinche Sean, el escuincle Sean, el mamador de vergas Sean, el chingado hijo de la perra de su madre Sean, el guapo Sean, el fuerte Sean, el dulce Sean. Rememoraba melancólicamente el amor furibundo que los conmocionó antaño.

–Hace tanta vida de eso –dijo Analía con un gesto demasiado duro en la cara, como si lo hubiera pensado mucho, durante años, y ya hubiese decidido no pensarlo más, asumiendo la frialdad de la derrota final–. Perdimos la cabeza, apurábamos desesperadamente cada minuto de vida sin responsabilizarnos del siguiente porque podía no existir jamás. El futuro no existe para los amantes –insistió Analía, como exculpándose–. No fue una huida, fue un comienzo, y cuando se cortan las amarras es que se cortan las amarras, qué carajo. Si un barco sale del puerto, ¿de qué vale mirar atrás? Ya no hay remedio, ya estás en el otro lugar, en el de destino, ya no puedes volver, aunque solo te separe un metro de tierra firme.

Y Analía Soler empezó a hablar en imágenes y frases hechas al querer mencionar la huida con el padre de Griffin, mientras rebuscaba algo en unos cajones con fotos sin clasificar y papeles desordenados. Decía, como si no hubiera nadie con ella:

–Cuando dos ansían lo mismo, un tercero sobra. El gallo conoce lo que quiere la gallina. Si subes muy alto ya sabes que te puedes matar en la caída. Solo tienen suerte los que compran boletos. No le pedí nada a la vida pero él estaba dispuesto a regalármelo todo...

–¿Y lo hizo? –preguntó de inmediato, sin pensárselo, Griffin, sentado en el fondo de aquel sofá de crin desgastada y brillante.

–Durante unos años me lo regaló todo. Fuimos muy felices y muy famosos. Todo el mundo se fijaba en nosotros. Me hablaba de ti con mucho amor y siempre pensaba en lo que te podría gustar en cada instante o en lo que estarías haciendo en ese momento.

Griffin no la creyó, pero no era importante y tampoco quería ahondar en ello, por precaución, porque no era de él de quien quería hablar. Su viaje solo tenía por objeto tocarla como un incrédulo, ver si era real, saber si era cierta la historia de su vida, si no era ella también invisible, como todo lo que le acontecía a él. Entonces ella encontró lo que buscaba desde hacía rato. Chasqueó la lengua como señal alentadora. Era una carta.

–Es la que le escribí a tu padre cuando lo dejé. Es la carta de despedida. No quiero que la leas, solo quiero mostrártela para que veas que hay una carta de despedida en la que le decía adiós porque era mala y me había enamorado de otro hombre, del que ya no me acuerdo, chingadera de su madre. No más no la mandé al correo, la escribí y no la mandé, ni se la dejé sobre ninguna mesa, ni se la mostré, ni se la leí, ni nada de nada. La escribí y la guardé, hice la maleta y me largué, así sin más ni más –dijo Analía, para añadir a continuación–: El amor viene, el amor se va, hay amaneceres bonitos y crepúsculos horribles. Esa es la vida, ¿o qué creías?

Le hablaba como si realmente fuese un muchacho a quien tenía que dar una especie de última lección o de esperada reprimenda. A medida que avanzaba la tarde se quedaron tristes. Era una tristeza desolada. El salón empezaba a ser agobiante. Ya no hablaron más de Sean ni de ella, de su carrera, solo pronunciaban frases convencionales sobre los recuerdos, la compasión y los deseos. Al final, mirándole a los ojos con una expresión súbita de desconcierto por no saber quién realmente era él, como si algo la hubiese enajenado bruscamente, le pidió que se marchara. Griffin obedeció rápido como un niño. Salió de la casa dejándola en el salón asiático. Cuando cerró la puerta, empezó a oír una música desde el interior; ella había puesto un disco. La imaginó bailando descalza y sola. Fue en ese momento cuando buscó la botella vacía de Pepsi en el escalón y ya no estaba.

Su padre siempre decía: «Me voy a ir». Lo repetía muchas veces, sin ton ni son, o al menos Griffin no comprendía la razón de su frase, como una letanía que más que pronunciar suspiraba entre dientes. Pero el caso es que siempre se quiso marchar, siempre anheló otro sitio. Era un hombre, como quien dice, predispuesto a irse. Se lo recordó a su padre, aquel día en Pasadena, cuando lo visitó. Sean asintió levemente con la cabeza y le habló a su hijo de los caminos que se abren inesperadamente en la vida de uno, como Analía Soler, que para él fue un camino que lo llevó a otra vida distinta, destrozando (o no, quién puede saberlo a priori) la de su madre, al menos por un tiempo, el tiempo de saber ella que el camino cerrado no es más que una variante tortuosa del camino general, un mero desvío.

–Bifurcaciones –le dijo Griffin a su padre aquella vez.

–Sí, bifurcaciones –repitió Sean–, esa es la palabra. Las bifurcaciones lo cambian todo. Y nadie te comprende, estás solo en tu decisión, cuando te enfrentas a una de esas bifurcaciones en que todo es igual pero todo es distinto, es el momento en que más solo estás de toda tu vida.

Aquel día, en Pasadena, le contó Sean a su hijo que una vez caminó por un bosque y se encontró con una encrucijada, un sendero iba a la izquierda y el otro a la derecha, y no sabía cuál de los dos seguir, porque en ese momento cualquiera de los dos le habría llevado a un lugar nuevo para él, y la verdad era que le daba igual el final último de aquel camino.

–Tomé el de la izquierda –dijo Sean–, pero todo el tiempo estuve pensando cómo sería el de la derecha. Y mientras caminaba por aquel sendero, pensaba en lo que no veía del otro sendero. Fabulé sobre el lugar al que habría llegado, de haber elegido el otro, y quise arrepentirme de haber tomado el sendero que tomé, pero luego recapacité y me dije que el sendero que había tomado era el bueno porque siempre el sendero que se toma es el bueno, y además no hay manera de saber lo contrario, y además era el que me pertenecía porque lo había recorrido, lo había elegido, era real, y el otro tan solo formaba parte de lo inexistente.

–De lo invisible también –le dijo Griffin, pero su padre lo miró sin entender.

Bifurcaciones. Era el juego del «Qué pasaría si...». Qué pasaría si hubiera comprado el lápiz rojo en lugar del negro. Qué pasaría si se hubiera levantado una hora más tarde en vez de una hora antes. Qué pasaría si al salir de casa hubiera tomado por la derecha en vez de por la izquierda. Qué habría pasado si en vez del *Minerva Janela* hubiese navegado en el *Soliman*, el buque mercante arenero que vio en Funchal atracado y cuyo capitán era un filipino tuerto. Las bifurcaciones podrían prolongarse hasta crear una vida por completo diferente, con miles de variantes, millones, que llevarían al infinito, o a reproducir la vida de la humanidad por entero.

–Qué habría pasado si Fabienne Michelet no hubiese muerto en Nantes, si es que murió allí, o mejor dicho, si es que murió alguna vez –se preguntó Griffin delante de mí– y nos hubiésemos encontrado años después y viviéramos juntos, con hijos, casa de campo, cuenta corriente en el Crédit, dos Peugeot, otra nacionalidad. Qué habría pasado si Li Pao no se hubiera ido tan abruptamente de mi vida. O si aún siguiera dando clases sobre las guerras europeas en los siglos XVI y XVII en vez de haber trabajado en el Club Pekín. O si me hubiese decantado por escribir aquella biografía de Grünewald en lugar de la pequeña monografía que escribí sobre el Santo Grial en las sociedades secretas francesas revolucionarias. O si hubiese acudido a un médico que esa mañana había decidido amargar la vida de sus pacientes y de confundir todos los diagnósticos por un día, y luego, pasadas veinticuatro horas, la enfermera llamaría a todos uno por uno para tranquilizarles y anunciarles el error. Pero ¿cuántas vidas no se habrían modificado ya entonces? *Ad infinitum* –dijo Griffin–, *ad infinitum...*

Y recuerdo que, en algunas ocasiones, Oliver Griffin, al acabar sus largos excursos y sus parlamentos, que eran auténticos soliloquios, o quizá puzles verbales, me decía: ¿qué le parece? O incluso: ¿qué *te* parece? Desde luego, no esperaba para nada mi respuesta real, mi parecer verdadero, pero yo me quedaba satisfecho porque me hacía la ilusión de que en realidad esa opinión podría haber sido importante para él, o al menos significativa, o relevante, o interesante, en último grado.

III

Hay una bifurcación en Graciela Pavić que acabó con su vida, o acabó años más tarde con su muerte, para ser exactos. ¿Cuándo la tomó? Probablemente el 21 de febrero de 1946, cuando le escribió a Arnaldo una carta, ya de las últimas que él recibiría suyas, en la que volvía a hablarle de Melvicio. La bifurcación, en la que creyó ciegamente, pero también absurdamente, se llamó Golem. El Golem, el Sin Forma, la Criatura de Barro.

Todo, al parecer, había empezado porque Arnaldo quería alcanzar el número de magia más prodigioso que pudiera hacerse, la invención truculenta más sofisticada y asombrosa que pudiera imaginarse, algo que dejase a los espectadores sobrecogidos en sus asientos. La única cosa que ningún mago, dentro de la profesión, había intentado hasta entonces era dar vida a lo inanimado, crear de la nada, ser Dios sobre un escenario. Que no lo intentaran no significaba que no lo desearan.

Al principio, Arnaldo estaba muy convencido de la remota posibilidad de fabricar un ser que pasase por robot a merced de su voluntad. Le contó a Graciela las ideas sobre un truco que tenía al respecto, consistente en fabricar un muñeco con gesto misterioso y terrible. Lo accionaría el más pequeño de los enanos, ubicado confortablemente en su interior, además de bien pagado para que no se fuese de la lengua, puede que hasta pensara en darle una participación en el negocio, pero luego Arnaldo se desanimó, dio por imposible cualquier creación en ese sentido, ya que no encontró a ningún enano lo suficientemente enano −dijo Griffin− y todos los intentos por construir un muñeco creíble acababan en ridículas máquinas que daban sobre todo risa, así que olvidó el asunto.

Eso fue un año antes de la carta de Graciela, porque ella empezaba la carta del 21 de febrero recordándole a Arnaldo su viejo deseo por fascinar al mundo con «el truco de la creación». Pese a sus frecuentes desvaríos de esa época, de los que trataba de protegerla Esteban Ravel, siempre presente, Graciela le relató al abuelo de Griffin que aquella era la misma obsesión que tuvo el viejo Melvicio, tal como llegó a saber por algunos de los más diversos libros que consultó.

−¿Adónde conducen los tejados con escalones que hay en la Calle de los Alquimistas, en Praga, donde vivía Melvicio? −se preguntaba Graciela en la carta−. A un lugar que ya no existe −se respondía ella misma.

Era un lugar que tal vez ni siquiera existió, según Griffin, pero que la leyenda sitúa en el centro de Praga, donde Melvicio instaló su laboratorio bajo la rocambolesca forma de una buhardilla camuflada (a la que primero había que subir por los tejados) en la que había una falsa pared, detrás de la cual, al retirar un alto cuadro en el que se habían enmarcado todas las letras hebreas bordadas en hilos dorados, se accedía a una honda escalera de caracol que bajaba (y bajaba mucho, muchísimo, pues, se decía, tenía cuatrocientos peldaños) y se adentraba decenas de metros por debajo del nivel de la calle, para terminar en un laberinto de pasadizos, unos reales y otros falsos, cuyo final, en el centro de la ciudad, daba a una sala abovedada de gruesos muros, como en los grabados de Piranesi.

Ese era el lugar donde Melvicio construyó los autómatas. Así se lo juró Arcimboldo a su soberano Rodolfo II. Allí, Melvicio dormía de pie. Allí Melvicio destilaba filtros de amor y de encantamiento. Allí Melvicio era un mago o un brujo, según los días y las conveniencias. Mas la verdadera voluntad de Melvicio –o eso coligió Graciela de los textos de la época– era crear una variante de Golem, pero en lugar de utilizar barro, como ha de corresponder al auténtico Golem, pues ha de ser la imitación humana del Adán creado con barro por Dios, como reza su nombre, Melvicio creyó que podría hacer un Golem de metal, nacido del fuego y la forja, de piezas con lógica cuya vitalidad vendría de una formulación mágica de naturaleza oscura, casi secreta, pues él pensaba que la materia de que estuviese hecho era irrelevante, ya que la vida insuflada que el androide poseyera, la llamada alma viviente (Melvicio en algún sitio escribió *nefesch chaja*, pues así lo puso Graciela en la carta a Arnaldo que leyó Griffin), sería lo que le convertiría en Golem de verdad.

Graciela, al descubrir esto en sus lecturas, tomó su malhadada bifurcación y, como una válvula de escape, se ahondó en el abismo de la locura.

–Una vez más, la posibilidad de vida por encima de todo abocaba al ser humano a un destino impredecible, azaroso y delirante –dijo Griffin–. La aberración que animaba a Melvicio fue lo que interesó a Graciela hasta atraparla en una irreflexiva necesidad de certeza, porque, para ella, esa fue la revelación de que los muertos pueden regresar de entre los muertos y revivir, de que lo eternamente quieto puede moverse y lo simplemente matérico hacerse espíritu.

Creyó Graciela que existiría una mínima posibilidad de devolver la vida perdida a sus seres queridos, a su esposo Arturo, a sus hijitos Pablo y Gaetano, los ahogados, y hasta al autómata, que había pasado a ser, en sus horas de demencia o de ensoñación, su amado, el hermoso ser por el que ahora vivía y por quien había hecho oídos sordos a las voces que la invitaban al suicidio.

112

Melvicio quería producir algo viviente mucho más allá de lo que el Rabbi Jehuda Löw ben Becalel, el *Maharal* de Praga que creó el Golem para terror de la frívola Corte de Rodolfo II, había sido capaz. Lo cierto era que Löw no había ido más lejos por prudencia. El rabino supremo se había atenido a las directrices ortodoxas que indica el Rabbi Eleazar de Worms en su *Sefer Jezira* o *Libro de la Creación*, donde describe las claves para construir al temible Golem, cuya factura siempre entrañaba un riesgo inaudito para quien la llevara a cabo, y suponía jugar a imitar a Dios en la fina frontera invisible que separa la vida de la muerte.

Discutieron mucho, ambos sabios, por las calles del gueto praguense, recorriendo a buen paso los puestos de curtidores y de bataneros y las pequeñas tiendas de perfumes de Lisboa y ámbares de Cracovia.

Löw decía: «Vale que sea siervo, en barro o en acero, no importa el material, pero que sea siervo y así sirva al fin concreto para el que se le ha creado y no se exponga al caos, como una fuerza sin control».

Melvicio decía: «El autómata obedecerá a la voz que lo creó hasta que por sí mismo encuentre el camino del libre albedrío, como los hombres todos».

Y Löw decía: «¡Qué absurdo que sea libre el autómata y, en cambio, no lo pueda ser el hombre, pues ningún hombre es libre fuera de la Ley».

Y Melvicio decía: «Mi *homunculus* de metal superará a tu Golem de barro porque no es fruto del impulso errático por crear sino de la búsqueda más poderosa por trascender la moral».

Y Löw decía: «O sea, ser Dios».

Y Melvicio decía: «Si tú lo dices, ser Dios, sí».

Y Löw decía: «¿Y el Golem que tú fabriques será inteligente?».

Y Melvicio decía: «Lo será porque aprenderá de mí».

Y Löw decía: «¿Así pues tu Golem podrá recordar?».

Y Melvicio decía: «Tendrá el don de la memoria».

Y Löw decía: «¡Tu arrogancia será tu perdición!».

Y Melvicio decía: «Tu cobardía ya es tu frontera. No tiene más allá tu corto pensamiento, no alza el vuelo, no tiene altura, no crea. Nunca llegarás al otro lado de tus prejuicios».

Y ambos sabios se daban la espalda sin despedirse, profiriendo los dos un insulto entre dientes y yendo cada uno a su casa respectiva en la Ciudad hebraica.

La obsesión de Melvicio pasó a transformarse paulatinamente en una obsesión por ser como Dios, por ser Dios en realidad, tal como le reprochaba el Rabbi Löw. Melvicio se obsesionó con creer que aquella construcción metálica podría pensar, y actuar, y sentir, y ambicionar, y transcender. Y tal vez amar. Mas, ¿a quién? Por eso mismo tal vez matar. Mas, ¿a quién?

No tendría defectos su criatura (vanidad que le venía más por pretensión que por pericia de mago) y daría suerte a quien lo poseyera (todo lo contrario de la que acabó trayendo a Felipe II, a Sarmiento y a sus dispares aventuras). Esto lo escribió, bajo el nombre de su discípulo Haim Aboab, en los mismos manuscritos en que boceto y dibujó las piezas y engranajes del autómata, textos que, al cabo de los años y después de aflorar y desaparecer y volver a aflorar en bibliotecas y sinagogas, y luego en monasterios y logias masónicas, dejaron su rastro para siempre en la fantasía de los hombres, y de ahí la leyenda de que Melvicio había llegado a crear un ser superior: fuerte, inmortal, duradero y esclavo.

Melvicio sostenía que solo la alquimia y la geometría era cuanto podía dar vida al autómata, pero para Löw la clave dormía apacible en la Cábala y el *sefer* de Eleazar. En otra ocasión, paseando a solas también los dos sabios entre tiendas y tenderos, Löw quiso saber dónde pondría la necesaria tetragrafía EMET (Verdad), para que su Golem tuviese vida después de dar las preceptivas 472 vueltas alrededor del autómata, fuera lo que este fuera, bien una masa de arcilla, bien un amasijo de hierros, y de recitar sin parar 80 combinaciones de la tetragrafía: emet, meet, etem..., etcétera.

A esto Melvicio respondía que, en su caso, había que dar 1.326 vueltas y recitar las cuatro letras cada trece vueltas, lo que suponía un total de 102 recitaciones.

Y Löw preguntó a Melvicio: «¿Y cómo lo destruirías?».

Y Melvicio respondió a Löw: «De manera diferente a la de Eleazar, y que Dios proteja su memoria. No he de quitar la E inicial para que se convierta en la obligatoria grafía MET (Muerto) y así acabe la existencia del Golem, sino invirtiendo la palabra y haciendo que diga TEME (Perfección)».

Y Löw dijo: «La perfección del mal».

Y Melvicio replicó: «La perfección del final».

Todo esto se lo contó Graciela a Arnaldo en aquella carta de febrero del 46. Le decía también que no había encontrado ningún rastro de EMET ni de TEME en la frente del autómata, aunque por todas partes de su cuerpo se repartían raspaduras sobre el metal y tal vez alguna de ellas fuese la ansiada y mitificada palabra. También le contaba que había tratado de seguir su fórmula criptográfica para devolver el hálito vital al cuerpo inerte del autómata, allí en el Museo mismo, pero nunca había conseguido dar 1.326 vueltas sin parar, como exigía Melvicio, ni decir las 102 recitaciones. A lo sumo, gracias a la pieza maestra de su engranaje, había logrado que hiciese los movimientos que se le habían destinado hacía siglos.

Graciela, inocentemente, habló de la historia del autómata de Melvicio a quien quisiera oírla en la ciudad, al propio Ravel, al director del Museo, a periodistas, a visitantes, a curiosos, y así pasó a ser una leyenda que circuló de boca en boca, primero en Punta Arenas y luego en toda la Patagonia, y se extendió a las capitales, Santiago y Buenos Aires, y de ellas a los barcos y de los barcos al mundo.

113

Por tanto, se corrió la voz. O la fábula, porque para algunos todo lo que tenía que ver con el autómata de la Isla Desolación era motivo de fantasías y de misterios inventados para dar popularidad al propio Museo Salesiano. Para otros, en cambio, acabó siendo un objeto de su codicia y de su atracción, un objeto también que, por su rareza y su mixtificada capacidad, fácilmente exagerada hasta el extremo de llegar a pensarse (lo dijo parte de la prensa de la época, en los años cincuenta) que el autómata guardaba, en realidad, los secretos cabalísticos de Melvicio sobre los procesos de conversión de cualquier otro metal en oro.

Trataron entonces de robarlo varias veces desde los años cincuenta, no se supo por quién o por quiénes, y una de las veces, en 1958, hirieron de muerte al vigilante nocturno, Evaristo Revuelta, de cuarenta y cinco años, chileno. Hubo otra vez, al cabo de un tiempo de aquella agresión, en que llegaron a herir, siquiera levemente, a la propia Graciela, apenas causándole la rotura de una falange de la mano izquierda, al caer violentamente contra el suelo, empujada por los ladrones.

A raíz de estos intentos de robo, Esteban Ravel, siempre pendiente de su amor imposible, le puso de guardaespaldas a unos hombres de la Estancia Mercedes, más bien matones de la zona de Calafate, para protegerla. Ella se refería a esos hombres como «mi guardia personal», ninguno de los cuales pudo evitar que el día de los Santos Inocentes de 1965, Graciela, ya mayor, después de haber pasado varios años interna en el Manicomio de la Santísima Trinidad de Punta Arenas, y tras cumplirse cinco meses de su regreso al Museo como conservadora jefe, puesto mantenido sobre todo por compasión ahora que ya se iba a jubilar, fuera asesinada de un golpe en la sien.

La golpearon con un objeto duro, seguramente la misma maza de albañil con la que habían roto varias vitrinas y habían tratado de quebrar la cadena que unía los pies del autómata a una argolla de hierro que lo sujetaba a la pared. El golpe le fue dado, según el forense, entre las doce de la noche y las dos de la madrugada, unas horas en las que, por lo general, los hombres de Ravel confesaron que nunca vigilaban a la vieja Pavić porque solía dormir profundamente desde las diez de la noche. Quién iba a pensar que Graciela Pavić se levantaría a besar una vez más a su autómata a esas horas tardías. Los vigilantes fueron despedidos.

Los asesinos fueron detenidos al día siguiente de cometer el crimen. Estaban en un hotel del puerto, el Miramar, de categoría ínfima, y se iban a marchar al día siguiente. No conocían la ciudad y habían llegado dos días antes «para orientarse», según indicaría luego la prensa local. Después de penetrar en el Museo, habían maniatado al vigilante nocturno, que dormitaba en la portería. No habían podido romper la cadena de sujeción del autómata, pero hicieron tales destrozos en otras piezas y vitrinas y dejaron tantas huellas por todas partes, que fueron rápidamente identificados. Había ficha policial de ellos en Santiago. Eran comunes. La noticia fue bastante sonada en la ciudad.

Al parecer, a Graciela, con los años, le tenía bastante afecto todo el mundo, pero era uno de esos afectos populares movidos por la compasión y la piedad hacia la rareza o la desesperación. La Loca Graciela la llamaban, a veces con risas benévolas o con burlas cruentas, por sus excentricidades y su absurda y desolada búsqueda, de inconcebible tesón, por creer que su familia saldría del mar de un momento a otro, al cabo de los años, o que se encontrarían los cuerpos, o al menos, como última esperanza también absurda, unos pocos restos, ropita, calzado, tal vez un botón.

Lo de la Loca Graciela se lo habían puesto en los últimos tiempos, cuando había transcendido su cuidado enfermizo por el autómata del Museo Salesiano. Al término de la época de las cartas a Arnaldo, al final de los cuarenta, su salud mental empeoró notablemente. Aun así, Esteban Ravel la cuidaba con mano férrea, sin dejar que nadie la tocase ni la tratase; levantó a su alrededor un muro de fármacos y de atenciones, de fingimientos también, de modo que Graciela no se diera nunca cuenta de que vivía, cada vez más, en una burbuja inexistente.

Sin embargo, unos años más tarde, en 1957, el propio Ravel la ingresó en el Hospital de las Trinitarias. Como la amaba tanto, y no podía soportar no estar cerca de ella, aunque ella apenas lo reconociera, pues en esos años en que estuvo recluida perdió la conciencia de cuanto la rodeaba, los rostros, las personas allegadas, todo se le borró durante unos años, Esteban Ravel se fue a vivir al mismo Hospital, a una dependencia aledaña que le prestaron las monjas.

Graciela se recuperó en unos años, o al menos disminuyeron sus accesos de locura. En 1965, en mayo, salió de nuevo a la calle, curada y reconociendo a todos, el primero de ellos a Esteban Ravel. Y en el invierno austral de ese mismo año en que se perpetró el robo, en el mes de agosto, volvió al Museo, casi por caridad e insistencia de don Esteban, para hacer fácil el tránsito a su jubilación, próxima a llegar. Entonces sucedió la desgracia.

Los asesinos eran dos vulgares sicarios de Santiago, que saldrían luego de la cárcel en la época de Pinochet para hacerse policías. Se llamaban Manuel Oltracina Barrios, de treinta y dos años, y Elmer Sánchez Ramírez, de veintiocho, que fue quien la mató. Trabajaban para una banda de contrabandistas de Santiago especializada en objetos de arte, joyas y piezas de coleccionismo. A través de redes muy opacas, suministraban el material a un tal Luis Vayado, un empresario chileno que solía pasar, a su vez, los objetos robados a un abogado árabe que vivía en París, bien conectado con personas muy ricas y poderosas, en cuya nómina se perdían, como en una niebla, esos objetos a cambio de verdaderas fortunas. El árabe se llamaba Ali Amor Saud Al Jabri y era él mismo coleccionista de rarezas, una especie de Arcimboldo o de Rodolfo II contemporáneo, me explicó Griffin.

Pero la ironía era esta: la persona a quien, una vez robado, iba destinado el autómata de la Desolación (y que quizá nunca supo lo ocurrido) era un dálmata de Dubrovnik, quizá un primo lejano de Graciela, uno de esos parientes que ella siempre quiso visitar aunque nunca regresó para hacerlo, aplazando siempre el viaje, un dálmata llamado Goran Valikulić, enriquecido por las navieras y cuya residencia estaba en Capri. Valikulić se mostraba vívidamente interesado por la alquimia y conocía las leyendas acerca de Melvicio, sobre el que había escrito en su juventud un pequeño opúsculo que seguramente acabaría en alguna de las bibliografías consultadas por Graciela.

Goran Valikulić no sabía nada, sin embargo, del hallazgo del autómata hasta, tal vez, leer las noticias que corrieron de un lado a otro, como una mera curiosidad, sobre el «Golem de hierro» que había en un pequeño museo dejado de la mano de Dios en el extremo del mundo, en una ciudad llamada Punta Arenas, cerca del Puerto del Hambre que creara Sarmiento de Gamboa, de quien seguramente Goran Valikulić tampoco habría oído hablar en su vida.

–La macabra ironía –concluyó Griffin– era que Graciela Pavić tal vez murió asesinada para satisfacer las mismas ansias de posesión de Rodolfo II, encarnado en ese Valikulić, un lejano pariente de Graciela nacido en la oscura Dubrovnik austrohúngara de la que salió huyendo su padre Miro Pavić, ladrón. Es como si se cerrara un largo círculo abierto precisamente en la disparatada cabeza de Rodolfo.

No llegó a saberlo el tal Valikulić, pues ante el asesinato y la posterior detención de Luis Cayado, los clientes de París negaron en todo momento conocerlo o haberle hecho ningún encargo, y menos aún un encargo que supusiera el tráfico de piezas robadas e ilegalmente conseguidas, y mucho menos aún que conllevara un asesinato.

¿Cuántos años más habría vivido Graciela si no hubiesen querido robarle el autómata, aquella figura extraña portadora de tantos misterios y posibilidades mágicas como para ser tan codiciada en el otro extremo del mundo y que para Manuel

Oltracina y Elmer Sánchez, los dos sicarios, no pasaba de ser un «artilugio de fierros», como lo llamaron?

Ravel, de no haber pasado lo que pasó, se había imaginado muchas veces su vida otoñal con Graciela, algo que había puesto en su mapa del deseo, muy borroso y confuso desde su juventud, desde que se enamoró perdidamente (y la palabra acertada, subrayó Griffin, era esa: perdidamente) de ella, pero no lo había puesto en el mapa de la realidad. Ya nunca tendría una larga vejez a su lado, en un rincón a la sombra feliz de los antiguos amantes por fin libres.

La realidad era otra, ahora que ella había muerto, ahora que habían pasado los ritos del velatorio en el Hospital, de la misa ortodoxa en la iglesia de los dálmatas, del corto entierro calle Ángamos abajo hasta el cementerio, de la solitaria lápida que se abrió en una tumba sobre la que por fin Graciela había consentido en mandar grabar:

> †
> Arturo Bagnoli
> Gaetano Bagnoli - Pablo Bagnoli
> Sus almas descansan en mi corazón
> Aquí solo está su ausencia
> Desde 1918

La realidad era otra, repitió Griffin, la realidad para Esteban Ravel, durante los largos años que le quedaban de vida, ya solo sería contemplar las grandes llanuras y los páramos de la Estancia Mercedes, vacíos de cuanto no sean las torretas de extracción de petróleo y de gas licuado. A efectos legales, Esteban morirá octogenario en 1981, totalmente vacío y triste, pero en realidad murió mucho antes, cuando recibió la llamada del Juzgado Número Uno de Instrucción para decirle que Graciela Pavić había sido hallada muerta en una sala del Museo, a los pies del autómata. En ese momento le vino a la cabeza un lejano día que, en esos mismos campos, una vez vio aterrizar el Latécoère-26 amarillo de su padre con Graciela dentro como un ángel bajando de los cielos y una estela blanca detrás que parecía de algodón.

114

A medida que el *Minerva Janela* se acercaba al Estrecho de Magallanes, Griffin se empezó a poner melancólico. Tal vez también porque se acercaba al autómata, y su proximidad aceleraba en su cabeza todo el conocimiento que tenía de su historia. Al salir de la sala de máquinas por la escotilla de babor, se topó con Caporale, que iba distraído y taciturno, enfrascado en la lectura de un libro. A su lado iba *Rata*, el perro de Tonet que siempre le ladraba. Caporale le pidió que lo acompañara hasta la popa y Griffin lo siguió dos pasos por detrás caminando con cuidado sobre los tubos de ventilación. En el extremo de la popa, Amuntado hacía la guardia de tarde y revisaba todos los cuadros de mandos de las cámaras frigoríficas de los contenedores. Caporale iba a hacerle el relevo.

Empezó su guardia con la rutina habitual: como atardecía, lo primero que hizo fue encender los interruptores de los focos, blancos y rojos, de posición; en segundo lugar, se comunicó con la bodega, donde Kowanana le dio el nivel de los tanques de lastre, y un instante después hablaba con el puente de mando, donde esta vez Branco le informaba de la lucecita del árbol de la hélice. Si parpadeaba, tenía que esperar instrucciones; si estaba apagada, habría de salir corriendo hasta la sala de máquinas y resolver el problema. Ahora estaba encendida. Esa era prácticamente toda la tarea que le había ordenado Grande. Luego volvió a su libro. Trataba de la transmigración de las almas, algo que obsesionaba recientemente al capitán Branco. «Me-tem-psi-co-sis», pronunció Caporale lentamente mientras miraba a Griffin a los ojos buscando su reacción.

Griffin quiso saber si en ese libro suyo sobre la metempsicosis se decía en alguna parte a dónde iban las almas que sufren y a dónde las que están esperanzadas.

–¿Van al mismo lugar? ¿Se reencarnan igual unas que otras?

A Caporale le parecieron preguntas demasiado elementales, pero sus respuestas lo fueron también, y dieron la impresión de ser evasivas.

–¿Hay acaso almas que no sufran, que solo esperen la llegada de la felicidad? Yo creo que no. En toda reencarnación, la nueva vida tiene que cargar sobre sí con una parte del dolor antiguo del alma que se le incorpora y con una parte de sus esperanzas –replicó Caporale, hábilmente diplomático y pasando su mano por el lomo de *Rata*, para añadir que eso no venía en su libro, pero que lo sabía desde siempre. Luego añadió–: Quién sabe si tal vez Branco no sea la reencarnación de tu Sarmiento, un atormentado.

–Estoy seguro de que sí –le contestó Griffin.

Caporale era animoso, se diría que transmitía por naturaleza una gran energía vital a los que lo rodeaban. Vio a Griffin un tanto cabizbajo, mientras él, en cambio, hacía todas aquellas cosas con dinamismo. Con la mirada perdida en el océano gris, cuyo oleaje se había hecho un campo de picos blancos oscilantes, Griffin se sentía hipnotizado por la cadencia de las olas. La voz de Caporale le sacó de su abstracción.

–Aquella sombra gris al fondo de la bruma son las Malvinas –señaló Caporale mirando por unos prismáticos.

La latitud era muy baja, Branco había evitado el tráfico de la costa desde Puerto Deseado y, prácticamente, se encontraban ya cerca de la boca del Estrecho, situado en línea recta hacia el oeste, pero a más de ochocientas millas.

–En las Malvinas vamos a virar hacia Poniente –dijo Caporale.

Pasaron muy cerca del archipiélago. Con los buenos prismáticos de Caporale se podían ver las desabridas playas y los ventosos páramos de Monte Harriet.

–Allí fue la batalla –le dijo a Griffin.

También eran visibles los restos de la guerra de 1982, restos varados en algunas escolleras o en los bancos de arrecifes cercanos, especie de cementerio monumental de óxido y cascos derrelictos. Despojos metálicos de barcos inidentificables, mezclados, fusionados, indiferentemente argentinos o británicos, herrumbrosos, hechos hora alga, hora coral, hechos isla más bien. Como el *Sheffield*, el moderno destructor que apenas tenía seis meses de existencia cuando lo hundieron, el buque mimado de la Royal Navy de Su Majestad; o como el *Ardent*, el buque en el que los marineros se habían pintado el nombre de Isabel II en la frente y en las caras la Union Jack; o como el *General Belgrano*, crucero antediluviano que se fue a pique con los cuatrocientos hombres de su dotación dentro; o como el *Antelope*, que saltó por los aires cuando iban a desmontar los detonadores de una bomba no explotada; o como el *Sir Tristam*, carguero de tropas de asalto atacado a traición cuando se retiraba y acabó hundido en veinte minutos; o como el *Glamorgan*, cañonero que se partió en dos sin dejar de disparar contra la costa; o como el *Santa Fe*, submarino que no pudo volver a sumergirse y se escoró tanto que parecía una ballena muerta panza arriba... Barcos todos que ni siquiera eran historia, ya solo eran mar.

Más tarde, a la hora de comer, Griffin, Pereira y otros de la tripulación que coincidían en ese momento en el comedor mientras Bergeron servía bullabesa, supieron de boca de Charly Greene un hecho terrible de esa guerra.

115

Greene contó la historia de su hermano, una historia relatada en su familia muchas veces, como un homenaje respetuoso o un ritual contra el olvido. Su hermano, el oficial de segunda Patrick Gwynn Greene, estaba en el buque *Sir Galahad*, un buque de transporte de tropas para desembarco que fue hundido el 8 de junio por los argentinos en un ataque aéreo mientras salía a alta mar después de estar fondeado en Port Fitzroy.

Lo hundieron varios misiles aire-tierra Exocet lanzados desde aviones de combate y se produjeron muchas bajas británicas en el ataque. El oficial de segunda Greene estaba en la torreta artillada de popa, pero los Exocet penetraron por proa abriendo los pañoles y mamparos por la línea de flotación, lo que significaba un hundimiento rápido y seguro. A las explosiones siguieron los incendios, el aceite abrasador del combustible saltaba por los aires y caía como una lluvia de fuego, las quemaduras, los gritos, las balsas de petróleo ardiendo en el agua, unos botes salvavidas repletos de hombres, otros en el buque sin poder ser descendidos por haber reventado el raíl de sus cadenas, los hombres desperdigados y buscando flotadores o trozos de madera a los que agarrarse, y entre ellos, lanzado al agua por un mamparo que reventó como un corcho de champán, estaba Patrick Greene, que se puso a nadar con todas sus fuerzas en dirección contraria a la costa, desorientado y al límite de su consciencia. Cuando empezó a perderla y a tragar agua y a creer de pronto que no estaba allí sino en la cocina de su casa en Cardiff, con su madre pidiéndole que comiese el asado de pavo del día de Navidad, alguien lo alzó por el cuello y luego otros dos por las axilas y lo subieron a uno de los botes, extrañamente medio vacío, con apenas ocho hombres cuando su capacidad era para cuarenta. Remaron y llegaron a la costa, bajo fuego argentino, donde un mortero hizo trizas el bote y a cuatro de sus ocupantes y llenó de sangre la cara de Patrick Greene, que fue lanzado varios metros al interior de la playa, sobre la arena que se le pegó a la sangre de los otros. Por el impacto tan cercano, se había quedado sordo, aunque solo temporalmente, y apenas si le llegaba un zumbido del fondo de la mente, si es que sabía qué era eso, la mente, cuando miró el extremo de su brazo y vio el hueco, o mejor dicho el vacío de su mano que, sorprendentemente para él, de pronto había dejado de existir en el lugar que correspondía a esa misma mano apenas unos segundos antes.

Miró aquel vacío sin chillar ni aullar; aunque tenía los ojos abiertos, estaba perdido en algún lugar de sí mismo y de sus fantasmas y horrores, los fantasmas y horrores que siempre le asaltaban cuando pensaba en cómo sería un hombre que hubiera perdido una mano. Y ahora el hombre era él y el momento esa ese. Como pudo se taponó la herida ayudándose de su cinturón y de uno de los guantes que tenía en los bolsillos. El dolor era insoportable.

Vio entonces a un marinero de la misma lancha salvavidas herido en la arena, a escasos metros de él; le pedía ayuda entre sollozos. Patrick Greene reptó como pudo hasta él y trató de llevarlo a unas rocas que había en lo alto de la playa, pero en ese momento empezaron a disparar desde esas mismas rocas, donde estaba parapetada la unidad Córdoba de la Infantería argentina. Greene se quitó la camisa y la alzó en señal de rendición. Al poco rato, tres soldados argentinos con la cara tiznada bajaron hasta donde estaban los heridos y los tomaron prisioneros.

En el pequeño bastión de rocas y sacos terreros fueron interrogados por un capitán que se identificó como Ruiz, muy robusto y rubio, con ojos pequeños y mirada cansina. Ni Patrick Greene ni el marinero sabían nada relevante. Al marinero herido, cuyo nombre Greene nunca consiguió saber, lo remató el propio Ruiz de un disparo en el corazón, a quemarropa, del que el marinero no se enteró. Luego, Ruiz sacó de algún lugar de su espalda un cuchillo de gurka, robado a un gurka muerto sin duda, largo y afilado, y sin pensarlo dos veces le asestó un golpe a Patrick Greene en la otra mano, cortándosela de un solo tajo.

Greene perdió el conocimiento; lo dejaron allí atado a un poste para que se desangrara, mientras se replegaba la unidad de Ruiz hacia el interior de la isla, ya que a un kilómetro del lugar se había producido un nuevo desembarco británico. Cuando llegaron hasta él sus compatriotas, Patrick Greene acababa de expirar en medio de un charco de sangre. También le habían cortado las orejas. Se las guardó Ruiz, al parecer, en uno de sus bolsillos. Era lo que encontró un sargento llamado Raffles cuando, abatido Ruiz en la batalla que se produjo tras el desembarco, estuvieron vaciando los bolsillos y pertenencias de todos los muertos que encontraban.

—Las orejas eran las de mi hermano Patrick —contó Greene— y le llegaron a mi madre en un paquete aparte, junto al ataúd que depositaron en la catedral de Cardiff un par de semanas más tarde. La medalla iba prendida a la correa roja de la cajita con las orejas.

116

Las Malvinas habían quedado atrás, pero el paso por su latitud no fue fácil. Cambió el tiempo bruscamente. Llegó el turno de las temibles marejadas del hemisferio sur. «La vida es una dura alegría, pero ya me voy, ya me voy», canturreaba por entonces Caporale entre dientes al ver crecer a lo lejos la tormenta. Caporale sabía muchas canciones, tangos, cumbias, boleros, o se las inventaba, con música y todo, me dijo Griffin. Tralará, tralará. La vida es una dura alegría, volvió a repetir mientras subía a cubierta.

Griffin estaba echado en el catre de la litera superior y procuraba no darle importancia a la agitación del barco, cada vez más creciente, con grandes subidas y bajadas. En la litera inferior, Pereira releía por enésima vez una novela de Philip K. Dick, *¿Sueñan los androides con ovejas eléctricas?*, y dejaba en el vídeo, sin voz, una película de *Star Trek*, como acostumbraba antes de dormirse, pero instintivamente echó un vistazo a su alrededor para ver qué cosas podían caerse y romperse y cuáles no. Todo estaba sujeto con tiras adhesivas, incluidas las cintas de casete y de vídeo y todos los libros, así como los objetos de aseo y algún recuerdo («Souvenir of Hong Kong» ponía en un *pai-pai* que a Griffin le recordaba al abanico de Li Pao con que se cubría el sexo en su casa, cuando estaban solos, mostrándole el resto de su cuerpo totalmente desnudo a la vez que bailaba para él).

–¿Mareado? –preguntó Pereira.

–No –respondió Griffin–, ya voy superando estas tormentas.

–Las tormentas no se superan nunca, Oliver, y esta además va a ser de las buenas –dijo Pereira.

–¿Cómo lo sabes?

–Por el calor. ¿No notas un sofoco extraño, mayor que el

de esta mañana? Pues eso es el prólogo de una gran tormenta en esta zona del Atlántico y en esta fecha, pleno verano. En fin, que Dios nos pille confesados. Pero no temas, Oliver, si de algo sabemos en un gran barco es de tormentas.

La tranquilidad de Pereira no impidió que volvieran las náuseas y el color cetrino a Griffin. El calor era asfixiante, estaban empapados, la ropa se les pegaba al cuerpo y la frente les ardía como si tuvieran fiebre. La sensación térmica era sin lugar a dudas la de una tensión a punto de explotar. El ambiente necesitaba un escape. Y así ocurrió: el temporal fue un alivio refrescante, pero terrible a la vez.

De pronto, estallaron los rayos y los truenos, y los relámpagos entraban por el ojo de buey del camarote como fogonazos sostenidos unos segundos. La lluvia llegó de improviso, las nubes descargaban su agua de manera violenta, y según el sentido del viento, las gotas golpeaban con furia sobre el vidrio del ventanuco como si echaran monedas o tornillos contra el cristal. El rugido del mar elevó su potencia y se alzó sobre cualquier otro sonido, incluidas las voces.

Pereira ya no leía. Permanecía serio e inmóvil, a la expectativa, esperando que lo fueran a buscar, como sucedió, ya que enseguida llamaron a la puerta del camarote. Era Rodo Amaro, jadeante. El capitán Branco lo buscaba para que se personase en el puente de mando. Pereira saltó de la litera de inmediato, se vistió rápidamente y, al cerrar la portilla del camarote, le dijo a Griffin:

–Mejor no salgas de la cama.

No le hizo caso. Poco tiempo después, Griffin se encontraba en la segunda cubierta metido en un chubasquero amarillo, atado a un chigre con un arnés de seguridad junto a Caporale, jalando del cable de acero de una de las grúas, que se había enredado con un estay y hacía presión sobre la lona alquitranada del pañol de herramientas. Quería arrimar el hombro, nunca quiso sentirse un inútil en el barco o un pasajero petimetre del que burlarse a sus espaldas. Amuntado, el mecánico, trataba de sacar de allí unos gatos hidráulicos, necesarios para reforzar la seguridad de la carga, pero el peso del cable acerado de la grúa impedía abrir la portezuela del pañol.

La lluvia era torrencial, casi hería la cara, y el barco se agitaba como nunca. Más de una vez resbalaron Caporale y Griffin metiendo sus pies por uno de los conductos de amarre, donde fácilmente podrían haberse roto los tobillos. Junto a ellos, se erigían varios contenedores, que chirriaban a cada movimiento del barco con un gemido prolongado y angustioso. Los relámpagos abrían la noche, pero su fulgor de repente parecía que disminuía, empalidecido porque el capitán Branco había ordenado encender todas las luces de las cubiertas y todos los focos auxiliares, las luces rojas, las blancas, las azules, las amarillas, todas a la vez. Allí, en medio de la tormenta más pavorosa, agitados como en una brutal atracción de feria (solo que el juego iba en serio y su final era incierto), sobrecogido el ánimo de cada uno de ellos (salvo el del electricista Tonet Segarra que padecía astrofobia y se ataba al camastro en su camarote donde tocaba el saxo tenor hasta quedarse sin aire para mitigar su pavor al ruido de los truenos), se sintieron impulsados por la voluntad casi desesperada de ponerse a trabajar frenéticamente en cualquier tarea, la que fuera, con tal de no pensar en las mil y una imágenes de naufragios que siempre se tenían presentes, empezando por aquella del inmenso cuadro de Géricault *La balsa de la Medusa* que habían visto decenas de veces. En medio de aquella luminosidad exagerada, el *Minerva Janela* adoptó para Griffin el espectro surreal de una gran verbena de colores y brillos que daban a ese momento el falso dramatismo de un teatrillo en alta mar.

Volvió a mirar la pila de siete contenedores que tenía a su espalda; no dejaban de chirriar. Le daban un razonable y fatídico miedo. Las amarras de seguridad y la estructura de sujeción parecían aguantar los envites de la carga en su interior, cuyos golpes se oían pese al rugido del temporal.

Mientras ayudaba a Caporale y a Amuntado, Griffin leyó una chapa de metal en el estadillo de la carga, que indicaba que aquellos eran tractores desmontados. Un segundo después de mirar la chapa, le pareció ver que toda la pila de contenedores se movía.

Dudó de sus sentidos, pensó que en aquel baile de seres y objetos su percepción lo engañaba, pero en ese momento alzó la vista y vi una malla de gotas de lluvia punzantes caer sobre su rostro, obligándole a achinar los ojos, y detrás de la lluvia vio algo que no reconocía, algo extraño y creciente, como si de pronto, en aquella luz cegadora que eran las cubiertas, el cielo se hubiese vuelto de color naranja con raspaduras. Era la plancha estriada de un contenedor que se le venía encima. Detrás de aquel contenedor caía otro.

117

No pudo ver más, porque en ese instante notó un fuerte tirón en la cintura; Caporale le había empujado hacia la lona alquitranada que acababan de amontonar a los pies de los chigres. Le salvó la vida. Los dos contenedores destrozaron en su caída el pañol de herramientas entero y parte de la barandilla de la segunda cubierta, desde donde se deslizaron hasta el mar perdiéndose para siempre con toda su carga dentro.

En aquellos frenéticos instantes, mientras el contenedor se hundía en el mar con gran estrépito, Griffin vio, aunque no sabría decir qué grado de realidad había en lo que se le presentaba ante los ojos, porque fue una especie de alucinación propia del pánico, con la adrenalina disparándosele hasta el límite por ese pánico, Griffin vio la barca de Arturo Bagnoli con sus dos hijos, allá debajo, entre las olas blancas, junto al casco del *Minerva Janela*. O eso creyó ver.

—¡Vi su naufragio! —me dijo Griffin—. ¡De verdad que lo vi, y sé que es imposible! Vi a Arturo Bagnoli tratando de gobernar la chalupa zarandeada, vi al pequeño Gaetano saltar por los aires arrebatado por el golpe de una ola, vi a su hermano Pablo agarrarse entre gritos a la chaqueta de su padre, quien a su vez buscaba desesperado en las aguas espumosas a Gaetano, hundido sin que volviera a aparecer, mientras su voz llamando a su hijo y el ruido del temporal que se levantó en Bahía Catalina se confundían siniestramente. Otra ola volcó la chalupa completamente. Vi a los dos, a Arturo y a su hijo Pablo, tratar de mantenerse a flote, pero enseguida dejaron de luchar, el mar se cerraba sobre sus cabezas y se sumergieron de nuevo para no salir más.

En el preciso momento de su visión, Griffin cayó al agua y pensó que están hechos de hielo, el agua y él. Pero lo pensó después, o lo pensó a la vez, todo junto, no lo recordaba, se le juntaron todas las imágenes y pensamientos y sueños reunidos en una sola alucinación. Estaba convencido de que el arnés de seguridad le seguía atando al chigre y no era consciente de lo que le acababa de suceder, de que estaba cayendo al mar porque el arnés se había roto. Notaba, sin embargo, que su cuerpo se hundía mientras se figuraba la imagen fantasma de Bagnoli.

–Bagnoli flotaba en silencio, en mi alucinación –dijo Griffin–, fuera del tiempo y de la historia. Junto a él estaban Sarmiento y sus hombres, también dando inútiles brazadas sobre las olas. Y, junto a ellos, llegaba el cuerpo de Patrick Greene, desesperado a la búsqueda de cualquier objeto que pudiera flotar, aunque fuese el cadáver de otro marinero.

La sensación de encontrarse perdido en medio del océano se volvió angustiosa, como en la pesadilla que lo acuciaba en la infancia, una y otra vez repetida, en la que se sabía perdido en una ciudad de arena, en la que su casa, las de sus parientes, las calles conocidas, con sus ventanas y sus vecinos, todo, todo absolutamente todo era de arena, y al avanzar se hundía más en ella, le llegaba hasta las rodillas, y luego hasta la cintura, y veía a sus vecinos que estaban totalmente cubiertos por la arena, caminaban por la calle, sí, pero su cuerpo estaba debajo de la superficie de arena, que era lo que Griffin veía, y solo andaban por el ras de la superficie sus sombreros, el de un hombre, el de una mujer, o unos paraguas abiertos, o el peinado o la calva de alguien, y al ir a llamar a las puertas o a las ventanas para que lo abrieran, estas se desmoronaban hechas arena. Una pesadilla que le resultaba desesperante.

El contenedor había caído por el estribor del *Minerva Janela* rompiendo la barandilla de la segunda cubierta y destrozando cuanto pillaba a su paso, estayes, conductos, tejadillos y pañoles, y también el chigre al que Griffin se había atado. Lo comprendió claramente en el agua helada, sin alucinaciones en su cabeza, cuando el silencio se transformó en chillidos por todas partes y nadaba contra las olas hacia un salvavidas que entrevió a pocos metros de donde trataba de mantenerse a flote.

Había caído al agua detrás del segundo contenedor y ahora se daba cuenta de ello. El salvavidas lo habían lanzado Amuntado y Caporale a ciegas, sin ver su situación allá abajo. Gritaban su nombre en la oscuridad, pero no lo veían. Se desesperó todavía más porque le empezaban a fallar las fuerzas. Se sentía de hielo, invisible como el hielo, congelado como el hielo, porque sabía que la invisibilidad que siempre lo había perseguido no estaba en la causalidad de su apellido, ni en la insensibilidad de la gente que lo ignoraba, ni en la incapacidad que él tenía para pertenecer al mundo de las cosas reales, sino que estaba a su alrededor como una gran funda de hielo que lo separaba de la mirada de los otros y lo contenía a él.

Hizo un último esfuerzo y se agarró al salvavidas, del que sus compañeros tiraron hasta sacarlo del mar en estado de hipotermia. Pasado todo y perdida la carga, el susto primero y el disgusto después fueron enormes para la tripulación. Que un par de contenedores se desprendiera y cayera al mar no era nada frecuente, ni lo era que un arnés se rompiese ni que un hombre cayera al mar, aunque en esa travesía aquello había ocurrido por segunda vez, después de la caída del sobrecargo bordelés Olivier Sagna, acaecida a mitad del viaje, unos días más tarde de dejar atrás Cabo Verde. Lo de los contenedores fue un accidente que tuvo su preceptiva investigación minuciosa, llevada a cabo por Pereira, y cuyos resultados aumentaron la pesadumbre de Branco, entrado de lleno en la depresión cuyo final ya es sabido.

La vigilancia y seguridad, que correspondían al segundo oficial Fernando Grande, había sido insuficiente, por no decir negligente. Las barras de seguridad no estaban firmemente reforzadas, no se habían situado adecuadamente los gatos hidráulicos para que presionaran los contenedores a sus anclajes, y a pesar de haberse anunciado tormenta y de haberse levantado fuerte viento del norte, se habían hallado varios de esos anclajes abiertos en lugar de cerrados.

Se comprobó que todas estos descuidos eran responsabilidad de Grande; volvieron a encender las iras del capitán Branco contra su segundo oficial, a quien juró dejar en tierra una vez llegáramos a Punta Arenas. Luego, el depresivo Branco se desanimó y penetró en un mutismo con todo el mundo, menos con Navares, el timonel, de por sí callado él mismo. Regresó el capitán a un limbo en el que se perdió sin remisión y, como el Ahab de Melville –su réplica novelesca–, se alimentó de las tristes zarpas de su melancolía. Para sorpresa de la tripulación, en especial de su amigo Pereira, Branco se desentendió de todo lo ocurrido y volvió a achacarle aquella desgracia al sentido fatídico de la existencia, que le llevaría a poner fin a su vida pocos días más tarde.

–El seguro dará cuenta –le dijo Pereira a Griffin, cuando al amanecer el mar ya se había serenado–. Rodo Amaro siempre hace fotos de esto para las aseguradora.

–¿Y esta vez de qué podrá hacer fotos, si la carga se ha perdido? –preguntó Griffin, metido en su litera bajo dos pares de mantas.

–Pues de ti. Tú eres la prueba del accidente para los agentes de la naviera. Habrá que verlos en Punta Arenas, puro papeleo. Llegaremos pronto –repuso Pereira.

Esa misma mañana del día siguiente a la tormenta mandó Pereira una K en morse (–.–) a la Oficina del Puerto de Punta Arenas, que equivalía a decir «Deseo comunicar con ustedes», y volvió la calma al barco.

118

El 2 de diciembre, mes de la piedra turquesa para los magos, el *Minerva Janela* se dispuso a entrar en el Estrecho de Magallanes. Lo hacía lentamente, a una velocidad de muy pocos nudos, como de maniobra. La tripulación estaba agotada después del accidente de los contenedores perdidos y había un ambiente de hastío y cansancio en todos los trabajos de a bordo. Griffin se había recuperado enseguida de la hipotermia y estaba en cubierta, disfrutando del sol del verano y de las aguas mansas con que el terrible Estrecho los recibía. Quiso ser consciente del preciso instante que estaba viviendo, ver y experimentar el tiempo real a medida que pasaba, como el Ismael de Melville, a quien se imaginaba representar en su viaje.

–Me hallaba *realmente* en el lugar de mis mitos –dijo Griffin–, en el lugar tantas veces soñado por haberlo leído. Recordé allí, en la popa, como cuando pasa una película ante los ojos, todos los libros que había devorado sobre el Estrecho de Magallanes, centenares de ellos, y recordé todas las historias que había conocido en esos libros, todos los mapas que había visto.

Empezó a recitarme, a continuación, lo mucho que sabía: el mapa de Juan Vespucci en 1523, los toscos dibujos de Pigafetta, el mapa de Maiollo, el de Thorne, el de Diego de la Ribera, el *Novus Orbis* de Munster, el de Desliens, el de Cabotto, el planisferio de Agnese, el de Gastaldi, la *Quarta Orbis Pars* de Velho, el *Mundo* de Finé, el de Juan Martínez, el *Theatrum Orbis Terrarum* de Ortelius, el más famoso de todos, el de Sgrotenio, y el de Sarmiento de Gamboa, tomado del natural.

Sentía Griffin que toda la Historia se acumulaba en ese momento y una palpitación acelerada le sobrevino al pensar que aquél era el escenario de las vidas de tantos otros que, antes que él, mucho antes que él, siglos incluso antes que él, cuando el Estrecho se llamaba de Todos los Santos, se enfrentaron con su destino en esas aguas.

–¡Por el cruel escenario de nubes y costas amenazantes y promisorias a la vez! –exclamó Griffin de pronto, alzando su vaso y poniéndose de pie frente a mí, en un brindis fantasma consigo mismo–. Escenario de tantos deseos y desvelos, brindo por ti; de tantos dramas y alegrías, de sufrimientos, de tormentas, de miedos, de salvaciones, de viajes, brindo por ti; de naufragios, de luchas, de amores, de masacres, de revueltas, brindo por ti; de quimeras, de esperanzas, de botines, de miradas, de planes, de estrategias, de infortunios, de soledades, sí, brindo por ti, lugar fascinante y maldito.

Y Griffin volvió a sentarse.

Por fin estaba allí, por fin había llegado, por fin su cuerpo estaba en el lugar de sus sueños. Había sido necesario que, en casi quinientos años, todo aquello hubiese sucedido para que él estuviera allí, en ese mar, frente a esas costas que los marineros que habían surcado sus aguas se figuraban, en las más temidas de sus pesadillas, como las fauces de un gran monstruo. El mito de su vida se abría delante de él, ahora de verdad, ahora inequívocamente.

Ese mismo paisaje era el que sus abuelos Arnaldo e Irene habían visto aquel lejano 9 de diciembre de 1923, cuando el crucero *Santander* se adentraba por el Estrecho, y en la cubierta, abrazados, besándose sin parar, él sacaba una flor de la manga de ella y le hacía reír. Era un truco más de los muchos que le hizo durante el viaje de novios, bromas tiernas, pequeñas sorpresas, inesperados quiebros de la lánguida cotidianidad en el transatlántico. Se amaban y Griffin se preguntaba si quizá por ello no veían en realidad el mismo paisaje que ahora veía él, años después, absortos en su amor. Griffin ya no amaba y miraba aquellas costas como si en ellas buscara un impulso en su vida.

Ahí fuera estaba la majestuosidad del Cabo Vírgenes, verde oscuro y pelado en su cara marina como roca resbaladiza, cortado a pico, como lo describió Bougainville, extremo continental que avisa de la boca cercana. Y más allá, la famosa Punta Dungeness, con cuyo faro se abre el Estrecho en forma de garfio, donde existe la frontera más extraña: Argentina y Chile comparten la línea de separación en pocos metros, línea que pasa por el centro del faro, dividiéndolo.

—Claro que todas las fronteras —dijo Griffin— se resuelven en pocos metros, esa es la verdad, pero esta se veía desde el barco, moría en la orilla la raya invisible entre los dos países tras atravesar meridianamente la torre blanca, y nos saludaban, o eso creí ver, dos guardias de frontera con distintos uniformes pero en la misma actitud y lugar, en paralelo, como la simetría de un espejo, en lo alto del faro.

El rumbo que tomó el barco les acercaba a la costa norte. A lo lejos se veía la costa sur, el territorio de la Tierra del Fuego. A babor, una fragata chilena saludó con su bocina. Era a la altura de Punta Daniel, donde los árboles negros van bordeando el litoral hasta llegar al achatado faro de Cabo Posesión. Desde ese lugar y no menos lentamente, el *Minerva Janela* describió una parábola y enfiló la estrecha Primera Angostura, pero no llegó a entrar. El animado tráfico de buques y mercantes por la zona le hizo esperar medio día varado cerca de las balizas luminosas de Punta Delgada. Periódicamente se cruzaba ante sus ojos el ferry que unía Punta Delgada y Puerto Espora, recibido con una sinfonía de bocinas de todos los barcos que aguardaban su turno. ¿No era precisamente allí, en Punta Delgada, donde Sarmiento y los hermanos Antonelli querían cerrar el Estrecho con unas grandes cadenas y compuertas, sujetas a los fortines que planeó el ingeniero Spanoqui? Todo entelequia y fantasía.

Ya al atardecer, por fin el buque entró por la angostura, especie de tubo de no más de un kilómetro de ancho, y al salir, desembocó en toda la belleza estival del Estrecho, con Bahía San Felipe al sur, brumosa y violácea, y Bahía San Gregorio a estribor, con las estructuras tubulares y las llamas perennes de la terminal de hidrocarburos. Por esa parte era grande el tráfico de petroleros y barcos con depósitos de gas que iban siendo remolcados hasta el centro del Estrecho, de aguas más profundas. El *Minerva Janela* dejó rápidamente la terminal y entró en la Segunda Angostura, donde volvió a aminorar la marcha para hacerla mucho más lenta aún, casi como si navegase mecido por las olas. Cerca de Punta Ana, y con la Isla Isabel dejada a babor, el capitán Branco mandó parar las máquinas y fondear durante la noche, ya que quería llegar a Punta Arenas al amanecer.

119

Por la noche, lleno de excitación, Griffin no pudo dormir y la pasó en cubierta, con Caporale, hablando de teosofía y magia, y viendo las luces y los sonidos de los barcos cisterna, los remolcadores y los portacontenedores que salían o entraban en las terminales adyacentes, como Puerto Percy, Clarencia o Cabo Negro. A la mañana siguiente, dos horas después del alba, reemprendieron la marcha en dirección a Bahía Lee, en Tierra del Fuego, pero apenas si llevaban navegadas unas millas, cuando enseguida el piloto Jordão Navares hizo girar el barco noventa grados hacia el sur, para descender hasta Bahía Laredo, dejando Isla Isabel y sus peligrosos bajíos a estribor.

Cuando llegaron a Bahía Catalina, donde perecieron Bagnoli y sus hijos, le embargó a Griffin una especie de conmoción sentimental y, encontrándose por fin en el marco real, con las olas, las luces, las brisas y los olores verdaderos, se imaginó a Graciela buscando desesperadamente a su familia muerta, con algunos indios alakalufes pagados como canoeros, por todas las costas, arriba y abajo, y durante semanas, meses y luego años, hasta llegar a la Isla Desolación, decenas de kilómetros más al oeste, donde halló al autómata y la locura.

Fueron momentos muy emocionantes para Griffin, cuyo clímax reverencial se vio roto por el brusco rugido de un avión de Lan Chile a baja altura, presto a aterrizar en el aeropuerto cercano. Aquel pensamiento en Graciela, le llevó de nuevo a pensar en la Desolación, en lo cerca que estaba ya de esa isla que sentía como suya, y en los cientos o quizá miles de dibujos inconscientes que había hecho en su vida reproduciendo su contorno, sus calas, sus cabos, sus bahías. Entonces, con un punzón que le facilitó uno de los marineros, grabó la figura de la isla sobre una de las paredes metálicas de color rojizo de la segunda cubierta del *Minerva Janela*. Un homenaje, se dijo a sí mismo, y una huella. Un rito personal, sin duda tan inexplicable como caprichoso.

Ese 3 de diciembre, al amanecer, como quería Branco, entraron en el puerto de Punta Arenas, final del viaje.

–Mi meta se hallaba allí, en tierra –dijo Griffin–. Había sido un viaje homérico, yo me sentía parte de ese concepto de la vida, extraño por indefinible, aventurero, potente y ciego a la vez, que llamamos Ulises. Ahora tocaba finalizar mi pertenencia al *Minerva Janela*, finiquitar y marcharme, cobrar mi paga, hacerme el duro y olvidar, no mirar atrás al descender por la escalerilla y todo eso que hacen los marineros de verdad –prosiguió–, pero también tocaba para mí iniciar las despedidas, empezar por el adiós o el hasta siempre, desear larga vida y felices travesías a todos y cada uno de mis compañeros de viaje.

Se sentía también muy unido a ellos porque, entre otras cosas, les debía la vida. Se dispuso a hacerlo en cuanto el barco hubiese atracado. Muy temprano, con luces eléctricas aún en el puerto confundidas con el azul iniciático de la mañana, la maniobra de atraque la llevó a cabo Rodo Amaro con la pericia de Navares, como siempre, pero Pereira asumió la supervisión, ya que Grande había sido destituido por el capitán Branco esa misma noche.

De Pereira fue el primero de quien Griffin se despidió cuando volvió al camarote que compartía con él para hacer el equipaje. Pereira se secaba la cara con una toalla después de afeitarse. Se dieron un abrazo.

–Encuentra tu isla y así no tendrás que pintarla más –le dijo.
¿Qué será de él ahora? No creía en la fatalidad y daría lo
que fuera porque Mick Jagger le firmara esa camiseta con su
rostro estampado. Al salir del camarote, sonrió y dijo:
–Casi te mueres, diablos. Para otra vez, embárcate con pasajeros y no jodas. Pero si insistes en mezclarte con la carga y
estos malparidos, llámame. Siempre estoy en los barcos.
Pereira desapareció con un «Ciao». Ninguno de los dos sabía que muy pronto, transcurridos unos días, se volverían a
ver, cuando se lo encontró en el hotel, adonde había ido a buscarlo para decirle que Branco se había ahorcado.
De nuevo pensó en las bifurcaciones. Todos ellos, con quienes había compartido alegrías y tristezas en esos meses, eran
ya, en bloque, una bifurcación de su vida que no tomaba. Ya
estaban en otra rama, ya iban a otro lugar que no era el suyo.
Se despidió de Grande con un abrazo. Le estrechó la mano al
seco Rodo Amaro. Se la estrechó a Sagna, con quien le unía el
maldito honor de haber sido los dos hombres caídos al mar en
la navegación, carne de naufragio. Se la estrechó Segarra, cuyo
perro seguía ladrándole cada vez que se acercaba a él. Se la estrechó a Amuntado, que se puso a bailar una cumbia con el
cigarrillo en los labios mientras se le oía una risilla de vergüenza y rubor. Se la estrechó al macedonio Pavka, con sus eternos
cascos empotrados en los oídos. Se la estrechó al galés Greene,
que nunca olvidó a Cazilda Canabrava. Se la estrechó al negro
Kowanana, que iba con los guantes de boxeo puestos y le hizo
un *crochet* mejilla con mejilla diciendo «adiós adiós» como si
imitara a Mohamed Alí. Se la estrechó a Bergeron, cuyas comidas no eran tan malas como decían. Se la estrechó al tímido
Navares. Se la estrechó a Nemo Caporale, que insistió en
acompañarle hasta el hotel para beber una última copa juntos
por si, tal vez, compartían la próxima reencarnación, pero le
tocó guardia y tuvieron que aplazarlo.
Y se despidió de Branco. Fue el último, como había de ser.
Estaba en su camarote, no le interesaba la tarea de amarre,
quizá porque en el fondo esas tareas no le interesaban nunca,
porque no quería dejar el mar y el puerto era para él el lugar

del que partir, no el lugar al que llegar. Branco pensaba salir cuando ya hubiese bajado a tierra toda la tripulación, salvo los hombres que quedaran de guardia, luego iría hasta las oficinas de la Texaco y daría de baja a su segundo oficial, Fernando Grande, después de comunicar la pérdida de la carga y el accidente habido. Todo eso pensaba hacer, y se lo dijo a Griffin antes de darle la mano tras entregarle un sobre con su sueldo y un recibo.

–No creo que nos volvamos a ver –dijo Branco.

Parecía muy seguro de ello, por lo que Griffin trató de desdramatizar su despedida.

–Nunca se sabe –dijo–, el mundo y la vida son redondos.

–No –replicó Branco–, son siempre planos y hay un borde abrupto al final, esa es la verdad.

Griffin cerró la portezuela. No lo vio más con vida.

Cuando bajó a tierra y pisó el extremo de la Patagonia, permaneció unos minutos parado, mirando a su alrededor, sin saber en qué dirección encaminarse. Vio la salida del recinto del puerto, vio la plataforma para suministro de barcos-tanque de fuel-oil montada sobre tres pilares de hierro, en medio de la ligera ensenada entre malecones de piedras, vio las taquillas del trasbordador que iba hasta Bahía Chilota, en Porvenir, en la otra orilla, vio montañas de nasas para mariscar apiladas en el muelle, vio un autobús que ponía SARMIENTO CENTRO-AV.INDEPENDENCIA-LÍNEA 7, y se montó.

Todo era nuevo y no lo era, eso fue lo que sentía mientras el autobús lo llevaba hacia el centro de Punta Arenas. Súbitamente, aquella ciudad de casas bajas, tejados de colores y luz azulada le pareció un mundo familiar que le recibía después de mucho tiempo ausente, y le reconocía, reconocía quién era, y lo arropaba con la calidez de una madre. No sabía decir por qué, pero en Punta Arenas, aquel día, Griffin dejó de sentirse invisible.

120

Griffin hizo todo el trayecto de la línea 7 varias veces, lo que le demoró unas horas. Recorrió la parte sur de la ciudad sin haberlo pretendido, pero se alegró, porque le llevaba al centro del sueño, al tiempo primigenio de cuando sus abuelos llegaron a esa ciudad recién casados. Fue el último pasajero en bajar del autobús donde la línea moría. Se resistía a hacerlo, quizá porque implicaba un paso hacia la realidad, y no siempre se quiere dar ese paso. Desorientado, como si de una nueva bifurcación de su vida se tratara, eligió al azar un hotel cerca de la Avenida Independencia, donde salían y llegaban los autobuses.

El hotel estaba en la calle Boliviana, en el número 46. Se llamaba Hotel Aramis, y lo escogió porque le divirtió que debajo del nombre, en letras más pequeñas, pusiera «Antes Dumas». Era un edificio de tres plantas, de pocas habitaciones, pintado de amarillo y con tejado azul añil, de apariencia acogedora. Tenía una reja negra en la entrada, y un pequeño jardín con sillas y mesas de estilo inglés. Su interior estaba plagado de objetos de bronce y adornos de madera, suelo de tarima crujiente y paredes enteladas en granate.

El logotipo del hotel reproducía la grafía del nombre del mosquetero Aramis de propia mano de Alejandro Dumas, imitándola de uno de sus manuscritos. En las habitaciones había láminas enmarcadas con copias de todas las ilustraciones de Aramis que el dueño había podido reunir, sacadas de las distintas ediciones de las obras de Dumas, incluso de las adaptaciones cinematográficas. En la de Griffin, la habitación número 34 (¡como la de Jacques Vaché en Nantes!), había dos láminas: una campestre, en la que se veía a un Aramis soñador echado sobre la hierba en un altozano, leyendo un libro religioso de Rancé y fumando una larga pipa, mientras a lo lejos se aproximaban Athos, Portos y D'Artagnan a caballo. La otra lámina era la fotografía en blanco y negro de un medallón orlado en el que se ve la cara del mosquetero de perfil, lacia melena y puntiaguda perilla, en un grabado de Vitoux de la serie «Noms Universels».

Desde el cuarto del hotel, Griffin telefoneó al *Minerva Janela* para darles sus señas ante cualquier eventualidad, sin suponer que lo llamarían tan pronto. Luego avisó a Caporale por si quería pasarse a tomar algo. «Mañana», le dijo. Luego salió a la calle otra vez, la habitación no daba para más.

−¿Cómo se vaga por una ciudad nueva? −me dijo Griffin−. Siempre hay que aprender a guiarse por el azar.

Subió sin rumbo fijo por la Avenida España hasta Correa, con calles y tiendas como las de cualquier ciudad europea, donde al final terminó dando con la tapia de un cementerio, el mismo en que estaba la tumba de Arturo Bagnoli y sus dos hijos, el mismo, comprendió Griffin, en que estaban, por tanto, los restos de Graciela Pavić. Lo bordeó para entrar por un dédalo de calles que lo llevó hasta la orilla del mar, hasta las playas de la Costanera.

−Me di un baño en las aguas del Estrecho −dijo− y bebí unas cervezas que ofrecía un muchacho negro en un cubo con hielo. A esa hora apenas había gente allí tomando el sol o curioseando a los bañistas. Meterme en esas aguas frías fue para mí una rara experiencia de búsqueda y encuentro, un bautismo secular.

Mientras se zambullía, tuvo un momento de inaudita lucidez, lo más semejante a una ansiada revelación: se preguntó qué hacía allí. Pronunció por fin la sencilla y nunca respondida pregunta acerca del impulso que le había llevado a hacer ese largo viaje. Algo en su interior le contestó que era una necesidad de repetición o de cumplimiento de un destino que había arrancado con su abuelo, con el enamoramiento de su abuelo por Graciela, pero que eso no era más que el comienzo, o el pretexto.

−¿Se puede enamorar alguien de golpe, de una sola vez, de una vez por todas, a sabiendas que es un amor imposible, incierto y hasta inhumano, como resultó ser el de mi abuelo Arnaldo por Graciela, allí, en el mismo puerto que yo estaba pisando? Sí, por supuesto que sí −se respondió Griffin a sí mismo, elevando la voz−, definitivamente sí, absolutamente sí, el Sí mayúsculo por excelencia, el Sí de Molly Bloom, el Sí que yo le habría dicho a Li Pao, quizá por no ser ni hombre ni mujer, sino todo junto y a la vez y lo contrario. Un destino, sin embargo, que aún no conocía, pero que presentía más y más cercano, porque «tenía indicios». Hasta las aguas le abrigaban como si supieran quién era él, y notaba la sonrisa de las olas y la caricia del aire y la calidez de la ciudad, mirándolo como quien veía a un salvador esperado. Buscaba algo, eso lo sabía desde que emprendió el viaje, y sabía que lo que buscaba estaba íntimamente relacionado con su llegada, como si ya lo hubiese encontrado nada más pisar tierra, como si todo a su alrededor supiera que ya lo había encontrado y quisiera transmitírselo. Era la llegada a su particular Tierra Prometida, la llegada a su Ítaca privada, todo Ulises como se sentía, el mismo Ulises que Sarmiento se creyó. Y le vinieron a la cabeza los versos de Du Bellay: «*Heureux qui comme Ulysse a fait un beau voyage...*».

Llegar, eso era lo que sentía que le había sucedido. Llegar. ¿Había llegado de verdad? ¿Era ese el destino final de su viaje? La idea de la llegada –se abstrajo Griffin entonces al decirlo– pesó sobre él. Su padre Sean también llegó a su Ítaca.

–Recuerdo cuando vi a mi padre en su autocaravana de Pasadena. Yo había alquilado un coche y llegué muy temprano; antes de llamar, me detuve unos instantes en la puerta de la *roulotte*. Tomé aire, cerré los ojos. Me acuerdo que pensé allí mismo que, al fin y al cabo, aquello era un ciclo que se cerraba en ese instante: estaba en San Francisco, con mi padre, en la ciudad donde él había nacido y a la que nunca había pensado llevarme, en la ciudad a la que yo había llegado por mi terca voluntad, y ahora iba a despedirme de él, ya que en cierto modo mi visita, generada por la curiosidad, era una despedida, por muchos que fueran los años que viviese aún mi padre, pues en el fondo de mi corazón me había dicho a mí mismo que no volvería a verlo. Y hasta ese día así había sido. Entonces llamé a un timbre ronco, convencional. Me abrió un hombre que primero no reconocí debido al tejido tupido de la doble hoja mosquitera de la puerta de la *roulotte*; luego vi a un hombre que podría ser yo mismo, pero con muchos más años. Me vino a la cabeza eso que dicen de que, con el paso del tiempo, de ancianos nos parecemos físicamente a nuestros padres. Me vi a mí mismo treinta o cuarenta años más tarde. Seremos los viejos que son ellos hoy, me dije. No sé aún si es una condena del destino o mera biología sobre la que no vale la pena hacer metafísica, pero aquello desacralizó una imagen de mí mismo que todavía conservaba al verme ante el espejo, una reminiscencia de juventud, la ilusión aún no desvanecida de ser quien crees ser. Desde entonces, no he dejado de mirarme en el espejo de otra manera, buscando cada vez más a Sean en ese rostro que es el mío, y sin saber cada día si en realidad me gusta o no.

Aquel anciano que era su padre, el mismo anciano que Griffin será algún día, ya había llegado a su Ítaca, y tal vez ese fuera el lugar donde siempre quiso llegar, Griffin no se lo preguntó en aquella ocasión, pero no parecía que pasara por una etapa nueva, un paréntesis en su vida. Verlo en aquel sillón barato, derrotado y anodino, con esa felicidad pequeña, de plástico, le hizo intuir que aquella autocaravana había echado raíces para siempre. Eso pensó Griffin, más o menos, en la playa de Punta Arenas.

Pero su Ítaca no eran aquellas aguas. Su verdadera Ítaca era *su* isla, la Isla Desolación. Recapacitó, entonces, sobre qué iba a hacer allí cuando llegase, una vez repuesto de su accidente. Antes, tenía que buscar la manera de arribar allí.

Pasó el resto del día sentado en los malecones de Manantiales, dibujando islas en una libreta que compró en una papelería de la calle Garay y arrojándolas al agua, pensando que las corrientes las llevarían a engolfarse en cualquier cala de su isla, varias millas al sudoeste, Estrecho abajo.

121

Al día siguiente, trató de ubicar dónde estuvieron sus abuelos en 1923. El hotel Cabo de Hornos, a un lado de la Plaza de Armas bordeada de cedros, estaba tal cual, con su misma imponente fachada amarilla y su leve aire prusiano. Tal vez fue allí donde actúo su abuelo con el nombre del Gran Samini; tal vez fue allí donde acudió a verlo Graciela y, por su influencia, lo contrataron para una sola actuación en la Estancia Mercedes de los Ravel.

Griffin quiso salir de dudas y entró en el hotel. Pidió hablar con el director, quien muy amablemente le llevó a los archivos de registros. Para su sorpresa, al poco rato le sacaron una caja con los libros de octubre a diciembre de 1923, en cuyo registro del 9 de diciembre encontró los nombres y las firmas de Arnaldo Aguiar e Irene Ortega. Ocuparon la habitación 345, con vistas a la estatua de bronce de Magallanes. Entonces quiso saber si su abuelo había actuado allí. Eso, le dijeron, estaba anotado en otro tipo de libro, el de Espectáculos y Variedades, y la secretaria del director lo puso delante de Griffin al poco rato. El 13 de diciembre de 1923, sábado, en el Salón Chino, a las 9 horas p.m., hubo «un número de ilusionismo a cargo del artista español Gran Samini», por el que se le pagaron cien dólares. Seguramente, aquella era la primera vez que alguien posaba sus ojos sobre esas anotaciones del hotel. Griffin no pudo contener una irreprimible emoción al hallarse allí, en ese mismo lugar, setenta años después.

–Pasé suavemente las yemas de mis dedos por el nombre del Gran Samini –me dijo.

Revivió imaginariamente aquel número de magia, el entusiasmo del joven mago, la ironía incipiente de su mirada ante la mirada atónita o descreída del público que asistió, el rubor de la dama de cuya oreja salía un anillo, la risa del hombre al que le devolvía la cartera inexplicablemente recién desaparecida, los aplausos ante el truco de la mano cortada, los contenidos alientos al tragarse un sable, el desconcierto al ver volar por la sala a cinco palomas salidas de una pequeña caja en la que antes ardieron papeles de colores provocando un denso humo azul del que surgió una princesa india, por esa sola vez, por esa sola, representada por Irene con bisutería de cristal y un vestido turquesa ceñido a su frágil cuerpo.

Todo eso fantaseó en el despacho del director del hotel Cabo de Hornos mientras le llegaban del fondo de su visión

los vítores del final del número. Una lágrima cayó por su mejilla. Al verlo, el director dijo que tal vez hubiese fotos de aquella actuación. Fue a comprobarlo. Cuando regresó, le decep-
cionó saber que no había ninguna. Lo que había recreado su
fantasía tal vez procediera del recuerdo que de ello tuvo Graciela y de cómo se lo refirió a Arnaldo, mucho después, en una
de sus cartas que Griffin había leído.

–Se me debió de quedar grabado en la mente como si en realidad yo mismo hubiese asistido a aquella prodigiosa actuación
que arrancó aplausos por más de quince minutos –me dijo.

122

Por la tarde, dio un paseo por los aledaños del puerto, por la
zona del barrio de Briceño, y se dejó llevar por el impulso de
unirse a una excursión que iba hasta Fuerte Bulnes y Puerto
del Hambre; ese era el lugar donde quedaron olvidados los últimos moribundos de las colonias de Sarmiento. Se trataba de
un grupo de italianos, alemanes y argentinos. Griffin se hizo un
hueco en la parte trasera del catamarán, un tanto separado del
grupo. Al principio se le hizo extraña la sensación de ir en un
barco de turistas, después de haber navegado en un gran carguero. Se sentía rebajado, vulgar, intruso. Era como ir en un
bateau-mouche por el Sena. Pero pronto se concentró en el día
soleado y en la tibieza de la temperatura.

La guía, una joven francesa, al dejar a estribor el gran faro
de Guayrabo, empezó a contar la historia del navegante Jacques Beauchesne. Griffin no prestó demasiada atención a su
historia, una de tantas que tenían por escenario aquellas tierras, hasta que oyó que se refería a él como al Sarmiento francés. Su historia le interesó inusitadamente. A medida que se
acercaban a Puerto del Hambre, la guía empezó a hablar de
que su compatriota Beauchesne había llegado allí el 24 de junio de 1699 y que el mar que hoy los turistas veían calmado,
en aquel lejano invierno era un mar durísimo, con vientos contrarios que duraban meses y paralizaban toda navegación.

Servía Beauchesne a la Compagnie Royale de la Mer du Sud y tenía por misión la colonización del Estrecho para Francia y la esclavización de cuantos indígenas encontrara en esas tierras. Para Griffin no había nada relevante en ese personaje, salvo que contaba para sus planes con la determinación y la vehemencia de un ardiente presbítero, obsesionado con llegar a ser el obispo de aquellas colonias, un cura llamado Emmanuel Jovin, quien lo acompañó en el viaje a Beauchesne como un inflexible garante de la moral contra toda promiscuidad, ya que había hombres y mujeres en el pasaje, futuros colonos que no llegaron a Puerto del Hambre, sino que desembarcaron en Brasil.

Jovin era un hombre colérico de carácter, ascético en sus costumbres y un profeta papista que llevaba en una mano la cruz y en la otra la espada. Pero tenía una afición conocida, o más bien un talento divino, según se mirase, por el que era un experto famoso en toda Francia: la botánica y sus derivados mágicos, tales como brebajes y bebedizos para brujería y satanismo. Quizá por ello, formó parte, durante años, de la Santa Inquisición y, por su resistencia ciega, tenía fama de eficacísimo exorcista.

Cuando Griffin oyó el nombre de Jovin en boca de la joven guía, prestó más atención aún y hasta dio un respingo de sorpresa, pues de pronto recordó su nombre como familiar de alguna de las lecturas que había hecho, tal vez las mismas que hiciera Graciela Pavić, al buscar información sobre Melvicio y el autómata.

—Desde luego —dijo Griffin— yo sabía sobre ese Jovin algo más que todos los que estaban allí presentes, algo que ni siquiera la guía francesa de la ruta turística Punta Arenas-Fuerte Bulnes sabía. Conocía, por mis lecturas, que la razón por la que Jovin fue al Estrecho con Beauchesne probablemente estuviera relacionada con la búsqueda del autómata.

Me contó, a continuación, que esa búsqueda se llevó muy en secreto durante mucho tiempo, pero en contra de lo que propalaban en su época las leyendas sobre los poderes del android, Jovin no lo buscaba para hacerse con él y sus hipotéticas propiedades, sino para destruirlo, ya que para Jovin se trataba del Golem por excelencia, de la encarnación del mal, instrumento o engendro latente en espera de que una voz diabólica –y para el presbítero eso era sinónimo de judío– lo despertara.

Pero Jovin, que anduvo por el Estrecho durante meses con la excusa de botanizar y buscar plantas y vegetales, no encontró ningún rastro del autómata, ni en ese ni en ninguno de los otros dos viajes que realizó a la zona en los años siguientes, todos infructuosos. Sin embargo, en una ocasión estuvo muy cerca de hallarlo, cuando fondeó con una chalupa en el Puerto de la Misericordia, en las costas de la Desolación, pero equivocó su camino y en lugar de ir hacia el norte se dirigió hacia el sur, para buscar al autómata de Melvicio en la Bahía Barrister, donde, por supuesto, no estaba. Jovin acabó pidiendo ayuda en la Corte de Felipe V, en España, donde no fue escuchado y lo tildaron de loco, como a tantos otros de cuantos estuvieron relacionados con el autómata.

Acabada la excursión casi de noche, regresó el grupo de turistas a Punta Arenas. Griffin no se despidió de ninguno de ellos ni de la joven guía. Caminó hasta el hotel Cabo de Hornos, en cuyo bar inglés se bebería un par de whiskys a la salud del Gran Samini y de la hermosa ayudante india, su abuela Irene, cuyos fantasmas rondarían aún por el Salón Chino haciendo su aclamado número de magia. Luego, de madrugada casi, fue hacia el Aramis por las calles aún con un velo nocturno. No vio a ninguno de sus compañeros del barco. En el Aramis fue consciente de que había dejado pasar unos días antes de visitar el Museo Salesiano. Había preferido sentir primero la ciudad, conocer el territorio bajo sus pies, pero sabía que al día siguiente, sin falta, no podía eludir ya lo que tanto deseaba y también tanto temía: ver el autómata. Sin embargo, a la mañana siguiente, una llamada telefónica lo despertó temprano. Era Pereira desde el vestíbulo del hotel. Esa noche Branco se había ahorcado.

123

Cuando bajó a la recepción del hotel, aún somnoliento, vio a Pereira contemplando la lámina de Aramis en la que se le retrataba con un florete alzado en vertical frente a su cara, rozando apenas la nariz, en posición de saludo. La foto, en realidad, estaba sacada de una película muda y el actor ya no era conocido. Cuando Pereira se dio la vuelta para saludar a Griffin, su rostro manifestaba un gran abatimiento y un gesto desconocido en él oscurecía su mirada siempre franca. Le repitió lo que ya le había anunciado unos minutos antes por teléfono.

–Branco se ha matado esta noche –dijo escuetamente.

A las cuatro de la mañana había hecho un nudo corredizo en una soga fina y salió de su camarote, como podía atestiguar Amuntado, que lo vio pasar. En su camino por la borda de estribor se despidió de Greene, que hacía esa guardia, y se llegó hasta la popa; ató la cuerda a uno de los escobenes de babor y luego saltó por la borda, cayendo a peso hasta que enseguida la cuerda se tensó.

–El crujido del cuello y el ruido de las olas contra el casco, nada más, esos fueron los únicos sonidos, pero nadie los oyó –dijo Pereira.

Tardaron unas horas en encontrarlo, porque el barco estaba atracado a estribor y solo desde el mar se veía el cuerpo de Branco balanceándose sobre el nombre del buque: *Minerva Janela*. ¿Quién sería esa mujer, Minerva Janela?, pensó en ese momento Griffin. ¿Tal vez la hija o la esposa o la madre del armador? ¿Tal vez un amor perdido del dueño o del primer capitán que tuvo? Quién sabe si no sería Branco el único que conocía de verdad a Minerva Janela, portuguesa como él, atacada de *saudade* como él, y su muerte contra el casco donde su nombre estaba rotulado fue un póstumo homenaje a un imposible.

–Eso, Oliver, son conjeturas absurdas –repuso Pereira–. Branco se suicidó porque no pudo superar su depresión, las muertes de su vida, y en este viaje la de Paulinho Costa, a quien tanto quería, fue la puntilla. Se mató porque no se soportaba, no se podía soportar por más tiempo. Yo lo comprendo, porque en el mar se comprende todo, se comprenden esas cosas, y nadie culpa a un marino por quitarse la vida, al revés, se le admira, porque en el mar la vida se relativiza, se estrecha y adelgaza hasta quedar hecha una vida de dos dimensiones, una hoja en blanco que lleva el viento, que se arruga con una mano y se hace una pelota y se tira al mar, que enseguida la deshace y pasa a ser ese raro plancton de celulosa que en cantidades millonarias entra en las barbas de la ballena y se hace definitivamente grasa blanca, blanca como blanca era Moby Dick, blanca como blancas son las hojas en las que se escriben todos los libros.

Luego Pereira le dio un abrazo y le informó de que la Texaco ahora le daría a él el mando, tal como se preveía en las ordenanzas de la Marina Mercante.

–Enrolaré de nuevo a Grande. Creo que conmigo le irá mejor. Y he modificado el objetivo del barco, ya no vamos solo hasta Valparaíso, ahora vamos a Japón, a Nagasaki. En Valparaíso repararemos la borda por la que te caíste y la naviera contratará nueva carga. Tienes un puesto a bordo, amigo, ya eres un veterano. Ven, si quieres. Te doy un día para pensarlo.

Griffin se lo agradeció al futuro nuevo capitán Pereira, pero rechazó la proposición; su meta estaba cerca.

–¿Tu isla?

–Probablemente. Aún no lo sé, pero he de ir hasta allí, aunque sea para dejar de dibujarla –le contestó–. Aun así, Luiz, lo pensaré y mañana te doy una respuesta –añadió. Se dieron otro abrazo.

Antes de irse, le dijo que el cuerpo de Branco estaba en la funeraria judicial del puerto, lo que llamaban la Nevera, porque tendrían que hacerle la autopsia. Luego, ellos se encargarán de arrojarlo al mar, salvo que se ordene lo contrario; en ese caso tendrían que mandarlo por avión a Portugal, algo muy caro y muy lento, podían pasar meses.

–Les he dicho que mejor lo arrojen al mar, sería su deseo –dijo Pereira.

Griffin, inesperadamente, le pidió que le dejara hacerlo a él. Acompañaría el cuerpo en esa ceremonia y lo echaría al mar cerca de la Isla Desolación.

–No hay inconveniente, amigo. Además, cuando eso suceda ya no estaremos ninguno de la tripulación, excepto tú, si te quedas. Y Caporale. Creo que Caporale también se queda aquí. Partimos pasado mañana, y la autopsia se demorará un par de días. Les daré tu nombre –dijo finalmente Pereira cuando se iba.

Una vez solo, Griffin se dio cuenta de la responsabilidad que acababa de asumir. Qué extraño destino era ese de tener que darle a Branco la última sepultura en aquella isla. Una vez en su habitación, cayó en un profundo sueño, del que se despertó a media tarde con jaqueca. Pidió algo de comer en el hotel y salió a pasear por la ciudad, sin dejar de pensar en Branco y en su cuerpo colgado durante horas en la popa del buque. ¿Por qué habría elegido ese sitio y ese modo de muerte? ¿Por qué no se había pegado un tiro (una vez Griffin le había visto una pistola en su camarote) o se había tomado unas pastillas? Griffin no podía tener respuesta para estas preguntas.

–Quizá buscaba morir en contacto físico con el barco –conjeturó–, en un último y desesperado abrazo al barco que se ama, al buque que se ha convertido en su piel, en su cuerpo, ese tacto del acero frío y húmedo, esa dureza metálica que suena grave cuando se le golpea, quizá todo eso, esa unión final con su barco, es el deseo de todo capitán que se halla desesperado y que ha encontrado el final de sus días. Dicen que los ahorcados eyaculan en el último momento, como un movimiento reflejo de desesperación y de despedida de la vida. Veía a Branco eyaculando contra el casco de su barco, aunque fuese sobre sus pantalones, un símbolo salvaje y atroz, y aquella manera de morir se me hizo un acto de amor, por eso volví a apiadarme del capitán Afonso Branco, por su gesto solitario. Fue mi último sentimiento hacia él.

Sin pretenderlo, Griffin se encaminó por calles nuevas hacia la Funeraria Marítima, la Nevera, cuyas señas le había dado Pereira. Allí, en una oficina, dejó sus datos a un funcionario portuario para hacerse cargo del sepelio en alta mar. Al acabar con todo el papeleo, firmó en la línea punteada de un extraño nombramiento: «curador». Desde ese momento, Griffin era el curador del cadáver de Branco. El funcionario portuario le advirtió de que no le dejarían verlo hasta las conclusiones de la autopsia, pero Griffin no tenía la intención de hacerlo, además, las conclusiones se las podía dar él: muerte por tristeza insuperable.

124

La mañana era templada y lucía el sol en un cielo profundamente azul cuando Griffin, por fin, fue al Museo. La luz parecía bendecir ese día especial. Subió andando lentamente por los senderos de hierba de la larga calle Chiloé; cruzó las doce manzanas que le separaban de la calle Maipú, por la que bajó hasta la esquina con la Avenida Bulnes, en cuyo número 374 estaba el Museo Salesiano Regional. Su corazón estaba acelerado, tenía palpitaciones en las sienes y se sentía agitado.

El lugar era como en las fotos que había visto de la fachada del Museo. Ante él, se alzaba un edificio exento y pequeño, de dos plantas con troneras abuhardilladas, balcones fin de siglo, arquitectura antigua y pretendidamente europea, encalado de color hueso y tejados de pizarra. Griffin traspasó el portón de hierro forjado después de detenerse un rato pensando en las veces en que lo habría hecho Graciela Pavić, en la vez en que entró Kuller, el ordenanza, con el autómata en brazos, en la vez en que entraron los asesinos de Graciela, aquel 28 de diciembre de 1965.

En el interior le llamó la atención el silencio, roto por el motor del aire acondicionado y la ausencia de visitantes. El Museo lo dirigía una mujer, una chilena bastante mayor llamada doña Magdalena Morales. Preguntó por ella nada más llegar. Era una mujer de mediana estatura y pelo entrecano, de tez rosada y voz grave, pausada de movimientos, que enseguida le causó buena impresión por su calma al hablar. Él, en cambio, estaba nervioso y no quería que se le notara, pero acabó admitiendo que era absurdo disimular la ansiedad.

—Al principio —dijo Griffin— no le hablé del autómata, sino que me presenté como interesado en Graciela Pavić, por haber sido una vieja amiga de mi abuelo. Entonces me vi en la obligación de contarle a la directora la historia del viaje de mis abuelos, y lo hice con detalle, pero me guardé toda alusión al autómata de Melvicio.

Doña Magdalena le invitó a acompañarla por algunas salas del Museo, antes de subir al ático, donde había una habitación en la que se guardaban las pertenencias de Graciela, donadas al Museo por lo sobrinos de Esteban Ravel después de la muerte de este.

—Al fin y al cabo, el único hogar y la única familia de Graciela era el Museo mismo, al parecer —dijo la directora.

Griffin asintió, porque estaba convencido totalmente de ello. Le enseñó las salas de Zoología de la Patagonia, con decenas de animales disecados que le dieron asco y miedo a la vez; las de Antropología, con fotos de los últimos onas.

—Los mismos que están enterrados en el cementerio cercano —dijo la directora.

Luego pasaron por las vitrinas de los minerales y de los fósiles. Y por las de la cerámica y los restos arqueológicos. Y por la sala de Botánica, donde vio herborizaciones y dibujos de plantas y flores hechos por un tal E. Jovin, sin duda el Jovin de Beauchesne, como rezaban las cartelas que había junto a cada espécimen. Y, finalmente, por las de la Historia y Fortificaciones del Estrecho, donde Griffin sabía que estaría el autómata.

El corazón le dio un vuelco, pero en la sala no había nada que pudiera ser ni remotamente un androide de metal. Había muchos maniquíes vestidos con ropas de época, incluso uno representaba a Sarmiento de Gamboa, lo que le causó una deprimente impresión de tristeza. Era aquella sala una cruel caricatura de la Historia, una de esas salas de museo de cera o de parque de atracciones. Al salir de allí, le preguntó a Doña Magdalena si había conocido a Graciela. Le dijo que no, que llevaba diez años en el Museo y que había venido directamente de Valparaíso, su ciudad natal, donde era bibliotecaria. A duras penas pudo contener la tentación de preguntarle por el autómata, pero la forzó a volver sobre sus pasos con un pretexto cualquiera y regresar así a la sala de los maniquíes. Quería averiguar por su cuenta. Esta vez, se fijó con más detenimiento en lo que allí había mientras ella hablaba sin parar de episodios que él ya conocía. Quizá la directora creía que su interés se debía a un deseo de conocer los hechos que llevaron a crear poblaciones en el Estrecho, pero no la interrumpió. Aunque escuchaba con aparente atención, los ojos de Griffin escudriñaban cada rincón de las vitrinas, cada escenificación de lucha o de vida cotidiana entre los colonos y los indios. Era evidente que el autómata no estaba en aquella sala en la que se exhibió durante años, y doña Magdalena, en su relato de la historia fueguina, no lo mencionó en ningún momento.

–Por primera vez en toda mi vida –dijo Griffin–, empecé a dudar de la existencia real del autómata, aunque hubiera aparecido, y muy visible, en aquella foto memorable con mis abuelos de 1923.

Decepcionado, no pudo retener a la directora por más tiempo y la siguió hacia el ático. La habitación donde se guardaban los objetos de Graciela Pavić era en realidad un pequeño almacén con un minúsculo respiradero en el techo, más bien un trastero con altos estantes saturados de objetos envueltos en papeles marrones, telas blancas y sacos que llegaban hasta arriba del todo; los bultos empaquetados y las cajas de cartón selladas de distintos tamaños desbordaban a veces los estantes y sobresalían inquietantemente. Doña Magdalena, acabada su función de guía, se despidió de Griffin y lo dejó allí a solas.

–Tómese el tiempo que desee, no cerramos –dijo.

125

Volver a encontrarse en Punta Arenas con una caja que contenía la memoria sobre alguien que le incumbía le produjo a

Griffin una extraña sensación de duplicación de un momento ya vivido. Dos días antes, le habían pasado en el hotel Cabo de Hornos una caja parecida con el rastro de sus abuelos en el viaje de novios. Volvía a ser tristemente irónico que todo lo que formaba parte de su historia, la relación de Graciela con su vida mediante la vida de sus abuelos, estuviera metido en cajas, guardado, por no decir olvidado, en lugares que nadie había visitado ni buscado durante años. El que estuviesen, además, en cajas separadas les daba un lejano atisbo de urnas funerarias. Pero eso eran, ni más ni menos; cenizas, en cierto modo, cenizas que con su presencia él venía a remover. O a esparcir.

Comprendió que todo, absolutamente todo, estaba allí detenido en espera de su llegada para dar cuenta y sentido del destino que le aguardaba a cada historia, a cada vida, a cada objeto, a cada ser, y entre los seres de esta historia quizá el único real era precisamente el que aún no había podido ver: el autómata deseado. Comprendió que, si había viajado hasta ese lugar apartado del mundo, era para que todo descansara de una vez en paz.

Cuando abrió la caja, extrajo varios fajos de cartas, anticuados objetos de infancia de sus hijos, fotos y recuerdos de Graciela. Entre aquellas fotos, Griffin vio, por primera vez, una de Arturo Bagnoli de muy joven, quizá de antes de embarcarse en el *Emma Salvatores*, y otra de Arturo y Graciela recién casados, y de Miro Pavić rodeado de sus hijos, con la pequeña Graciela en sus rodillas, y de los hijos de Arturo y Graciela, los niños Gaetano y Pablo, y también vio fotos de Esteban Ravel con Graciela del brazo paseando por la Plaza de Armas de la ciudad. En un sobre aparte, había fotos del autómata, decenas de fotos del autómata desde todos los ángulos posibles, quizá sacadas durante las diversas fases de su reparación. También fue emocionante para Griffin encontrar las cartas de su abuelo Arnaldo, y los borradores de Graciela con notas para las cartas que luego pasaba a limpio antes de mandárselas a él, cartas que Griffin no conocía y que probaban una relación amorosa más intensa de lo que él creía; por ellas comprobó que, en realidad, Graciela y Arnaldo se amaron platónicamente durante muchos años, manteniendo firme la promesa de un encuentro futuro que jamás se produjo.

Se puso a leer aquellas cartas y se le pasó el tiempo sin darse cuenta, de tan concentrado que estuvo leyendo y releyendo, recordándolo todo de nuevo otra vez. El amor quieto e invisible era más poderoso que la distancia y que la locura, pero también más desgraciado y amargo. Al cabo de un rato, tal vez una o dos horas, le dolía el cuello por no haber cambiado de postura en aquel pequeño cuarto. Alzó por casualidad en ese momento la cabeza para flexionarlo hacia atrás con los ojos cerrados.

–Cuando los abrí –dijo Griffin–, reparé en un bulto de formas irregulares que había en lo más alto. Me fijé con más atención. Me costaba mucho saber qué era lo que estaba viendo.

Descansaba de lado en el estante superior de aquel pequeño almacén, donde estaban apilados los escasos objetos de Graciela. Le invadió a Griffin la sensación de ser un intruso en el santuario de la memoria de aquella mujer, pero esta idea desapareció cuando cobró realidad lo que veía encima de su cabeza. Lo veía de escorzo y todavía no imaginaba lo que pudiera ser. Parecía un juguete viejo, uno de esos caballos de cartón con balancín, o una gran muñeca de hojalata oxidada, pero en realidad el contorno de su perfil insinuado indicaba que no podía ser nada de eso, o quizá, a lo sumo, la mitad rota de uno de los maniquíes que había en la sala de Historia, pero parecía también la maqueta de un gran barco desarbolado tapada con unas sábanas.

Griffin se acordó del momento en que, en el desván del Museo de Historia Natural de Ruán, vio los loros del Amazonas que había alquilado Flaubert, rescatados del olvido por su mirada invasora. Le impresionó su desamparo, algo parecido al dolor en un grado muy leve, en un grado de conmiseración por otra especie. El objeto que veía ahora estaba recubierto parcialmente por una tela blanca con cuerdas, agrisada por el polvo. Por un hueco roto de la tela se mostraban visibles unas estrías ovaladas con forma de ojos, pintadas como ojos en realidad, fríos, impasibles y amenazantes, pero súbitamente percibidos como inofensivos, bajo esa singular momificación a la que lo habían sometido. Estaba vuelto hacia abajo, hacia donde provenía la mirada de Griffin, cruzándose con ella. De pronto, después de un brusco sobresalto, comprendió rápidamente, en toda su solemnidad, que aquello que estaba viendo allá arriba era, por fin, el autómata.

126

¿Qué sabemos los seres humanos unos de otros?, se preguntó Griffin. Poco, en realidad. Apenas nos conocemos superficialmente, un rasgo de aquí, un rasgo de allá, meros datos que fijan el mapa, pero no dan el tesoro. ¿Qué sabía Griffin de Nemo Caporale? Que tenía el tatuaje de un caballo en un brazo y uno con la cara de Lovecraft en el otro, que era un calvo de perfecta línea clásica, como un busto romano de Escipión, que fantaseaba con la idea ingenua de su remoto origen saboyano, que coleccionaba mentalmente túneles, que el aura de la electricidad lo fascinaba desde niño porque amaba los rayos y lo conocía todo de ella como un Frankenstein cuerdo, que era feliz y sombrío a la vez, que era afectuoso y sonreía siempre, que era teósofo. Nada más. Griffin no conocía nada más de su vida.

Y, sin embargo, una corriente de simpatía y un brote de amistad habían surgido entre ellos por la comunidad de algunas afinidades, tal vez los caballos, tal vez los túneles, tal vez las estrellas y las quimeras. Le caía bien, le inspiraba confianza, habían luchado y bregado juntos en la tormenta, sus vidas, si cabe por unos minutos, dependieron una de la otra, en aquella noche en que los contenedores cayeron al mar. Pero todo eso no bastaba, claro.

–Sé –dijo Griffin– que en toda vida, en cualquier vida, existe un momento negro, un hecho extraño, inusitado, oscuro, inconfesable, que acaece y se acepta irremisiblemente cuando acaece, como si no hubiese voluntad para enfrentarse a esa aceptación, o al menos uno se ve a sí mismo desde fuera, desdoblado su yo en dos, el que vive y el que mira al que vive, aceptando ese momento negro, ese hecho inconfesable, que luego, con los años, se arrastra como una condena, como un remordimiento, como una culpa, como una lacra, no sé, que cada quien ponga la palabra que lo defina en su caso, haciéndose evidente en lo más íntimo esa inconfesabilidad del momento negro, del hecho oscuro, hasta el punto de que no puede bajarse la guardia ni la tensión, y ha de estarse siempre pendiente de mantenerlo oculto, de que sea el secreto de nuestra vida. Y todas, todas las vidas tienen un secreto, de eso estoy seguro –sentenció Griffin.

Caporale tenía un secreto y se lo confesó a Griffin con naturalidad estando los dos ya solos en Punta Arenas. Fue la tarde en que Caporale, después de haber abandonado el *Minerva Janela*, tal como predijo Pereira, telefoneó a Griffin para decirle que le recogería en un par de horas en el hotel Aramis. Irían a cenar a un sitio que él sabía.

–Una despedida o un reencuentro de dos camaradas de barco, elige tú mismo la celebración, da igual, lo importante son las copas que bebamos, como buenos piratas sobre el cofre del muerto –le había dicho Caporale por teléfono. Griffin pensó que había pretendido deslizar, sin querer, una alusión a Branco–. Me lo debes. No nos despedimos el otro día y me gustaría saber de una vez que harás con tu jodida isla, porque a eso has venido, ¿no?

Griffin murmuró que sí, que a eso había venido.

–Perfecto. Yo que tú no la olvidaría nunca. Te llevaré por algún lugar que aún no conozcas, aunque esta ciudad se conoce enseguida.

Caporale se presentó puntual a las ocho en el vestíbulo del Aramis, donde Griffin lo esperaba aletargado en un sillón, leyendo la prensa vespertina, el *Diario Magallanes*. Le resultaba curioso ver en sus páginas una publicidad del Museo Salesiano Regional. «Toda la Historia de la Patagonia. Nuevas salas restauradas», rezaba el rótulo del anuncio. Luego venían los horarios, la dirección, las salas que había en el Museo, antiguas y nuevas, y aparecía en un extremo el dibujo de un indio ona con lanza en actitud de cazador.

Después de un abrazo de saludo y de celebrar su atuendo elegante, vestido con una americana de lino blanco y sombrero panamá, tomaron un taxi y partieron por una calle llena de araucarias reverdecidas. Intercambiaron algunas frases banales hasta que Caporale le dijo que se había citado con alguien que quería presentarle, un amigo suyo a quien hacía tiempo no veía; siempre que había pasado por Punta Arenas lo había llamado para beber y brindar por los buenos tiempos. Por parte de Griffin no había ningún inconveniente. Estaba ocioso y aquello podía sacarlo de la abstracción obsesiva en que le había sumido pensar tan solo en el autómata y en qué circunstancias lo había encontrado el día anterior.

El hombre en cuestión al que iban a ver se llamaba Müller y últimamente trabajaba de detective en el Hotel Plaza.

–Un trabajo tranquilo, con mucho tiempo libre por delante y la sensación de que eres un tipo con suerte –dijo Caporale.

Habían quedado en el restaurante Acapulco, una buena porción de calles más al norte. En el taxi, un cómodo Rover nuevo, se entretuvo contándole a Griffin cómo conoció al tal Müller, y de repente salió de su interior, de golpe, su secreto, relatado con la natural amoralidad de un niño que cuenta sin más cómo acaba de matar a su madre.

Era un secreto realmente abominable. Fue en julio de 1974, a una edad juvenil en la que prendían ardientes ideales por los que estaba dispuesto a dar la vida o quitarla.

–Te podían dar una paliza, torturarte o matarte –dijo Caporale–, pero también eso mismo lo podías hacer tú. En eso todos éramos recíprocos.

El azote de América en esa época, continuó Caporale, eran el comunismo y las guerrillas, y él formaba parte de un movimiento anticomunista llamado Patria e Liberdade, también conocidos como «los combatientes negros», ligados al general Coutinha, de la región de Bahía. Unos les llamaban fascistas, otros patriotas, y otros soldados de Dios; esto último era lo que, en el fondo, él se sentía, un soldado de Dios.

Se apuntó voluntario, junto a otros tres camaradas del movimiento, para ir a apoyar la lucha anticomunista en Chile, donde el general Augusto Pinochet había «sacudido el mantel de migas podridas». Caporale llegó a Santiago de Chile en aquel verano del 74, impulsivo y con la certeza, terca y obtusa, de que su acción podía cambiar el curso de la Historia.

En el aeródromo militar de las afueras de Santiago le metieron en un hangar helado y sin iluminación, donde solo en ciertos rincones había conos de luz que procedían de tristes y diminutas bombillas, bajo las cuales también esperaban otros camaradas suyos fumando sin parar. Entre ellos, había cinco carabineros de paisano, muy agresivos y provocadores, alguno de mirada fulminante, y a su lado un grupo de alemanes de distintas edades esperando órdenes, o eso parecía. Müller era uno de ellos.

Caporale lo conoció ese día. Rubio y joven, de pelo hirsuto como un cepillo, hablaron un rato y resultó enseguida que tenían ciertas cosas en común, como la curiosidad por los motores. Charlaron acerca del de una avioneta que estaban desmontado encima de una mesa, muy cerca de donde ellos se encontraban. «Podíamos tocar las piezas, dispuestas en línea para su engranaje, y hasta oler su grasa», dijo Caporale. Müller, además, era también teósofo.

El hangar pertenecía a las Fuerzas Aéreas Chilenas, pero lo utilizaba la DINA, la policía política, y allí se presentó el mismísimo subdirector para darles instrucciones, después de agradecerles el servicio y la entrega a la causa de la libertad como voluntarios que eran, provenientes del país hermano Brasil, y demás peroratas. Al subdirector lo acompañaba un hombre mayor de aire siniestro, alto y fuerte, con acento extranjero, sin duda alemán, vestido con un uniforme gris que Caporale nunca había visto, diferente del que llevaban los soldados de la aviación chilena. Müller le confesó que se trataba de un amigo de su padre, y que era un hombre muy importante y respetado por toda la colonia alemana, a quien incluso tenían por un hombre de valor heroico e intrépido. Se llamaba Walter Rauff, un viejo nazi alemán huido de las cenizas del Reich, como la mayoría de los miembros de la colonia alemana, para rehacer su destruida vida. Rauff, tras el golpe del año anterior, se había puesto a disposición de la Junta Militar para librar a Chile de las cucarachas comunistas. Rauff tomó la palabra después de que el subdirector les diera una breve arenga y, con una fría impersonalidad, se limitó a dar datos técnicos acerca del contenido de unos camiones que acababan de llegar, hacia los que señaló con la cabeza; datos como 50 cuerpos, 20 avión uno, 15 avión dos, 10 avión tres, altura 4.000, distancia de vuelo 5 millas, y otras cifras similares.

En el interior de aquellos camiones que Caporale no vio llegar, pero que venían en fila detrás del coche del que habían descendido poco antes el subdirector y Rauff, se amontonaban precisamente unos cincuenta hombres magullados y con vendajes por todo el cuerpo, algunos en camillas, en estado de semiinconsciencia; todos iban con esposas en las muñecas, incluso con correas de cuero; los que podían tenerse en pie iban atados entre sí de dos en dos.

Al bajar de cada camión para subir a los aviones, muchos fueron empujados violentamente por los soldados que los custodiaban o apaleados con porras. Caporale comprendió en ese momento cuál iba a ser su tarea. Subieron a los heridos y demás prisioneros a los tres aviones de transporte, unos Fokker Jupiter Star, que aguardaban en la pista con los motores encendidos. Las órdenes de Rauff se cumplieron, como era previsible, y a Müller y a él los destinaron al avión dos, total 15 hombres.

–Aquél fue el único momento en que pude haberme negado a continuar –le dijo Caporale a Griffin–, haberme despedido de todos y haberme largado como voluntario que era.

Pero no lo hizo, ni se le pasó por la cabeza; al fin y al cabo, aunque todos imaginaban lo que iba a suceder, nadie lo había dicho, no se había pronunciado, y por tanto nada se sabía todavía. Aplazó todo juicio moral de los hechos para después, pero ya una voz interior le decía que aquello no era más que una de tantas acciones necesarias para evitar el mal, aún mayor, de un estado comunista en América del Sur, un cáncer, un polvorín, una plaga, y esos hombres eran, en definitiva, enemigos, y todo aquello, el hangar, Rauff, Müller, las camillas, los prisioneros, los gritos de los soldados, todo, no era ni más ni menos que lo que se llama la guerra, así de simple.

Adquirió la conciencia de ser un soldado, se repitió para sí mismo la consigna Patria e Liberdade, sus ideales, y subió al ruidoso Fokker Jupiter Star por la rampa trasera, detrás de aquellos hijos de puta desgraciados comunistas. Despegaron los aviones. Fue el primer vuelo que Müller y él hicieron en aquella línea de ejecución, pues eso eran en verdad aquellos vuelos: aviones patíbulo.

–Tres horas más tarde hubo que administrarles nuevas dosis de somnífero para que no se sublevaran, nunca se sabe qué fuerza puede tener un hombre que descubre que va a morir, aunque esté maniatado –dijo.

Esa función, la de los somníferos, se la encomendaron a Müller y a Caporale. Caporale se sintió útil por fin, si bien intuía que no era una acción demasiado brillante. En cierto momento del vuelo, uno de los carabineros de paisano, el de la mirada fulminante, se acercó a Müller y a él y los mandó para la cabina. Recordaba que el carabinero les dijo: «Ya habéis cumplido. Dad conversación al piloto, que esto no es trabajo para niños».

Cuando se dirigían a la cabina de mandos, uno de los prisioneros que había en una camilla atado con correas por todo el cuerpo le agarró a Caporale del pantalón. Susurró apenas su nombre, antes de que el carabinero le diera un culatazo en la cara que lo debió matar. El hombre dijo, muy bajo, casi sin que le salieran las palabras: «Soy Raúl Lori, de Atacama», luego le llegó el golpe, y Caporale ya no miró más. Sangraba por la boca, y fue de los primeros que lanzaron, con camilla y todo, por la rampa abierta.

La altura a la que estaban volando hacía prever que los cuerpos caerían en un perímetro de un kilómetro sobre las islas de la entrada del Estrecho por el Pacífico, en la parte de los Evangelistas, islas Cóndor, Parker y la Bahía Beaufort. Al oír hablar a Caporales de esa bahía situada frente a la Isla Desolación, Griffin pensó, mientras escuchaba el relato de Caporale, que alguno de aquellos cuerpos podía haber caído en *su* isla. Se imaginó de inmediato a ese desgraciado Raúl Lori, de Atacama, viniendo a morir desde tan lejos, desde el norte del país, por ser tal vez minero, o tal vez comunista, o tal vez pobre, o tal vez cantante, y dando con sus huesos en la isla que él dibujaba sin pensar nunca que pudiera ser el santuario y tumba de decenas de hombres arrojados desde los aviones, en aquel verano del 74, en plena represión chilena, atados y adormilados para que no pudieran gritar, ni nadar, ni salvarse, si es que llegaban a sobrevivir al impacto contra las olas, tras de cuyo golpe quedarían descoyuntados, a merced del oleaje que los engolfaría, ya definitivamente más muertos que vivos, agonizantes a lo sumo, en cualquiera de las muchas calas de la abrupta isla.

–Siempre lamenté haber sabido el nombre de aquel tipo –dijo Caporale–, porque esa era una realidad personal, los muertos pasaban así a ser uno a uno, y no una lista de muertos anónimos, una larga lista en la que da igual diez que diez millones, una de esas listas que llevaba Rauff en una cartera de cuero, y entendí claramente que desde ese momento, aunque solo fuera por razones de estrategia, tenía que ocultarlo a los ojos de los demás, que nunca comprenderían cuán sucias pueden llegar a ser las guerras.

Ya se acercaban al restaurante Acapulco. Caporale se limitó a decir, para acabar:

–El otro que lo sabe es Müller, pero nunca hablamos de ello. Para qué, si nos vemos de ciento en viento. Nos tocó y punto. Lo hicimos unas cuantas veces más, incluso desde el aeródromo de aquí, de Punta Arenas, adonde empezaron a llevar a los presos indeseables. Por eso Müller se quedó a vivir por la zona. Nunca, ningún otro de aquellos desgraciados, en las restantes ocasiones, me dijo su nombre, solo aquel Raúl Lori, de Atacama. Hemos llegado. Aquí es.

El taxi giró a la izquierda y frenó en seco ante la puerta del Acapulco. Müller esperaba dentro, sentado en la mesa del restaurante. Seguía rubio y con el pelo hirsuto, muy corto, de complexión atlética, con la cara cruzada por una cicatriz desde la comisura del labio hasta media mejilla y rasgos juveniles. Iba vestido con una camisa a cuadros blancos y grises. Fumaba unos cigarrillos muy finos que incrustaba constante y mecánicamente en una larga boquilla de plástico ámbar. Parpadeaba tres veces seguidas por un tic. Parecía simpático y sonreía con un entusiasmo entre feliz e injustificado. Al verlo, y aún con el relato de Caporale de hacía unos instantes en la cabeza, Griffin pensó en Krupa, el francotirador serbio camuflado en la tripulación, y en qué habría hecho el capitán Branco si hubiera sabido la historia de Caporale y de este Müller que ahora le alargaba la mano inocentemente. Sin duda que los habría echado por la borda, y tal vez él y Fernando Grande les habrían dado una paliza.

Durante la cena, y sin poder quitarse de la cabeza la imagen de los cuerpos de aquellos hombres cayendo en picado hacia las aguas del Estrecho, una imagen imposible de concebir para Griffin por mucho que lo intentaba, pensó en lo que le había dicho Caporale de que lo que quería era volver a ver a su amigo y brindar con él «por los buenos tiempos». ¿Serían aquellos «buenos tiempos» los que unían a esos dos hombres? Para Griffin, Caporale y Krupa estaban más cerca de lo que parecía, porque los dos culpaban de su «momento negro, de su hecho oscuro» a la guerra, la guerra, ese lugar donde todo está permitido porque nada será juzgado, a lo sumo vengado por el rencor de los vencedores. Por eso eran buenos tiempos, porque sencillamente no eran malos.

–¿Qué podía hacer yo? –me dijo Griffin–. ¿Restaurar la historia, resucitar a miles de Raúl Lori? Sabía perfectamente que no, que eso era un absurdo quijotesco. Brindé con ellos por sus recuerdos, de los que no habían dejado de hablar en toda la cena, como dos viejos compañeros de armas que se reencuentran en tiempo de paz y no llenan su tiempo presente más que con la nostalgia de otro tiempo pasado. Reían y me miraban con franca simpatía. Me alié con su desvergüenza y comencé a reír yo también. Adiós, Raúl Lori, adiós Sarajevo, adiós millones de muertos, adiós escrúpulos morales. Hola, hijos de puta, soy de los vuestros –me dijo Griffin.

Al acabar la cena, Griffin tenía una sensación agridulce que le había producido aquella velada, una mezcla de cruda realidad y de reproche íntimo por estar en compañía de aquellos dos hombres, demonios más que ángeles, con la reminiscencia, incluso la complacencia, de un ineludible compromiso, de una evocada conjura. Y quizá por ello, por la fraternidad de conjurados que de pronto nació al avanzar la noche, cuando más tarde, fuera del restaurante, en medio de la calle solitaria, Caporale y Müller le dijeron a Griffin si podían hacer algo por él en esa ciudad que era el culo del mundo, Griffin tuvo la iluminación inesperada de robar el autómata del Museo para al menos, ángel más que demonio, sentirse un hombre justo.

127

–Cuando era niño, una vez pensé que era una piedra –dijo Griffin–, y nunca me expliqué por qué, hasta me gustaba ese estado. Creía que las piedras y yo compartíamos la misma naturaleza inmóvil y estática. Era curiosa esa sensación, porque anulaba de golpe todas las acciones humanas que hasta ese momento habían sido lógicas en mi vida: no andaba, me estaba quieto, no me movía, no me mojaba, no respondía cuando me hablaban, creía que pesaba mucho, dudaba sobre si respirar o no, incluso estaba convencido de que podría seguir viviendo sin respirar, el corazón parecía detenerse, mi brazo adquiría frialdad, intuía una infinita prolongación del tiempo, dejaba de ser yo y sin embargo lo era. Extraño, sin duda. Las piedras son ellas y no lo son, saben que son piedras y a la vez ignoran que lo son, sencillamente están, permanecen.

Para Griffin se trataba de una variante de lo invisible visible. Como la extraña invisibilidad visible del autómata, su camuflaje en el pequeño almacén del Museo, colocado en lo alto de la estantería. Envuelto en aquel lienzo, parecía una piedra totémica en espera de ser trasladada, plantada en un jardín o lanzada al fondo del mar para que así perteneciese, eternamente, a la inmovilidad del tiempo, por encima incluso del tiempo.

Parecía también un sudario, y Griffin pensó en lo pétreo de los muertos.

Cuando lo vio, intuyó esa condición común de ser ambos de piedra, el autómata y él, y por tanto invisibles pese a ser visibles, unidos entre sí por ese nexo especial. Aquel conjunto de piezas inertes lo emocionó, como emociona una persona a la que se ama y se desea, como le emocionó a Graciela Pavić hasta el punto de amarlo fuera de toda lógica. Griffin confesó sentir una atracción llena de afecto profundo hacia ese robot a medias cubierto por la tela blanca, cuyo rostro, en aquel cuarto del Museo, había tenido tan cerca como lo tuvo Graciela cuando posó sus labios sobre la boca insinuada del muñeco y lo besó, cerrando los ojos para imaginar que era la boca de Arturo Bagnoli.

A la muerte de Graciela, como si una maldición añadida hubiese caído sobre él, el autómata fue condenado a la definitiva invisibilidad. Querían borrar su existencia. Pudo haber sido destruido, opción que el director del Museo que había entonces sopesó con cuidado, pero no tomó, pese a las presiones que tuvo, ya que el asesinato de Graciela fue un suceso que conmocionó a la ciudad de Punta Arenas. Tan solo se le arrinconó, sustraído para siempre de toda mirada. Aquel apartamiento adquirió el grado de una condena simbólica.

Como más tarde supo Griffin por Doña Magdalena, primero lo habían guardado en aquel cuarto trastero en prevención de robos, debido al erróneo atractivo que las fantásticas leyendas sobre sus poderes ocultos ejercían en mentes débiles y ambiciosas; luego pensaron que era mejor retirarlo de la sala para evitar la superchería de los efectos malignos de su mera exposición. Fue sin duda una idea drástica del más temeroso de los directores que hubo poco después de la muerte de Graciela. Pero con el tiempo, la prevención dio paso a la desidia, y la desidia dio paso al abandono, antesala del olvido. En suma: el autómata se petrificó incluso en la memoria de los responsables del Museo. O mejor dicho *volvió* a petrificarse otra vez, como había estado durante siglos en la Isla Desolación, mimetizado con su páramo basáltico.

Aquella noche, después de despedirse de Caporale y de Müller en la puerta del hotel, Griffin subió a su habitación algo aturdido por la bebida y presentía el insomnio. Echado sobre la cama, volvió a mirar con atención el cuadro en el que el mosquetero Aramis fumaba una pipa mientras, en segundo plano, llegaban sus compañeros a lo lejos. Le pareció, al contrario que otras veces, que ahora Aramis había adoptado una postura diferente: se disponía a levantar la vista del libro de Rancé que estaba leyendo y se iba a dar la vuelta para saludarlos con la mano alzada, porque (y esta era otra ilusión que le sobrevino) también le pareció que Athos, Portos y D'Artagnan estaban más cerca que otras veces, eran de mayor tamaño en el cuadro o habían avanzado en su galope, pero Griffin juraría que se habían movido. Se fijó, además, por primera vez en todo este tiempo, en el título del cuadro: «El Mosquetero Bucólico».

Esa súbita alteración de las sensaciones, al mirar el cuadro, le introdujo en una somnolencia brumosa en la que se cruzaron el sueño y la alucinación, y se materializó delante de él el mismísimo Alejandro Dumas riendo perverso, a carcajadas, mientras le sujetaba por el hombro a Aramis y ambos reproducían la foto en la que estaban sus abuelos Arnaldo e Irene con Graciela en Punta Arenas posando junto al autómata, en 1923. Se despertó de golpe, con aquella risa loca de Dumas aún resonando en su cabeza.

No cabía duda de que el sueño que acababa de tener poseía cierta lógica, ya que había leído en algún libro que Dumas, gran aficionado a los ingenios mecánicos, había pensado escribir una novela muy distinta de la que finalmente escribió y había llegado a fabular que el personaje del gascón D'Artagnan fuese un robot fabricado por los tres mosqueteros. Sobre esa idea inicial había notas en los primeros borradores de la novela, según las cuales Athos tenía una formación en física y era matemático por la Sorbona, Portos era un audaz mecánico y ducho en náutica y Aramis un artista del ingenio y de la sutileza a la par que un hábil dibujante. Juntos crearían, tal como ideó Dumas, un muñeco mecánico capaz de blandir la espada e imitar sus más célebres y secretos golpes de sable, como la estocada doble de Athos o el zigzag mortal de Aramis, un muñeco articulado que, por su resistencia, podría volver loco a las tropas de Richelieu y seducir a Milady. Se preguntó Griffin si acaso Dumas habría oído hablar del autómata de Melvicio o habría tenido noticia del intento de su búsqueda por parte de Jovin, el cura fanático, justo en la misma época en que sitúa la vida de sus mosqueteros.

Se hallaba sentado en la cama y había amanecido hacía un buen rato. En ese momento, desvanecida ya de su cabeza la presencia inquietante de Dumas, supo que su destino allí no era otro que devolver el autómata a su lugar en la Isla Desolación, llevarlo de nuevo a esa isla en la que palpitaban ecos de la propia vida de Griffin. Comprendió, en fin, que una vez muerta Graciela carecía de sentido tenerlo allí, en el Museo, arrinconado, escondido y abandonado por todos.

¿Por qué le habían infligido ese castigo, por qué ese rechazo? Griffin adivinó en ese instante que la parábola de la vida del autómata y de cuantos se habían cruzado con él durante siglos, iniciada en 1580, iba a concluir ahora gracias a él. Él lo devolvería al lugar del que lo habían arrancado, al lugar de su verdadera razón de ser desde que Sarmiento lo erigió en el norte de la isla, al sitio para el que fue creado por una mente visionaria en la Praga de los visionarios.

Metafóricamente, también Griffin se sintió en ese momento un autómata ejecutando fríamente los movimientos para los que alguien le había predeterminado desde que vio aquella foto en su adolescencia. En resumidas cuentas, entendió todos sus últimos años, por no decir su vida entera, bajo una nueva luz, la de la aplicación de un plan cuya culminación era esa restitución, esa restauración del orden histórico.

—Se unían, por tanto, y para siempre, mis dos obsesiones —dijo—: la Isla Desolación y el autómata de Melvicio. ¿Qué haría yo en adelante el resto de mi vida? Contarlo, relatarlo todo, como hago ahora, como vengo haciendo desde hace días con usted. Me sentía como Sarmiento de Gamboa, igual que él, a su vez, se había sentido como Ulises: un creador de eternidad.

128

Con la decisión tomada después de meditarla durante unas horas, en las que permaneció en la cama mirando por la ventana el cielo cambiante de Punta Arenas, como cambiante, por la noche, le había parecido el cuadro del Aramis bucólico, a mediodía llamó a Nemo Caporale y le pidió ayuda.

–Solo puedo contar contigo –le dijo–. No conozco a nadie más por aquí.

Su voz todavía no había alcanzado el tono de súplica que estaba dispuesto a poner, ya que, al fin y al cabo, lo que iba a hacer nunca podría hacerlo solo. Se le deslizó la palabra «necesito». Necesito tu ayuda. Te necesito, amigo. Necesito apoyo. Caporale estuvo un rato callado, repasando las consecuencias. Griffin le oía respirar al otro lado del teléfono. Le pareció que se tomaba demasiado tiempo y estaba impaciente aguardando su respuesta. Luego dijo que sí.

–Sí, claro, Oliver, si me necesitas cuenta conmigo, de un marinero a un marinero, sí, claro, viejo, aquí estoy –dijo Nemo, tan entusiasta como siempre.

Lo comprendió a la primera, incluso dijo que entendía así la razón final por la que ambos habían desembarcado del *Minerva Janela*. Habló del destino, como buen teósofo, de su destino en esta ciudad, y bromeó acerca de que, hiciera lo que hiciera y viniera cuando viniera, siempre era el delito lo que le unía a Punta Arenas.

Ciertamente, Caporale conocía la ciudad, pero no lo suficiente. Dijo: «No podremos hacer nada sin Müller». Dos horas más tarde estaban los tres fijando los detalles en un bar de la calle Amalfitano, el Colmado Ribeiro, el mismo donde una de las noches pasadas Griffin había conocido a aquel hombre que tomaba pisco y le hablaba de la ruina de su padre, un tipo que lo apostó todo al vuelo truncado de Saint Exupéry en el famoso *raid* del año 38. En un rincón del bar, Caporale y Müller urdieron un plan de acción que al final se cumplió escrupulosamente.

Lo robarían de noche y con limpieza.

–Cuatro destrozos y nada de sangre –dijo Caporale. Müller y Griffin asintieron.

Esa misma tarde, al caer el sol, se citaron en el viejo garaje con cobertizo que Müller usaba de taller de motos, en la trasera de su casa, en la calle Eusebio Lillo, hacia el oeste, lejos del centro. Unas horas, antes Müller se había encargado de comprar una gran caja de madera y de llevarla hasta el garaje; la había llenado de periódicos viejos y de unas almohadas sustraídas a una de las camareras del Plaza.

De allí partieron hasta las proximidades del Museo. Müller aparcó el coche en un callejón de la calle Maipú, entre una frutería y un salón de billares, junto a la puerta de servicio de una tapia culminada en una verja. La puerta daba paso a un patio del Museo en cuyo centro había un mástil embanderado. Griffin estaba nervioso, alterado, tenía las habituales palpitaciones que le daban siempre y que no podía controlar, pero de pronto se volvió frío y calculador y se dijo: «Aprende a borrar tus propias huellas». ¿Qué significaba aquello, por qué se dijo eso que sonaba a culpa? A punto de entrar por aquella puerta de servicio, apenas cerrada por un candado, pensó en los santiaguinos Manuel Oltracina y Elmer Sánchez, los dos sicarios que fueron a robar el autómata y acabaron matando a Graciela. Seguro que los dos querrían borrar sus huellas aquella noche para ser inocentes. Y Griffin estaba haciendo ahora sus mismas acciones, sudando su mismo sudor, temiendo sus mismos temores, dando sus mismos pasos por el patio, por la galería de acceso a las salas, por las baldosas desgastadas de los pasillos.

Como habían esperado a que avanzara la noche, todo fue muy fácil. El único vigilante que estaba de guardia dormitaba frente a un televisor con el sonido muy bajo. Cabeceaba sobre una butaca con los pies en alto y descalzos, al fondo de una pequeña oficina en cuya mesa había varios libros de crucigramas. Müller se quedó en el coche esperando con el motor en marcha.

Caporale y Griffin caminaron con sigilo por las salas del Museo, totalmente a oscuras. Habían puesto unos calcetines de lana sobre sus zapatos para no hacer ruido. Se guiaban por la luz de una linterna. Iluminaron los escalones mientras subían hasta el ático en el que Griffin había visto el autómata. La puerta del almacén estaba cerrada con llave, como la otra vez. Caporale la manipuló con la ganzúa de Müller y se abrió fácilmente, emitiendo un pequeño chasquido que el vigilante no llegó a oír. Bajaron el autómata del alto estante en que se hallaba. Griffin le quitó la sábana cuidadosamente y, tras echar un vistazo, volvió a cubrirlo con ella. Le había parecido que estaba en perfecto estado, aunque su superficie no brillaba mucho, o no tanto como siempre se había imaginado, tenía manchas verdosas por todas partes y cercos de abrasión producidos por algún producto químico vertido sobre él.

Al ver los rasgos pintados de su cara, todo lo que estaban haciendo tan furtivamente adquirió una dimensión irreal, casi grotesca, como si estuvieran robando en un museo de juguetes. Lo ataron con varias vueltas de cinta adhesiva. De pronto, se sintió como su abuelo, el Gran Samini, haciendo uno de sus trucos de desapariciones, e instintivamente buscó un hueco con los dedos en la tela de la sábana para comprobar que el autómata continuaba allí. «Sí, noté el frío, allí seguía», dijo Griffin.

Lo bajaron lentamente, evitando que rozara las paredes. Era menos pesado de lo que creían. Fueron de nuevo hasta la galería, y desde allí atravesaron el patio. Una vez fuera, Müller cerró la puerta de servicio, aunque el candado estaba roto y lo dejó abierto. Metieron el autómata en el maletero con cuidado. El robo había durado unos veinte minutos. Se dirigieron nuevamente, sin mediar palabra entre ellos, hasta el garaje de Müller y prepararon café para templar el ánimo. Todo había salido según el plan previsto. Solo, ya al amanecer, faltaba acabarlo.

–Lo metimos en la caja –dijo Griffin–, sobre las almohadas y papeles. Fue el momento en que lo observé con detalle, cuando lo tuve más cerca de mí que nunca. Me llamó la atención que, al verlo, no me parecía importante, era nuevamente un viejo muñeco, un juguete antiguo. ¿Valdría algo, se pagaría mucho por él?

Cuál sea la distancia entre lo mitificado y lo real era algo que siempre se había preguntado Griffin, para desalentadoramente responderse que se trataba de una distancia enorme, insalvable, frustrante. Mientras lo miraba, revivió la época en que se separaron sus padres, todo aquel drama de culpabilidad de Sean, su necesidad de ser perdonado, la asunción de la lucha entre la autocompasión y la verdad. Y revivió lo que pensaría Matilde, su madre, acerca de lo pequeño, lo insignificante que se tornaba entonces para ella lo que antes había sido hermoso; lo heroico, lo bello de Sean, qué feo y lejano quedaba de pronto; cuán banal se volvía lo vivido en otro tiempo, y qué vulgar el cuerpo, qué ridículos los amores, los olores, qué puerta eran ya, en ese momento, para el asco, para el desprecio. Súbitamente, a los ojos de Matilde, aquel hombre que fue su marido, a quien había amado, se perdió en la distancia astronómica entre el mito que fue y la realidad que ya era para siempre. Así veía Griffin al autómata en el garaje de Müller.

Ya no estaba Graciela para amarlo, ya no había nadie para temerlo. Y la verdad era que no daba miedo, pero aún tenía algo de terrible en su aspecto y en su intrigante forma cilíndrica. Parecía sin vida y, sin embargo, en algún lugar estaba su corazón inescrutable, frío, la clave secreta que lo animaba, la clave que recompuso Graciela, para quien el autómata fue él mismo en todo su ser y en toda su soledad. Era el Golem, estaba ante Griffin, por fin. ¿Qué le traería: suerte, vida, muerte, fracaso?

–Cerramos la tapa con unos clavos, como si fuese un ser humano que hubiera fallecido –prosiguió–. Bien mirado, lo había hecho, había fallecido. Me vino a la cabeza otra imagen: la de que en algún lugar del puerto, esperándome, estaría cerrado, igualmente con clavos, el cuerpo de Branco, solo que no era una caja, sino un ataúd. Lo dejamos allí, en el cobertizo, apagamos las luces y salimos. Me despedí de Müller. Este bostezaba con desvergüenza.

De camino al hotel Aramis, Griffin no era consciente de lo que había hecho, pero ahora que iba a llevar el autómata hasta la Isla Desolación en cuanto hubiese la oportunidad, empezó a sentirse un demiurgo, el dueño real del destino del autómata. Entonces, se volvió hacia Nemo Caporale y le preguntó si esa luz limpia del alba y ese momento en el que estaban inmersos eran la misma luz limpia y el mismo instante que había vivido con Müller, en el 74, después de aquellas incursiones en las avionetas de la DINA, y si al acabar sus sórdidos trabajos de sicarios también iban caminando luego, impávidos y cainitas, entre esa luz azul, bordeando la costa, cual dos condenados del juicio final tras oír su sentencia, como dice Dante: *da bocca il freddo, e dalli occhi il cor tristo*. Caporale, sin mirarlo ni detenerse, dijo que sí una vez más.

129

A la mañana siguiente, la llamada intempestiva de la Funeraria del puerto despertó a Griffin muy temprano. Todo estaba listo para el funeral marino. Querían saber tan solo en qué lugar del mar se produciría el hundimiento del cadáver. Les dijo que en Puerto Churruca. Fue el primer nombre al azar que se le ocurrió, de los muchos que hay en la costa de la Isla Desolación. Le avisaron de que habían dispuesto una barca a motor para el trayecto y las exequias. Dada la distancia, casi al final del Estrecho, debían salir dentro de un par de horas, apenas iniciada la mañana. También le advirtieron de que habría que pasar la noche en algún pequeño puerto local que ya determinaría el patrón de la barca, a la que habían bautizado con el nombre de *Charlotte*.

Rápidamente avisó a Caporale, quien estaba dormido aún, se vistió y tomó un taxi para ir a recogerlo; en el mismo taxi fueron al cobertizo de Müller a cargar la caja con el autómata. Müller no estaba, pero su mujer les dejó las llaves. Todo sucedía demasiado deprisa, o al menos esa sensación tenía Griffin, porque no hacía ni veinticuatro horas que había tomado la decisión de robar el autómata y eso ya había ocurrido, ya había pasado, y ni siquiera le quedaba el recuerdo de haber dudado si fue o no un sueño; incluso estaban a punto de llevarlo lejos de allí, a muchos kilómetros de distancia. La acción no paraba, la vida no paraba, pensó.

El taxi los condujo al varadero de Asmar, donde esperaba la *Charlotte* amarrada a los bolardos del malecón por gruesas maromas. Era una barca moderna de dos cubiertas, rápida, de colores azules y grises, con dos motores fuera borda. Por todas partes, ya a esa hora, había gritos de estibadores y ecos de ruidos lejanos, golpes y bocinas, el sonido del puerto, que siempre le impresionaba a Griffin porque era un sonido de ruptura y apoteosis.

Saludaron al patrón, un chileno alto y distante, de afilados rasgos, que se presentó como el capitán Martín Murature. Tenía en su cara una expresión juiciosa que le hacía agradable. Había otros tres hombres en la barca que no saludaron. Murature señaló con la barbilla hacia donde estaba el ataúd de Branco, en un lateral de la banda de babor, en la popa. Al ver la caja claveteada que los recién llegados portaban, quiso saber qué contenía su interior. Griffin dijo que se trataba de un objeto personal, algo nostálgico y privado, un viejo recuerdo familiar que debían dejar en la isla, ya le diría dónde, pero no muy lejos de su destino. Murature alzó los hombros en señal de indiferencia. Luego, Griffin le preguntó dónde pasarían la noche. «En el barco, tal vez en Bahía San Félix, sin salir», se limitó a responder secamente Murature.

Caporale y Griffin colocaron la caja junto al ataúd de Branco. Unos minutos más tarde, zarparon hacia el sur, muy pegados a la costa. Había una luz límpida. Mientras la marcha avanzaba, Griffin contemplaba las dos cajas juntas; ambas eran de una madera similar, de pino nudoso, y del mismo color claro. Pensó que eran lo que parecían: dos ataúdes, dos cajas de muerto, uno de un hombre y otro de un niño, y esta idea súbitamente triste y grave le llevó a pensar en la ironía amarga que poseía en el fondo aquella situación, en aquel momento y lugar, pues imaginó nuevamente los cuerpos de Bagnoli y sus hijos, representados para Griffin por Branco y el autómata en el escenario de aquella barca.

—Entonces se me ocurrió algo extraño —me dijo Griffin—. Me figuré que la historia había ocurrido de otro modo, que era un día cualquiera de verano de 1918 y yo, testigo invisible, estaba en el barco que por fin los devolvía a su madre, unos días más tarde de haber naufragado, y que los habían metido ya en los ataúdes, seguramente debido al cruel estado de putrefacción en que los habían encontrado.

El viaje hasta la Isla Desolación les llevó más de medio día, amenazando lluvia. Apenas hablaban con la tripulación de la barca motora, tres individuos hoscos y corpulentos, con el pelo al rape, que solo hacían su trabajo. No eran amables.

—Son marinos con alguna sanción y rebajan aquí la condena —dijo Caporale—. Este es su trabajo de multa, digamos. En vez de cárcel, vienen aquí. La Funeraria pertenece a la Asociación Cristiana de la Marina Mercante.

Griffin los dejó en sus quehaceres y se hizo un sitio en la popa para ir dejándose invadir por la proximidad de la isla, trayendo a su memoria las veces en que la había dibujado, como si absurdamente pudiera recordarlas todas. La había inventado cada vez que la dibujaba, le obsesionaban tanto su contorno como su existencia, ¿o habría de decir, más bien, que le obsesionaba *ir* a ella, *estar* en ella, en su fronda negra, en su árida soledad, a merced del clima inhóspito, porque le atraía un poderoso deseo de desintegración? Era, en suma, la misma mezcla de fascinación, miedo y poderío por ir a otro planeta, por pisar Marte, por ejemplo. Y Griffin siempre habría querido pisar Marte, ser el único ser humano que estuviera *pisando* Marte. La aventura, la aventura por excelencia, ese sería el viaje perfecto: la inmensidad y tú, ese instante en que la vida y la muerte están suspendidas.

En medio de sus cavilaciones, la *Charlotte* pasó por Puerto del Hambre y Fuerte Bulnes en un abrir y cerrar de ojos; nada qué mirar esta vez, esos sitios le eran familiares de cuando su excursión con el grupo de turistas de hacía unos días. Un poco más tarde, apareció por babor la costa verde y hermosa que rodea la Bahía Lomas, alta y profunda como un cañón, en la gran Isla Dawson, con pequeñas construcciones de colores repartidas por la orilla. Bordearon Punta Joaquín y enseguida llegaron al extremo más austral del continente, el Cabo Froward, citado en todas las navegaciones, imponente y redondo como un anfiteatro. Desde allí, el Estrecho asciende hacia el noroeste y decrece su profundidad. Los grandes buques han de conocer bien esas aguas para evitar encallamientos.

Unas horas después, frente a ellos, visible desde muy lejos, como una almendra, pues así es su forma, apareció la famosa Isla Carlos III, dijo Griffin. Churruca, marino y geógrafo, en su viaje de 1788 por aquel mar, la contempló como él la estaba contemplando en ese instante; los dos veían su misma escarpadura, la misma parca vegetación de escuálidos árboles negruzcos y la misma proliferación de rocas verdes como esmeraldas, siempre húmedas y brillantes. Pasaron lentamente por su izquierda, dejando a estribor la imagen fugitiva de la ribera, para entrar por el angosto estrechamiento de Ulloa. Avistaron por fin, para inmensa alegría de Griffin, la Isla Desolación.

130

Griffin hizo una larga pausa mirando hacia las plantas abigarradas del bar del Carlton, donde estábamos, como quien mira al infinito o quisiera volver atrás en su pensamiento. Parecía necesitar un descanso, tomar algo de aire. Pero al punto volvió a su relato una vez más, para agregar, volviendo a un momento anterior, que siempre le había interesado el teniente de navío Cosme Damián Churruca por estar tan unido a su isla.

–Una vez –dijo– vi un retrato suyo de Albano Carreño, no recuerdo en qué museo, de cuando era brigadier.

Recordaba que el cuadro era grande, seguramente habría posado en Cádiz para el pintor durante varias sesiones. En el cuadro, Churruca está de frente, mirando a los ojos de quien le contempla; tiene una mirada intrépida y ensoñadora a la vez, como si se hubiese resistido siempre a perder la juventud; ya es mayor, aunque no demasiado; por las fechas, noviembre de 1804, se deduce que tiene cuarenta y tres años. No le queda mucha vida pero no lo sabe; no más de un año después le aguardará la muerte en Trafalgar, con Gravina. Sus ojos claros y vivos están algo ausentes, parece que piensa en otra cosa, y lo embarga un aire melancólico y triste que lo hace bello; como decía Galdós al describirlo, «era imposible verle sin sentir irresistible inclinación a amarle». No parece fuerte, más bien exhibe una indefensión en su menudo cuerpo, pero es una debilidad equívoca —dijo Griffin–, porque tiene la resistencia de los juncos de bambú y se adivina en él un aura de héroe romántico, como Lord Byron, pero taciturno, austero, científico por así decir, nada fatuo pero no menos decidido. Presumía de leer a Horacio.

Tal vez un recuerdo de su juventud, de varios años antes de posar para ese cuadro, fuera lo que le hacía nublar su mirada delante del pintor Carreño. En 1788, mientras se hacían los preparativos de la expedición al Estrecho de Magallanes de la que él formó parte, Churruca viajó a Kew, en Londres, por expresa orden real, con el encargo de comprar en la Royal Society una exquisita colección de instrumentos precisos para la observación y la experimentación. Se trataba de la colección O'Toole, que pasaba por ser la más moderna serie de aparatos científicos de geografía y cartografía. Se le confió una gran suma de dinero en papel bancario para su compra y unas credenciales para al embajador de España y para la Corona inglesa.

La colección O'Toole estaba formada, tal como se describía en la *Natural Review of London*, por un péndulo de Brevet, dos pares de anteojos acromáticos de lente convexa inventados por Albert Bartholomy, un teodolito grande, un cuarto de círculo con radio de dos pies, sextantes, cuadrantes y octantes de máxima exactitud, martillos geológicos de pico y cuña, cubetas de guta, dos telescopios Heawitt, un barómetro marino, dos cadenas de cien pies, una caja de muestras al vacío y un árbol Dniepper. Todo ese material, de enorme valor, pagado mediante billetes bancarios avalados por la Hacienda española, se metió en quince cajas preparadas para su transporte y se envió al puerto de Plymouth en un coche que salió de Kew un día antes que el de Churruca.

Cuando Churruca llegó al puerto, no había ni rastro del coche con las cajas acondicionadas, pese a haber tomado la delantera de un día. Después de preguntar en todas las posadas y establos de la ciudad, y en las tabernas y en las iglesias, Churruca no tuvo más remedio que esperar su llegada pacientemente, aunque le corroía la ansiedad. Al cabo de dos días interminables sin tener noticias del coche, decidió volver atrás y averiguar por sí mismo qué había podido ocurrirle a sus cajas, a las que empezaba a dar por perdidas, con el consiguiente trastorno por la desaparición de tan valioso material, el fracaso de su misión y la pérdida del dinero del Estado, algo que sin duda no sería creíble en la Corte de Madrid y le llevaría a prisión, degradación militar y seguramente al fin de su carrera.

Desanduvo todo el camino de Plymouth a Londres taciturno, preguntando posta por posta, posada por posada, granja por granja. En todas las casas desconocían el paradero de aquel coche fantasma, jamás lo habían visto pasar ni les era familiar el cochero. Churruca asumió entonces que estaba desesperado y solo. Cuando empezaba el tercer día de su búsqueda, y a escasos kilómetros ya del área metropolitana de Londres, en la posta de un tal Jack Caldwell supieron darle noticia del coche. Al parecer había llegado tres días atrás, bastante tarde. Los dos hombres que iban en el pescante, uno joven y otro maduro, aún no viejo, este tal vez el cochero, bajaron a comer algo y a pedir alojamiento por esa noche, pero empezaron a beber animadamente, con la excusa de quitarse el frío de los huesos. De un vaso pasaron a otro, y de varios vasos a una botella, y de una botella a dos botellas, y así sucesivamente hasta emborracharse. Sin que nadie en la posta de Jack Caldwell supiera el motivo, iniciaron una agria disputa, alzaron la voz, se insultaron y comenzaron una pelea en la que los dos hombres, el joven y el maduro, sacaron cada uno una navaja. El mayor, más hábil, en un descuido le asestó una puñalada en el costado al joven, que cayó de espaldas dando un grito sordo, pero como era fuerte enseguida se llevó la mano a la herida para cerrarla, se levantó con su última energía y sujetó al más viejo por detrás, degollándolo con su cuchillo. El hombre maduro se vino al suelo de cara, muerto antes de caer. El joven soltó la navaja y también cayó sobre la espalda del otro, muerto igualmente. En la posta, horrorizados, no supieron qué hacer con el coche, con cuyos caballos se quedó el propio Jack Caldwell como compensación por los gastos y disgustos, y lo guardaron en la cuadra en espera de que alguna autoridad determinase su destino.

No llegaron a abrir las cajas, pero Caldwell intentó forzar la cerradura de una o dos para curiosear cuál era su contenido, hecho que comprobó Churruca al contar una a una las quince cajas con los instrumentos. Se vio obligado a comprarle otra vez, y muy abusivamente, los cuatro caballos al posadero, caballos por los que ya había pagado en Londres, y, subido él mismo al pescante junto con otro cochero, se encargó de que las cajas llegaran a Plymouth a tiempo de ser embarcadas para España. Solo entonces el joven Churruca respiró tranquilo.

–Mientras avanzaba la *Charlotte* se me ocurrió –dijo Griffin– que tal vez ese fuera el pensamiento de Churruca mientras posaba para Albano Carreño, el de que el azar de la vida pudo haber cambiado su destino. Bifurcaciones, nuevamente. La rama que se toma, la rama que se deja, el eterno juego. Y cuando yo miraba su retrato, veía al único hombre al que me unía el mismo amor por la Isla Desolación. Él también amaba esa isla, pero nunca nadie supo por qué, ni llegó a decirlo ni a escribirlo. Yo sé que la amaba porque estuvo en ella, a solas, durante mucho tiempo, deambulando largos días por sus páramos y valles, explorando su contorno de golfos y playas, dejándose poseer por ella.

Churruca tocó la isla, la acarició, la amó, la recorrió por tres veces, de arriba abajo; la dibujó en muchas ocasiones, mentalmente también, durante toda su vida; delimitó la costa con detalle, morosamente, en medio de tormentas y de un tiempo espantoso; recogió muestras vegetales, fósiles, minerales; encontró en la zona, según dejó escrito, conchas de terebrátulas, de curculiónidos, varias especies de melasomas, una fortícula; cartografió cada monte y cada depresión; la padeció, la excavó, la olió. Churruca llegó a confesar que, «amaba esa isla por extrema». Pero no vio el autómata en ningún momento. Sorprendente en verdad. El clima tan atroz, de vientos gélidos y aguaceros constantes, que hacían que la ropa estuviera permanentemente mojada y no se dejara de tiritar en toda hora, protegió al autómata (o protegió a Churruca), interponiendo entre ambos una cortina de lluvia casi espesa.

131

En ese viaje, el marino español dio su nombre a la bahía a la que Griffin y Caporale se dirigían con la *Charlotte*: Puerto Churruca, en la Desolación, una bahía grande y hermosa, en medio de la cual se abría una cascada idílica cuyo estruendo venían oyendo desde mucho tiempo antes de llegar allí con la *Charlotte*. Era el lugar elegido para sumergir el cadáver de Branco, y ahora que lo veía, Griffin se convenció de que era el mejor lugar del mundo para que el capitán descansara en paz.

Tenía el largo litoral de la isla enfrente. Quiso saborear ese momento ansiado, *su* isla lo miraba y él la miraba a ella. Un diálogo extrasensorial, que diría Caporale, se producía entre los dos, entre un ser humano y un paisaje agreste y salvaje, algo que siempre habían alabado los griegos y los latinos. ¿Lo leyó Churruca en Horacio? ¿Cuánto sabía Homero de diálogos con rocas y costas salvajes?, se preguntó en ese instante Griffin. Empezó a concentrarse exclusivamente en lo que iba a hacer, en escuchar a su isla, que pronto acogería al autómata, y en echar el ataúd de Branco por la borda. El cielo se había vuelto gris oscuro con manchas rojizas. Iba a llover aún más. De pronto, todo se tornó solemne y trágico, como en un cuadro de Friedrich.

Había silencio, apenas roto por los cormoranes y las gaviotas y por las olas golpeando en el casco de la *Charlotte*. Murature había mandado parar y flotaba al pairo. Desde el barco se veía la basura que había en la costa, eran bastante perceptibles bidones de plástico opaco oxidados, trozos de árboles arrancados, maderos apilados recubiertos de musgo, restos de improvisadas tiendas con trapos, cascos de botellas, papeles viejos dispersados por entre los arbustos, cuerpos de animalillos muertos en la orilla; se mezclaba lo más maravilloso con lo más horrible, lo sucio con lo espiritual, lo *límpido*, como Griffin le había oído decir a Müller la otra noche con impostado acento chileno, con lo oscuro, lo terrenal con lo celestial.

La visión de las negras aguas del Estrecho abría la imaginación a los monstruos marinos que ideó De Bry en sus grabados, a los desaforados y asustados náufragos que habría habido allí durante siglos, a las esperanzas que se habrían roto cientos de veces en aquellos parajes, a los miedos que habrían atenazado a tantos hombres ante la desolación del lugar, a las ilusiones que los habrían enloquecido, a las brutalidades que los habrían llevado a hacer, en medio de aquellas aguas inauditas y en un remoto confín fuera de todo mundo habitable.

En esa zona, Murature había dado la orden de que el ataúd de Branco se dispusiera sobre una tabla y, tras un breve silencio, se deslizara hasta el mar. Cuando el ataúd se sumergía, emitió un ruido seco, de corte súbito sobre la superficie acuosa, y luego cayó a pique hacia el fondo porque dentro le habían clavado unas planchas de plomo, como a los buzos. Los restos de Branco se juntaban así con la morralla de los mares, compuesta de barriles de todos los tamaños, pedazos de barca, cañones, cajas de acero de naturalista, baúles con vajilla, balas de cañón, baúles con libros y ornamentos, fabulosas joyas y monedas, quillas invertidas, mástiles y mamparos de barcos olvidados, puede que hundidos en pequeñas batallas ya no recordadas por nadie, ataúdes de otros hombres, tal vez tan suicidas como Branco, tan muertos y arrojados allí como el joven marinero Avellaneda, el amigo de Churruca, muerto de un lanzazo en el cuello por un indio ona en el fiordo Córdova, cerca de donde ahora estaba cayendo hasta las profundidades marinas el cuerpo de melancólico capitán Branco.

Cuando el ataúd se hundió del todo, las pequeñas olas que se formaron encima volvieron a cerrarse sobre el hueco abierto en un veloz remolino. Caporale dijo: «La muerte, la Mano que Oculta». Recordó Griffin a Calipso, la ninfa que vivía en la isla mediterránea de Ogigia, cuyo nombre era «la que oculta», y que acogió al náufrago Ulises. Lo amó y lo retuvo durante diez años. ¿Sería Griffin capaz de estar diez años en la Isla Desolación? ¿Fue Calipso quien retuvo al autómata tantos años en aquella isla, ocultándolo de la vista de cuantos anduvieron por allí, Churruca entre ellos? En ese momento, terminada la breve ceremonia que Murature había iniciado, rompió a llover.

Era una lluvia constante, mansa, como la que cae sobre un corazón irlandés. La *Charlotte* levó anclas y prosiguió su navegación pegada al litoral hasta llegar al nuevo lugar de la isla que Griffin le había indicado a Murature, Cabo Cortado. Se hizo de noche cuando fondearon frente al cabo. El capitán pidió que se apresuraran en tierra, ya que quería pasar la noche al abrigo de Bahía San Félix, el mejor sitio si el tiempo empeoraba.

132

Griffin fue a tierra con Caporale en una Zodiac, en cuya proa destacaba la caja del autómata, tamborileada por el aguacero. Desde la orilla, una empinada ribera con arena de moluscos triturados, emprendieron la marcha hacia el interior de la isla arrastrando la caja con ayuda de unas cuerdas; se guiaban por una potente linterna, la misma de la noche del robo.

Penetraron bastante tierra adentro, subiendo por laderas embarradas y por otras en las que el camino estaba sembrado de rocas que desgarraban la ropa. La lluvia no cesaba y la noche era muy negra, aunque un resplandor lejano, ambarino, permitía cierta visibilidad. Como se movían con dificultad y apenas si veían uno o dos metros delante de ellos, Caporale, sin perder la calma, quiso que desistieran del empeño hasta la mañana siguiente. Griffin se negó, enérgico. Tenía que ser ahora y así se imaginaba a Sarmiento de Gamboa en aquellas mismas circunstancias tan adversas.

Una hora más tarde, en lo alto de una colina desde cuyo lado más abrupto y vertical se divisaban las luces de posición de la *Charlotte*, eligió un sitio entre unas rocas y allí cavó un hoyo profundo con los remos de la lancha motora que Caporale había tenido la previsión de llevar consigo. No fue fácil, ya que la lluvia reblandecía la tierra y llenaba constantemente el agujero de un barro negro. Cuando pareció lo bastante profundo, sacaron el autómata de la caja como si fuera una momia embalsamada o una bomba lista para estallar, y lo dejaron medio enterrado otra vez en la isla donde fue hallado por Graciela Pavić más de setenta años antes, tal vez en el mismo sitio, o eso confiaba Griffin.

Las gotas de la lluvia resbalaban por el cuerpo metálico del autómata e incrementaban una punzante sensación de abandono de aquel singular androide que regresaba a su limbo, donde probablemente tardaría mucho tiempo en volver a ser hallado. Griffin lo miró de nuevo, plantado como un muñeco indefenso, y le pareció ver en su forma el aire estremecedor que Melvicio quiso darle, el mismo que seguramente subyugó a Graciela y a cuantos lo supieron comprender.

–Por un segundo, solo por un segundo –dijo Griffin–, creí que de verdad se trataba de un ser maligno, un Golem del mal y de la locura.

Allí quedó, erguido sobre el musgo y al abrigo de una rocas, como Ulises de regreso a Ítaca. Era el punto final, el acabamiento, la terminación real de una quimera que había nacido imposible varios siglos atrás. Se apartaron unos metros mientras descendían. La lluvia había arreciado y el resplandor lejano decrecía, aumentando la oscuridad. En un momento dado, Caporale y Griffin se dieron la vuelta para mirar hacia atrás, hacia el autómata que acababan de dejar, y ya no lo vieron. Achinaron los ojos para fijar la mirada en medio de la tromba de agua que caía. Solo percibían los bultos confusos de las rocas, el autómata quizá estuviera ya mimetizado con ellas, detrás de una cortina de agua que poco a poco los echaba para atrás y los obligaba a bajar apresurados, resbalando por la colina.

–Ha desaparecido –dijo Caporale.

–¡No, está ahí! –gritó Griffin–. Solo se ha hecho invisible. Entendió en ese momento por qué tardó tantos años en ser hallado, por qué no fue visto por los hombres de Sarmiento ni por los inquisidores de Felipe II, por qué a veces no lo veían en el Museo Salesiano, y por qué Churruca pasó a su lado, quizá, sin advertir su presencia. Porque por alguna razón que se les escapaba a todos, seguramente por el material con que estaba fabricado, el autómata tenía el don de volverse invisible. Y muy pocas veces y ante muy pocos elegidos recuperaba su forma matérica. Tal vez solo ante quienes, de antiguo, se sabían invisibles a su pesar.

–Cuentan –me dijo Griffin en Funchal– que Melvicio murió creyendo, como el Wilhelm Storitz de Verne, que le había conferido a su autómata el poder de la invisibilidad, y que ello se debía a haber descubierto, por una vez tan solo, una especie de híbrido entre el acero y el cristal, o puede que, como fabula Verne, una sustancia impregnante que descomponía la luz camaleónicamente, algo que el mago Melvicio nunca logró alcanzar de nuevo en sus competidos experimentos y agrias disputas con el Rabbi Löw, hallazgo excepcional, ante tantos fracasos, que él interpretó como una revelación divina cuyo designio se le escapó durante el resto de su vida.

Tal vez ese designio no fuese otro que perdurar eternamente en la frontera de lo visible y lo invisible, de lo vivo y lo muerto, en la más remota isla del fin del mundo, visible e invisible para nadie, como condenación por una maldad en potencia nunca realizada, la maldad que añadieran de sí mismos los que se acercasen al autómata y pusieran en marcha su mecanismo endiablado. Con lo que no contaba Melvicio era con la redención por el amor de Graciela, cuya suerte se tornó aciaga al descubrirlo en la isla y traerle a ella, finalmente, la desgracia. Ni contaba con alguien como Griffin para restituirlo de nuevo a su lugar.

–Mientras recorría la isla a duras penas –prosiguió Griffin– bajo un cielo plomizo que desplegaba toda la gama de grises que se pueda imaginar, fui identificando los lugares que ahí le he dibujado, la cala de los Cazadores de Focas, la roca del Apóstol, la cala Mataura, el pico Milward. Caminaba con dificultad por una vegetación desolada que alternaba de pronto una inaudita frondosidad, llanos yermos que daban paso a bosques que sobrecogían, créame, y que colindaban directamente con capas de hielo azul que se dejaban lamer por las olas del Estrecho, unas veces con furia, otras veces mansamente. Recordé las certeras palabras del comodoro John Byron sobre ese lugar –dijo Griffin–: «Esta costa está cercada por ambos lados de altas montañas, casi enteramente cubiertas de nieve». No había una luz clara, parecía todo el tiempo que de un momento a otro iba a oscurecer, la atmósfera era crepuscular y mezquina. Por otra parte, en ningún momento sentí sequedad, todo el ambiente de la isla era lúgubre y húmedo. El aire traía lluvia, o llovía horizontalmente, en un extraño fenómeno indescriptible, y si abría la palma de la mano y la pasaba barriendo el aire por delante de mí, se llenaba de gotas que, junto con la sensación de cielo bajo y cubierto, aumentaba una desasosegante tristeza de la que han hablado todos los viajeros que por allí navegaron. Sí, esto es lo que vi.

La inmensidad de los macizos de montañas dejaba una soledad no menos inmensa en el ánimo: no había nada, no había nadie, solo laberintos de fiordos, canales estrechos que penetraban hasta los bosquecillos de hayas, cuyo verde era diferente del verde de los cipreses, los cuales crecían en otro bosque contiguo, y que contrastaba con los remansos extraños de magnolias en medio de una ladera de musgo altísimo, salpicada de un hielo siempre coloreado de azul celeste, como el de los glaciares que hay repartidos por todo el Estrecho.

A veces se oían gritos aislados de papagayos que no se sabía de dónde podían venir, tal vez de la otra orilla, pero estaba tan alejada que no parecía posible. Tal vez fueran gritos provenientes del rechinar de los propios hielos cuando se rompían, gemidos traídos por el aire y semejantes a los de las aves. O ruidos de fantasmas, los mismos ruidos que debieron excitar la imaginación de Sarmiento de Gamboa para urdir la farsa de poblar esa costa con autómatas plantados por aquí y por allá, y cuya presencia, unida a esos gritos naturales de inexplicable origen, causarían el terror atávico de los navegantes ingleses y holandeses, los enemigos del Imperio, continuó Griffin.

También llegó a sus oídos un incesante rumor, creciente y decreciente según soplase el viento del norte o del sur, fruto del roce de miles de pingüinos en las playas de hielo o sobre las feas rocas sucias de la costa de la Bahía Beaufort o de Cabo Cuevas. Sobre un lecho de matorrales negros se tumbó a descansar; al poco rato se notó empapado, con un frío intenso metido hasta lo más profundo de los huesos. Esas sensaciones no las podía trasladar a los dibujos. ¡Había llegado a *su* isla, por fin, había llegado a la Desolación, el final de todo, el extremo de todo!

–Vámonos, se hace tarde –dijo Caporale en la base de la colina por la que habían descendido peligrosamente, deslizándose sobre las hierbas mojadas como por una ladera de nieve.

Griffin echó una última mirada hacia arriba, al lugar donde habían dejado el autómata. No vio nada. Todo se había cumplido.

Más tarde, a bordo de la *Charlotte*, Caporale y Griffin bebían vino y se calentaban en el camarote con ropa nueva prestada por alguno de los marineros. Retrocedían suavemente por el Estrecho hasta la Bahía de San Félix, cuyo faro empezaba a verse para tranquilidad del capitán Murature.

–Me embargaba una sensación de plenitud y de final –me dijo Griffin–. Mi aventura había acabado. Pasamos la noche a bordo, anclados a los pies del faro. Mecido por las olas, sin sueño, creo que aquel instante, frente a la isla, fue el más feliz de mi vida.

El sol se ponía cuando la *Charlotte* entraba de nuevo, al atardecer siguiente, en la luz dorada y promisoria de Punta Arenas. Una vez que atracaron en el puerto, tan ruidoso y transitado como siempre, Caporale y Griffin se despidieron del capitán Murature y caminaron en silencio hasta el hotel Aramis. Había transcurrido un día, pero Griffin experimentaba la fatiga de haberse perdido en los meandros de la Historia durante años. Captaba a su alrededor una pesada atmósfera de despedida ralentizada. No podía evitar sentir cierto hastío en las calles de esa ciudad, del todo ya agotadas para su curiosidad de viajero, como una botella apurada y vacía.

En la recepción del hotel le esperaba una carta de Pereira, que decidió no abrir hasta que se encontrara a solas. Cerró los párpados, respiró hondo. En ese preciso momento se volvió y le dio un abrazo a Caporale, que permanecía de pie junto a una ventana flanqueada por el cuadro de un Aramis cabalgando por el lindero de un bosque y un Aramis pícaro retratado por Daumier.

—En esta u otra vida nos veremos, Nemo —le dijo, y con un gesto amistoso, instintivo, algo torpe entre marineros, pues eso se sentía en el fondo, quiso agradecerle lo que había hecho por él.

Caporale le sujetó los dos brazos. Se tornó inesperadamente tímido. Griffin notó la fuerza de sus manos en los codos. Las movía buscando la palabra adecuada.

—Cuidaré de tu isla —dijo finalmente y con lentitud, como si sus palabras fuesen muy pensadas—. Vaya donde vaya, siempre tendré un pensamiento para esa isla, que será un pensamiento para mi amigo. Y en cuanto un buque me traiga por aquí, iré hasta tu isla. Allí seguirá estando *él*.

—Seguirá estando —le dijo Griffin, a sabiendas de haber consumado juntos un episodio exclusivamente privado pero histórico, tal vez transcendente, quién lo podría saber.

Caporale le miró con viveza a los ojos:

—Buscaré más túneles —dijo—, pero tú, ¡cuidado con meterte en aprietos!

Fue lo último que dijo, con una sonrisa, antes de abandonar el vestíbulo del Aramis. Salió del hotel y se perdió por la puerta, abierta hacia la noche fresca de la ciudad. Griffin no vería más a Caporale ni a Müller, ni tuvo noticias de ellos durante los días que permaneció aún en Punta Arenas.

Llegado a la habitación, abrió la carta de Pereira. En ella le comunicaba que hacía unos días que el *Minerva Janela* había llegado a Valparaíso; se la enviaba desde allí, donde permanecerían todavía unas semanas aguardando el destino que ansiaba en Japón. Le ofreció de nuevo la posibilidad de enrolarse otra vez, incluso estaba dispuesto a esperarlo y pagarle mucho más, si se decidía. «Ahora eres de los nuestros», escribía Pereira en su carta. Pero Griffin miró hacia la ventana, donde reverberaban las luces vespertinas de la otra orilla, a lo lejos, quizá donde estuvo antaño la Estancia Mercedes de los Ravel y donde su abuelo hizo un gran truco de magia. Luego, rompió la carta en cuatro pedazos y nunca contestó a Pereira. Pensó únicamente que el pasado nunca vuelve ni se modifica, que solo existe en la memoria como una imagen trémula, a merced de la fantasía y del olvido, y cualquier certidumbre de revivirlo es un juego ilusorio. Como los que hacía el Gran Samini.

135

Durante los días siguientes, deambuló por la ciudad, como había hecho diariamente desde que llegó, con especial predilección por las noches, solitarias y tranquilas, en las que se metamorfoseaba en una especie de fantasma espectador. Con una leve inquietud, estuvo pendiente por un tiempo de las noticias locales; no dijeron nada del robo del autómata; nada salió en la prensa ni nada dijeron tampoco en la radio ni en la televisión.

–Silencio total –me dijo–, incluso tal vez nunca lleguen a saber que el autómata ya no está en su sitio, porque tal vez nadie, nunca jamás, vaya a preguntar por él.

En el fondo conservaba un temor ingenuo de que aquello que había hecho le pudiera poner en apuros. ¿Qué significaba eso? ¿Acaso una detención, un juicio, la engorrosa cárcel, aunque fuese por poco tiempo, el pago de una sanción algo desorbitada? Llegado el caso, todo eso le habría parecido absurdo, desmedido para un muñeco olvidado en lo más recóndito de un museo provincial de cuarta categoría. Sin embargo, por debilidad o por su insaciable expectación, se dejó caer de nuevo por allí una vez más antes de partir.

Comprobó que todos y todo estaban en su sitio; el ambiente era el mismo que había percibido, mortecino y escasamente interesante, con las salas vacías. Incluso, tentando a la suerte, quiso que avisaran a la directora para despedirse de ella. Pero cuando doña Magdalena apareció ante él, se mostró tan solícita y amable como la otra vez y no se refirió en ningún momento ni al autómata ni a Graciela Pavić, y menos aún a percances habidos recientemente en el Museo. Mientras ella hablaba, Griffin echaba un vistazo al patio trasero, por donde habían entrado la noche del robo. No se le ocurrió que pudieran hallar ningún indicio comprometedor. Se fue de allí bendecido por la impunidad.

La tarde del mismo día de aquella última visita, supo que su historia y su estancia en el Estrecho de Magallanes llegaban a su fin. La noche siguiente, como tenía previsto, vía Santiago de Chile, regresó en avión a Madrid. Antes de salir, mientras aguardaba en la sala de embarque, su propia imagen reflejada en un cristal lo llevó a meditar sobre todo lo que había que sortear en la vida para llegar hasta donde uno quería ir, hasta el momento justo del propio tiempo en que uno dice: «Estoy vivo y he hecho todas estas cosas hasta hoy. No obstante, cuántos errores, y fracasos, y desilusiones, y desequilibrios morales, y atropellos, y peligros, e injusticias, y dolores, propios y ajenos, y desgarros, y humillaciones acaecen en la vida de uno, y en cada circunstancia siempre anida el último aliento, la posibilidad de la despedida de este mundo, el azar que espera agazapado para quebrarlo todo. Bifurcaciones, nuevamente».

–Cuando dejé Punta Arenas –dijo Griffin–, mi último pensamiento, ya en el avión, fue para Graciela. En alguna de sus cartas, llegó a contar a mi abuelo Arnaldo que había sobrevivido, pero no podía recordar a qué.

Quizá se refería, según Griffin, a que, durante mucho tiempo, en raros momentos de lúcida desesperación, a ella le habría gustado que el autómata la besara. Fue su máximo deseo secreto. Habría dado lo que fuese con tal de tener el don de transformar en humano a aquel muñeco y que de sus labios saliera un beso de amor. Incluso en esa misma carta, le confesó a Arnaldo que, en una ocasión, movida por la angustia de no poder ser besada por el autómata que tanto amaba, subió hasta una torre rectangular que había cerca del Mirador de la Cruz y quiso arrojarse al vacío, pero en el último momento se arrepintió y dio marcha atrás. Bajó corriendo las escaleras del torreón y fue hasta el lugar donde se encontraba el autómata, impulsada por un súbito ataque de felicidad porque creía que todo había sido un mal sueño, un sueño en el que su marido Arturo se había convertido en un maniquí de metal. Ahora, despierta por fin, corría al encuentro de la carne y de la sangre y de la pasión. Iba a ser besada, iba a sobrevivir, como en los cuentos de hadas que recordaba de su infancia. Pero todo era un error, un inmenso error, nada la estaba despertando a la realidad, porque la realidad era lo que ella creyó un sueño. El beso lo acabó dando ella, una vez más, sobre el tenue relieve de los bordes fríos de la invariable cara feroz del autómata, permanente tributo a la supervivencia, como bien sabía la infeliz Graciela.

136

Todo eso había sucedido hacía cinco años. Desde entonces, Griffin venía a Madeira de vez en cuando y pasaba una temporada en Funchal. Lo hacía porque confiaba en volver a ver a sus compañeros de tripulación, o a Pereira al mando del *Minerva Janela* o de otro buque de la Texaco, o a Nemo Caporale gastando la fortuna ganada tras haber apostado por un caballo de nombre exótico. Nunca, en esos cinco años, había conseguido encontrarse con ellos, pero Griffin dijo que no perdía la esperanza, cualquier día podía pasar.

La mañana del viernes 21 de enero del año en que comenzaba el siglo, día de Santa Inés, fue la última vez que vi a Oliver Griffin. Poco antes de irse, le oí decir «Adiós». Así, bruscamente, sin más. O creo que dijo eso. Porque, de pronto, ya no lo vi y me quedé solo y perplejo. Puedo dar esa fecha como exacta. Después de muchos días viéndonos casi a diario en Os Combatentes, o en el bar del Carlton, o en los cafés del puerto, o durante los paseos interminables por las empinadas calles de Funchal, sin contar las prolongadas sobremesas de comidas y cenas, las peroratas de Griffin mediante las que entraba y salía de las vidas ajenas y de la propia y relataba los hechos como una verdadera navegación verbal, pues al final eso eran nuestros largos encuentros en los que yo escuchaba sus historias, su desaparición fue para mí como la interrupción de una droga o de un fluido vital que se había vuelto necesario.

En los días posteriores, inicié la búsqueda de Griffin. Fui hasta su hotel. Me decían que, en efecto, estaba alojado allí, que aún mantenía la reserva de la habitación, pero había debido de salir. Volví varias veces más por el hotel, infructuosamente. Fuese a la hora que fuese, Griffin nunca estaba. O tal vez nunca respondiera a las llamadas telefónicas que yo le hacía desde el vestíbulo a su habitación. ¿Estaría por cualquier rincón de Madeira contando su historia, esta historia que ahora escribo, a otra persona, a otro yo no menos hechizado?

Caminé por las calles de Funchal y atravesé la ciudad frenéticamente, buscándolo hasta en los suburbios. Miraba dentro de los cafés más vulgares y tabernas más oscuras, aun a sabiendas de lo improbable que era hallarlo allí. Iba y venía de un lado a otro sobresaltándome de tanto en tanto cuando creía ver su figura entre los transeúntes. Entonces caí en la cuenta de que pocas veces había reparado en cómo era Griffin físicamente. Cierto que debía de tener cincuenta y cinco o sesenta años, como ya supuse desde el principio, que era de mediana estatura y bien parecido aunque sin afeitar, con barba rala de unos días, pero no sabría decir el color de sus ojos ni si llevaba gafas o no, es más, juraría que no las llevaba más que de sol. ¿Fumaba? Solía ir bien vestido, pero siempre con ropa informal, de colores claros, y acostumbraba a llevar un sombrero que no se quitaba casi nunca, y la vez que lo hacía se atusaba el cabello hacia atrás, luciendo una calva avanzada.

A veces llevaba una americana de lino crudo, y ese atuendo era el que buscaba yo cuando creía verlo entre la multitud, por la Marina, o entre el río de gente que bajaba por la Avenida Arriaga. Llegué a creer que lo conocía de toda la vida y, sin embargo, aquel hombre no era nadie para mí, ni siquiera tenía su dirección, ningún teléfono, ninguna referencia salvo sus historias. En cierta ocasión, al verlo alejarse, pensé: «Ahí va Oliver Griffin, el gran narrador, ¿pero quién es?».

Finalmente, al cabo de un tiempo, alcancé a entender su desaparición como el simple agotamiento de su largo relato. Punto final, corte abrupto, cierre del libro, fin. Eso era todo, ni más ni menos. Griffin no me buscaba como yo le buscaba a él, sencillamente porque él ya no tenía nada más que contarme de lo que llamó en cierta ocasión «el gran viaje».

Un día, como última oportunidad, lo esperé hasta la extenuación, pero fue en vano. Parecía realmente haberse volatilizado. No regresó por los lugares habituales y me quedé reflexionando sobre las historias que me había contado en esos días. Inexorablemente, reconocí que la historia había acabado, que el narrador que era Griffin lo había contado todo. Se había hecho invisible, y su vida también parecía invisible, o más bien opaca, qué poco había hablado de sí mismo, y sin embargo tengo conciencia de que acabé conociendo exactamente lo que él quería mostrar, su armazón de palabras dentro de otras palabras que a su vez estaban dentro de otras palabras.

Me convencí de que Griffin no vivía ya en su hotel, por mucho que aún creyeran en recepción que había salido y que volvería. Yo estaba seguro de que había abandonado Funchal y Madeira por enésima vez. Regresará, es posible, pero entonces yo ya no estaré para verlo. Al adquirir conciencia de que yo había pasado a ser para él un personaje más, me encerré en mi habitación y, como un escriba fiel y anónimo, traté de retener cada palabra que me había dicho, me afanaba en volver a oír su voz dentro de mí y tomé nota sin parar de todo lo que me contó, cuyo testimonio tiene ante sí el lector.

Ahora mi único deseo es ir a la Isla Desolación. He empezado a dibujar inconscientemente su contorno en un papel, sin pensar; ahí están sus fiordos, sus cabos, sus costas. Es fácil trazar su picuda forma como rayados surcos, incluso con un dedo, sin que la línea se perciba. Pero creo que todos dibujamos contornos invisibles de islas invisibles. ¿Se habrá vuelto Griffin ya invisible realmente? ¿Me haré invisible también yo? ¿Acaso los dos no lo hemos sido siempre?

FIN